Norbert Heinlein, Delikatessenhändler in dritter Generation, legt größten Wert auf Qualität und Tradition. Seine Kundschaft geht ihm über alles, er bedient sie mit ausgesuchter Höflichkeit. So auch seinen neuen Stammkunden Adam Morlok, einen charismatischen Geschäftsmann. Bis Morlok eines Tages durch ein Versehen Heinleins tot zusammenbricht. In seiner Panik lagert Heinlein Morloks Leiche kurzerhand im alten Kühlhaus im Keller zwischen. Doch statt einen Weg aus der Sache zu finden, gerät Heinlein immer tiefer hinein. Und es wird nicht bei einer Leiche im Keller bleiben – Morlok bekommt bald Gesellschaft im Kühlhaus ...

»Die Geschichte ist skurril, der Ton sanft sarkastisch. Und der nette Herr Heinlein steckt voller Überraschungen.«

NDR Kultur, Katja Eßbach

Eigentlich sollte Stephan Ludwig Musiker werden. Als Kind lernte er Violine, als Jugendlicher Kontrabass. Er spielte in Orchestern, später in einer Punkband, arbeitete als Theatertechniker und Rundfunkproduzent. 2012 erschien der erste von bisher fünfzehn Thrillern um die Kommissare Zorn und Schröder. Ludwig isst nicht sehr viel – er raucht lieber – doch er kocht leidenschaftlich gern. Da ihm nur selten ein Gericht perfekt gelingt, beschloss er, über jemanden zu schreiben, der das kann. So wie der liebenswürdige Delikatessenhändler Norbert Heinlein im vorliegenden Roman.

Außerdem von Stephan Ludwig bei FISCHER erschienen:
»Zorn – Tod und Regen«, »Zorn – Vom Lieben und Sterben«, »Zorn – Wo kein Licht«, »Zorn – Wie sie töten«, »Zorn – Kalter Rauch«, »Zorn – Wie du mir«, »Zorn – Lodernder Hass«, »Zorn – Blut und Strafe«, »Zorn – Tod um Tod«, »Zorn – Zahltag«, »Zorn – Opferlamm«, »Zorn – Ausgelöscht«, »Zorn – Schwarze Tage«, »Zorn – Der Fall Schröder«, »Zorn – Die Akte Heinlein«, »Unter der Erde. Thriller«

Weitere Informationen finden Sie auf www.fischerverlage.de

Stephan Ludwig

Der nette Herr Heinlein

und die Leichen im Keller

ROMAN

FISCHER TASCHENBUCH

4. Auflage, 2026

Erschienen bei FISCHER Taschenbuch
Frankfurt am Main, April 2024

Redaktion: Volker Jarck
Satz: Dörlemann Satz, Lemförde
Druck und Bindung: CPI books GmbH, Leck
ISBN 978-3-596-70584-9

Kontaktadresse nach EU-Produktsicherheitsverordnung:
produktsicherheit@fischerverlage.de

Erster Gang

Vorspeise

(Amuse-Gueule)

Eins

Es war Anfang März, als der Mann mit dem Muttermal *Heinlein's Delicatessen- und Spirituosengeschäft* zum ersten Mal betrat.

Zu diesem Zeitpunkt darf man sich Norbert Heinlein durchaus noch als glücklichen Menschen vorstellen – der Winter war lang gewesen, lang und dunkel; jetzt, endlich, zeigte sich in dem kleinen Park schräg gegenüber das erste hauchzarte Grün, die Menschen hatten ihre gefütterten Winterjacken, die Schals, Mützen und Handschuhe gegen leichtere Kleidung getauscht. Die Sonne schien schräg durch die beiden Schaufenster, spiegelte sich auf den alten Vitrinen, den in hohen Regalen aufgereihten Flaschen mit erlesenen Weinen, edlen Obstbränden und seltenen Olivenölen, blitzte auf der italienischen Espressomaschine hinter dem Tresen, den Kaviardosen, Marmeladen- und Gewürzgläsern und tauchte die Auslagen in golden schimmerndes Licht.

Ja, Norbert Heinlein war glücklich hier. Er führte den Laden bereits in der dritten Generation und tat, was er liebte, umgeben von einzigartigen Köstlichkeiten und dem seit Jahrzehnten vertrauten Duft exotischer Kaffee- und Teesorten, frischer Pastete und iberischem Schinken, der sich mit dem Geruch der vom Alter geschwärzten Holzvertäfelung zu einer einzigartigen Mischung verband.

Mit ausgesuchter Höflichkeit begrüßte Heinlein den Mann mit dem Muttermal. Das tat er mit seiner gesamten Kundschaft, man betrat schließlich nicht nur einen Laden, das Schellen der alten Türglocke war auch das Signal für den Eintritt in eine andere Welt abseits der Supermärkte und Discounter, eine Welt, in der anstelle billiger Schnäppchen handverlesene Qualität geboten wurde. Jeder, der herkam, teilte diese Werte und verdiente es, respektvoll behandelt zu werden – egal, ob er ein Gläschen französischen Cognac-Senf erstand oder an einem der beiden Fenstertische etwas von der Tageskarte verzehrte.

Der Mann mit dem Muttermal gehörte zu Letzteren. Er bestellte Espresso, ein Glas stilles Wasser und zu Heinleins Freude einen Teller Rehrückenpastete. Auf Smalltalk legte er offensichtlich keinerlei Wert, er setzte sich an den rechten der beiden runden Kaffeehaustische, bedankte sich mit einem Nicken, als Heinlein servierte, und aß schweigend, den Blick aus dem Fenster gerichtet. Als er später einen weiteren Espresso bestellte, bat er anstelle der brasilianischen Bohnen um eine jamaikanische Sorte, lobte die Pastete und ließ sich eine zweite Portion bringen. Heinlein, der seine Zutaten auf der Suche nach dem perfekten Rezept ständig variierte, wunderte das nicht. Am Morgen hatte er die Mandeln durch gemahlene Walnüsse ersetzt und war mit dem Ergebnis mehr als zufrieden, verzichtete aber auf eine Erläuterung. Im Laufe der Jahre hatte er ein feines Gespür für seine Kundschaft entwickelt; der Mann mit dem Muttermal war eindeutig ein Kenner, an einem fachkundigen Austausch allerdings schien er nicht interessiert.

Heinlein bat Marvin, seinen Angestellten, die Kasse im Auge zu behalten und ging nach oben in die Wohnung, um nach seinem Vater zu sehen. Als er zurückkehrte, war der Mann mit dem Muttermal gegangen.

Doch er kam wieder. Am nächsten Tag – einem Dienstag – ebenso wie in der folgenden Woche. Bereits am Mittwoch erkundigte sich Heinlein, ob er das Übliche bringen dürfe, am Freitag dann servierte er nach einer kurzen Begrüßung in stillem Einvernehmen das Gewünschte.

Und so hatte Norbert Heinlein einen neuen Stammkunden. Der Mann mit dem Muttermal sah zwar nicht aus wie ein feinsinniger Gourmet – in seinem leicht zerknitterten Anzug wirkte er eher wie eine Mischung aus alternder Buchhalter und ehemaliger, aus dem Leim gegangener Boxer. Ebenso wie Heinlein ging er auf die sechzig zu, das Haar war ungewöhnlich lang und fiel in rotblonden, zunehmend ergrauenden Strähnen auf die Schultern. Er versuchte nicht, das Mal auf der Stirn zu verbergen; im Gegenteil, das dünne Haar war streng nach hinten gekämmt, so dass der himbeerfarbene Halbmond, der sich von der linken Braue über die Schläfe bis zum Ohrläppchen zog, deutlich zu erkennen war. Er fuhr einen himmelblauen Mercedes, den er direkt vor dem Laden parkte, eine blitzende S-Klasse mit verchromtem Heckspoiler, um die Jahrtausendwende gebaut, die aber aussah, als würde sie direkt aus der Fabrik kommen. Er drückte sich gewählt, ein wenig umständlich aus, sein Tonfall war schnarrend, mit rollendem R und einem leichten Lispeln. Dass er direkt gegenüber in Keferbergs Pension übernachtete, war ein weiteres Zeichen guten Geschmacks. Die Zimmer waren klein, aber stilvoll eingerichtet, Johann Keferberg bot ein exzellentes

Frühstücksbüfett, für das ihn Heinlein regelmäßig belieferte.

Seine Papiere verwahrte der Mann mit dem Muttermal in einer etwas albernen Handgelenktasche aus braunem Rindsleder. Er gab ein recht ordentliches Trinkgeld und legte, nachdem er seinen zweiten Espresso getrunken hatte, drei akkurat geglättete Zehneuroscheine auf den Tisch, die er mit dem geschliffenen Salzstreuer beschwerte, bevor er den Laden mit einem knappen Nicken verließ.

Was Heinlein betraf, hätte es so bleiben können. Zum einen natürlich wegen des Umsatzes, der sich in diesen nicht einfachen Zeiten zu einem durchaus erklecklichen Sümmchen addierte. Zum anderen genoss er die – wenn auch stumme – Wertschätzung seiner Arbeit.

Leider sollte der Mann mit dem Muttermal die liebevoll zubereiteten Speisen nicht lange genießen. Knapp drei Monate später würde er den Laden betreten, seine letzte Pastete essen und sterben, noch bevor ihm Norbert Heinlein den ersten Espresso servieren konnte.

Zwei

»Die Rotweinflaschen müssten mal abgestaubt werden«, sagte Heinlein zu Marvin.

Eine Woche war vergangen, wie immer saßen sie auf der Holzbank vor dem Schaufenster in der Morgensonne, um die letzten Minuten vor der Öffnung des Ladens an der frischen Luft zu verbringen.

»Findest du nicht?«

Marvin antwortete nicht. Heinlein unterstützte viele soziale Projekte, unter anderem ein afrikanisches Patenkind, mit dem er in regelmäßigem Austausch stand. So hatte er sofort zugesagt, als er vor zwei Jahren von der Leitung eines Förderzentrums für Menschen mit Behinderung um Unterstützung gebeten worden war. Auf einer Benefizveranstaltung hatte er das kalte Büfett eingerichtet, und Marvin, der dort in einer Werkstatt Elektrogeräte reparierte, war ihm als Helfer zugeteilt worden; als die Leiterin fragte, ob Heinlein den Jungen probeweise einstellen könne, hatte er eingewilligt. Nicht nur, weil Marvins Lohnkosten gefördert wurden – was natürlich nicht unwichtig war, denn einen Angestellten konnte sich Heinlein eigentlich nicht leisten –, der Hauptgrund war ein anderer: Er hatte den Jungen vom ersten Moment an gemocht.

»Und der Wagen könnte mal durchgesaugt werden.« Heinlein deutete auf den alten Renault Rapid, der mit dem Heck zur Straße auf der schmalen Freifläche rechts neben dem Haus parkte. »Aber das eilt nicht.«

Auch jetzt schwieg Marvin. Kurz vor Weihnachten war er einundzwanzig geworden, doch er wirkte viel jünger, ein blasser, weißblonder Junge, der sich höchstens einmal pro Woche rasieren muss. Die meisten hielten ihn für geistig zurückgeblieben, doch das war er nicht. Er versorgte sich selbst und wohnte allein in einer kleinen Einzimmerwohnung in der Nähe des Marktes. Marvin redete kaum, weil ihm sein Stottern peinlich war. Es war auch nicht nötig, denn er erledigte jeden Auftrag gewissenhaft und penibel.

»Wir werden den Preis für die Pastete etwas anheben müssen«, überlegte Heinlein. »Entenbrustfilet ist schon wieder teurer geworden. Sechs fünfzig pro hundert Gramm, was meinst du?«

»Sechs fünfzig«, nickte Marvin. Er mochte Zahlen. »Hundert G-Gramm.«

»Vater hat immer eine Prise Koriander benutzt. Ich hab's heute mal mit etwas Muskat versucht, und was soll ich sagen?« Heinlein bildete mit Daumen und Zeigefinger einen Kreis. »Ein Gedicht, Marvin. Ein *absolutes* Gedicht!«

Er zog an seinem Zigarillo und blies den würzigen Rauch in die frische Morgenluft. Sein Tagesablauf war streng geregelt, wie immer war er um fünf aufgestanden, hatte seinen Vater versorgt und war hinunter in den Laden gegangen, wo er die nächsten dreieinhalb Stunden allein in der Küche verbrachte, in seinem Refugium (wie er's insgeheim nannte), um sich seinen Pasteten zu widmen. Dies war die schönste Zeit des Tages, er probierte Zutaten und Gewürze, variierte die Mengen, testete neue Garzeiten und notierte die Ergebnisse in der ledergebundenen Kladde, in der schon sein Großvater Rezepte niedergeschrieben hatte.

Punkt halb zehn war Marvin erschienen und hatte sich umgezogen. Über der Käsetheke hing ein gerahmtes Schwarzweißbild, das Heinleins Vater in Kittel und weißem Käppi hinter dem Tresen zeigte, kurz nachdem dieser das Geschäft übernommen hatte. Marvin gefiel diese Montur, auch er hatte die Stifte in der Brusttasche, und nachdem er vor dem Spiegel den korrekten Sitz des Käppis geprüft hatte – etwas schief und näher über dem linken Ohr –, hatte er draußen den Bürgersteig gefegt und die Erde um die junge Kastanie geharkt, während Heinlein sein Refugium aufgeräumt und die Porzellanschüsseln mit der frischen Pastete in der Glasvitrine verteilt hatte.

Nun saßen sie wie üblich hier draußen, Marvin mit einem Glas Apfelmost, Heinlein mit seinem kubanischen Zigarillo – was natürlich nicht gut für seinen fein ausgeprägten Geschmackssinn war, doch es war das einzige Laster, das er sich gönnte.

»Endlich Frühling«, lächelte Heinlein. »Wurde auch Zeit.«

»Vierzehn«, sagte Marvin und schob das Käppi aus der Stirn.

Er schien immer etwas zu zählen. Was es diesmal war, konnte man nur vermuten. Vielleicht die Zinken der Harke, die an einer Mülltonne lehnte, oder die gestapelten Kisten drüben am Imbiss. Womöglich auch die Tauben, die sich schräg gegenüber auf der Dachrinne des Bankgebäudes drängten. Es war schwer zu sagen, worauf genau Marvins Blick hinter den dicken Brillengläsern gerichtet war.

Heinlein's Delicatessen- und Spirituosengeschäft lag in einem alten Eckhaus an einer belebten Kreuzung. Der Verkehr war dicht an dieser Ringstraße in der Nähe des Marktplatzes, Fußgänger waren kaum unterwegs. Auf der Uhr am Imbiss auf dem Platz gegenüber war es kurz vor zehn. In vier Minuten, wenn der große Zeiger auf die volle Stunde sprang, würde Heinlein das Geschäft öffnen.

»Sie ist knapp hundert Jahre alt«, sagte er und deutete auf das alte Zifferblatt. »Und geht noch immer auf die Minute genau, seit Großvater den Laden eröffnet hat.«

Der Imbiss befand sich im vorderen, halbrunden Teil eines flachen Klinkerbaus im Bauhausstil, der in den zwanziger Jahren des letzten Jahrhunderts als Trafostation errichtet worden war. Zu Großvater Heinleins Zeiten war dort eine öffentliche Bedürfnisanstalt eingerichtet worden, zur Zeit seines Vaters ein Zeitungskiosk; nun, nach Jahren des

Leerstandes, leuchtete über den Fenstern an der Stirnseite ein pinkfarbenes Neonschild mit der Aufschrift *WURST & MORE*.

»Damals war Großvater kaum älter als du heute«, sagte Heinlein. »Aber er wusste genau, worauf es ankommt. Auf Qualität, Marvin. Auch Vater hat sich immer daran gehalten, und ich tue es ebenfalls. Heutzutage hört sich das altmodisch an, doch wir sind immer noch da.« Er nickte Marvin zu. »Genau wie die Uhr.«

Eine Straßenbahn rauschte von Norden heran, tauchte in den Schatten des mächtigen Jugendstilhauses und verschwand Richtung Innenstadt. Die Sonnenschirme vor dem Kiosk flatterten im Luftzug, Papierfetzen wirbelten umher.

»Schau mal.« Heinlein deutete auf die junge Kastanie. »Da kommen die ersten Blätter.«

Marvins blasses Gesicht hellte sich auf, er liebte den Baum. Im letzten Jahr hatte die Stadt den Bürgersteig sanieren und direkt vor dem Laden eine Kastanie pflanzen lassen, die zu Heinleins Verdruss nach kurzer Zeit unter den Rädern eines Müllwagens zermalmt worden war. Nach mehreren vergeblichen Eingaben bei der Stadtverwaltung hatte er schließlich die Genehmigung erhalten und mit Marvin einen neuen Baum gepflanzt.

Im Hausflur hinter ihnen erklang ein Bellen. Die Tür neben dem Schaufenster wurde aufgerissen, ein untersetzter, bulliger Hund zerrte einen jungen Mann in zerbeulten Jogginghosen, Badelatschen und *Camp David*-Shirt an einer Leine auf den Fußweg.

»Guten Morgen«, sagte Heinlein freundlich.

Niklas Rottmann ignorierte den Gruß. In den beiden Etagen über dem Laden befanden sich vier Wohnungen. Eine stand seit Jahren leer, eine weitere hatte Heinlein an den stillen Herrn Umbach vermietet, in der dritten, direkt über seiner eigenen, lebten Rottmann und seine Mutter. Und damit auch dieser Hund – eine undefinierbare Mischung aus Terrier, Bulldogge und (womöglich) Rauhaardackel –, der jetzt zielstrebig auf die junge Kastanie zuhechelte, das Hinterbein hob und an den Stamm pinkelte. Heinlein spürte, wie Marvin sich neben ihm straffte. Auch Rottmann bemerkte es.

»Gibt's 'n Problem?«, blaffte er verschlafen.

Norbert Heinlein versuchte nicht erst, dem stechenden Blick aus engstehenden Augen standzuhalten, und konzentrierte sich auf die polierten Spitzen seiner Lackschuhe, während der Urin des Hundes in dampfendem Strahl gegen den dünnen Stamm der Kastanie plätscherte. Immerhin, es war besser, als das Geschäft im Hausflur zu erledigen – was bereits öfter geschehen war.

Er ließ Rottmanns Mutter die besten Grüße ausrichten, sah hinüber zur Uhr über dem Kiosk, stand auf, zog die eisernen Rollgitter vor den Schaufenstern hoch und öffnete das Geschäft zum ersten Mal in seinem Leben zwei Minuten zu früh.

Drei

Auch der Rest des Tages war genau geregelt. Heinlein kümmerte sich um den Laden, telefonierte mit Lieferanten und bediente die Kundschaft, verkaufte sardischen Schafskäse, eingelegte Pfifferlinge und Trüffelpralinen, während Marvin die Waren in den Regalen sortierte, den Boden fegte und ab und zu hoch in die Wohnung ging, um nach dem alten Heinlein zu sehen. Kurz vor Mittag belebte sich das Geschäft, die alte Frau Dahlmeyer erschien, um wie üblich ihr (wie sie es nannte) *zweites Frühstück* einzunehmen, Johann Keferberg kam aus seiner Pension gegenüber auf einen kurzen Plausch herein und gab die Liste mit der wöchentlichen Bestellung für sein Frühstücksbüfett ab.

Auch der Mann mit dem Muttermal tauchte am frühen Nachmittag auf, verzehrte seine Pastete am rechten der beiden Fenstertische und bat den verwunderten Heinlein, als dieser den zweiten Espresso servierte, einen Moment Platz zu nehmen.

»Die Pastete war wie immer hervorragend«, lobte der Gast, nachdem er die vollen Lippen mit der Serviette abgetupft hatte. »Äußerst delikat.«

Marvin stand vor der Vitrine mit den Obstbränden und polierte die verschnörkelten Messinggriffe. Vor dem Laden funkelte die blaue S-Klasse in der Nachmittagssonne, dahinter quälte sich der Verkehr über die Ampel.

»Ich bin geschäftlich viel unterwegs«, fuhr der Mann mit dem Muttermal in schnarrendem Tonfall fort, »und ein wenig herumgekommen. Aber so etwas ...«, er breitete die Arme aus, das Jackett spannte über dem breiten Brustkorb, »findet man nur noch selten.«

Heinlein verkniff sich die Frage, was genau wohl mit *geschäftlich* gemeint war. In *Heinlein's Delicatessen- und Spirituosengeschäft* herrschte seit einem Jahrhundert ein höflicher, gleichzeitig auch etwas oberflächlicher Umgangston. Privatsphäre war heilig, hier wurde die Kundschaft zuvorkommend bedient und nicht mit indiskreten Fragen belästigt.

»Man muss Prioritäten setzen«, sagte Heinlein. »Bei mir ist es …«

»Qualität!«

»So ist es.«

»Nur darauf kommt es an«, schnarrte der Mann mit dem Muttermal und ließ das R rollen, während seine Zunge gegen die Zähne stieß und das Lispeln verstärkte. »Heutzutage wird das viel zu schnell vergessen. Es geht nur noch um den schnellen Profit, um …«

»Neunundvierzig!«

Marvin hatte sich vor der Vitrine aufgerichtet. Ob sich sein Blick auf die Konfitürengläser, Kaviardosen oder die Tütchen mit den Trüffelpralinen konzentrierte, war nicht zu erkennen.

Heinleins Gast schob den Stuhl zurück, schlug die Beine übereinander, sah zu Marvin hinüber und ließ die Daumen vor dem massigen Bauch kreisen. Am Ringfinger der linken Hand schimmerte ein vergoldeter Siegelring mit einem blauen Achat.

»Zweiundsechzig«, murmelte Marvin und knetete den Lappen in den Händen.

Heinlein spielte verlegen mit dem Salzstreuer.

»Nun gut, ich will Sie nicht länger aufhalten.« Der Mann mit dem Muttermal öffnete den Reißverschluss seines Ledertäschchens, legte drei Geldscheine auf den Tisch und beschwerte sie wie üblich mit dem Salzstreuer. »Sie haben eine Menge zu …«

»Dreißig«, sagte Marvin.

»Stimmt.« Heinlein lächelte ihm zu. »Dreißig Euro.«

Marvin sah zu ihnen herüber. Die Strahlen der tiefstehenden Sonne huschten über die dicken Brillengläser. Er wandte sich ab und widmete sich wieder den Messinggriffen.

»Er zählt gern«, erklärte Heinlein seinem Gast.

»Das ist mir nicht entgangen«, schmunzelte dieser und strich eine aschblonde Strähne über dem Mal aus der Stirn. Für Heinleins Geschmack trug er das streng nach hinten gekämmte Haar im Nacken deutlich zu lang, seine Frisur erinnerte an den Komponisten, der nicht umsonst Namensgeber der putzigen Lisztäffchen war. »Ihr Sohn?«

»Leider nein. Jedenfalls nicht leiblich.«

»Aber Sie behandeln ihn als solchen. Scheint mir ein außergewöhnlicher Junge zu sein.«

»Das ist er.«

»Ihr Geschäft wird er wohl kaum übernehmen können.«

»Nein. Marvin hat ...«, Heinlein räusperte sich, »andere Talente. Wir werden es noch herausfinden.«

Er senkte unangenehm berührt den Blick und widmete sich der Betrachtung der Linien auf der runden Marmorplatte. Es war nicht nur so, dass die Kundschaft in *Heinlein's Delicatessen- und Spirituosengeschäft* traditionsgemäß niemals mit persönlichen Fragen behelligt wurde, ebenso war es üblich, als Inhaber keine gestellt zu bekommen.

»Ich will Ihnen nicht zu nahe treten«, entschuldigte sich der Mann mit dem Muttermal dann auch, »aber dürfte man fragen, ob Sie einen Nachfolger haben?«

»Nein. Beziehungsweise ja.« Heinlein verhaspelte sich ein wenig. »Sie dürfen natürlich fragen, aber die Antwort ist nein. Auf Ihre eigentliche Frage, die Frage, ob ich einen ...«

»Dann sind Sie also der Letzte.«

»Es sieht danach aus.«

»Das ist schade«, seufzte der Mann mit dem Muttermal und stand auf. »Sehr schade.«

Er ging zur Tür, Heinlein kam ihm zuvor und öffnete. Die Glocke bimmelte über ihren Köpfen, würzige Frühlingsluft wehte ihnen entgegen. Heinleins Stammgast blinzelte in der Sonne, richtete die Krawatte unter dem fleischigen Kinn und trat die drei Stufen hinab auf den Bürgersteig.

»Es sind ja noch ein paar Jahre Zeit«, sagte Heinlein hinter ihm. »Irgendwann geht jeder in den Ruhestand.«

»Allerdings.« Der Mann mit dem Muttermal erwiderte Heinleins Lächeln, holte den Autoschlüssel aus der Jackettasche und lief auf den blauen Mercedes zu. »Fragt sich nur«, murmelte er im Gehen, »ob man so lange durchhält.«

Als Norbert Heinlein um achtzehn Uhr die Gitter vor dem Schaufenster herunterließ, hatte er seine gesamte Pastete verkauft – ausgenommen die Portion, die er für seinen Vater zurückgelegt hatte. Er setzte sich auf die Bank, um seinen zweiten Zigarillo zu rauchen. Als das silberne Feuerzeug aufflackerte, gingen wie auf Kommando die Laternen an.

Marvin hatte die morgige Lieferung für Keferberg in einer Plastikkiste zusammengestellt und harkte die Erde um die Kastanie. Drüben am Imbiss drängten sich die Menschen an den Stehtischen, aßen Pommes, fettige Steaks und Nudeln aus Plastiktellern.

Der Geruch von Frittierfett wehte über die Straße. Heinleins sensibler Magen verkrampfte sich ein wenig, doch wer hatte schon das Recht, einem anderen vorzuschreiben, was er essen sollte? Der Imbiss war bis Mitternacht geöffnet, nicht nur der Geruch, auch der Lärm war nicht unbedingt angenehm. Doch Norbert Heinlein gönnte den jungen Leuten ihren Spaß. Anderswo verödeten die Innenstädte, hier herrschte wenigstens noch Betrieb.

Er rauchte den Zigarillo zu Ende, verabschiedete sich von Marvin und ging ins Haus, um den Rest des Abends mit seinem Vater zu verbringen.

Vier

»Das ist dir sehr gut gelungen, Norbert.« Der alte Heinlein kaute bedächtig. »Das Brustfilet erscheint mir ein wenig zu stark püriert, aber der Teigmantel ist perfekt. Die Idee mit dem Muskat ist gewagt, aber im Zusammenspiel mit dem Kompott ...« Er spießte eine Preiselbeere auf die Gabel. »*Chapeau*, mein Junge.«

»Ich hatte einen guten Lehrer«, lächelte Norbert Heinlein.

Sie saßen im Kerzenschein am Esstisch im Wohnzimmer, umgeben von wuchtigen, geschnitzten Möbeln, dicken Teppichen und schweren Samtgardinen, die schon zu Heinleins Kindertagen an den hohen Fenstern gehangen hatten.

»Noch ein Stück Baguette, Papa?«

»Nein danke.« Der Alte legte das Silberbesteck auf den Teller und griff nach der gestärkten Serviette. »Ich bin restlos satt, mein Junge.«

Abgesehen von einem dünnen Haarkranz war er kahl. Eine Strähne hatte sich gelöst und wippte über dem rechten Ohr wie eine Feder. Die graue Strickjacke über dem weißen

Hemd war mit Zahnpasta bekleckert, auch der Schlips hatte Spritzer abbekommen. Heinlein würde die Sachen morgen in die Reinigung bringen.

»Dann räume ich ab«, sagte er. Als er das Tablett von der Anrichte holte, krachte im Treppenhaus eine Wohnungstür ins Schloss.

»Was ist eigentlich mit der Pechstein?« Der Alte deutete hoch zur vergilbten Stuckdecke. »Ist die immer noch mit der Miete in Rückstand?«

»Nein, Papa.«

»Wir dürfen uns nicht auf der Nase herumtanzen lassen, Norbert. Jeder Mieter hat seine Rechte. Wir sind ehrliche Geschäftsleute, doch auch *wir* haben Ausgaben. Wir müssen Rechnungen bezahlen, aber das können wir nur, wenn *unsere* Rechnungen bezahlt werden.«

»Natürlich.«

»Was ist mit dem Laden? Ich habe mir die Bücher lange nicht angesehen. Wie war der Umsatz letzten Monat?«

»Gut.« Heinlein räumte das Geschirr auf das Tablett. »Es war richtig, die Küche zu verkleinern, um mehr Verkaufsfläche zu schaffen. Dass wir die Frischwaren reduziert haben, hat die Kosten deutlich gesenkt. Und die Pastete ist immer ausverkauft.«

»Rechnet sich das?«

»Die Pastete?« Heinlein stellte den geflochtenen Brotkorb auf die gestapelten Teller. »Der Wareneinsatz ist natürlich nicht unerheblich, du weißt ja …«

Der Alte sah ihn an, die buschigen Brauen fragend gehoben.

»Die Zutaten sind exklusiv.« Heinlein griff nach der Balsamicoflasche. »Da kommt einiges …«

»Das ist mir bewusst. Die Frage ist, was unterm Strich rauskommt!«

»Es geht hier auch um Tradition, Papa.« Heinlein stellte das Schälchen mit dem Trüffelmus auf das Tablett und löschte die Kerzen. »Ich verwende Rezepte, die noch von Großvater sind. Wir hatten schon immer eine besondere Kundschaft, wir Heinleins sind Gourmets, die …«

»Natürlich sind wird das!« Der Alte reckte das knochige Kinn. »Aber wir sind auch Geschäftsleute. Wir müssen Gewinn machen, Norbert! Sonst ist das, was wir tun, kein Geschäft, sondern Träumerei.«

»Das ist mir klar, Papa.«

Heinlein wischte ein paar Krümel von der gestärkten Tischdecke und trug das Tablett in die Küche.

»Und?«, rief der Alte ihm nach. »Wie hoch ist der Gewinn genau?«

»Die konkreten Zahlen habe ich jetzt nicht parat«, gab Heinlein über die Schulter zurück. »Da müsste ich in den Büchern nachsehen. Insgesamt würde ich sagen … äh, Papa?«

Heinlein war unterwegs zurück ins Wohnzimmer und blieb auf der Schwelle stehen. Sein Vater saß am Tisch und war dabei, sich eine Serviette in den Hemdkragen zu stecken.

»Da bist du ja endlich!«, strahlte er. »Bin gespannt, was es zu essen gibt, ich hab einen Bärenhunger!«

Später lag Norbert Heinlein im Bett und lauschte dem Schnarchen, das aus der angelehnten Tür im Flur schräg gegenüber drang.

Heute hatte sein Vater einen vergleichsweise guten Tag gehabt und sich zwar mürrisch, aber ohne Gegenwehr duschen und nach längerem Zureden auch rasieren lassen. Beim Abendessen hatte er einige wache Momente gehabt. Anfangs hatte Heinlein seinen Vater noch korrigiert, wenn dieser auf Frau Pechstein zu sprechen gekommen war. Die alte Dame war tatsächlich das ein oder andere Mal mit der Miete in Verzug geraten, doch das war eine Weile her, sie war vor sieben Jahren gestorben. Seitdem stand die Wohnung leer. Das Wasser war abgestellt, da die alten Bleileitungen leckten, auch die Elektrik hätte neu verlegt werden müssen. Das würde einige Kosten verursachen, weshalb Heinlein beschlossen hatte, sich um die Sanierung später zu kümmern.

Er faltete die Hände hinter dem Kopf, sah zur Decke und lenkte seine Gedanken in eine andere, schönere Richtung, indem er überlegte, ob er für die morgige Trüffelpastete lieber Kalbs- oder Geflügelleber verwenden solle.

Draußen zischte eine Straßenbahn vorbei. Die Fenster klirrten, die Mauern vibrierten, in der Küche klapperte das Porzellan in der alten Vitrine. Vor dem Imbiss grölten ein paar Betrunkene, ein dumpfer Technobeat hallte über den Platz.

Norbert Heinlein entschied sich für Kalbsleber.

Über ihm knarrten die Dielen, Niklas Rottmann stritt mit seiner Mutter über das Fernsehprogramm.

Heinlein dachte über den Teigmantel nach. Dem Rezept seines Großvaters zufolge wurde der Teig nicht gewürzt, um möglichst neutral zu schmecken und der Füllung Raum zur Entfaltung zu lassen.

Aber ich könnte vielleicht ...

Ein dumpfer Schlag ließ die Decke erbeben, der Streit bei Rottmanns spitzte sich zu. Das Bellen des Hundes gesellte sich zu den keifenden Stimmen.

Etwas Zimt vielleicht?

Heinlein schloss die Augen.

Aber nur eine Messerspitze.

Er lächelte. Und schlief ein.

Fünf

»Das hier ist eine Krustenpastete.« Heinlein reichte Marvin den Porzellanteller. »Sie besteht aus drei Komponenten.«

»Drei«, wiederholte Marvin.

»Außen ist der Teigmantel, der hält alles zusammen. Das hier ...«, er wies mit der Gabel auf die Pastetenscheibe, »ist die *Farce*. Die besteht aus vielen zerkleinerten Zutaten und umrahmt das Herzstück in der Mitte, siehst du? Das ist Kalbsleber. Meistens benutzt man Fleisch oder Fisch, aber nicht unbedingt. Man muss kreativ sein, es gibt nahezu unendlich viele Möglichkeiten, die Zutaten zu kombinieren.«

»Unendlich«, murmelte Marvin. Seine Stirn umwölkte sich. In seiner von Zahlen geprägten Gedankenwelt hatte er Schwierigkeiten, diesen Begriff einzuordnen.

»Probier mal«, sagte Heinlein und reichte ihm die Gabel.

Marvin zerteilte die Pastetenscheibe vorsichtig und schob ein Stück in den Mund.

»Du musst langsam kauen, damit sich die Aromen entfalten.«

Es war früher Nachmittag, bisher waren die Geschäfte ruhig verlaufen. Die alte Frau Dahlmeyer hatte ihr zweites Frühstück verzehrt, Laufkundschaft hatte es kaum gegeben. Ein weiterer Stammkunde, ein kleiner, glatzköpfiger Kriminalkommissar, war nach längerer Zeit wieder einmal vorbeigekommen und hatte ein Glas Akazienblütengelee und einen Schweizer Nusskäse erstanden. Heinlein genoss die Gespräche mit dem freundlichen Polizisten, der nicht nur nur ein Gourmet, sondern ein äußerst kultivierter Feingeist war. Als er vor Jahren zwischenzeitlich den Dienst quittiert hatte, um in der Nähe des Bahnhofs einen Imbiss zu eröffnen, hatte Heinlein ihn beraten und von Zeit zu Zeit beliefert.

»Der Zimt erschließt sich erst im Nachgang, Marvin. Es ist nur eine Nuance, aber er bildet einen interessanten Kontrast zu den Trüffeln und bringt das Zusammenspiel zwischen der Minze und dem roten Pfeffer viel besser zur Geltung.«

Marvin schloss die Augen hinter den Brillengläsern, neigte den Kopf und schob die Pastete im Mund hin und her. Heinlein sah ihn fürsorglich, fast väterlich an.

»Lass dir Zeit. Gutes Essen will genossen werden.«

Ein dumpfes Krachen erklang, die Haustür neben dem Laden wurde aufgerissen. Der Hund hechelte auf den Bürgersteig, gefolgt von Niklas Rottmann, der die Leine mit beiden Händen halten musste. Anstelle der Badelatschen und Jogginghosen trug er schwere Schnürstiefel und die schwarze Uniform einer Sicherheitsfirma, bei der er als Wachmann angestellt war.

Marvin schluckte und öffnete die Augen.

»Und?«, fragte Heinlein, »was meinst du?«

Er hatte keine eigenen Kinder. Aber er hatte Marvin. Der Mann mit dem Muttermal war ein guter Beobachter, denn es stimmte, dass Heinlein den Jungen wie einen eigenen Sohn betrachtete. Ja, er war besonders, doch zum Geschäftsmann war er nicht geschaffen.

»Gut«, nickte Marvin.

»Gut?«, schmunzelte Heinlein. »Mehr nicht?«

Nun, zum Gourmet war Marvin wohl ebenfalls nicht geboren. Doch er war jung und würde seinen Platz im Leben noch finden.

»Gut«, wiederholte Marvin ernst und leckte einen Rest gehackte Kalbsleber aus dem Mundwinkel.

»Schön, dass es dir schmeckt. Das ist die Hauptsache, alles andere ...«

Der Teller landete klirrend auf dem Tresen. Marvin starrte zum Schaufenster, hinter dem sich Niklas Rottmann auf dem Bürgersteig gerade eine Zigarette anzündete, während sein Hund sich wieder an der jungen Kastanie zu schaffen machte. Heinlein atmete tief ein und folgte Marvin, der bereits mit wehenden Kittelschößen zur Ladentür eilte. Draußen hielt er den wütenden Jungen am Arm zurück, sammelte sich kurz und wandte sich an Rottmann: »Muss das denn sein?«

Rottmanns Uniform ähnelte der Montur eines amerikanischen Streifenpolizisten. So fühlte er sich offensichtlich auch, er ließ sich Zeit für eine Antwort und musterte Heinlein von Kopf bis Fuß durch eine verspiegelte Pilotenbrille, die den martialischen Eindruck wohl verstärken sollte.

»Was?«, fragte er schließlich.

»Der Hund!«

»Bertram?« Rottmanns Blick folgte Heinleins Zeigefinger. »Was soll mit dem sein?«

»Muss er denn unbedingt an den Baum urinie–«

»Gepisst hat er schon. Jetzt kackt er.«

Der Berufsverkehr setzte ein, vor der Ampel am Jugendstilhaus hatte sich bereits eine Schlange gebildet. Ein hellblauer Mercedes schälte sich aus dem Stau und hielt auf dem Parkplatz vor dem Laden.

»Diese Kastanie hat Marvin gepflanzt«, sagte Heinlein.

»Ach.« Rottmann kam näher stolziert, verschränkte die Hände auf dem Rücken und baute sich breitbeinig vor Marvin auf. »Hat er das?«

Er schien eine Menge Zeit vor dem Fernseher zu verbringen, hauptsächlich wohl mit dem Betrachten amerikanischer Cop-Serien. Marvin öffnete den Mund, brachte jedoch nur ein Krächzen heraus.

»Was?« Rottmann hielt eine Hand hinter das Ohr. »Ich verstehe dich nicht.«

»Der Baum«, half Heinlein, »ist noch jung und deshalb empfindlich. Es wäre …«

Er wich zurück. Erde spritzte gegen seine gebügelten Hosenbeine. Der Hund wühlte mit den Vorderpfoten neben dem Stamm im Boden, um das – durchaus beachtliche – Produkt seines Verdauungstraktes zu vergraben.

»Dort drüben«, Heinlein wies über die Autoschlange zum Park, »ist eine Hundewiese. Ich würde …«

»Bertram will *hier* kacken.« Rottmann stieß den Rauch durch die Nase aus.

»Vielleicht kann man das Tier überzeugen, sich hinüber in den Park zu bemühen?«

»Kann man versuchen. Auf dich«, Rottmann tippte Marvin an die Brust, »hört Bertram bestimmt.«

»D – Du …« Marvin stieß keuchend die Luft aus. »Du b – bist ein …«

»Ja?«, grinste Rottmann. »Was?«

»A – A …«

»Astronaut?«

»A – A …«

»Sag schon!«, drängte Rottmann. »Ein Apotheker?«

Hektische Flecken blühten auf Marvins Gesicht, die schmale Brust hob und senkte sich unter dem Kittel. Heinlein tätschelte beruhigend seinen Arm, doch Marvin machte sich los und trat einen Schritt auf Rottmann zu.

»Du bist ein … A – A …«

»Ja ja.« Rottmann nahm gelangweilt die Brille ab und musterte die verspiegelten Gläser. »So weit waren wir schon.«

»Ein …«

Ein Hupen ertönte. Rechts von ihnen näherte sich ein bulliger Geldtransporter in der Autoschlange. Der Fahrer trug ebenfalls Uniform und winkte Rottmann aus dem Seitenfenster zu.

»Ich muss zur Schicht«, sagte dieser zu Marvin. »Du kannst ja so lange üben.«

Er zog den aufjaulenden Hund heftig heran und verschwand im Haus.

»*ARSCHLOCH!*«, brüllte Marvin aus vollem Hals.

»Na bitte!« Rottmanns Lachen hallte im Flur. »Geht doch.«

Die schwere Tür knallte so heftig ins Schloss, dass der Putz aus der Stuckverzierung des Portals rieselte und das Schaufenster bebte. Heinlein führte den schluchzenden Marvin zur Holzbank und bemerkte den Mann mit dem Muttermal, der an der Motorhaube seines Mercedes lehnte und offensichtlich alles mitbekommen hatte. Heinlein bat um ein wenig Geduld, und als er kurz darauf die Pastete servierte, kam Niklas Rottmann aus dem Haus, stolzierte über die Straße und stieg in den wartenden Geldtransporter.

Der mittlerweile eingespielten Routine folgend, hätte sich der Mann mit dem Muttermal bedanken und nach dem Besteck greifen müssen, doch er änderte den Ablauf, schob den Kaffeehausstuhl zurück, strich das Haar über dem Muttermal aus der Stirn, ließ die Daumen vor dem Bauch kreisen und sah Heinlein eine Weile prüfend an. Dann stellte er in seinem sonoren Tonfall eine Frage, die – obwohl einfach und naheliegend – Norbert Heinlein von selbst nie in den Sinn gekommen wäre.

»Warum«, fragte er, »lassen Sie sich das gefallen?«

Als Heinlein abends in die Wohnung kam, stand sein Vater in Hut und Mantel am Fenster und wartete auf ein Taxi, das ihn zur Nahrungsmittelmesse in Leipzig bringen sollte, wo er einen wichtigen Termin mit dem Vertreter des spanischen Handelsministeriums hatte.

Es dauerte eine Weile, den alten Mann zu beruhigen, doch er weigerte sich, etwas zu essen. Heinlein bedrängte ihn nicht, sondern legte ihn schlafen, ging selbst zu Bett und dachte über die Frage seines Stammgastes nach:

Warum lassen Sie sich das gefallen?

Norbert Heinlein verabscheute Gewalt. Schon als Kind war er den üblichen Rangeleien auf dem Schulhof aus dem Wege gegangen, seit damals waren ihm körperliche Auseinandersetzungen ein Gräuel. Selbst wenn er gewollt hätte, wäre er dazu kaum in der Lage gewesen, denn mit einer Körpergröße von einem Meter vierundachtzig war Heinlein zwar relativ groß, doch bei einem Gewicht von knapp siebzig Kilo nicht nur sehr dünn, auch der Anteil an Muskelmasse war verschwindend gering, da sich dieses Gewicht vor allem in den Fettpolstern um seine Hüfte konzentrierte.

Als toleranter Mensch gestand er jedem anderen eine eigene Meinung zu, ebenso war es nur natürlich, die eigenen Interessen durchsetzen zu wollen. Aber es gab Grenzen, allein die Androhung von Gewalt bedeutete nichts anderes als die Kapitulation der menschlichen Vernunft. Nach knapp sechzig Lebensjahren erkannte Heinlein, wann Argumente nichts mehr nutzten, nahm es als gegeben hin und zog sich zurück.

Die Frage des Mannes mit dem Muttermal implizierte, Heinlein habe eine Niederlage erlitten. Dieser sah das anders. Niklas Rottmann war zweifellos ein primitiver, unangenehmer Zeitgenosse, doch er hatte einen gültigen Mietvertrag. Das war nicht zu ändern, also musste man die Lage akzeptieren und das Beste daraus machen. Mit Vernunft war nichts auszurichten, man konnte nur versuchen, ihm so weit wie möglich aus dem Wege zu gehen. Andere mochten das als feige, ängstlich oder konfliktscheu empfinden. Heinlein ging es vor allem darum, Marvin zu schützen.

Er starrte seufzend an die Decke. Lauschte dem Knarren der Dielen, dem Rauschen der alten Wasserleitungen, dem Plärren des Fernsehers und wünschte zum wiederholten Male, das Haus wäre nicht so hellhörig. Aber er musste damit leben.

Ein Kläffen erklang.

Auch mit dem Hund. Es war nicht zu ändern.

Sechs

»Ich bin ein bisschen spät dran«, schnaufte Heinlein, schob die Glastür mit der Schulter auf und schleppte die Plastikkiste in die Pension.

Keferberg, der hinter dem vertäfelten Empfangstresen stand, sah kurz auf und vertiefte sich wieder in einen Ordner mit Rechnungen, während Heinlein die Lieferung neben einer Zimmerpalme auf dem dicken Teppich abstellte. Ein halbes Dutzend Gläser mit Quittengelee, Buchweizenhonig und grüner Tomatenmarmelade klirrte in der Kiste. Heinlein richtete sich ächzend auf und rieb sich in einer übertriebenen Geste den Steiß.

»Für die Butter mache ich dir einen Sonderpreis«, keuchte er. »Die ist nur noch bis zum Wochenende haltbar.«

»Espresso?«, fragte Keferberg, ohne den Blick von seinem Ordner zu heben.

»Nein«, wehrte Heinlein ab und deutete durch die Glastür zu seinem Laden. »Die Pastete ist noch im Ofen, ich hab mich ein bisschen mit dem Teig verplant. Und ich will Marvin nicht zu lange allein lassen.«

Keferberg brummte etwas, das wie Zustimmung klang. Er war ein paar Jahre älter als Heinlein, ein dünner, stets akkurat gekleideter Mann in weißem Hemd, grauem Wollpullunder und braunem Schlips, der noch vergoldete Manschettenknöpfe benutzte und seine Lesebrille an einem dünnen Kettchen um den Hals trug.

»Die Rechnung ist wie immer im Umschlag.« Heinlein wies auf die Kiste. »Die Salami ist teurer geworden, aber wir lassen's beim alten Preis.«

»Wenn du die Ware teurer einkaufst«, sagte Keferberg, »musst du den Aufschlag auch weitergeben, Norbert.«

»Es war so abgesprochen, Johann. Absprachen werden eingehalten.«

Keferberg schob die Brille auf der Nase zurecht. »Die Abfallgebühren«, er holte tief Luft und schloss den Ordner, »sind schon wieder erhöht worden.«

Hinter ihm tickte eine alte Standuhr, an den Wänden hingen gerahmte Fotos mit historischen Aufnahmen der Stadt. Die Tür zum Frühstücksraum war angelehnt, auf einem langen, weiß gedeckten Tisch reihten sich Käse- und Aufschnittplatten, Marmeladenschälchen und sorgfältig arrangierte Obstschüsseln. Der Geruch frischen Kaffees und warmer Brötchen drang heraus und mischte sich mit dem Duft gestärkter Wäsche, Keferbergs Aftershave und der Rosen, die in Kristallvasen im Empfangsraum verteilt waren.

Stufen knarrten, der Mann mit dem Muttermal kam die geschwungene Treppe zu den Gästezimmern herab. Er trug den üblichen, etwas zerknitterten Anzug, auch das Handgelenktäschchen fehlte nicht. Nachdem er Heinlein einen guten Morgen gewünscht hatte, führte ihn Keferberg beflissen zum Frühstücksraum, versicherte, stets zu Diensten zu sein, und schloss die Tür, um seinen Gast in Ruhe speisen zu lassen.

»Er ist der Letzte«, seufzte er. »Das alte Ehepaar aus Tübingen ist gestern abgereist. Für nächstes Wochenende hatte ich drei Reservierungen, aber zwei sind schon abgesagt. Wegen der Rechnung ...« Keferberg wies auf die Kiste, räusperte sich und lockerte mit dem Daumen den Hemdkragen. »Die letzten drei Lieferungen sind noch offen, ich weiß ...«

»Das eilt nicht, keine Sorge«, wehrte Heinlein ab. »Du hast eine Durststrecke, Johann. Man braucht einen langen Atem, aber du weißt ja«, er nickte Keferberg zum Abschied aufmunternd zu, »Qualität zahlt sich immer aus.«

»Hätten Sie vielleicht einen Moment?«

»Natürlich«, erwiderte Heinlein, der gerade das Geschirr abräumte und wieder zum Tresen wollte, um den zweiten Espresso zu kochen. Der Mann mit dem Muttermal saß auf seinem Stammplatz am rechten der beiden Fenstertische und deutete einladend auf den zweiten Stuhl.

»Die Pastete war heute besonders deliziös«, sagte er, nachdem Heinlein Platz genommen hatte. »Der Rehrücken, worin haben Sie den eingelegt? War das Gin?«

»Nicht ganz«, korrigierte Heinlein schmunzelnd. »Genever.«

»Ach, natürlich!«, schnarrte sein Gast und ließ das R noch ein wenig länger als sonst rollen. »Genever!« Er schüttelte den massigen Kopf. »Wie dumm von mir.«

»Nicht doch, das war …«

»Adam Morlok.«

»Bitte?« Heinlein blinzelte verwirrt, dann bemerkte er die ausgestreckte Hand. »Heinlein«, sagte er und schlug ein. »Norbert Heinlein.«

»Ich weiß«, nickte der Mann, der sich als Adam Morlok vorgestellt hatte. Seine Hand war so groß, dass die von Heinlein unter den Fingern verschwand. »Freut mich, Herr Heinlein.«

Hinter dem Schaufenster quälte sich der Verkehr durch

den feierabendlichen Stau. Am Taxistand lehnten die Fahrer rauchend an der Motorhaube ihrer Autos, an einem der Stehtische vor dem Imbiss bewarfen sich ein paar lärmende Teenager gegenseitig mit Pommes.

»Ich muss mich für gestern entschuldigen«, sagte Herr Morlok. »Falls ich Ihnen zu nahe getreten sein sollte …«

»Nicht doch«, wehrte Heinlein errötend ab.

»Es stand mir nicht zu, Ihnen diese Frage zu stellen.«

Draußen plärrte eine Hupe, ein Taxi bremste hinter einem gelben VW-Bus, der mit geöffneten Hecktüren in der zweiten Reihe parkte. Frau Lakberg, die Besitzerin des Copyshops nebenan, lud ein paar Kisten aus und schleppte sie in ihren Laden.

»Ich habe mich in Ihre Angelegenheiten eingemischt, Herr Heinlein.«

Morlok holte die Geldscheine aus seinem Ledertäschchen, legte sie unter den Salzstreuer, stand ächzend auf und glättete das Jackett über dem massigen Bauch.

»Das tue ich sonst nie. Es sei denn …«

Er sah Heinlein aus durchdringenden, hellblauen Augen an.

Dieser hob fragend den Kopf: »Ja?«

»Es sei denn«, wiederholte Adam Morlok, der Mann mit dem Muttermal, »ich werde darum gebeten.«

Sieben

»*Et voila!*« Schwungvoll stellte Heinlein den Teller auf den Tisch, legte das in eine Serviette eingewickelte Besteck daneben und schob die Porzellanvase zurecht. »Ihre *Petits Patés,* Frau Dahlmeyer!«

Die alte Dame beugte sich neugierig über die kleinen, von einem goldbraunen Teigmantel umhüllten Pasteten, die Heinlein zwischen grünen Salatblättern und Melonenwürfeln zu einem Kreis um ein Näpfchen mit Hagebuttengelee arrangiert hatte.

»Ach, Herr Heinlein …« Das runzlige Gesicht erstrahlte. »Sie sind ein Zauberer!«

»Nicht doch«, wehrte dieser bescheiden ab. »Man braucht nur Kalbsragout, Artischocken, schwarze Trüffel und einen Schuss«, er schnippte mit den Fingern, »Amontillado. Sagen Sie mal …« Heinlein stutzte, beugte sich vor und sah die alte Dame scheinbar verwundert an. »Kann es sein, dass Sie von Tag zu Tag jünger werden?«

»Hören Sie bloß auf, Sie Charmeur.« Frau Dahlmeyer errötete bis zum Ansatz der bläulichen Dauerwelle, obwohl das Gespräch seit Jahren nahezu wortgleich verlief. »Setzen Sie einer alten Schachtel keine Flausen in den Kopf!«

Über Nacht hatte das Wetter umgeschlagen. Der Tag war kühl, aus dem bleigrauen Himmel wehte ein feiner Nieselregen gegen das Schaufenster. Als Heinlein zum Tresen ging, um den japanischen Grüntee für die alte Dame vorzubereiten, kam Marvin aus der Küche und schleppte einen vollen Wassereimer und einen Wischmopp zur Tür neben dem Weinregal, die den Verkaufsraum mit dem Hausflur verband.

»Muss was w-wegmachen«, keuchte er auf Heinleins Frage und versuchte vergeblich, die Tür mit der Schulter zu öffnen. Als Heinlein ihm half, schlug ihm beißender Gestank aus dem Flur entgegen, dessen Ursache er schnell unter den Briefkästen entdeckte. Da es sich nicht nur um einen Haufen, sondern auch um eine große Pfütze handelte, hatte der Hund wohl gleich beide Geschäfte auf den alten Steinfliesen erledigt.

»Warte.« Heinlein griff nach dem schwappenden Eimer. »Ich erledige das schon. Bist du so lieb und bringst mir Handfeger und Kehrblech?«

Marvin mochte zwar eine Hilfskraft sein, doch Heinlein hatte nicht vor, ihn eine solch erniedrigende Arbeit verrichten zu lassen. Er kämpfte den Brechreiz nieder und nahm den Wischmopp. Marvin brachte das Gewünschte, und als Heinlein, bleich vor Ekel, den übelriechenden Haufen auf das Kehrblech fegte, öffnete sich oben eine Wohnungstür, und Niklas Rottmann kam die Treppe herab, in Uniform und schweren Schnürstiefeln, die auf den abgetretenen Stufen polterten. Er ignorierte Marvin ebenso wie den stinkenden Haufen auf dem Kehrblech in Heinleins Hand; dass dieser unter den Briefkästen kniete, schien ihn nicht zu interessieren. Stattdessen beschwerte er sich im Näherkommen über den Krach aus Heinleins Wohnung, der seine Mutter bei der wohlverdienten Mittagsruhe störe.

»Mein Vater hört nicht mehr gut«, erklärte Heinlein, noch immer am Boden kniend. »Das Radio muss also mit einer gewissen Lautstärke …«

»Mama kann bei dem Gedudel nicht schlafen!«

»Es ist ein Klassiksender, insofern würde ich nicht unbedingt von Gedudel …«

»Es *nervt*!«

Rottmann baute sich breitbeinig vor Heinlein auf. Dieser entleerte das Kehrblech in den Eimer, richtete sich schwerfällig auf und versicherte, er werde sich der Sache mit der Lautstärke annehmen.

Das dürfe man als zahlender Mieter auch erwarten, knurrte Niklas Rottmann, rückte das Lederkoppel über der Uniformjacke zurecht und griff nach der Türklinke.

»Herr Rottmann?«

»Was?«

Heinlein räusperte sich. »Der ... Hund.«

»Was soll mit dem sein?«

Es gelang Heinlein nur unter Aufbietung sämtlicher Willenskraft, Rottmanns Blick standzuhalten, doch seine Reserven waren begrenzt. Kurz bevor er die Augen niederschlug, fasste sich Rottmann in einer übertriebenen Geste an die Stirn, als begreife er erst jetzt.

»Bertram ist sensibel, er hasst Regen. Irgendwo«, Rottmann wies mit dem Kinn auf die nassen Fliesen, »muss er ja sein Geschäft machen.«

Er riss die Tür auf und schlenderte durch die Regenschleier auf den bereits am Bordstein wartenden Geldtransporter zu.

»Arschloch«, sagte Marvin.

»Marvin«, tadelte Heinlein, »wir werden uns nicht ...«

Die Haustür fiel donnernd ins Schloss.

»... auf dieses Niveau begeben«, endete Heinlein, als der Krach im Treppenhaus verhallt war. »Beschimpfungen bringen niemanden weiter. Es geht nicht um den Austausch von Beleidigungen, sondern von Argumenten. Wer laut ist, hat nicht unbedingt recht, und wenn der eine schreit, muss der andere nicht zurückschreien. Letztendlich zählt immer …«

»Neunzehn.«

»Tut mir leid, aber ich kann dir nicht folgen!«, rief Heinlein aus. »Ich versuche, dir etwas zu erklären! Ein bisschen Aufmerksamkeit ist doch wohl das Mindeste, das man erwarten …«

Er hielt inne. Marvin, der in die verschlungenen Muster auf den rissigen Bodenfliesen vertieft gewesen war, sah ihn erschrocken an.

»Entschuldige«, seufzte Heinlein. »Ich wollte dich nicht ausschimpfen.« Die Knie seiner Anzughose waren fleckig und feucht, von der Kehrschaufel in seiner rechten Hand tropfte eine bräunliche Masse auf die Schuhe. »Also«, er nickte Marvin aufmunternd zu, »ich mache das hier schnell fertig, danach muss ich unter die Dusche. Du siehst nach Frau Dahlmeyer, die wartet bestimmt schon auf ihren Sencha-Tee. Aber wo wir einmal hier sind …«

Heinlein holte seinen Schlüsselbund aus der Hosentasche und öffnete den Briefkasten. »Ach, wie schön!«, strahlte er und zog einen wattierten Umschlag heraus. »Lupita hat geschrieben!«

»Schau mal, wie groß sie geworden ist, Marvin!«

Marvin, der gerade den Tisch von Frau Dahlmeyer abräumte, stellte den Teller auf den Verkaufstresen und betrachtete das somalische Mädchen auf dem Foto, das unter einer Palme vor einer gekalkten Baracke saß und mit großen, dunklen Augen in die Kamera lächelte. Sie trug eine

Schuluniform – Kniestrümpfe, dunkler Rock und weiße Bluse –, ein silberner Haarreif hielt die schwarze Lockenmähne in Zaum.

Heinlein sah sich die Rückseite an. Ein väterliches Lächeln umspielte seine Lippen, als er die krakelige Kinderschrift *(für Papa Norbert libe Grüße von deiner Lupita)* entzifferte. Er legte das Foto auf den Tresen und entfaltete den Brief von Lupitas Mutter, die sich zunächst wie immer in holprigem Englisch für die monatliche Spende bedankte.

»Sie haben die Schule neu gestrichen«, las Heinlein vor. »Im Herbst soll das Dach neu gedeckt werden und ...« Seine Miene verdüsterte sich. »Der Brunnen ist defekt, sie müssen das Wasser in Kanistern aus dem Nachbardorf holen, das sind drei Kilometer Fußweg. Sie brauchen eine neue Pumpe. Tja«, er fischte einen Überweisungsträger aus dem Umschlag, »die komplette Summe können wir nicht zahlen. Aber wir sollten uns beteiligen.«

Der Regen war stärker geworden. Menschen hasteten geduckt vorbei, die Kapuzen ihrer Jacken tief in die Stirn geschoben. Vor dem Imbiss bogen sich die Sonnenschirme im böigen Wind. Marvin nahm einen Lappen, ging zum Fenster und wischte eifrig den Tisch ab. Plötzlich stutzte er und betrachtete die Marmorplatte.

»Vergiss nie, wie privilegiert wir sind«, sagte Heinlein. »Wir wissen gar nicht, wie gut es uns geht. Das dürfen wir nie ...«

»Fünf«, murmelte Marvin.

»Wie du meinst«, seufzte Heinlein.

Als er am Abend hoch zu seinem Vater ging, regnete es draußen in Strömen. Das Essen verlief nahezu schweigend, mental schien der Alte zwar in guter Verfassung zu sein und zu wissen, wo er sich befand, doch seine Stimmung war getrübt. Er beendete seine Mahlzeit schneller als gewöhnlich, machte eine Bemerkung über die Artischockenherzen, die durchaus ein paar Minuten mehr in der Pfanne hätten verbringen können, stemmte sich mühsam aus dem Stuhl und wollte hinunter in den Laden, um das kalte Büfett für die Tagung der SED-Bezirksleitung vorzubereiten. Nachdem Heinlein ihn endlich zu Bett gebracht hatte, ging er in sein Zimmer, setzte sich an den Tisch neben dem schmalen Bett und schrieb einen Brief an sein somalisches Patenkind.

Liebe Lupita,
vielen Dank für deine netten Zeilen. Es ist schön, dass die Schule neu gestrichen wurde, und bald bekommt ihr ja endlich das neue Dach.
Ich hatte dir ja von dem Baum geschrieben, den ich mit Marvin gepflanzt habe. Er bekommt schon die ersten Blüten! Morgen werde ich Bouchées zubereiten, das sind kleine Pastetchen, die man mit einem einzigen Bissen essen kann. Man braucht also nicht einmal Besteck! Für die Farce (so nennt man die Füllung) schwebt mir eine Kombination aus Geflügelleber, geräuchertem Schinken und weißen Trüffeln vor. Gerade letztere haben natürlich ihren Preis, doch eine Pastete lebt von der Güte ihrer Zutaten, weshalb meine finanzielle Geschäftslage ein wenig angespannt ist. Aus diesem Grund kann ich mich leider nur zum Teil an der neuen Wasserpumpe beteiligen (die monatlichen Überweisungen werde ich natürlich

fortsetzen). Doch Geld, liebe Lupita, bedeutet nicht alles auf der Welt. Es gibt wichtigere Dinge, die ich in einem kleinen Gedicht zusammenfassen will:

Tu immer das, was du liebst!
Tu es von Herzen
und nicht nur für Geld!
Mach andere glücklich,
so wirst auch du
zufrieden sein.
Wohlstand ist vergänglich,
aber Glück
ist unbezahlbar.

So, liebe Lupita, das soll's für heute gewesen sein. Höre immer fein auf Mutti und Vati, und vor allem lerne fleißig! Nicht mit Gewalt, sondern durch Klugheit kommt man ans Ziel. Mit Ausdauer, Geduld und Verstand kann man alles erreichen. Diesen Rat gibt dir
dein Papa Norbert

PS: Marvin lässt herzlich grüßen.

Acht

»Das ist es also!«, strahlte Adam Morlok. »Das Allerheiligste!«

Er hatte Heinlein gebeten, einen Blick in die Küche werfen zu dürfen. Beinahe ehrfürchtig strich er mit dem Finger über den langen, polierten Arbeitstisch, unter dem sich auf einem Gestell Töpfe, Pfannen und Schüsseln in allen erdenklichen Formen und Größen stapelten.

»Hier also entstehen Ihre Köstlichkeiten«, murmelte er und betrachtete die Wandschränke aus blitzendem Edelstahl und die Kellen, Schöpflöffel und Messer, die sich unter den meterlangen Gewürzregalen an den gefliesten Wänden reihten. »Die Werkstatt eines wahren Meisters.«

»Nicht doch«, wehrte Heinlein errötend ab.

»So viele Dinge!«, schwärmte Morlok. »Und jedes hat seinen Platz!«

»Natürlich. Wer kreativ sein will, muss vorher Ordnung schaffen.«

Morlok neigte den massigen Kopf, kniff das linke Auge unter dem Stirnmal zusammen und sah Heinlein nachdenklich an. »Ordnung ist also die Grundlage der Kreativität«, überlegte er laut. »Das gefällt mir«, nickte er. »Das gefällt mir sehr!«

Seine schnarrende Stimme hallte von den gefliesten Wänden wider. Er klang, als würde er einen philosophischen Disput führen und anstatt in einer leeren Küche in einem gefüllten Auditorium stehen, in dem er nicht von funkelnden Kochutensilien, sondern von andächtig lauschenden Studenten umgeben war.

Er drehte sich um die eigene Achse und ließ den Blick umherschweifen. »Es sieht alles aus wie neu.«

»Ach was, nur gut gepflegt.«

»Das ist eine Menge Arbeit, Herr Heinlein.«

»Allerdings. Aber ich habe ja Hilfe.«

Heinlein deutete auf die hüfthohe Schwingtür, hinter

der es drei Stufen hinab in den Verkaufsraum ging. Marvin kniete mit Sprühflasche und Poliertuch am Boden und putzte das gewölbte Kristallglas über der Käsetheke.

»Dort«, Heinlein wies auf zwei mannshohe Kühlschränke, »stehen meine letzten Neuanschaffungen. Das war vor vier Jahren. Die Backöfen und der Spültisch stammen noch aus der Zeit meines Vaters, die Dunstabzugshaube ist über zwanzig Jahre alt.«

»Qualitätsarbeit.«

»So ist es«, stimmte Heinlein zu, verschwieg aber, dass er die Abzugshaube über den beiden Gasherden seit einigen Wochen nicht mehr auf die höchste Stufe stellen konnte, da der Lüfter dann ein Geräusch erzeugte, das an die Brunftschreie eines erkälteten Elchbullen erinnerte.

»Sie haben hier viel Platz«, schnarrte Morlok und deutete auf den hinteren Teil mit dem kleinen Tisch, an dem Heinlein und Marvin in der kalten Jahreszeit ihre Pausen verbrachten. An der Rückwand befanden sich das Regal mit den Reinigungsmitteln und Marvins Spind, in dem er seine Kittel verwahrte und den großen Werkzeugkoffer, den er im Förderzentrum benutzt hatte. Der Lastenaufzug in der Ecke, der hinab in den Keller mit dem alten Kühlhaus führte, war seit Jahren außer Betrieb.

»Früher war's noch viel mehr.« Heinleins Augen leuchteten. »Damals hatten wir sechs, manchmal sogar zehn Angestellte. Aber man muss mit der Zeit gehen, also habe ich die vordere Wand versetzen lassen, um mehr Platz für den Verkaufsraum zu schaffen.«

»Verstehe.« Morlok faltete die Hände über dem Steiß, senkte den Kopf und begann, nachdenklich auf und ab zu laufen. In seinem Rücken baumelte das Ledertäschchen am Handgelenk. »Ich bin ebenfalls Geschäftsmann, als solcher muss man auf den Markt reagieren. Manchmal ist es Zeit zu expandieren, manchmal ist es besser, sich zu verkleinern.«

»Gesundschrumpfen«, pflichtete Heinlein bei. »Ganz meine Meinung. Ich …«

»Ich unterbreche Sie nur ungern.« Morlok stoppte abrupt und hob den Zeigefinger. Der Siegelring funkelte im Schein der Neonröhren über ihren Köpfen. »Aber die Sache hat einen Haken.«

»Und welchen?«

Morlok setzte sich wieder in Bewegung. »Dieser Vorgang hat Grenzen, Herr Heinlein. Man kann nur bis zu einem gewissen Grad schrumpfen. Denn irgendwann …«, er streckte den Daumen, bildete mit dem Zeigefinger einen Kreis und presste die Kuppen aufeinander, »ist man verschwunden.«

Morlok, der einen knappen Kopf kleiner war, sah lächelnd zu Heinlein auf, offensichtlich in Erwartung eines Gegenarguments.

»Aber wem sage ich das«, winkte er ab, als Heinlein vergeblich nach Worten suchte. »Jemandem wie Ihnen muss man wohl kaum erklären, wie …«

Marvin polterte die Treppe herauf, stieß die Schwingtür auf und erklärte hastig, es gäbe ein *P-Problem.* Als Heinlein in den Verkaufsraum eilte, brandete ihm Lärm entgegen, er riss die Ladentür auf, sah zunächst über die Straße, dann nach oben und erstarrte.

Es gab tatsächlich ein Problem. Einerseits durch die drei grölenden Halbwüchsigen am Bordstein auf der anderen Straßenseite vor dem Imbiss; das größere, regelrecht gewaltige Problem allerdings stellte der alte Mann dar, auf den ihre Blicke gerichtet waren: Heinleins Vater, der nackt auf dem kleinen Balkon über dem Laden stand und – angestachelt von den johlenden Teenagern – eine geifernde Wutrede über die Speisekarte von *WURST & MORE* hielt.

»BILLIGFRASS!«, kreischte der Alte. »VERGIFTET EUCH RUHIG MIT DIESEN ABFÄLLEN!«

Einer der Halbwüchsigen biss in eine Bockwurst, riss übertrieben die Augen auf, schrie um Hilfe und wälzte sich unter dem Gelächter seiner Kumpane am Boden.

»MASSENWARE!« Die Stimme des alten Mannes überschlug sich, gellte über den Platz. »RANZIGES FETT! SCHLECHTES FRITTIERÖL!«

Als Heinlein ins Haus laufen wollte, griff jemand seinen Arm.

»Ich brauche Ihre Erlaubnis«, sagte Adam Morlok ruhig.

»*Was* brauchen Sie?«

»MAN BENUTZT ERDNUSSÖL!«, keifte Heinleins Vater. »DAS HAT EINEN HÖHEREN RAUCHPUNKT!«

»Ihre Erlaubnis«, wiederholte Morlok geduldig.

Der Junge mit der Bockwurst hatte sich aufgerichtet und präsentierte seinen nackten Hintern.

»Darf ich?«, fragte Morlok. »Mich in Ihre Angelegenheiten einmischen?«

Norbert Heinlein verstand kein Wort.

»Von mir aus«, sagte er und eilte ins Haus.

Es wurde nicht einfach, den tobenden Greis zu beruhigen. Schließlich gelang es Heinlein, die in das Balkongeländer verkrallten Finger zu lösen und den alten Mann ins Wohnzimmer zu führen, wo er seinen schluchzenden Vater in die Arme nahm.

»Alles ist gut, Papa.«

Er sah aus dem Fenster und bemerkte Adam Morlok. Was immer der zu den Halbwüchsigen gesagt haben mochte, ihre Stimmung hatte sich geändert. Sie bildeten einen bedrohlichen Halbkreis, derjenige, der vorhin die Bockwurst gegessen hatte – offensichtlich der Anführer –, redete wild gestikulierend auf Morlok ein. Seine Bewegungen erinnerten an die Drohgebärden eines Schimpansenmännchens. Dass selbst der Kleinste der drei einen halben Kopf größer war, schien Morlok nicht im Geringsten zu scheren. Lächelnd wippte er auf den Schuhsohlen vor und zurück, während das Ledertäschchen zwischen seinen auf dem Rücken verschränkten Händen pendelte.

Ein weiteres Schluchzen schüttelte den alten Mann. Heinlein zog seinen Kopf an die Brust und strich beruhigend über das dünne Haar. Stechender Uringeruch mischte sich mit dem vertrauten Duft des Rasierwassers.

»Wir machen dich erst einmal sauber, Papa. Dann ruhst du dich ein bisschen aus. Heute Abend gibt's Rehpastete mit Spargel und Hagebuttensoße, das wird dir bestimmt ...«

Heinlein verstummte, als er das Springmesser in der Hand des Schimpansen bemerkte. Auch jetzt schien Morlok absolut unbeeindruckt, denn als der Junge den Arm streckte und mit der blitzenden Klinge vor Morloks beachtlichem Bauch herumfuchtelte, wurde dessen Lächeln breiter.

»Mir ist kalt«, wimmerte der Alte und schmiegte sich schutzsuchend an seinen Sohn. Sein Speichel durchnässte das gebügelte Hemd. »Mir ist so kalt.«

»Wir ziehen dir gleich was an.«

»Ich habe eingepinkelt.«

»Schon gut, Papa.«

Heinlein sah über die knochige Schulter seines Vaters aus dem Fenster. Die Halbwüchsigen liefen davon. Der Anführer hatte das Messer wieder eingesteckt, er wandte sich im Gehen um und zeigte Morlok den Stinkefinger. Dieser winkte ihm schmunzelnd nach.

»Norbert?«, krächzte der Alte.

»Ja?«

»Warum lässt du mich nicht sterben?«

Neun

»Ich muss mich bei Ihnen bedanken«, sagte Heinlein außer Atem und setzte sich zu Adam Morlok an den Fenstertisch. »Ich habe alles beobachtet. Das war ein äußerst unschöner …«

»Wie geht's Ihrem Vater?«

»Er schläft. Marvin ist oben und passt auf.«

Als Heinlein zurück in den Laden gekommen war, hatte Morlok wieder an seinem Stammplatz gesessen.

»Was …« Heinlein deutete aus dem Fenster. »Was haben Sie zu denen gesagt?«

»Nicht viel.« Morlok strich mit dem Daumennagel über das Mal auf der Stirn. »Ich habe um Ruhe gebeten.«

»Die haben Sie mit einem …«, Heinlein räusperte sich, »Messer bedroht.«

»Bedroht?« Morlok schüttelte den Kopf. »Sie haben damit

herumgefuchtelt. Das ist nicht die Aufgabe eines Messers. Ein Messer ist eine Waffe, Herr Heinlein. Wer eine Waffe zieht, sollte sie auch benutzen.«

»*Das* haben Sie gesagt?«

»So ist es.«

Morloks Zunge stieß gegen die Zähne *(ſo iſt eſ)*. Er war wieder in den geschwollenen Singsang eines Dozenten verfallen, was das Lispeln verstärkte.

»Ich war schon immer der Meinung, dass man mit Worten viel mehr ausrichtet«, sagte Heinlein. »Die menschliche Vernunft …«

»… wird oft überschätzt, Herr Heinlein!«, unterbrach Morlok gestelzt. »Es kommt auf die Situation an, wie in der Wirtschaft. Man beobachtet den Markt, analysiert ihn und reagiert entsprechend. In diesem Fall«, er wies mit dem Kinn durch das Schaufenster hinüber zum Imbiss, »war die Lage klar.«

An einem der Stehtische blies eine junge Frau in einen Kaffeebecher und schob mit dem Fuß einen Kinderwagen hin und her. Im Park weiter rechts saßen ein paar Studenten auf einer Bank unter den alten Bäumen, rauchten selbstgedrehte Zigaretten und ließen einen Pappteller mit Pommes frites kreisen.

»Ich habe beobachtet.« Als Morlok sich zurücklehnte, ächzte der Stuhl unter seinem Gewicht. »Meine Analyse ergab, dass das Messer eher als …«, er suchte einen Moment nach den richtigen Worten, »Utensil juvenilen Übermutes zu betrachten war und keine Bedrohung darstellte.«

»Das haben Sie denen dann auch gesagt.«

»Selbstverständlich. Es war eine naheliegende, weil effektive Reaktion. Probleme sind da, um gelöst zu werden. Aber als Geschäftsmann kann ich es mir nicht leisten, meine Zeit zu verschwenden.«

»Darf man fragen, was genau Sie …?«

Heinlein biss sich auf die Lippen.

»Was ich geschäftlich mache?«

»Entschuldigung, ich …« Heinlein wischte ein imaginäres Staubkorn von der Marmorplatte. »Die Frage steht mir nicht zu, ich …«

»Im Gegenteil, Herr Heinlein. Nachdem *ich* mich in Ihre Angelegenheiten einmischen durfte, ist es sogar Ihr Recht, etwas über die meinigen zu erfahren.«

Die Kühltheke sprang an und ließ die Porzellanteller mit den Pastetenscheiben in den Auslagen klirren.

»Ich bin im Handelsgeschäft«, sagte Morlok. »Import und Export in allen möglichen Bereichen. Keine Sorge«, er lachte auf, »natürlich keine Drogen oder gar Waffen. Oder andere Dinge, wodurch Menschen zu Schaden kommen. Es ist eine Frage der kaufmännischen Ehre.«

»Natürlich.«

Heinlein erwiderte Morloks Lächeln. Es war schwer, sich der Ausstrahlung dieses Mannes mit der Statur eines Boxers und dem Gebaren eines Hochschulprofessors zu entziehen.

Draußen wurde eine schwere Autotür zugeschlagen. Der Geldtransporter parkte vor dem Taxistand am Bordstein, Niklas Rottmann lief um die Motorhaube, klatschte den Fahrer durch das offene Seitenfenster ab, rückte die verspiegelte Sonnenbrille auf der Nase zurecht und lief über die Straße auf das Haus zu. In seiner Hand baumelte eine Plastiktüte mit einer Assiette, in der er seiner Mutter das Abendessen vom China-Restaurant am Opernhaus mitbrachte.

»Ich wollte Sie neulich nicht beleidigen«, versicherte Morlok, dem nicht entgangen war, wie Heinleins Miene sich bei Rottmanns Anblick verfinsterte. »Die Frage, warum Sie sich das gefallen lassen, stellte keine Kritik dar. Ich habe sie aus Interesse gestellt.«

»Nun ja«, seufzte Heinlein. »Ebenso wie Sie habe ich die Situation beobachtet, analysiert und ...«

Die alten Mauern bebten, als die Haustür ins Schloss krachte. Rottmanns Stiefel donnerten nebenan durch den Flur und verhallten im Treppenhaus.

»Ich habe also beobachtet«, wiederholte Heinlein, »analysiert und entsprechend reagiert.«

»Darf man fragen«, Morlok beugte sich neugierig vor, »wie genau Ihre Analyse ausfiel?«

»Dass sich mit Worten nichts ausrichten lässt. Sie haben recht, als Geschäftsmann kann ich meine Zeit nicht vergeuden. Und es heißt ja nicht umsonst: Der Klügere gibt nach.«

»Richtig!« Morlok hob den Zeigefinger. »Doch dann stellt sich eine weitere Frage. Und zwar ...«, er ließ eine bedeutungsvolle Pause einfließen, »die Frage nach dem *Warum*, Herr Heinlein.«

»Ich ... ich verstehe nicht ...«

»*Warum* gibt er nach?«

»Weil ...«, Heinlein dachte stirnrunzelnd nach, »weil er der Klügere ist?«

»Und warum ist er klüger?«

»Weil er ... nachgibt?«

»Ach was!«, blaffte Morlok verärgert. »Wir drehen uns hier im Kreis!«

Heinlein rutschte unter Morloks einschüchterndem Blick verlegen auf seinem Stuhl hin und her.

»Der Klügere hat einen Plan«, dozierte Morlok. »Er denkt

langfristig. Er zieht sich zurück, um später angemessen zu reagieren. Sonst ist er nicht klug, sondern feige!«

Er sank zurück, um Heinlein Gelegenheit zu einer Erwiderung zu geben. Dieser durchforstete vergeblich seinen Verstand, er war diesem gedrungenen Mann mit der seltsamen Frisur argumentativ hoffnungslos unterlegen. Zu seiner Erleichterung läutete die Türglocke, und Frau Glinski, die in der Bank schräg gegenüber arbeitete, erschien, um ihre Teevorräte aufzufüllen. Wie üblich wurde sie von Norbert Heinlein äußerst fachkundig beraten und entschied sich schließlich nicht nur für eine Packung marokkanischen Minztee, sondern ließ sich auch ein halbes Pfund Rehpastete einpacken. Heinlein begleitete sie zuvorkommend zur Tür, verabschiedete sich höflich und nahm wieder bei Morlok Platz.

»Ich muss mich jedenfalls bei Ihnen bedanken«, wiederholte Heinlein, um das Gespräch auf ein anderes Thema zu lenken. »Diese ... Radaubrüder wären bestimmt wiedergekommen.«

»Nun, das können wir jetzt ausschließen.«

»Ich bin Ihnen etwas schuldig.«

»Nicht doch, Herr Heinlein!«

Adam Morlok breitete in einer theatralischen Geste die stämmigen Arme aus. Vielleicht, fügte er nach kurzem Überlegen hinzu, wäre es möglich, um eine kleine Gefälligkeit zu bitten, er sei auf der Suche nach Lagerraum – nicht viel, nur eine Abstellmöglichkeit, um etwas zwischenzulagern.

Das, nickte Heinlein, sei prinzipiell möglich, aus hygienischen Gründen allerdings leider nicht in der Küche. Doch es gäbe da noch den Keller mit dem alten Kühlhaus, wo sich zwischen den Weinregalen bestimmt ein Plätzchen finden werde – vorausgesetzt, die Ware sei nicht allzu empfindlich, da der Keller unbeheizt und etwas feucht war. Das sei absolut kein Problem, versicherte Morlok und zeigte sich hocherfreut, als Heinlein ihm die Ersatzschlüssel zu Haustür und Keller anbot.

Einen finanziellen Ausgleich lehnte Norbert Heinlein natürlich entrüstet ab. Er holte die Schlüssel aus der Schublade unter der alten Registrierkasse, und als die Abmachung wie unter ehrenwerten Geschäftsleuten üblich per Handschlag besiegelt wurde, geschah dies nur ein paar Meter von der Stelle entfernt, an der Adam Morlok sich wenige Wochen später fluchend und von Krämpfen geschüttelt im Todeskampf winden sollte.

Zehn

Kurz vor Ladenschluss erschien Marvin und teilte mit, dass Heinleins Vater tief und fest schlief.

Wie üblich schafften sie gemeinsam Ordnung – schweigend und konzentriert in die Arbeit vertieft. Während Marvin sich danach um die junge Kastanie kümmerte, verzichtete Heinlein auf seinen zweiten Zigarillo und ging in den Keller, um nach dem Rechten zu sehen und etwas Platz zu schaffen. Das erwies sich als unnötig, denn abgesehen von zwei Dutzend Weinkisten, ein paar Blecheimern und diversen Putzutensilien waren die Regale leer.

Heinlein sah sich im Schein der nackten Glühbirne um.

In seiner Jugend war hier die Metzgerei untergebracht gewesen, auch Jahrzehnte später konnte er den Geruch frischen Blutes, dampfender Innereien und rohen Fleisches in der modrigen Kellerluft noch erahnen, erinnerte sich an die schnellen Schläge der Hackmesser, die strenge Kommandostimme seines Vaters und die rauen Rufe der verschwitzten Gehilfen, die umgeben von Dampfschwaden in riesigen Töpfen Blutwurst anrührten und Rinderfilet von den Knochen lösten. Die gusseisernen Fleischwölfe, Rührmaschinen und Hackklötze waren längst verschwunden, nur im hinteren Teil waren das Kühlhaus und der Lastenaufzug nach oben zur Küche verblieben, ebenso die von der Decke baumelnden Eisenketten, an deren Haken die Schweinehälften zerteilt worden waren. Die ehemals strahlend weißen Fliesen hatten die Farbe nikotingelber Finger angenommen, Risse überzogen die Wände, die rostigen Enden der längst abgeklemmten Heizungsrohre ragten heraus.

Heinlein musterte die maroden Bleileitungen, die Spinnweben in den Ecken und das Gewirr der alten Stromkabel. Er fuhr mit dem Finger über ein Regalfach und rümpfte die Nase, als er die Staubspur bemerkte.

Es war peinlich, dass Morlok den Keller in solch vernachlässigtem Zustand vorfinden würde, also nahm Heinlein einen Lappen und wischte den Staub von den eisernen Regalböden. Gegen die Flecken auf den Fliesen war nicht viel auszurichten, aber den von der gekalkten Decke gerieselten Putz und die toten Spinnen konnte man auffegen.

Das tat Norbert Heinlein auch, doch kurz bevor er seine Arbeit beendet hatte, stolperte er über eine lose Fliese, prallte gegen eine Regalstrebe, verlor das Bewusstsein und fand sich plötzlich mit einer Platzwunde am Hinterkopf auf dem Fußboden wieder. Er rappelte sich auf, taumelte die Kellertreppe nach oben und registrierte, dass er nicht lange ohnmächtig gewesen sein konnte, denn als er auf den Bürgersteig trat, war Marvin noch immer damit beschäftigt, das Unkraut um die Kastanie zu zupfen.

Heinlein ging nach oben, weckte seinen Vater und deckte den Tisch für das Abendessen. Der alte Mann hatte den Vorfall am Nachmittag vergessen und verzehrte seine Rehpastete mit großem Appetit, lobte die Knoblauchnote und das Aroma des Armagnacs und ließ sich eine zweite Portion auftischen. Heinlein selbst aß nichts. Er spürte eine leichte Übelkeit und Schwindel.

Die Wunde war schmerzhaft, doch sie blutete kaum. Heinlein rechnete mit einer dicken Beule, aber auch diese würde verheilen, so dass dieses ärgerliche Missgeschick bald vergessen sein dürfte.

Das war ein Irrtum.

In der Nacht musste er sich mehrmals übergeben. Als er im Morgengrauen mit dröhnendem Schädel und weichen Knien durch das Treppenhaus hinunter zur Küche lief, ging er wie durch dichten Nebel.

Er bereitete eine einfache Gänseleberpastete zu, die er am Vortag zum Marinieren in den Kühlschrank gelegt hatte. Den Rest erledigte er benommen und mechanisch, ohne von den Zutaten zu kosten – sein Magen, stand zu befürchten, würde beim kleinsten Bissen erneut rebellieren.

Er überließ es Marvin, die Teller mit den Pastetenstücken in der Vitrine zu arrangieren, und setzte sich auf die Bank vor dem Laden in der Hoffnung, sein Zustand würde sich an der frischen Luft etwas bessern. Es war ein sonniger Frühlingsmorgen, doch er registrierte das Zwitschern der Vögel nur am Rande, ebenso die schlurfenden Schritte im Treppenhaus. Erst als die Haustür neben dem Laden ins Schloss fiel, fuhr er erschrocken zusammen und bemerkte Niklas Rottmann, der mit seinem hechelnden Hund an der Leine in der Morgensonne stand.

»Im Treppenhaus stinkt's«, knurrte er verschlafen. Über der Jogginghose hing ein verblichenes *Rammstein*-Shirt. Sein Haar war zerzaust, die linke Wange vom Abdruck des Kissens gefurcht. »Zieht bis hoch in die Wohnung!«

»Nun«, widersprach Heinlein, »als *Gestank* würde ich das nicht unbedingt ...«

»Riecht total verbrannt!«

»*Kross*«, korrigierte Heinlein müde. »Ein Pastetenteig braucht eine gewisse Temperatur, um die gewünschte Kruste ...«

Der Hund schnüffelte an seinen Hosenbeinen. Heinlein erkannte die Pfütze neben der Kastanie, doch er war unsicher, ob das Tier seine Morgentoilette schon vollständig beendet hatte, und zog die Füße an, um zu verhindern, dass das Geschäft auf seinen polierten Lackschuhen fortgesetzt wurde.

»Abgesehen davon«, sagte er und versuchte, die pochenden Schmerzen im Hinterkopf zu ignorieren, »entspricht die Lüftungsanlage im Küchenbereich sämtlichen Anforderungen. Falls es trotzdem zu Beeinträchtigungen kommen sollte ...«

»Mama kriegt kaum Luft!«

»... werde ich das natürlich prüfen.«

»Wir zahlen 'ne Menge Kohle für diese Bruchbude! Da darf man wohl erwarten … is irgendwas?«

Die letzten Worte galten Marvin, der auf der Schwelle zum Laden stand und Rottmann finster ansah. Der Hund gab ein Kläffen von sich, zerrte an der Leine und begann, die weißen Sneaker des erbleichenden Marvin zu beschnüffeln.

»Herr Rottmann«, seufzte Heinlein. »Sie sehen doch, er hat Angst. Es wäre wirklich nett, wenn Sie den Hund …«

»Bertram tut keiner Fliege was.« Niklas Rottmann, ein halbes Jahr jünger als Marvin, schüttelte den Kopf. »Werd endlich erwachsen, du Spinner.«

Er zog den widerstrebenden Hund zurück zum Hauseingang.

»Das Leben ist nicht immer einfach«, murmelte Heinlein, nachdem das Krachen der zufallenden Haustür verklungen war. »Man muss es nehmen, wie es ist.«

»Einundachtzig«, sagte Marvin.

»Et voilà, Frau Dahlmeyer!« Heinlein platzierte den Teller in gewohnt elegantem Bogen auf den Tisch. »Gänseleberpastete mit gratinierten Feigen und Madeiragelee!«

»Ach, Herr Heinlein!«, rief die alte Dame entzückt aus. »Was sind Sie doch für ein …« Sie sah Heinlein mit gerunzelter Stirn an und änderte ihren Text: »Sie scheinen mir ganz schön blass«, stellte sie besorgt fest. »Geht es Ihnen gut?«

»Phantastisch sogar!«, strahlte Heinlein. »Wie immer, wenn Sie mich beehren!«

Weder sein Großvater noch sein Vater hatten *Heinlein's Delicatessen- und Spirituosengeschäft* aus Krankheitsgründen jemals auch nur eine Minute vernachlässigt. Auch Norbert Heinlein nicht – selbst damals, als er mit der Kiste für Keferbergs Frühstücksbüfett auf den Granittreppen vor der Pension übel gestürzt war, hatte er sich mit verstauchtem Fuß humpelnd über den Platz zurück in den Laden gequält und die nächsten Tage an Krücken gearbeitet. Genetisch betrachtet waren die schlaksig und ungelenk wirkenden Heinleins nicht gerade mit körperlicher Robustheit gesegnet, doch sie waren pflichtbewusst und hart im Nehmen. Norbert Heinlein hatte nicht vor, diese hundertjährige Tradition wegen einer läppischen Beule zu brechen.

Als er sich vorbeugte und mit den Händen auf den Oberschenkeln abstützte, um Frau Dahlmeyer das übliche Kompliment zu machen *(Kann es sein, dass Sie von Tag zu Tag jünger werden?)*, wurde ihm schwarz vor Augen. Es gelang ihm, den drohenden Sturz mit einem Ausfallschritt abzufedern und nach einer halben Drehung in Richtung Tresen zu wanken. Dort angekommen, bemerkte er, dass die alte Dame ihr Mahl begonnen hatte. Bleich, das Messer in der einen, die Gabel in der anderen Hand haltend, starrte sie auf ihren Teller.

»Alles zu Ihrer Zufriedenheit, Frau Dahlmeyer?« Heinlein lallte ein wenig.

»Es ...« Sie schob den Bissen im Mund hin und her. »Es schmeckt irgendwie ... besonders.«

»Das muss es auch, es liegt am Kreuzkümmel!«

Die Alte kaute angestrengt. »Aha.«

»Der gibt dem Gericht im Zusammenspiel mit dem braunen Zucker und dem französischen Cognac erst den richtigen ...«, es gelang Heinlein, ein Auge zusammenzukneifen, doch sein Lächeln geriet eher zu einer Grimasse, »Pfiff!«

»Wenn Sie meinen …« Die alte Dame presste die grellrot geschminkten Lippen aufeinander und versuchte, den Bissen hinunterzuschlucken. Es gelang ihr nur mit Mühe. »Es erscheint mir«, sie atmete erleichtert auf, »ein wenig …«

»Ja?«

»Äh … salzig?«

Auch das, beteuerte Heinlein, sei nicht verwunderlich, da der Teigmantel mit einer Prise Meersalz verfeinert sei, während Frau Dahlmeyer den Teller unauffällig mit den lackierten Fingerspitzen in Richtung Tischmitte schob. Ihr Gesichtsausdruck sprach Bände.

»Ich kümmere mich erst mal um Ihren Tee.«

Heinlein ahnte, dass etwas nicht stimmte. Auf dem Weg in die Küche griff er einen der Teller aus der Vitrine, schaffte es, die drei Stufen, ohne zu stolpern, zu meistern, stieß die Schwingtür mit der Hüfte auf und lehnte sich neben der Rührmaschine an den Arbeitstisch, wo er außer Sichtweite war.

Er nahm die Pastete. Spitzte die Lippen und biss vorsichtig ab. Kaute. Schluckte, schloss die Augen und öffnete sie wieder. Sein Blick wurde starr. Er wiederholte den Vorgang. Biss ab. Kaute, länger diesmal. Schluckte.

Und erblasste.

Er stellte den Teller auf den Arbeitstisch. Die Edelstahlplatte war abgewischt, die Geräte gereinigt, doch die Gläser mit den Gewürzen standen noch neben dem Herd. Dickwandig und robust, stammten diese noch aus der Zeit seines Großvaters. Irgendwann waren die Korkverschlüsse brüchig geworden und hatten ersetzt werden müssen, doch einige der vergilbten Etiketten waren noch in der altmodischen Sütterlinschrift des Firmengründers beschriftet.

Heinleins Blick wanderte über die eleganten, steil mit Tinte und Feder gezogenen Buchstaben. Er stieß einen unterdrückten Schrei aus, taumelte zurück und sank mit dem Rücken am Kühlschrank entlang zu Boden.

Dass er am frühen Morgen die Gewürzgläser entgegen seiner Gewohnheiten nicht wieder in den Wandschränken einsortiert hatte, war angesichts seines benebelten Zustandes verzeihlich. Absolut *unverzeihlich* hingegen war, dass er die Gläser verwechselt hatte. Es grenzte an ein Wunder, dass es der alten Frau Dahlmeyer überhaupt gelungen war, den Bissen herunterzuwürgen, denn ihre Aussage, es wäre *ein wenig* salzig, war eine absolute Untertreibung. Da Heinlein die gratinierten Feigen nicht mit Zucker, sondern mit Salz zubereitet hatte, war das Gericht ungenießbar.

Auch das wäre noch zu verschmerzen gewesen. Der Grund, aus dem Norbert Heinlein auf dem Boden saß mit einem Gesicht, das die Farbe der Fliesen angenommen hatte, war ein anderer.

Als Niklas Rottmann sich am Morgen über den Geruch im Treppenhaus beschwerte, hatte er dies als Gefasel eines ignoranten Banausen abgetan. Ob das ein Trugschluss gewesen war, ließ sich nicht mehr feststellen, denn Norbert Heinlein selbst hatte es nicht riechen können.

Damit nicht genug.

Er hatte von der Pastete gekostet. Er wusste, dass sie missraten war, doch er war nicht in der Lage, sich ein eigenes Urteil zu bilden. Salzig, versalzen oder ungenießbar – er selbst konnte den Unterschied nicht feststellen.

Norbert Heinlein hatte seinen Geschmackssinn verloren.

Elf

Er räumte die Pasteten aus den Auslagen und erklärte seiner Kundschaft, es gebe leider ein technisches Problem in der Küche.

Es war mehr als eine Beule, viel mehr, es handelte sich um eine existenzielle Katastrophe, doch Norbert Heinlein tat seine Pflicht, verkaufte polnische Wildsalami, doppelt gepresstes Olivenöl und neuseeländischen Manukahonig, und erst nachdem er das Geschäft wie immer pünktlich auf die Minute geschlossen hatte, bat er Marvin, bei seinem Vater zu bleiben, und begab sich in die Notaufnahme.

Bis weit nach Mitternacht blieb er im Krankenhaus. Schwindelgefühl und Übelkeit wurden ebenso wie der Geruchs- und Geschmacksverlust als Folgen des Sturzes erklärt, doch während erstere im Laufe der Nacht abklangen, blieb Letzteres unverändert. Die Untersuchung im Computertomographen zeigte weder eine Schädelfraktur noch erkennbare Hirnschäden. Dies ließ auf Besserung hoffen, aber Gewissheit würde man erst nach einer langwierigen neurologischen Prüfung haben. Heinlein solle zur Überwachung in der Klinik bleiben – doch er verließ das Krankenhaus auf eigene Verantwortung und ging heim.

Dort angekommen, fand er Marvin schlafend auf dem Sofa vor, während aus dem Nebenzimmer das Schnarchen seines Vaters drang. Er deckte den Jungen behutsam zu, verließ auf Zehenspitzen die Wohnung und lief nach unten.

In der Küche führte er zunächst ein paar Tests durch, kostete Senf, Honig und verschiedenste Gewürze. Das Ergebnis war niederschmetternd.

Die Lage schien aussichtslos. Aber noch war nicht alles verloren, denn Norbert Heinlein war nicht allein, es gab eine hundertjährige Tradition, festgehalten in einer zerlesenen, abgegriffenen Kladde.

Er blätterte in dem alten Rezeptbuch, las die geschwungene Sütterlinschrift seines Großvaters und die Anmerkungen in der steilen, eckigen Handschrift seines Vaters. Dieser war ein passabler Zeichner gewesen, oft hatte er den Querschnitt einer Pastete oder das Arrangement auf dem Teller skizziert, manchmal auch eine Blumenvase. Es fanden sich auch ein paar Zeichnungen, die eine rotwangige junge Frau mit großen, lachenden Augen im Kittel hinter dem Tresen darstellten – eine der wenigen Erinnerungen an Norbert Heinleins Mutter, die die Geburt ihres einzigen Sohnes nur um wenige Stunden überlebt hatte.

Heinlein selbst hatte manchmal einen Gedanken notiert oder ein kurzes Gedicht wie jenes, das er seinem somalischen Patenkind geschrieben hatte. Zu den Rezepten hatte er sich meist mit knappen Ergänzungen begnügt, da sich der größte Teil in seiner Phantasie abspielte. Er assoziierte die Aromen mit Bildern und malte aus den Zutaten imaginäre Landschaften, und wenn er in die Arbeit an einer Fischpastete vertieft gewesen war, hatten sich die Düfte des in Rotwein gedünsteten Kabeljaus, des überbackenen Spargels mit der Meersalzkruste und dem Geruch des frischen Majorans wie Farben zu einem Bild vereinigt – dann hatte er eine Wiese an der französischen Atlantikküste vor Augen, deren Halme sich an einem Wintermorgen im stürmischen Wind bogen.

Die Düfte nahm Heinlein nicht mehr wahr, doch wenn er die Augen schloss, sah er noch immer jedes Detail: die

Möwen am stahlblauen Himmel, das kalte Sonnenlicht, das sich in den gefrorenen Pfützen spiegelte, und den Sand, der in feinen Wolken über den Rand der Düne fegte.

Nein, *alles* war nicht verloren.

Im Morgengrauen fasste Norbert Heinlein einen Plan. Er streifte Haube und Kittel über, zog die Einweghandschuhe an und legte seine Arbeitsgeräte zurecht.

Dann begann er zu arbeiten.

Zwölf

Liebe Lupita,
mit Sorge habe ich in deinem Brief gelesen, dass die Arbeiten am neuen Brunnen nicht vorangehen. Leider ist es mir noch immer nicht möglich, meine finanzielle Unterstützung aufzustocken. Im Haus stehen dringende Reparaturen an, meine Lieferanten haben erneut die Preise erhöht, außerdem braucht Marvin eine neue Brille.
Doch ich will nicht jammern, Lupita. Hier in Deutschland ist endlich der Sommer angebrochen, und die junge Kastanie vor meinem Geschäft wächst und gedeiht.
Vor wenigen Wochen noch hätte man meine Lage nach einem ärgerlichen Unfall wohl als ausweglos bezeichnen müssen. Mit den Folgen habe ich noch immer zu kämpfen, doch sei unbesorgt, ich habe die Situation gemeistert, nachdem ich sie – dem Rat eines meiner Stammkunden folgend (den ich mittlerweile auch als Freund

bezeichnen darf) – beobachtet, analysiert und schließlich entsprechend gehandelt habe.
Im Leben ergeben sich immer neue Wege und Möglichkeiten, und ich bin sicher, auch das Problem mit dem Brunnen wird sich lösen! Ich will es wie folgt zusammenfassen:

Verzweifle nicht,
wenn sich die Tür vor dir schließt.
Denn irgendwo
öffnet sich
eine andere.

Beste Grüße – auch an Mutti und Vati – sendet dir

dein Papa Norbert

PS: Auch Marvin lässt herzlich grüßen.

»Ach, Herr Heinlein ... Was sind Sie doch nur für ein ... *Künstler*!«

Früher hatte Norbert Heinlein bescheiden widersprochen. Jetzt tat er's nicht, denn das, was er Frau Dahlmeyer soeben auf dem Porzellanteller präsentiert hatte, war tatsächlich ein Kunstwerk.

»Wie das *duftet*!«

Die alte Dame beugte sich entzückt über ihren Teller, schloss die Augen und atmete genüsslich durch die Nase ein. Heinlein, der wieder am Tresen stand, folgte ihrem Beispiel. Er roch natürlich nichts, doch er sah das Bild: jenes gotische Kirchenfenster, mit dem er das Rezept immer assoziiert und nun aus der Erinnerung in die Tat umgesetzt hatte.

Im Zentrum der Pastetenscheibe strahlte eine weiße, aus Hummerschwanz geformte Sonne, die von sternförmigen Paprikastücken in einem golden schimmernden Gelee aus Hühnerbrühe umgeben wurde. Die Beilagen hatte Heinlein zu einer filigranen Monstranz aus gedünsteten Karottenstäbchen, Mangoldblättern und kross gebratenen, hauchdünn geschnittenen Speckstreifen arrangiert.

Anfangs war er zaghaft gewesen, mittlerweile ging er selbstsicher vor. Er hielt sich akribisch an das alte Rezeptbuch, doch wo er früher mit den Zutaten experimentiert hatte, tat er dies nun mit den Arrangements. Je länger er dies praktizierte, desto mutiger wurde er, schuf Skulpturen, verspielte Collagen und entdeckte so ein unerwartetes, völlig neues Talent.

Marvin brachte der alten Dame den Tee. Der Junge hatte sich deutlich zu seinem Vorteil verändert, die neue Brille mit dem dünnen Edelstahlgestell stand ihm hervorragend, die Akneflecken auf den Wangen gingen mehr und mehr zurück. Er kümmerte sich gern um Heinleins Vater und verbrachte viel Zeit oben in der Wohnung, auch im Laden übernahm er neue Aufgaben, bediente die Kundschaft und kassierte ab.

Heinlein, der trotz aller Vorsicht immer mit einem ähnlichen Missgeschick wie der Verwechslung von Salz und Zucker rechnen musste, ließ Marvin jedes seiner Gerichte kosten. Dessen Urteil blieb unverändert knapp *(g-gut)*, doch es verschaffte Gewissheit, und wenn Heinlein ihm versicherte, was für ein tolles Team sie seien, war dem Jungen die Freude deutlich anzusehen.

Frau Dahlmeyer ließ sich die Rechnung bringen und gab einen Euro Trinkgeld mehr als gewöhnlich. Als sie aus dem Laden hinaus in den strahlenden Sommermorgen schlurfte, sah Heinlein ihr lächelnd nach.

Bisher hatte er sich nie als Künstler gesehen, ein solcher Vergleich war ihm immer vermessen erschienen. Vielleicht, überlegte er, war es an der Zeit, das noch einmal zu überdenken.

Dreizehn

»Sie gestatten?«

Adam Morlok klopfte mit dem Knöchel an den Türrahmen, schob die Schwingtür auf und betrat die Küche. Heinlein, der sich mit einem großen Messer in der Hand konzentriert über ein Schneidebrett beugte, antwortete nicht.

»Darf man fragen, was ...«

»Morchelpastete«, murmelte Heinlein, ohne den Blick von dem bernsteinfarbenen Laib auf dem Schneidebrett zu heben. »Ich glaube«, er tastete sanft mit der Fingerspitze über die Kruste, »sie könnte noch ein halbes Stündchen Ruhe vertragen.«

Morlok kam neugierig näher. Es war nicht das erste Mal, dass er außerhalb der Öffnungszeiten erschien. Anfangs zögerlich, fast schüchtern, doch nachdem Heinlein ihm mehrfach versichert hatte, immer willkommen zu sein, genoss er nun wie selbstverständlich das Privileg, den Meister bei der Arbeit am Schneidebrett zu beobachten.

»Sie klingen ein wenig verschnupft.«

»Ein kleiner Infekt.« Morlok rieb die verstopfte Nase. »Eine Lappalie.«

»Haben Sie schon gefrühstückt?« Noch immer sah Heinlein nicht auf.

»Nein. Herr Keferberg ist ein wenig ... unpässlich.«

»Ach.«

»Nichts Ernstes«, näselte Morlok. Sein streng nach hinten gekämmtes Haar war gewachsen und hing als aschgraue Mähne weit über die Schultern. »Ich hoffe, ich habe ihn nicht angesteckt, schließlich bin ich sein einziger Gast. Sein Geschäft scheint ein wenig ... zu stocken.«

»Keferbergs Pension und dieser Laden hier sind die ältesten Geschäfte am Platz.« Behutsam drückte Heinlein mit der flachen Klinge auf den schimmernden Pastetenlaib. »Er hat Probleme, aber auch einen langen Atem.«

»Ich betrachte Probleme als etwas Positives, als Herausforderung«, dozierte Morlok. »Sie stehen im Kontrast zu unserer natürlichen Trägheit, zwingen uns, aktiv zu werden. Wir müssen handeln oder zumindest nachdenken. Die Menschheit würde noch grunzend auf Bäumen vegetieren, doch mit jedem Problem, mit dem sie konfrontiert wurde, hat sie sich entwickelt. Der technische Fortschritt, jede einzelne Erfindung basieren auf nichts anderem als auf einem gelösten Problem.«

Heinlein, der nur mit halbem Ohr zuhörte, gab ein zustimmendes Brummen von sich. »Marvin kommt in einer Stunde. Falls Sie einen Espresso möchten, müssten Sie sich selbst ...«

»Danke, später vielleicht.« Morlok beugte sich tiefer über den Pastetenlaib. »Ich wünschte, ich …«, er schniefte verärgert. »Es duftet bestimmt köstlich.«

»Selbstverständlich«, nickte Heinlein, der ebenfalls nichts roch.

Niemand wusste davon. Er hatte zahlreiche Tests absolviert, eine Untersuchung im MRT war ergebnislos geblieben. Ob eine dauerhafte Schädigung vorlag, konnte niemand sagen.

Heinlein richtete sich auf, drehte das Messer in den Fingern und ließ seinen Blick unschlüssig über ein weiteres Dutzend Pasteten schweifen, die sich in großen Backblechen auf der Arbeitsplatte reihten.

»Wenn sie zu früh aufgeschnitten werden, dann …«

Ein Knacken erklang, gefolgt von einem blechernen Krächzen. Es stammte von einem Babyphone, das Heinlein auf einem Regalbrett über der Hakenleiste mit den Schöpfkellen abgestellt hatte. Er lauschte einen Moment in die Stille.

»Wie geht es Ihrem Vater?«, fragte Morlok.

»Er hat gute und schlechte Tage.«

»Haben Sie schon überlegt, ihn in einem Heim …«

»Nein.«

»Warum?«

»Ich bin sein Sohn.«

»Natürlich«, schnarrte Morlok. »Verzeihung, das war eine dumme Frage. Kinder sollten sich um ihre Eltern kümmern.«

Das war auch Norbert Heinleins feste Überzeugung. Dass er die Kosten für eine angemessene Unterbringung kaum aufbringen würde, fiel da nicht weiter ins Gewicht.

»Nun gut, genug getrödelt.« Heinlein straffte sich und atmete tief ein. »Frisch ans Werk.«

Das Messer grub sich in die knirschende Kruste. Nach einem ersten, behutsamen Schnitt erhöhte Heinlein das Tempo und hatte die Pastete in wenigen Sekunden zerteilt.

»Mal sehen«, murmelte er, löste eine Scheibe und legte sie flach auf einen Teller.

»Sonnenblumen!«, rief Morlok aus.

»Ich habe mich von van Gogh inspirieren lassen.«

»Diese Farben! Ein Feuerwerk!«

»Es ist eine Frage der Abstimmung.« Heinlein deutete mit der Messerspitze auf die Pastete und erläuterte die einzelnen Komponenten: »Apfelstücke, rote Beete, geriebene Karotten, Eigelb und rote Pfefferkörner.«

»Ein Geniestreich!« Morlok wies mit einem beinahe unterwürfigen Lächeln auf den Porzellanteller. »Dürfte ich vielleicht ...«

»Sie sollte noch ein wenig ruhen. Damit sich die Aromen ...«

»Verstehe.« Morlok klang enttäuscht.

»Na gut.«

Heinlein reichte ihm eine Gabel. Morlok legte die Handgelenktasche ab, strich das Jackett glatt und langte mit leuchtenden Augen nach dem Teller, während Heinlein den nächsten Pastetenlaib aufschnitt und das Ergebnis begutachtete.

»Der Kontrast zum Hintergrund könnte deutlicher sein.« Er stützte die Hände auf den Oberschenkeln ab und kniff ein Auge zusammen. »Das Kalbfleisch ist aus dem Glas, das ergibt eine bessere Textur, aber ...«

»Es ist perfekt!«, versicherte Morlok hinter ihm kauend.

»Die Farbe erscheint mir etwas matt«, brummte Heinlein abwesend. »Wahrscheinlich wegen der Mischung mit den Morcheln und dem Madeira.«

Ein Bellen aus dem Hausflur mischte sich mit Morloks genüsslichem Schmatzen. Niklas Rottmann hatte sich angewöhnt, seinen Hund morgens aus der Wohnung zu lassen und wieder ins Bett zu gehen, während das Tier sich selbständig unter den Briefkästen erleichterte.

»Die Dekoration mit den Rucolablättern sollte das Gesamtbild abrunden«, überlegte Heinlein versonnen. »Und die Himbeeren ...«

Hinter ihm klirrte die Gabel auf dem Teller.

»... könnten kreisförmig angeordnet werden. Nein«, korrigierte er sich, »eckig. Sozusagen als Bilderrahmen, das würde ...«

Ein Poltern hallte durch die Küche, gefolgt von einem hektischen, dumpfen Klopfen. Als Heinlein sich erschrocken aufrichtete, lag der Teller zersplittert am Boden. Adam Morlok war hinter dem Arbeitstisch verschwunden. Nicht vollständig, wie Heinlein im nächsten Moment feststellte, denn das Klopfen stammte von den Hacken seiner Wildlederschuhe, die in einem zuckenden Wirbel auf die Fliesen trommelten.

Der Mann mit dem Muttermal starb einen qualvollen Tod. Während er sich von Krämpfen geschüttelt am Boden wälzte, eilte Heinlein umgehend zu Hilfe, doch seine Bemühungen wurden nicht goutiert, im Gegenteil. Morlok, den Heinlein nicht zuletzt wegen seiner gewählten Ausdrucksweise zu schätzen gelernt hatte, beschimpfte ihn auf eine Weise, die nicht anders als äußerst vulgär zu bezeichnen war. Keuchend rang Morlok nach Atem, krümmte sich vor Schmerzen und schien in einer verzweifelten Lage, doch auch jetzt waren Unflätigkeiten wie *mieser Wichser* und *dumme Drecksau* nicht zu entschuldigen. Trotzdem versuchte Heinlein fieberhaft, dem geifernden Morlok den Schlipsknoten zu lösen, der sich nun nicht mehr mit verbalen Attacken begnügte, sondern den über ihm knienden Heinlein bespuckte und ihm schließlich gar an die Gurgel ging.

Selbst jetzt noch, erstickend und unkontrolliert um sich tretend, war Adam Morlok körperlich weit überlegen. Seine fleischigen Finger krallten sich in Heinleins Kehle, die Augen glühten vor Hass.

»Dämlicher Penner«, zischte er und würgte eine schaumige Flüssigkeit hervor. »Du hast mich mit deinem Drecksfraß ...«

Blasen zerplatzten auf seinen Lippen. Ein letztes, konvulsivisches Zucken, dann erschlaffte Adam Morlok und hauchte sein Leben zwischen der Spülstrecke und dem Arbeitstisch aus.

Zweiter Gang

Ein Gruß aus der Küche

Vierzehn

Norbert Heinlein versuchte verzweifelt, einen klaren Gedanken zu fassen. Die Situation war klar, Adam Morlok zweifelsfrei tot, es gab nichts daran zu rütteln.

Der Mann mit dem Muttermal lag auf dem Rücken, die Beine gespreizt, der linke Schuh hatte sich gelöst. Der braune Strumpf mit dem Rhombenmuster war zerschlissen, aus einem Loch ragte der große Zeh hervor. Einige Jackettknöpfe hatten den Todeskampf nicht überstanden und waren abgerissen, der mächtige Bauch ragte wie ein Medizinball über den Gürtel. Das Hemd hing aus der zerknitterten Anzughose, im Schritt hatte sich ein dunkler Fleck gebildet. Zu Heinleins Erleichterung war das Gesicht unter dem langen Haar verborgen, nur unter dem Muttermal starrte ein glasiges Auge blicklos zwischen den Strähnen ins Leere.

Heinleins erster Impuls war, einfach wegzulaufen. Aber auch dann hätte er die Wahrheit nicht verdrängen können; seine schmerzende Kehle und die halbmondförmigen Blutergüsse, die Morloks Fingernägel auf seinen Unterarmen hinterlassen hatten, ließen sich nicht ignorieren.

Morlok war also tot.

Warum?

Den letzten Satz *(Du hast mich mit deinem Drecksfraß ...)* hatte Morlok nicht zu Ende bringen können. Das war auch nicht nötig gewesen. Die Frage war: Stimmte der Vorwurf?

Heinlein sah sich in der Küche um. Er betrachtete die Schüsseln mit den Marinaden, die Fläschchen mit Ölen und den verschiedensten Essigsorten in den Regalen, die Gläser mit den Gewürzen und eingelegten Früchten in den Wandschränken, lehnte sich mit flatternden Nerven an den Arbeitstisch und schloss einen Moment die Augen.

Im Flur kläffte der Hund.

Heinlein öffnete den Mülleimer. Wühlte ein wenig herum und förderte zunächst einen Schraubdeckel, dann das dazugehörige Glas zutage. Das eingemachte Kalbfleisch war im Großhandel nicht erhältlich, Heinlein bezog es direkt von einer bretonischen Manufaktur.

Er drehte das große, innen mit Fleisch- und Fettresten verschmierte Glas in den Fingern. Las die verschnörkelte Aufschrift auf dem Etikett: *La belle Ménagère*. Reckte schnüffelnd den Hals und hielt mit verkniffenem Mund inne.

Sinnlos.

Er nahm den Schraubdeckel, bemerkte die Wölbung und erbleichte.

War *das* der Grund?

Ein weiteres Bellen.

Heinlein brauchte Gewissheit.

Er nahm eine Pastetenscheibe vom Schneidebrett, legte sie auf einen Teller, ging durch die Schwingtür hinab in den Laden und öffnete die Verbindungstür zum Hausflur. Der Hund hechelte ihm schwanzwedelnd entgegen.

»Feines Hundchen«, lockte Heinlein. »Schau mal, was der Onkel Norbert hier für dich hat.«

Das Tier erlitt einen ähnlich qualvollen Tod wie Adam Morlok. Als sein Leiden schließlich beendet war, stand Heinlein in der Küche und begann seine Analyse.

Es lag am Kalbfleisch. Unter Luftabschluss hatten sich toxische Bakterien gebildet, was äußerst selten geschah, doch bei Verzehr lebensgefährlich war. Das Kalbfleisch bildete die Grundlage der Pastete, das Gift war also hoch konzentriert gewesen. Dass es beinahe geruchlos war, entlastete den von Schuldgefühlen geplagten Norbert Heinlein nicht, denn die Wölbung im Glasdeckel war ihm entgangen.

Kein Zweifel, er hatte ein Menschenleben auf dem Gewissen. Heinlein war bereit, sich dieser Verantwortung zu stellen. Er hatte eine Strafe verdient.

Doch – im Gefängnis würde er sich nicht um seinen Vater kümmern können. Und was wurde dann aus Marvin? Und aus der kleinen Lupita?

Heinlein sah auf die Uhr, Marvin würde in einer Viertelstunde hier sein. Die Zeit wurde knapp. Die Situation war analysiert, nun musste angemessen reagiert werden.

Zunächst fegte er mit flatternden Fingern die Scherben und Pastetenreste zusammen und verstaute diese mit den restlichen Laiben in einem Müllsack. Als er zur Spüle lief, stolperte er über ein Bein Morloks und wäre um ein Haar gestürzt.

Die Küche drehte sich vor seinen Augen. Er spritzte sich kaltes Wasser ins Gesicht, sein Kopf wurde ein wenig klarer. Der Müllsack war einfach zu entsorgen, doch was war mit Adam Morlok? Und was mit dem Hund, der im Todeskampf winselnd durch den Verkaufsraum in die Küche gerannt und schließlich in einer Ecke neben Marvins Spind verendet war?

Heinleins Blick wanderte nach hinten zum alten Lastenaufzug.

Wie hatte Adam Morlok zu Lebzeiten gesagt?

Probleme sind da, um gelöst zu werden.

Fünfzehn

»Ich will mich nicht herausreden«, sagte Heinlein zu Marvin, als sie draußen auf der Bank Platz genommen hatten. »Es ist unverzeihlich, unsere Kundschaft zu enttäuschen, aber ich übernehme die volle Verantwortung. Ich habe die Pastete zwar nur eine Minute zu spät aus dem Ofen geholt, doch die Kruste ist trotzdem verdorben.«

Heinlein zündete den Zigarillo mit noch immer zitternden Fingern an, atmete tief ein und blies den Rauch mit gespitzten Lippen in die warme Morgenluft. Ebenso gut hätte er auch die Auspuffgase eines der Taxis am Stand schräg gegenüber inhalieren können, doch es galt, den Schein zu wahren.

»Unser Angebot war immer erstklassig, Marvin. Dabei muss es auch bleiben, Qualität hat oberste Priorität. Das sind wir unserer Kundschaft schuldig, denn genau das«, Heinlein hob die Stimme, »wird von uns erwartet. Lieber keine Ware als ein minderwertiges Produkt.«

Marvin nippte schweigend an seinem Apfelsaft. Drüben vor dem Imbiss fegte ein dünner Mann in weißer Kochjacke Zigarettenkippen und Würstchenpappen zwischen den Stehtischen zusammen.

»Ich war unachtsam«, fuhr Heinlein fort. »Doch ich stehe zu meinen Fehlern. Das ist wichtig, Marvin, man darf sich nie vor der Verantwortung ...«

Aus dem Hausflur hallte die Stimme von Niklas Rottmann, der verschlafen nach seinem Hund rief. Schritte polterten, die Tür wurde aufgerissen, Rottmann trat blinzelnd in die Sonne.

»Hat jemand Bertram gesehen?«

Heinlein verneinte bedauernd und wandte sich fragend an Marvin. Dieser schob die Brille auf der Nase zurecht und schüttelte ebenfalls den Kopf.

»Aber gehört habe ich ihn heute morgen«, sagte Heinlein.

Rottmann sah sich unsicher um, kratzte sich stirnrunzelnd am Hinterkopf und schlurfte wieder ins Haus.

Die alte Uhr über dem Imbiss stand auf drei Minuten vor zehn. Heinlein breitete die Arme auf der Banklehne aus, legte den Kopf in den Nacken und betrachtete einen Kondensstreifen, der sich am strahlenden Himmel quer über den Platz zog und über Keferbergs Pension bereits verblasste. Hinter der Haustür erklangen Rottmanns gedämpfte Rufe. »Bertram ...?«

»Ein wunderschöner Tag«, murmelte Heinlein versonnen. »Findest du nicht?«

»Ja.«

»Nun denn.« Er legte Marvin einen Arm um die Schulter und drückte ihn kurz. »Frisch ans Werk, mein Junge.«

Heinlein stand schwerfällig auf, rieb den schmerzenden

Steiß und ging ein wenig gebückt die Treppe zum Laden hinauf. Dort wandte er sich noch einmal um, erklärte, er habe sich wohl ein wenig verhoben, und erlaubte dem sichtlich erfreuten Marvin, heute ausnahmsweise die Rollgitter zu öffnen.

Nachdem sie am Abend den Laden geschlossen hatten, bat Heinlein Marvin, oben nach seinem Vater zu sehen. Er selbst begab sich in den Keller.

Seine Befürchtung, der Lastenaufzug würde nicht funktionieren, schien sich zunächst zu bestätigen. Die Seilzüge quietschten nach jahrzehntelangem Stillstand, setzten sich aber stockend in Bewegung, um auf halbem Weg plötzlich zu stoppen. Ein Rumpeln ertönte im Schacht, einen furchtbaren Augenblick lang glaubte Heinlein, der Aufzug habe sich in den Stahlschienen verkantet, doch nach einem Schreckmoment wurde die Fahrt fortgesetzt, bis der Aufzug schließlich knirschend zum Stehen kam.

Im Laufe des Tages hatten sich die Rückenprobleme gebessert, die Schmerzen waren abgeklungen und einem unangenehmen Zwicken gewichen. Damit konnte Norbert Heinlein umgehen, schließlich war Adam Morlok auch nach seinem Ableben ein äußerst gewichtiger Mann. Unter Zeitdruck hatte Heinlein am Morgen erhebliche Probleme gehabt, die Leiche oben in der Küche in den Aufzug zu verfrachten, es war ihm nur unter äußerster Anstrengung gelungen, auch den Hund und den Müllsack unterzubringen, so dass er froh war, sich dabei keinen Nerv eingeklemmt oder gar einen Bandscheibenvorfall zugezogen zu haben.

Diese Probleme stellten sich hier unten im Keller nicht mehr. Der Lastenaufzug endete in einer Ecke an der hinteren Wand, in der anderen befand sich das alte Kühlhaus, beide waren nur wenige Meter voneinander entfernt. Die dick isolierte Kühlzelle war noch zu Lebzeiten von Heinleins Großvater eingebaut worden, hatte früher ganze Schweine und dutzende Rinderhälften beherbergt und bot somit mehr als genug Platz.

Doch Norbert Heinlein hatte mit neuen Widrigkeiten zu kämpfen. Die großen, eisernen Riegel ließen sich nur mit Mühe lösen, die Flügel der Isoliertür klemmten, er musste sich mit der Schulter dagegenstemmen, und als sie sich mit einem hässlichen Quietschen öffnete, rieselte Rost aus den Angeln.

Nachdem Heinlein Morloks Leiche, den Hund und den Müllsack in das Kühlhaus geschleift hatte, war sein Gesicht schweißüberströmt. Als er die Tür wieder schließen wollte, fiel ihm noch etwas ein. Er holte Morloks Schuh und die Handgelenktasche aus dem Aufzug, brachte beides ins Kühlhaus, schalt sich für seine Unachtsamkeit und verriegelte die schwere Tür.

Keuchend rang er nach Atem, doch es war keine Zeit, auszuruhen. Der Aufzug funktionierte nach all den Jahren noch, doch was war mit der Kühlung? Sein Blick folgte der dicken Starkstromleitung, die hinter Spinnweben zu einem vorsintflutlichen Sicherungskasten führte, von dem ein Kabel zu einer Verteilung an der Seitenwand des Kühlhauses führte. Die Abdeckung hatte sich gelöst, so dass ein Gewirr aus brüchigen Drähten, korrodierten Schraubschellen und verstaubten Porzellansicherungen zum Vorschein kam.

Heinlein schickte ein stummes Stoßgebet zum Himmel und griff nach einem klobigen Drehschalter, der über ein Kabel mit der Verteilung verbunden war. Ein Knacken ertönte, Funken stoben, Heinlein prallte erschrocken zurück. Unter dem Schalter flackerte eine Kontrolllampe auf. Aus dem Verteilungskasten stieg ein dünnes Rauchfähnchen auf, doch die Aggregate erwachten brummend zum Leben.

Erleichtert wischte sich Heinlein den Schweiß von der Stirn und schickte sich an, den Keller zu verlassen, als er die zwei Aluminiumkisten im Regal bemerkte. Beide waren etwa doppelt so groß wie ein Schuhkarton – stabile Transportbehälter mit klappbaren Tragegriffen an den Seiten und robusten Schnappverschlüssen.

Ein Relais klackte, das Kühlaggregat schaltete eine Stufe höher. Die Wände vibrierten, die Stahltür, hinter der es zwischen Kühlhaus und Lastenaufzug tiefer in den Keller ging, klapperte in den Angeln.

Adam Morlok war tot. Dort lag er, hinter der zerkratzten, zweiflügeligen Tür. Die braune Farbe war abgeblättert, die Kanten von Rost zerfressen, Fasern der Isolierwolle lugten hervor. Unter dem Drehschalter an der Wand hatte sich eine Pfütze auf den Bodenfliesen gebildet, Wasser tröpfelte aus einer rissigen Bleileitung unter der Decke.

Natürlich würde sich Heinlein für den Rest seines Lebens Vorwürfe machen. Auch die Gespräche mit Adam Morlok würden ihm fehlen. Er hatte sich nie gefragt, was genau Morlok hier abgestellt hatte, und da er seit Wochen nicht im Keller gewesen war, sah er die Kisten zum ersten Mal. Verständlicherweise war seine Neugierde geweckt, aber er trug die Schuld an Morloks Tod. Dies ließ sich nicht rückgängig machen, doch das mindeste, was Norbert Heinlein als ehrenwerter Geschäftsmann noch tun konnte, war, wenigstens Morloks Privatsphäre zu respektieren.

Er löschte das Licht und stieg die abgetretenen Stufen empor. Hinter ihm herrschte tiefste Dunkelheit. Nur die rote Kontrolllampe unter dem Drehschalter flimmerte in der Finsternis wie ein entzündetes Auge, das ihm drohend hinterherschaute.

Sechzehn

»Und du hast wirklich keinen Hunger, Papa?«

»Wie oft soll ich's noch sagen?«, blaffte der alte Mann.

Sie saßen im Kerzenschein am gedeckten Tisch. Dass Norbert Heinlein anstelle der Pastete ein Serviertablett mit gefüllten Eiern, Kaviar und verschiedenen belegten Häppchen aufgetischt hatte, schien Heinlein senior nicht zu interessieren. Aber er hatte einen seiner – immer seltener werdenden – besseren Tage, und solange er nicht nackt auf dem Balkon krakeelte oder das Bücherregal leerräumte, um im Flur ein Lagerfeuer zu entzünden, nahm Heinlein seine schlechte Laune gern in Kauf.

Der Alte griff nach seinem Weinglas, trank einen Schluck und runzelte die Stirn. »Kirschsaft?«

»Ja, Papa.«

»Warum kein Wein?«

»Du verträgst keinen Alkohol.«

»Ach.«

»Wegen deiner Tabletten.«

»Sieht aus wie Wein.« Heinleins Vater drehte das Glas in den knotigen Fingern, schwenkte es im Kerzenlicht und betrachtete das Farbenspiel der blutroten Flüssigkeit hinter dem geschliffenen Kristall. »Was meinst du? Italiener oder Franzose?«

»Italiener.« Heinlein beugte sich über den Tisch. »Barolo, würde ich sagen.«

»Weißt du noch?« Das faltige Gesicht seines Vaters hellte sich auf. »Die Geburtstagsfeier für diesen Kerl von der Bezirksleitung? Wie hieß der noch?«

»Felfe.«

Auch zu DDR-Zeiten hatte *Heinlein's Delicatessen- und Spirituosengeschäft* einen hervorragenden Ruf gehabt. Nachdem Heinleins Großvater den Grundstein gelegt hatte, baute sein Vater den Betrieb mit weitreichenden Beziehungen aus – ein findiger Geschäftsmann, der trotz Mangelwirtschaft die erlesensten Köstlichkeiten aufzutreiben vermochte. Dies hatte sich bis in die höchsten Parteikreise herumgesprochen.

»Die haben nichts, aber auch gar nichts gemerkt«, kicherte der alte Mann. »Die dachten, sie trinken einen neunundsechziger Barolo Monfalletto. Knapp siebzig Westmark pro Flasche. Stattdessen ...«

Ein Lachanfall schüttelte den Alten. Die trüben Augen füllten sich mit Leben, funkelten im Kerzenschein wie vor vierzig Jahren, als er mit seinem Sohn an diesem Tisch gesessen und über die tumben Parteibonzen gelacht hatte.

»Rosenthaler Kadarka«, gluckste er. »Den billigsten Fusel auf der ganzen Welt.«

Er hatte die Etiketten vertauscht. Später hatte er sich mit einem Glas echten Barolo unter die Gäste gemischt und mit den Bonzen über Schwebeteilchen, Lehmböden in Süditalien und ligurische Rebsorten gefachsimpelt. Sein Sohn, der damals noch in der Ausbildung gewesen war, hatte ihn für seinen Mut bewundert. Noch mehr allerdings dafür, todernst geblieben zu sein.

»Das war ziemlich frech, Papa«, lächelte er.

»Sie hatten's verdient. Diese *Crétins* waren nicht einmal fähig, einen Parmaschinken von einer gepökelten Lammhaxe zu unterscheiden. Die hätten sich fast um eine einfache Fischsuppe geprügelt. Nur weil wir sie als *Bouillabaisse* serviert haben.«

»Du hast recht. Sie hatten's verdient.«

»Diese Menschen *wollten* betrogen werden!« Der alte Mann hob die Stimme. »Ich habe ihnen gegeben, was sie verlangt haben! Ich ... was soll das?«

»Was?«

»Da!« Heinleins Vater wies mit dem unrasierten Kinn auf den Lichtkeil, der aus dem Flur durch die angelehnte Tür ins Wohnzimmer fiel. »Denkst du vielleicht auch mal an die Stromrechnung?«

Heinlein entschuldigte sich für die Unachtsamkeit, lief zum Flur und schaltete das Licht aus. Als er wieder Platz nahm, fiel ihm das alte Aggregat im Keller ein. Das Kühlhaus hatte etwa ein Drittel der Größe einer Garage, der Stromzähler musste auf Hochtouren laufen. Im Vergleich dazu fiel der Verbrauch einer 40-Watt-Glühbirne kaum ins Gewicht.

»Ich dachte, ich hätte dich zum Geschäftsmann erzogen«, knurrte der Alte.

»Das hast du, Papa.«

»Dann achte gefälligst auf die Ausgaben! Es kann nicht sein, dass ...«

Die Worte erstickten in einem Krächzen. Heinlein hielt seinem Vater das Glas an die Lippen. Dieser trank einen Schluck, stutzte und senkte die buschigen Brauen: »Kirschsaft?«

»Du darfst keinen Rotwein trinken, wegen deiner Tabletten.«

»Sieht aber aus wie Rotwein. Und zwar ein …« Die arthritischen Finger drehten den geschliffenen Kristallstiel im Kerzenschein. »Was meinst du? Italiener? Oder Franzose?«

Lange, sehr lange fand er in dieser Nacht keinen Schlaf. Vom schlechten Gewissen geplagt, drehte er sich in seinem Bett von einer Seite auf die andere und dachte an Adam Morlok, der unter furchtbaren Schmerzen gestorben war.

Es gab keine Entschuldigung. Heinlein hätte alles – ja, auch sein Leben – gegeben, um diese Tragödie ungeschehen zu machen. Doch sosehr er es auch wünschte, die Zeit ließ sich nicht zurückdrehen, also hatte er die Realität akzeptieren müssen und gehandelt, wie er es für richtig hielt.

Es gab vielleicht einen Trost. Heinlein war unsicher, ob man es tatsächlich als *Trost* bezeichnen konnte, doch durch seinen Tod hatte Adam Morlok ein anderes Leben gerettet. Das von Marvin nämlich, dem Heinlein seit dem Verlust seines Geschmackssinns die Pasteten zum Kosten gab. Heinlein wehrte sich gegen den Gedanken, doch der Umstand, dass Morlok so früh am Tag erschienen war, konnte durchaus als Glücksfall betrachtet werden. Hätte es Marvin getroffen, wäre Heinlein daran zerbrochen.

Bis weit nach Mitternacht wälzte er sich ruhelos hin und her. Schließlich knipste er die kleine Nachttischlampe an, setzte sich an den Schreibtisch, an dem er schon als Kind seine Hausaufgaben erledigt hatte, öffnete eine Schublade und holte Briefpapier und Schreibzeug hervor.

Liebe Lupita,
das Leben ist ein ständiges Auf und Ab. Hat man den einen Berg erklommen, findet man sich im nächsten Moment vor einem Abgrund wieder! Je aussichtsloser die Lage erscheint, desto schwieriger ist es, die richtige Entscheidung zu treffen.
Auch ich befand mich in einer solchen Situation. Lange, sehr lange habe ich mit mir gehadert, bis ich mir schließlich eine Frage stellte: Was ist meine Motivation? Entscheide ich aus Eigennutz? Tue ich es also für mich? Oder für andere? Handle ich, um meine Lieben zu schützen?
Wenn Letzteres zutrifft, wirst du niemals falschliegen, Lupita. Egoismus ist immer der falsche Weg. Unsere Welt ist kalt und herzlos genug!
Niemand bleibt frei von Schuld. Ja, auch du wirst diese Erfahrung machen müssen! Doch wenn du diese Zeilen befolgst, wirst du irgendwann in ferner Zukunft nach einem langen und erfüllten Leben im Kreis deiner Lieben die Augen schließen und dir sagen können: »Ja, ich habe mich schuldig gemacht. Doch ich tat es, um meine Lieben zu schützen.«
Das wünscht dir von Herzen

dein Papa Norbert

PS: Die besten Wünsche auch an Mutti und Vati
PPS: Marvin lässt wie immer herzlich grüßen.

Siebzehn

»Arabica«, murmelte Heinlein, »aus Brasilien. Aber nicht nur.«

Er stand mit Keferberg vor der Pension auf der gegenüberliegenden Seite des Platzes, beide mit einer dampfenden Porzellantasse in der Hand. Heinlein hatte die Kiste mit Keferbergs Bestellung gebracht, danach hatte ihn dieser auf einen Espresso eingeladen.

»Außerdem Äthopien.« Heinlein nippte an seiner Tasse, schloss genießerisch die Augen und hielt das Gesicht in die Morgensonne. »Und ...«

Keferberg sah ihn abwartend an. »Ja?«

»Indien.«

»Du hast recht«, schmunzelte Keferberg. »Wie immer.«

»Sehr schönes Schokoladenaroma«, lobte Heinlein, der die Tüte mit den Kaffeebohnen neben Keferbergs Espressomaschine gesehen hatte. Den Geschmackssinn mochte er verloren haben, sein Erinnerungsvermögen jedoch nicht.

»Mir persönlich etwas zu bitter.« Er beugte sich schnuppernd über die dampfende Tasse. »Kein Wunder, Triestiner Röstung. Trotzdem, ein ausgezeichneter Espresso.«

Sie standen oben auf den breiten Granitstufen, die von der Pension hinunter zum Platz führten. Heinlein kannte jeden Baum, jede Bank, jedes Fenster der umliegenden Häuser, er hätte jeden Riss in den Fassaden mit geschlossenen Augen beschreiben können. Doch hier, auf der anderen Seite, befand man sich deutlich höher, und so ergab sich eine andere, ungewohnte Perspektive. Das imposante

Jugendstilgebäude an der Kreuzung gegenüber von Heinleins Laden reckte sich einschüchternd, fast bedrohlich in den wolkenlosen Himmel, der Park, der den Platz links von ihnen begrenzte, wirkte viel schmaler, die Bäume niedriger. Die alte, verklinkerte Trafostation mit der halbrunden Glasfassade von *WURST & MORE* schob sich wie eine monströse Zunge hervor. Heinlein sah den Vogeldreck auf den Neonbuchstaben und wie zerschlissen die Sonnenschirme waren, er sah die Risse im Stoff, den Unrat zwischen den Stehtischen, das fleckige Pflaster, verfärbt von Frittierfett, Ketchup und verschüttetem Bier aus den Pappbechern, die zwischen den Bänken und in den Blumenbeeten lagen.

Keferberg, der Heinleins Blick gefolgt war, schüttelte den Kopf. »Wie kann man da nur essen?«

»Wir leben in einem freien Land«, gab Heinlein achselzuckend zurück.

»Wir sind Auslaufmodelle«, murmelte Keferberg. »Dinosaurier.«

»Wir bieten Qualität, Johann.« Heinlein straffte sich. »Wenn das bedeutet, ein Auslaufmodell zu sein, dann bin ich eben eins. Von mir aus auch ein Dinosaurier.«

Eine Straßenbahn fuhr über die Kreuzung an der südöstlichen Ecke des Platzes. An der Ampel vor dem Jugendstilhaus staute sich wieder einmal der Verkehr, die Sonne spiegelte sich in den geschwungenen Fenstern, den vergoldeten Stuckverzierungen, Erkern und Simsen.

»Die da sind doch auch schon ausgestorben.« Keferberg deutete auf das Erdgeschoss. »Das Pelzgeschäft vom alten Weymann, daneben war Tauschels Parfumerie. Die besten Adressen der Stadt. Und jetzt? Ein Friseur und ein Fitnessstudio. Der Rest steht leer. Obwohl die Sanierung Millionen gekostet hat.«

An der verspiegelten Fensterfront der zweiten Etage verkündete ein Schriftzug, dass *exklusive Büro- und Geschäftsräume* zu vermieten seien. Die Buchstaben und die Telefonnummer des Maklerbüros waren im Laufe der Jahre von der Sonne ausgeblichen. Trotzdem fand Heinlein es gut, dass die prächtige Fassade vor dem Verfall gerettet worden war. Im direkten Vergleich wirkte sein eigenes Haus winzig, fast verloren, als habe sich das graue Eckhaus an die Kreuzung verlaufen.

Eine dünne Gestalt mit weißem Käppi kam mit wehenden Kittelschößen aus dem Laden, Marvin trug einen leeren Weinkarton zu den Mülltonnen.

Keferberg wies auf das Haus links neben Heinleins Laden. »Schade um das schöne Antiquariat.«

»Jetzt ist es ein Copyshop. Was ist daran so schlimm?«

Marvin stand auf der Freifläche zwischen den beiden Gebäuden vor den Mülltonnen und zerkleinerte den Karton – eine Angelegenheit, die eigentlich im Handumdrehen erledigt war. Nicht jedoch für Marvin. Seine Bewegungen wirkten behäbig und träge, doch jeder Handgriff war wohlüberlegt, er nahm sorgfältig Maß, bevor er die Pappe genau auf Kante faltete.

»Wann hat noch gleich Frau Wencke ihr Reisebüro schließen müssen? Das ist mindestens zwei Jahre her, oder?«

Keferbergs Zeigefinger wanderte weiter über die Geschäfte in der Häuserzeile gegenüber, die entweder leer standen oder erst kürzlich eröffnet worden waren, darunter ein Versicherungsbüro, eine Boutique mit überteuerter Kindermode und eine Fahrrad-Reparaturwerkstatt.

»Ich muss jetzt los«, sagte Heinlein. »Die Pastete ist noch im Ofen, nicht dass mir noch einmal die Kruste verbrennt.«

Marvin hatte seine Arbeit beendet. Er schloss die Papiertonne, warf einen prüfenden Blick auf Heinleins alten Renault Rapid auf der Freifläche und machte auf dem Rückweg zum Laden einen Bogen, um die Zweige der jungen Kastanie zu inspizieren.

»Wegen der Rechnungen mach dir keine Sorgen.« Heinlein gab Keferberg einen aufmunternden Klaps auf die Schulter. »Du hast unbegrenzten Kredit.«

»Apropos.« Keferberg räusperte sich. »Der Parmaschinken, den du mir geliefert hast. Den hatte ich nicht ...«

»Nein, den hattest du nicht bestellt. Ich werde ihn auch nicht berechnen, bei mir vergammelt er bloß.«

»Bei mir auch, Norbert«, sagte Keferberg ernst. »Ich habe einen einzigen Gast. Und selbst Herr Morlok scheint heute auf das Frühstück zu verzichten.«

Heinlein wandte sich ab, um sein erbleichendes Gesicht zu verbergen. »Vielleicht ...«, seine Stimme klang plötzlich belegt, »... schläft er ja noch.«

»Das glaube ich nicht.« Keferberg deutete mit dem Daumen über die Schulter. »Der alte Kasten ist verdammt hellhörig. Das Zimmer von Herrn Morlok liegt direkt über meiner Wohnung, ich habe ihn gestern Abend nicht gehört.«

»Dann hat er bestimmt woanders übernachtet«, winkte Heinlein betont gleichgültig ab. »Er ist ja geschäftlich viel unterwegs.«

»Stimmt.« Keferberg zuckte die Achseln. »Weit kann er jedenfalls nicht sein.«

»Wie, wie … meinst du das?«

»Den Wagen hat er nicht genommen«, sagte Keferberg und wies zu den Parkbuchten vor Heinleins Laden, wo der verchromte Heckspoiler von Morloks S-Klasse neben einem klapprigen Fiat Panda in der Sonne glänzte. »Er ist bestimmt irgendwo in der Nähe.«

»Ist anzunehmen.«

Heinlein zwang sich zu einem verkrampften Lächeln. Zum Abschied hob er die Hand, und als er über den Platz zurück zu Marvin in den Laden lief, fühlte er sich sehr, sehr elend.

»Na?«, fragte Heinlein. »Was sagst du? Erst runterschlucken«, mahnte er, als Marvin kauend antworten wollte. »Mit vollem Mund spricht man nicht.«

Marvin gehorchte.

»Und?«

»Gut.«

Heinlein nickte zufrieden. Obwohl eine Wiederholung des tragischen Malheurs nahezu auszuschließen war, hatte er zunächst selbst von der noch warmen Pastete gekostet, um sicher zu sein, dass keine gesundheitlichen Schäden zu fürchten waren. Als zweite Kontrollinstanz bestätigte ihm Marvin nun den korrekten Einsatz der Zutaten.

»Die Füllung«, erklärte Heinlein, »besteht aus einer Mischung aus gehacktem Hühner- und Schweinefleisch, Holunderblüten, Pistazien und …«

»Fünf.«

»Genau, in der Mitte ist ein fünfzackiger Stern.«

Aus ästhetischer Sicht war das Ergebnis nicht unbedingt zufriedenstellend. Der Stern, den Heinlein aus der Bärlaucheinlage geformt hatte, saß nicht ganz mittig, auch das Farbenspiel erwies sich als längst nicht so eindrucksvoll wie erhofft. Kein Vergleich zu der Sonnenblume vom Vortag, die zwar von tödlicher Wirkung gewesen, doch nicht umsonst von Adam Morlok zuvor noch als Meisterwerk bezeichnet worden war.

»Wir sind ein bisschen spät dran«, stellte er mit einem Blick auf die Uhr fest. »In einer halben Stunde müssen wir öffnen. Ich mache hier in der Küche schnell Ordnung, sei bitte so gut und …«

Im Verkaufsraum wurde die Verbindungstür zum Hausflur aufgerissen, Stiefel polterten, im nächsten Moment stieß Niklas Rottmann die Schwingtür auf.

»Bertram ist immer noch verschwunden!«

Heinlein brachte sein Bedauern zum Ausdruck, bat Rottmann, die Küche zu verlassen, und folgte ihm durch die Schwingtür die drei Stufen hinab in den Verkaufsraum, um das Gespräch außerhalb des Hygienebereichs fortzusetzen.

»Ich hab ihn überall gesucht«, knurrte Rottmann. Offensichtlich kam er von der Nachtschicht, das Koppel hing schief über der Uniformjacke, der oberste Hemdknopf war geöffnet, die Stiefel staubig.

»Der kann sich doch nicht einfach in Luft auflösen!«

Der Geldtransporter parkte auf der anderen Straßenseite am Bordstein vor dem Imbiss. Wertsachen konnte er nicht geladen haben, denn die Heckklappen standen offen. Rottmanns Kollege lehnte mit dem Rücken zum Laden an der Stoßstange und blies in einen dampfenden Kaffeebecher.

Die Kisten, die sich hinter ihm auf Gestellen im Laderaum stapelten, kamen Heinlein bekannt vor.

»Vielleicht«, schlug er Rottmann vor, »sollte man mal in der Nachbarschaft ...«

»Blödsinn!«

Bertram, blaffte Rottmann, gehorche sowohl ihm selbst als auch seiner Mutter aufs Wort und würde niemals auf die Idee kommen, abzuhauen. Selbst wenn, wie sollte das gehen, wo die *verfickte Haustür* doch ständig geschlossen sei?

»Nee.« Er sah sich misstrauisch um. »Der muss irgendwo in der Nähe sein.«

Heinlein, der dieselben Worte vor wenigen Minuten aus Keferbergs Mund gehört hatte, spürte einen Kloß in die Kehle aufsteigen. Er räusperte sich und versicherte, das gute Tier werde bestimmt bald wieder auftauchen.

»Marvin und ich halten die Augen offen.«

»Klar doch, die Blindschleiche wird ihn bestimmt finden.«

Marvin stand oben hinter der Schwingtür. Sein Blick hinter den dicken Brillengläsern war zum Verkaufsraum gerichtet, wohin genau, war wie immer nur zu vermuten.

Rottmann machte auf dem Absatz kehrt. Die Tür krachte hinter ihm zu, seine Rufe *(Bertram? Komm zu Herrchen, mein Kleiner!)* hallten im Flur, gefolgt von der Stimme seiner Mutter, die zwei Etagen weiter oben krächzend nach ihren Zigaretten verlangte.

»Lass dich nicht ärgern, Marvin«, sagte Heinlein. »Herr Rottmann meint das nicht so, er macht sich Sorgen um seinen Hund.«

»Um den Hund.«

»Genau, weil der verschwunden ist.«

Marvin schwieg einen Moment.

»Verschwunden«, wiederholte er dann.

Und lächelte.

Achtzehn

Die Geschäfte entwickelten sich schleppend. Während sich kurz nach Mittag am Imbiss gegenüber die Studenten um die Stehtische drängten, hatte Heinlein außer der alten Frau Dahlmeyer keinen einzigen Kunden bedient, was er sich – wie so häufig – mit dem strahlenden Sommerwetter erklärte.

Ständig wanderten seine Gedanken hinab in den Keller – nicht nur zum Kühlhaus und dem, was sich hinter den Isoliertüren verbarg, sondern auch zu den beiden Kisten. Wenn Heinlein richtig beobachtet hatte, glichen sie denen, die er im Geldtransporter gesehen hatte.

Er befand sich im Zwiespalt zwischen Ehrgefühl und Neugier. Letztere sollte schließlich die Oberhand gewinnen, doch als er den Kellerschlüssel aus der Schublade unter der alten Registrierkasse nehmen wollte, erschien der zweite Kunde des Tages: der freundliche Herr Peysel, der nicht nur ein gerngesehener Kunde, sondern auch beim Gesundheitsamt angestellt war und heute – wie der Aktentasche in seiner Hand zu entnehmen war – wieder einmal eine unangemeldete Hygienekontrolle durchzuführen hatte.

Heinlein begrüßte ihn wie einen alten Bekannten, führte ihn zu einem der Fenstertische und brachte ein Glas Mineralwasser. Herr Peysel hatte die vierzig noch nicht überschritten, doch er wirkte deutlich älter; ein schmächtiger Mann mit altmodischer, dunkel gerahmter Brille und streng gescheiteltem Haar.

Er bedankte sich ein wenig kurzatmig, leerte das Glas in einem Zug, und als Heinlein als kleine Stärkung ein Stück Pastete anbot, willigte der Beamte erfreut ein. Heinlein leistete ihm beim Essen Gesellschaft, sie plauderten über das Wetter *(diese Hitze liegt bestimmt am Klimawandel)*, Peysel lobte die Pastete *(wie immer ein GEDICHT!)*, und als Heinlein erklärte, natürlich sei Peysel eingeladen, hob dieser die dünnen Arme und lehnte scheinbar empört ab.

»Ich bitte Sie!« Die Achseln seines gebügelten, kurzärmligen Hemdes waren dunkel von Schweiß. »Das könnte als Bestechung ausgelegt werden.«

Heinlein erwiderte sein Lächeln. Er mochte den kultivierten Mann, der ihm mit der markanten Nase und den hageren Gesichtszügen auch optisch ähnelte und manchmal in Begleitung seiner Frau erschien, einer korpulenten Dame, die ihn um eine halbe Kopflänge überragte und ein Faible für hochwertige Süßigkeiten hatte. Als er sich nach dem Befinden der *werten Frau Gemahlin* erkundigte, wurde Herr Peysel ernst.

»Vera ist ein wenig unleidlich. Sie ist wieder einmal auf ...«, er sah Heinlein vielsagend an, »... Diät.«

»Ach.« Heinlein nickte mitfühlend. »Wie schade, gestern sind belgische Mandelpralinen reingekommen.«

»Sind Sie verrückt? Obwohl ...« Peysel blinzelte ihm verschwörerisch zu. »Das hebt ihre Stimmung vielleicht ein wenig. Aber die Pralinen werden bezahlt!«

»Wie Sie wünschen«, schmunzelte Heinlein.

»Nun denn«, seufzte Peysel, hob die Aktentasche auf den Schoß und wurde dienstlich. »Die Pflicht ruft. Bei Ihnen ist es ja nur eine Formsache, aber die Vorschriften ...«

»Natürlich.« Heinlein deutete zur Schwingtür, die in die Küche führte. »Sie kennen sich ja aus.«

Herr Peysel war ein gründlicher, äußerst penibler Beamter. Das, fand Norbert Heinlein, war auch seine Pflicht, gerade die Überwachung der hygienischen Standards war in Zeiten, in denen immer weniger Wert auf die Einhaltung der Vorschriften gelegt wurde, enorm wichtig. Er selbst achtete peinlich genau auf diese Dinge und war also nicht überrascht, als ihm Herr Peysel nach der Inspektion wie seit Jahren gewohnt die tadellose Sauberkeit des Küchenbereiches bescheinigte. Peysels Gesichtsausdruck allerdings war düster – nicht ohne Grund, wie sich herausstellte, denn die Abzugshaube über den Gasherden brachte nicht die erforderliche Leistung, was vermuten ließ, dass die Lüftungsanlage nicht ordentlich funktionierte. Ein eklatanter Mangel, den der bekümmerte Herr Peysel beim besten Willen nicht ignorieren konnte. In der traditionsreichen Geschichte von *Heinlein's Delicatessen- und Spirituosengeschäft* hatte es noch nie etwas zu beanstanden gegeben, und so zeigte sich Peysel kulant, gewährte eine zweiwöchige Frist, den Mangel zu beheben, bezahlte seine Rechnung per EC-Karte und verließ das Geschäft – allerdings erst, nachdem ihm Heinlein einen Bewirtungsbeleg ausgestellt hatte.

Neunzehn

In seinen knapp sechs Lebensjahrzehnten hatte Norbert Heinlein bereits eine Menge Rückschläge erlitten, auch diesen nahm er tapfer hin.

Es kam nicht gänzlich unerwartet, schließlich war ihm bereits aufgefallen, dass mit der Lüftung etwas nicht stimmte. Eine komplette Erneuerung würde jeglichen finanziellen Rahmen sprengen und kam somit nicht in Frage – doch er hatte zwei Wochen Zeit und war optimistisch genug, das Problem lösen zu können.

Er übertrug Marvin die Verantwortung für den Laden, schärfte ihm ein, auch auf das Babyphone zur Überwachung seines Vaters zu achten, und ging in den Keller. Privatsphäre hin oder her – Adam Morloks Kisten schienen außergewöhnlich zu sein. Es wurde Zeit, der Sache nachzugehen. Was war, wenn sie illegale, womöglich gar gesundheitsschädigende Substanzen enthielten?

Das Licht im Treppenhaus zum Keller funktionierte nicht. Heinlein tastete sich gebückt nach unten, erreichte die Tür, diese schwang knarrend nach innen. Er verharrte auf der letzten Treppenstufe, etwas schien ihm verändert. Nach einem Moment des Lauschens registrierte er, dass das Brummen des Aggregats verstummt war, stattdessen drang ihm ein stetiges Plätschern aus der Dunkelheit entgegen. Aus *völliger* Dunkelheit, wie er verwirrt feststellte, denn das flimmernde Kontrolllicht des Kühlaggregats war erloschen.

In den folgenden Minuten standen ihm noch weitere Überraschungen bevor. Die nächste erlebte er, als er den

Lichtschalter neben dem Türrahmen ertastete, denn die Glühbirne flackerte kurz auf und barst mit einem trockenen Knall. Glassplitter rieselten zu Boden. Es klang, als würde eine Handvoll Sand in einen See geworfen.

Heinlein zögerte und fasste schließlich einen Entschluss, der ihm das Leben rettete: Er machte kehrt, lief nach oben, ließ sich von Marvin eine Taschenlampe aus dem Werkzeugkasten holen und eilte wieder hinunter.

Der Lichtkegel bohrte sich in die Finsternis, reflektierte in Wellen auf den gefliesten Wänden. Als Heinlein die Lampe senkte, spiegelte sich das Licht in konzentrischen Kreisen auf dem Boden, und er erkannte, dass der Keller zentimetertief unter Wasser stand, das an der Wand neben dem Kühlhaus in einem glitzernden Rinnsal aus der geborstenen Bleileitung unter der Decke rann.

Das Wasser schwappte glucksend unter ihm gegen die Schwelle. Den durchdringenden Geruch nach Ozon, heißem Metall und verschmortem Plastik konnte er nicht wahrnehmen und ahnte somit nicht, in welch tödlicher Gefahr er sich befand.

Er hob den Fuß, um das Malheur aus der Nähe zu betrachten. Der Moment des Zögerns währte nur kurz, und während der hingebungsvoll gewienerte Rindslederschuh nur wenige Zentimeter über der Wasseroberfläche verharrte, griff ihn jemand am Arm – es war Marvin, der ihm gefolgt war und das Leben rettete. Heinlein kam nicht dazu, ihm Vorwürfe wegen der unbeaufsichtigten Registrierkasse zu machen, denn der Junge wies aufgeregt auf die dicke Zuleitung zum Kühlhaus, die sich aus der Verteilung gelöst hatte und jetzt an der durchnässten Wand zu Boden hing, so dass die verschmorten Enden im Wasser verschwanden, und nun endlich erkannte Norbert Heinlein, dass der Keller nicht nur unter Wasser, sondern auch unter Strom stand.

Jetzt galt es, nicht den Kopf zu verlieren. Er schickte Marvin umgehend nach oben, und erst als er den Jungen in Sicherheit wusste, begab er sich selbst aus der Gefahrenzone, um das weitere Vorgehen in Ruhe zu überdenken. Dazu sollte es nicht kommen, denn als er in den Hausflur kam, wurde er erwartet.

»Bitte, Sie machen ihm Angst!«

Niklas Rottmann ignorierte Heinlein. Er hatte sich drohend vor Marvin aufgebaut, der sich furchtsam neben den Briefkästen an die Wand drückte.

»Du hast ihn noch nie leiden können«, knurrte er. »Wo ist er?«

»Wie gesagt«, beschwichtigte Heinlein hinter ihm, »wir halten die Augen ...«

»WO IST ER?«

Rottmanns Stimme dröhnte durch den Flur. Als er die Hand hob, duckte sich Marvin in Erwartung eines Schlages, doch Rottmann begnügte sich damit, ihm das Käppi vom Kopf zu wischen.

»Herr Rottmann, Gewalt ist keine ...«

»Fass mich nicht an!«

Rottmann wirbelte auf den Stiefelabsätzen herum. Heinlein, der ihn auf die Schulter getippt hatte, erbleichte, wich jedoch nicht zurück.

»Geh mir ja nicht an die Wäsche«, zischte Rottmann

und zog das Koppel über der Uniformjacke stramm. »Alte Tunte.«

»Ich bin keine …«

»*Wo ist Bertram?*«

Rottmann stemmte die Hände in die Hüften. Hinter ihm rutschte Marvin mit dem Rücken an der Wand zu Boden, ertastete sein Käppi und stand wieder auf.

»Wir würden Ihnen gern helfen«, sagte Heinlein und schob die Tür zur Kellertreppe mit der Hacke hinter sich zu. »Allerdings sehe ich keine Möglichkeit, wie genau …«

»Er ist da unten.« Rottmanns Augen wurden schmal.

»Nicht doch.«

Heinlein verbarg die Taschenlampe hinter dem Rücken und versuchte, mit der anderen Hand den Schlüssel in das Türschloss zu stecken, was ihm wegen seiner zitternden Finger nicht recht gelingen wollte.

»Übrigens, Marvin«, sagte er betont gleichmütig über die Schulter. »Ich glaube, die Tessiner Senfsauce ist bald alle. Könntest du …«

»Was habt ihr mit ihm gemacht?«

Rottmann riss Heinlein grob am Arm herum. Das Schlüsselbund landete klirrend auf den alten Fliesen.

»Ich kann Ihnen nicht folgen.« Heinlein wandte sich wieder an Marvin. »Schau doch bitte in der Küche nach. Eventuell müssen wir ein paar Gläser nachbestellen.«

Marvin schüttelte stumm den Kopf. Es war das erste Mal, dass er sich einer Anweisung widersetzte. Dass er es tat, um Heinlein nicht mit dem wutschnaubenden Rottmann alleinzulassen, war rührend, obwohl von ihm natürlich kaum Hilfe zu erwarten war.

»Mama sagt auch, dass ihr was damit zu tun habt.«

Rottmann trat einen Schritt vor. Sein Atem schlug Heinlein entgegen, der zum ersten Mal froh war, nichts riechen zu können. Er spürte sein Herz bis in den Hals klopfen, doch auch jetzt wich er nicht zurück.

»Er ist da unten«, wiederholte Rottmann.

»Ich versichere Ihnen, Sie werden den Hund dort nicht finden.«

Das entsprach durchaus der Wahrheit.

»Was wolltet ihr sonst da unten?«

»Es gibt ein technisches Problem«, sagte Heinlein und drehte die Taschenlampe hinter dem Rücken in den schweißnassen Händen. »Das Licht ist …«

»Schwachsinn!«

Rottmann schob ihn ebenso mühelos zur Seite, wie er Marvin das Käppi vom Kopf gefegt hatte, riss die Tür auf, reckte das Kinn in den modrigen Luftzug und spähte in die Dunkelheit.

»Bertram?«

»Sie sollten besser nicht …«

»Ach!« Rottmann fuhr herum. Ein verkrusteter Senfklecks klebte an seinem Schlips. »Und warum? Weil ihr zwei Lappen beschissene Hundeentführer seid? Oder was?«

»Ich will Ihnen nicht zu nahe treten, aber ich fürchte, Sie sind nicht qualifiziert genug.«

»Verarsch mich nicht!«

»Man sollte besser einen Fachmann konsultieren, um …«

»Bertram?« Rottmann lief bereits die Stufen hinab. »Ich bin gleich da, mein Kleiner!«

»Herr Rottmann!«, rief Heinlein ihm nach. »Aus Gründen des Arbeitsschutzes halte ich es für dringend geraten …«

Ein trockener Knall drang herauf, gefolgt von einem neuerlichen Plätschern.

Dann wurde es still.

Liebe Lupita,
erst kürzlich habe ich dir ja geschrieben, wie schwer es ist, im Leben die richtigen Entscheidungen zu treffen. Heute möchte ich dir mitteilen, dass es auch einen anderen Weg gibt, denn manchmal entscheidet das Schicksal, und ein Problem löst sich von allein.

Dein Papa Norbert

PS: Marvin lässt besonders herzlich grüßen.

Zwanzig

»So, Marvin«, keuchte Heinlein und richtete sich schwerfällig auf. »Das wäre erst einmal geschafft.«

Sie standen im Keller, beide in Gummistiefeln und mit Eimer und Wischmopp bewaffnet. Ihre Gesichter waren gerötet, nachdem jeder von ihnen über ein Dutzend Mal die enge Treppe hinaufgestiegen war, um die Eimer in der Küche zu leeren.

»Das hast du wirklich toll gemacht«, lobte Heinlein. »Ehrlich gesagt, hätte ich dir das gar nicht zugetraut.«

Marvin hatte nicht nur gewusst, wo die Hauptsicherung war, er hatte auch das Wasser abgestellt, die marode Stromleitung abgeklemmt und eine neue Glühbirne eingeschraubt.

»Und du bist sicher, dass du das auch schaffst?«, fragte Heinlein ein wenig besorgt und deutete auf das verkohlte, ineinander verschmolzene Drahtgewirr im Verteilerkasten am Kühlhaus.

Marvin lief bereits mit seinem schweren Werkzeugkoffer nach hinten. Heinlein nutzte die Zeit, um nach seinem Vater zu sehen, und brachte auf dem Rückweg eine Decke mit, die er über Rottmanns Leiche breitete. Dabei streifte sein Blick das Schwerlastregal und die beiden Aluminiumkisten, die ihm in der Hektik verständlicherweise völlig entfallen waren. Während Marvin sich an der Verteilung zu schaffen machte, trat Heinlein also näher, bemerkte die Vorhängeschlösser an den Seiten und beschloss, sich darum später zu kümmern. Es gab Wichtigeres zu tun.

Der Junge hatte die Kabel gekürzt und die Adern mit modernen Lüsterklemmen verdrahtet. Die alten Porzellansicherungen, erklärte er, waren überbrückt gewesen und hatten somit den Stromkreis nicht unterbrochen, nachdem das Kabel sich gelöst hatte.

»Ich habe neue eingebaut.« Er deutete mit dem Phasenprüfer auf den Kasten. »Sechzehn Ampère sollten reichen.«

»Ja«, nickte Heinlein, der kein Wort verstand. »Das denke ich auch.«

Nicht nur, dass Marvins Werkzeugkoffer perfekt ausgestattet war – offensichtlich hatte er im Förderzentrum wesentlich mehr gelernt, als kaputte Radios zu reparieren. Und noch etwas fiel Heinlein auf: Er stotterte kaum.

Marvin griff nach dem Drehschalter. Die Kontrolllampe leuchtete auf, das Kühlaggregat röhrte, stockte kurz und brummte dann gleichmäßig vor sich hin. Das Leck in der defekten Bleileitung könne man später löten, erklärte Marvin, die Leitung führe in die leerstehende Wohnung und werde sowieso nicht gebraucht. Er hatte sie abgeklemmt, das Wasser konnte also wieder angestellt werden.

Heinlein kam aus dem Staunen nicht heraus. Sollte *das* Marvins Bestimmung sein?

»Jetzt mach Feierabend, du hast es dir redlich verdient«, sagte er. »Um den Rest kümmere ich mich schon.«

Ob Marvin verstand, was mit dem *Rest* gemeint war, ließ sich nicht erkennen. Er ging, vom Gewicht des Werkzeugkoffers zur Seite gebeugt, direkt an Rottmanns Leiche vorbei. Diese schien für ihn nicht zu existieren. Weder er noch Heinlein hatten auch nur ein einziges Wort darüber verloren, was geschehen war.

Rottmanns Stiefel und die zu einer vogelähnlichen Kralle gekrümmten Finger der linken Hand lugten unter der Decke hervor. Da sie die Leiche nicht bewegt hatten, lag diese in einer Pfütze. Darum würde sich Heinlein später kümmern.

Das Aggregat schnurrte monoton vor sich hin. Marvin schien nicht verwundert gewesen zu sein, warum das uralte Kühlhaus plötzlich in Betrieb war. Falls doch, hatte er es nicht gezeigt.

Diesmal war es einfacher, die rostige Verriegelung zu lösen. Heinlein schaffte es, jeglichen Blick ins Innere zu vermeiden, und nachdem er den *Rest* schnellstmöglich erledigt hatte, war sein gebügeltes Hemd von Schweiß durchtränkt.

Im Kühlhaus war es nur unwesentlich kälter, die Isolierung mochte zwar dick sein, war aber mit modernen Materialien kaum zu vergleichen. Wie lange das Aggregat ausgefallen war, ließ sich schwer sagen, doch es war anzunehmen, dass die früher hier eingelagerten Schweinehälften längst aufgetaut und verdorben gewesen wären.

Norbert Heinlein verriegelte die Tür wieder und stellte zum zweiten Mal binnen kürzester Frist fest, dass der tragische Verlust seines Geruchssinnes durchaus eine gute Seite hatte.

Er wehrte sich gegen den Gedanken, ein zweites Menschleben auf dem Gewissen zu haben. Nicht nur, weil dieses Gewissen sowieso schon mehr als genug belastet war; nach genauerer Analyse wurde klar, dass Heinlein keinerlei Schuld an Rottmanns Tod trug. Er hatte ihn pflichtgemäß gewarnt, doch erwartungsgemäß war Rottmann Argumenten nicht zugänglich gewesen. Ein solcher Mensch ließ sich nur durch körperliche Gewalt aufhalten, und selbst wenn Heinlein es versucht hätte – geändert hätte das nichts, außer, dass die erschütternde Angelegenheit für ihn selbst und, schlimmer noch, auch für Marvin mit einer blutigen Nase geendet hätte.

Nein, Niklas Rottmann trug selbst die Schuld an seinem Schicksal. Sein Tod war zweifellos furchtbar und bestätigte Heinlein in seiner Abscheu gegenüber jeglicher Form von Zwang, Willkür oder Einschüchterung. Dass der Terror, den Rottmann verbreitet hatte, sich schlussendlich gegen ihn selbst richtete, entbehrte nicht einer gewissen Ironie. Doch Schadenfreude oder gar Häme empfand Norbert Heinlein nicht, im Gegenteil. Jedes Menschenleben war wertvoll,

Rottmann war jung gewesen, und wer konnte schon ausschließen, dass er womöglich irgendwann zur Einsicht gekommen wäre?

Dass die Behörden nicht eingeschaltet werden konnten, lag auf der Hand. Zwar würde sich Heinleins Unschuld schnell erweisen, doch eine Untersuchung des tragischen Unfalls müsste zwangsläufig zu einer Inspektion des Kühlhauses führen, womit sich die Argumentationskette am Ausgangspunkt wieder schloss.

Es war nicht nur feige und schäbig, sich aus der Verantwortung zu stehlen, es stand auch in krassem Widerspruch zu den Grundsätzen eines ehrbaren Geschäftsmannes. Doch Norbert Heinlein durfte nicht nur an sich selbst denken. Er war für seine Kundschaft verantwortlich, die er ebenso wie Marvin und seinen Vater unmöglich im Stich lassen durfte.

Einundzwanzig

»Du könntest wenigstens mal kosten«, sagte Heinlein.

»Später vielleicht«, wehrte Keferberg ab. »Im Moment hab ich keinen Hunger.«

Sie saßen an dem Tisch, an dem Frau Dahlmeyer vor ein paar Minuten noch ihre Entenleberpralinen verzehrt hatte. Heinlein leistete seinem langjährigen Geschäftsfreund wie üblich Gesellschaft.

»Die Heidelbeerfüllung ist exzellent«, lockte Heinlein. »Und die Kruste aus gerösteten Mandelsplittern darf man getrost als …«

»Keine Frage, du hast wie immer eine Bravourleistung abgeliefert.« Keferberg klang ein wenig gereizt. Trotz der mittäglichen Hitze war er wie immer korrekt in Fliege, Hemd und Wollpullunder gekleidet. »Ich muss trotzdem ablehnen. Gerade habe ich meine Kontoauszüge geholt, mir ist der Appetit vergangen.«

Heinlein folgte seinem Blick durch das Schaufenster zu dem stuckverzierten Bankgebäude schräg gegenüber. Auf dem Treppenaufsatz unter dem Portal stand eine schlanke Frau in Businesskostüm und Halstuch in den Farben der Bank und verabschiedete einen jungen Mann, der mit federnden Schritten auf einen silberfarbenen Porsche zulief. Sie bemerkte Heinlein hinter dem Schaufenster, winkte ihm freundlich zu und stöckelte auf ihren hochhackigen Schuhen zurück in die Bank.

»Halsabschneider«, murmelte Keferberg.

»Frau Glinski?«, widersprach Heinlein. »Die ist doch sehr nett! Geschmack hat sie auch, sie kauft regelmäßig ihren Tee bei mir und ...«

»Natürlich ist sie ... *nett*«, blaffte Keferberg. »Sie hat ja auch nichts zu entscheiden, steht nur hinter dem Tresen und sortiert Kontoauszüge. Die Halsabschneider sitzen in den Etagen weiter oben. Den Dispo haben die mir nicht erhöht, und als ich einen weiteren Kredit beantragen wollte, haben sie mich ausgelacht. Aber wenn ich mit den Raten für das neue Dach in Rückstand komme, setzen sie mich auf die Straße und verscherbeln den alten Kasten.«

Er deutete hinüber zu seiner Pension. Es schien, als würde das kleine Fachwerkhaus mit dem Spitzdach, eingezwängt zwischen Maklerbüros, Anwaltskanzleien und Steuerberatern, sich nur noch mit Mühe aufrecht halten und jeden

Moment unter dem Druck seiner Nachbarschaft in sich zusammenfallen.

»Du hast eine Flaute«, tröstete Heinlein. »Die Zeiten ändern sich wieder, man braucht einen …«

»…langen Atem, ja ja.« Keferberg lachte bitter auf. »Was ist mit dir?«

»Was soll mit mir sein?«

»Früher hast du die halbe Stadt beliefert, Norbert. Und jetzt? Du hast noch einen einzigen Geschäftskunden, und zwar mich. Einen, der bis zum Hals im Dispo steht, wahrscheinlich sogar bald im Dunkeln, weil er die Abschläge für Strom und Gas nicht mehr zahlen kann!«

»Du schaffst das, Johann. Du und ich, wir sind ehrbare …«

»Nicht nur ehrbar, auch die *letzten* Geschäftsleute!« Keferberg sank seufzend zurück. »Man kann sich's auch schönreden, Norbert.«

»Das tue ich nicht.«

»Ach! Willst du behaupten, du hättest *keine* Probleme?«

»Natürlich. Aber Probleme sind da, um gelöst zu werden.«

Heinlein schluckte. Er hatte soeben Adam Morlok zitiert. Unwillkürlich wanderten seine Gedanken hinab in den Keller. Zwar hatte er einen Blick ins Innere des Kühlhauses vermeiden können, doch allein die Vorstellung genügte, dass seine Nackenhärchen sich aufrichteten.

Keferberg murmelte etwas.

»Ich habe dich nicht verstanden, Johann.«

»Ich sagte«, wiederholte Keferberg, »dass ich den Laden dichtmachen …«

»Das wirst du *nicht*!« Heinlein erschrak selbst über den heftigen Klang seiner Worte. »Entschuldige, ich wollte nicht ausfällig …«

»Schon gut.« Keferberg stand auf und sah ihn aus müden, resignierten Augen an. »Wir haben uns immer gegenseitig Mut gemacht, Norbert. Jetzt hast du Angst, dass du allein zurückbleibst.«

Die Ladentür schloss sich hinter Keferberg, Heinlein blieb noch eine Weile am Fenstertisch sitzen. Er betrachtete sich nicht als jemanden, der sich die Welt schönredete, sondern als Optimisten. Seine Rücklagen mochten fast aufgebraucht sein, doch er war gewillt, den Laden bis zu seiner Pensionierung am Leben zu halten, und wenn er das Geschäft in ein paar Jahren schloss, würden die Konten vielleicht leer sein, aber es gab noch das Haus – marode zwar, doch verkehrsgünstig gelegen, so dass der Verkaufspreis wohl ein bescheidenes Leben in einer kleinen Wohnung und auch eine Abfindung für Marvin ermöglichen würde.

Das Kühlhaus stellte natürlich ein Problem dar, aber auch hier würde Norbert Heinlein einen Weg finden, ebenso wie es ihm nach dem Verlust seines Geschmackssinnes gelungen war. Die Ärzte sagten, er solle die Hoffnung nicht aufgeben, doch mittlerweile hatte er sich damit abgefunden.

War es Verdrängung, wenn Heinlein trotz aller Tragik auch die positiven Aspekte sah? Nein, denn er hatte nicht nur sein künstlerisches Talent entdeckt, sondern war auch vor unangenehmen Einflüssen geschützt. Niklas Rottmanns saurem Atem würde er wohl kaum wieder ausgesetzt werden, auch nicht den Verdauungsprodukten des Hundes oder dem Verwesungsgeruch im Kühlhaus, der sich jetzt, nachdem das Aggregat wieder funktionierte, wohl längst verzogen hatte. Doch auch in anderen Situationen erleichterte es Heinleins Leben ungemein – egal, ob es sich um Frau Dahlmeyers *Eau de Cologne*, das billige Frittierfett des Imbisses oder die vollen Windeln seines Vaters handelte.

Und als Niklas Rottmanns Mutter nach Jahren wieder im Laden erschien und nach ihrem verschwundenen Sohn fragte, erinnerte sich Heinlein genau an den durchdringenden Zigarettengestank, von dem er nun dankenswerterweise verschont blieb.

»Vielleicht«, überlegte er laut, »hat er ja bei einer Freundin übernachtet?«

»Nicki hat keine Freundin! Der hat mich!«

Frau Rottmann stand keuchend im Laden. Ihr mächtiger Busen wogte unter einer hellblauen Nylonschürze, unter der sich der Büstenhalter abzeichnete. Das rotbraune, strähnige Haar wurde von einer gelben Plastikspange aus der Stirn gehalten und musste dringend nachgefärbt werden, der weiße Ansatz war nicht zu übersehen.

»Oder bei einem Freund?«, schlug Heinlein vor. »Die jungen Leute feiern ja gern ein wenig länger, da wäre es doch …«

»Blödsinn!«

Frau Rottmanns fleischiges Gesicht war von hektischen Flecken gerötet. Der Gang durch das Treppenhaus hinab in den Laden schien einige Anstrengung gekostet zu haben, und Heinlein fragte sich unwillkürlich, ob der Rückweg überhaupt zu bewältigen war.

»Womöglich macht er ja Überstunden?«

Das, gab Rottmanns Mutter zurück, sei ebenfalls Blödsinn, sie habe auf Arbeit angerufen, und da war *der Nicki* gestern Abend gar nicht erschienen.

Aus der Küche war ein hektisches Kratzen zu hören. »Marvin?«, rief Heinlein. »Kommst du mal bitte?«

Der Junge erschien hinter der Schwingtür.

»Frau Rottmann sucht ihren Sohn«, erklärte ihm Heinlein. »Hast du ihn *heute* gesehen?«

Er wählte die Betonung bewusst, denn somit ersparte er Marvin eine Lüge. Wenn er verneinte, sagte er die Wahrheit. Was der Junge auch tat.

»Der Spast kriegt sowieso nichts mit!«, blaffte Frau Rottmann, die ihrem Sohn nicht nur die engstehenden Augen, sondern anscheinend auch ihren Wortschatz vererbt hatte.

»Frau Rottmann, mit Verlaub…«

»Hier stimmt was nicht.« Sie sah sich argwöhnisch um. »Erst ist Bertram weg, dann mein Nicki!«

»Zwölf«, sagte Marvin.

Und verschwand wieder in der Küche.

Zweiundzwanzig

Kurz nachdem Rottmanns Mutter gegangen war, erschien Kundschaft im Laden. Ein junger Mann bestellte Mineralwasser, Latte macchiato und ein Stück Pastete, setzte sich an einen der Fenstertische und vertiefte sich in eine Zeitung.

Das Kratzen war noch immer hinter der Schwingtür zu hören. Heinlein brachte seinem Gast das Gewünschte und ging in die Küche, um zu sehen, was es damit auf sich hatte. Zu seiner Verwunderung war Marvin nirgends zu entdecken, erst als er einen Schritt zur Seite trat, sah er den Jungen hinter dem polierten Arbeitstisch am Boden knien.

Im ersten Moment war Heinlein ratlos. Im nächsten erkannte er die Ursache des Geräuschs, denn er bemerkte die Bürste, mit der Marvin eifrig den Boden bearbeitete. Im dritten Moment registrierte er, dass der Junge exakt dort kniete, wo Adam Morlok zwischen Spülstrecke und Arbeitstisch gestorben war. Heinlein beugte sich irritiert vor und erbleichte, denn die schwarzen Striemen, die unter Marvins emsigem Mühen bereits auf den Fliesen verblassten, stammten offensichtlich von den Absätzen von Morloks Wildlederschuhen, als dieser sich in konvulsivischen Zuckungen am Boden gewunden hatte.

»Schon gut.« Heinleins Stimme klang belegt. »Ich erledige das schon.«

»Bin gleich fertig«, schnaufte Marvin.

»*Ich* mache das!«

Marvin hob erschrocken den Kopf, Schweißperlen glänzten auf seiner Stirn. Heinlein warf einen hastigen Blick durch die Schwingtür hinab in den Laden. Der Kunde, ein kräftiger Mann mit Stoppelhaar und Kinnbart, hatte seinen Ausruf nicht mitbekommen und saß mit übergeschlagenen Beinen am Tisch und las in seiner Zeitung.

Heinlein atmete tief ein. »Wir schließen gleich«, sagte er betont geschäftsmäßig zu Marvin. »Im Laden muss noch aufgeräumt werden.«

Der Junge stand auf, nahm den Wischeimer und entleerte ihn in die Spüle.

»Tut mir leid«, seufzte Heinlein und massierte mit Daumen und Zeigefinger die Nasenwurzel. »Ich bin ein wenig ... angespannt.«

Das war Norbert Heinlein, *sehr* sogar, dennoch war es unverzeihlich, Marvin so anzuraunzen. Dieser hatte ihn nicht nur vor einem tödlichen Stromschlag bewahrt, sondern sich danach auch als unentbehrlicher Helfer erwiesen.

Marvin trug den Eimer nach hinten zum Regal mit den Putzmitteln. Seine Spindtür stand offen, Heinlein sah den Werkzeugkoffer unter den auf Bügeln hängenden Kitteln und hatte eine Idee. Er deutete auf die verchromte Abzugshaube über den Gasherden und schlug vor, Marvin könne sich das Problem mit der Lüftung bei Gelegenheit einmal ansehen.

»Nicht jetzt«, winkte er ab, als sich der Junge umgehend an die Arbeit machen wollte. »Morgen reicht völlig aus.«

Im Laden läutete die Türglocke, der letzte Kunde des Tages verließ das Geschäft. Als Heinlein den Tisch abräumte, stellte er fest, dass die Pastete nur zur Hälfte verzehrt war. Das war eine Enttäuschung, aber immer noch besser, als überhaupt keine Kundschaft zu haben.

»Die Kastanie musst du heute nicht mehr gießen«, sagte er, als sie kurz darauf draußen auf der Bank saßen. »Es sieht nach Regen aus.«

Der Abendhimmel war von einem tiefen Blau, doch über dem Bankgebäude türmten sich bereits die ersten Wolken. Ein Windzug wehte die abgestandene, schwüle Luft davon und ließ die Sonnenschirme vor dem Imbiss flattern.

»Ach, dieser Duft!«, schwärmte Heinlein, blähte die Nüstern, atmete tief ein und versuchte, sich den unverkennbaren, frischen Geruch nach feuchter Erde in Erinnerung zu rufen. »Eigentlich ist Regen ja geruchlos«, erklärte er. »Aber er reagiert mit den Molekülen im trockenen Boden. Der Wind wirbelt Duftstoffe und ätherische Öle auf, so dass man es vorher schon riechen kann.«

Er holte einen Zigarillo aus der Schachtel, klopfte seine Taschen vergeblich nach dem Feuerzeug ab und steckte die Packung wieder ein. Nachdem er soeben den Schein bewahrt hatte, musste er es nicht ein weiteres Mal tun.

»Wir sollten ab und zu nach Frau Rottmann sehen«, überlegte er laut.

Marvin nippte an seinem Apfelsaft. Die Strahlen der tiefstehenden Sonne spiegelten sich in seiner Brille, als würden die Gläser in Flammen stehen.

»Falls sie etwas braucht, meine ich«, fuhr Heinlein fort. »Sie ist ja nicht gut zu Fuß, und jetzt, wo …«

Er beendete den Satz nicht, es widerstrebte ihm, Niklas Rottmanns Tod auch nur anzudeuten. Von allein würde der schweigsame Marvin wohl kaum darauf zu sprechen kommen, und Heinlein hatte nicht vor, etwas daran zu ändern. Über Marvins Motive konnte er nur spekulieren, doch was ihn selbst betraf, handelte es sich um eine stumme Abmachung. Als würde das, worüber man nicht redete, auch nicht geschehen sein.

Eine Böe fegte heran. Staub wirbelte auf, die Kastanie bog sich, gegenüber knatterten die Sonnenschirme. Frau Lakberg, die Besitzerin des Copyshops rechts nebenan, schloss ihren Laden ab, nickte Heinlein zu und lief eilig in Richtung Opernhaus davon. Zwei Frauen vom Ordnungsamt kamen ihr auf dem Bürgersteig entgegen.

»Du solltest nach Hause gehen«, sagte Heinlein. »Nicht dass du nass wirst.«

Marvin machte sich auf den Heimweg, Heinlein schloss das Geschäft ab und ging in die Küche. Während er die letzten Striemen auf den Fliesen beseitigte, schlenderten die beiden Frauen vom Ordnungsamt draußen am Laden vorbei. Die ersten Tropfen sprenkelten das Pflaster, zerplatzten auf den Frontscheiben der Autos in den Parkbuchten. Fast alle hatten ihre Gebühren bezahlt oder Anwohnerparkausweise hinter den Windschutzscheiben liegen.

Nur unter dem Scheibenwischer einer himmelblauen S-Klasse flatterte ein Strafzettel im aufkommenden Wind.

Dreiundzwanzig

Auch in dieser Nacht schlief Norbert Heinlein schlecht. Albträume quälten ihn, an die er sich zwar nicht erinnern konnte, doch als er sich im Morgengrauen schweißgebadet aus seinem schmalen Bett quälte, fühlte er sich wie gerädert. In der Küche arbeitete er mechanisch sein Pensum ab, und als er die Forellenpastetchen aus dem Ofen holte, schienen diese von der Konsistenz her durchaus gelungen zu sein, aber sie erinnerten nicht wie geplant an die verspielten Zwiebeltürme russisch-orthodoxer Kirchen, sondern wirkten einfallslos und banal.

Das Babyphone krächzte. Als Heinlein nach oben lief, kam ihm sein Vater im Treppenhaus entgegen, um sich mit dem stellvertretenden Kreisleiter der FDJ und Johann Keferbergs vor fünfzehn Jahren gestorbenem Vater zum wöchentlichen Skatabend drüben in der Pension zu treffen.

Heinlein brachte den alten Mann zurück in die Wohnung, zog ihm einen frischen Schlafanzug an und setzte ihn vor den Fernseher.

Auf dem Rückweg blieb er eine Etage tiefer stehen, zögerte kurz und klingelte bei Frau Rottmann. Es dauerte eine geraume Zeit, bis in der Wohnung schlurfende Schritte erklangen, und als die Tür geöffnet wurde, hielt Heinlein instinktiv die Luft an, um danach durch den Mund zu atmen. Seine Frage, ob es Neuigkeiten wegen des *werten Herrn Sohnes* gebe, wurde erwartungsgemäß mürrisch verneint; das Angebot, jederzeit behilflich zu sein, mit einem misstrauischen Blick quittiert.

»Wir sind doch Nachbarn, Frau Rottmann. Falls Sie etwas brauchen, dann ...«

»Zigaretten.«

Heinlein schaffte es noch, sich nach der Marke zu erkundigen, bevor ihm die Tür wieder vor der Nase zugeschlagen wurde. Auf dem Weg hinab in den Laden formte sich ein diffuser Gedanke in seinem Hinterkopf. Marvin saß bereits mit seinem Glas Apfelsaft draußen auf der Bank, und als Heinlein neben ihm Platz nahm, hatte der Gedanke Gestalt angenommen und war zu einer Befürchtung geworden.

»Menschen sollten füreinander da sein«, sagte er, nachdem sie einander begrüßt hatten. »Frau Rottmann macht sich Sorgen um ihren ...« Er hüstelte. »Sie braucht jedenfalls Beistand. Es ist unsere Pflicht, sie zu unterstützen, und falls sie trotzdem eine Vermisstenanzeige ...«

Heinlein sprach die Befürchtung eher beiläufig aus. Marvin hob trotzdem den Kopf und sah ihn an, die Augen hinter den Brillengläsern unnatürlich vergrößert.

»Sie ist ganz allein in ihrer Wohnung, Marvin. Niemand

sollte mit seinen Sorgen im Stich gelassen werden. Wenn man sich um Frau Rottmann kümmert, kommt sie bestimmt irgendwann auf andere Gedanken.«

Gegenüber wurde ein Kühllaster entladen, ein Mann in Kochjacke mit Zigarette im Mundwinkel schleppte Kisten mit gefrorenen Schnitzeln und eingeschweißten Würsten zum Imbiss.

»Früher war das anders«, sagte Heinlein. »Da haben sich die Menschen geholfen, und wenn es Probleme gab, dann …«

»Fünfundzwanzig.«

»Schon gut. Jedenfalls …«

»Euro.«

Marvin holte einen gefalteten Zettel aus der Brusttasche des Kittels und deutete auf die blaue S-Klasse.

»Stimmt«, murmelte Heinlein und betrachtete den durchnässten Strafzettel. »Die Stadt hat die Gebühren schon wieder erhöht. Herr Morlok wird nicht gerade erfreut sein.«

Wie immer zeigte sich Frau Dahlmeyer begeistert. Dass sie in den Pasteten kleine, mit Turbanen geschmückte Mohrenköpfe erkannte *(ENTZÜCKEND!)*, versetzte Heinlein einen Stich, doch er widersprach nicht, spielte das gewohnte Spiel *(kann es sein, dass Sie immer jünger werden?)*, verabschiedete die alte Dame zuvorkommend wie eh und je und ging in den Keller, um nach dem Rechten zu sehen.

Dort war alles in Ordnung, das Aggregat funktionierte. Als Heinlein das Licht wieder ausschalten wollte, streifte sein Blick die Aluminiumkisten, und er beschloss, sich endlich Gewissheit zu verschaffen.

Da er Marvin nicht einweihen wollte (der Junge war schon tief genug in das tragische Geschehen verwickelt), musste Heinlein sich selbst um das Öffnen kümmern. Die alte Werkzeugkiste im ehemaligen Arbeitszimmer seines Vaters war viel zu schwer und ließ sich kaum anheben, Heinlein musste das Werkzeug einzeln transportieren und verbrachte die nächsten beiden Stunden vor allem damit, vom Keller hoch in die Wohnung und wieder hinabzusteigen, um es zuerst mit einer Eisensäge, dann mit einem Bolzenschneider und später – ebenso erfolglos – mit diversen Zangen und Schraubenziehern zu versuchen. Schließlich erkannte er, dass den Vorhängeschlössern nicht beizukommen war, und holte ein Stemmeisen, mit dem es ihm unter größter Kraftanstrengung zuletzt doch noch gelang, eines der Deckelscharniere auszuhebeln.

Er griff nach der Kiste. Natürlich war es Einbildung, doch als er den Aluminiumdeckel hob, war er einen Augenblick fest überzeugt, durch die Isoliertüren Adam Morloks Blick im Nacken zu spüren.

Vierundzwanzig

In den folgenden Tagen kam Heinlein selten zur Ruhe. Nachts fand er kaum Schlaf, geplagt von Zukunftsängsten, dem Lärm der Betrunkenen am Imbiss oder den Ausbrüchen seines Vaters, dessen Zustand sich rapide verschlechterte. Seine Pasteten wurden zwar gelobt, er selbst allerdings war nicht zufrieden, denn egal wie waghalsig er auch experimentierte – seine Kreationen mochten durchaus anspruchsvoll sein, ästhetisch perfekt, wie es die (leider tödliche) Sonnenblume gewesen war, waren sie nicht.

Auch Rottmanns Mutter hielt ihn auf Trab. Sie nutzte sein selbstloses Angebot aus und begnügte sich nicht nur mit Zigaretten, sondern ließ sich auch mit Lebensmitteln versorgen. Klaglos schleppte Heinlein Tiefkühlpizzen, Rotwein und Dosensuppen vom Discounter heran. Dank allerdings erntete er nicht, im Gegenteil, Frau Rottmann beschwerte sich über die undichten Fenster und das Festnetztelefon, das seit Tagen nicht mehr funktionierte. Auf den Gedanken, die Einkäufe zu bezahlen, kam sie nicht. Heinlein, dem es unangenehm war, Forderungen zu stellen, notierte seine Ausgaben und nahm sich vor, die Sache bei Gelegenheit zur Sprache zu bringen.

Ein Problem wurde immerhin gelöst. Und zwar von Marvin, dem es tatsächlich gelang, die Abzugshaube instand zu setzen, so dass sich eine teure Reparatur oder gar Neuanschaffung erübrigte.

Obwohl Heinlein sich dergleichen – theoretisch zumindest – leisten konnte. Die Konten waren leer, trotzdem hätte er nicht nur die Küche, sondern das ganze Haus sanieren, wahrscheinlich sogar abreißen und komplett neu errichten lassen können.

Theoretisch.

Es hatte eine Weile gedauert, das Geld in der Aluminiumkiste zu zählen. Die Summe – knapp zweihundertachtzigtausend Euro – war wohl doppelt so hoch, schließlich konnte man davon ausgehen, dass die zweite, noch ungeöffnete Kiste mit dem gleichen Inhalt gefüllt war.

Das Geld mochte zwar herrenlos sein, doch die Scheine –

gebündelt in gebrauchten Noten zwischen zehn und fünfzig Euro – waren nicht nur äußerlich schmutzig, sondern mit an Sicherheit grenzender Wahrscheinlichkeit äußerst zweifelhaften Ursprungs. Die Kisten gehörten in die Hände der zuständigen Behörden, doch das war unmöglich. Also beließ Heinlein sie vorerst dort, wo sie waren. Er hatte nicht vor, auch nur einen einzigen Schein zu entnehmen.

Wobei er durchaus dazu berechtigt gewesen wäre. Denn während Adam Morloks Mercedes zusehends verstaubte, mehrten sich die Strafzettel unter dem Scheibenwischer. Heinlein zahlte die Bußgelder bar bei der Stadtkasse ein. Die Zeit drängte, das luxuriöse Gefährt, das direkt vor dem Laden parkte, stach allzu deutlich ins Auge, und je dicker die Staubschicht wurde, desto mehr fiel es auf.

Probleme, hatte der frühere Besitzer des Wagens gesagt, *sind da, um gelöst zu werden.* Warten konnte Norbert Heinlein diesmal nicht, denn der Mercedes würde wohl kaum von allein verschwinden wie Niklas Rottmann, der sich als Problem sozusagen selbst gelöst hatte.

Die Situation erforderte keine umfangreiche Analyse – es würde ein Leichtes sein, den Mercedes in die Neustadt zu chauffieren und auf einem der großen Parkplätze zwischen den anonymen Wohnblocks abzustellen. Ob Morlok die Papiere im Handschuhfach verwahrte, würde sich zeigen. Wenn nicht, war Heinlein angesichts der Ausnahmesituation sogar bereit, gegen die Vorschriften zu verstoßen.

Ein Kinderspiel also.

Allerdings nur auf den ersten Blick, denn wer ein Auto fahren will, benötigt den Schlüssel. Dieser war beim Fahrzeughalter – in einer Handgelenktasche aus braunem Rindsleder, welche sich wiederum an jenem Ort befand, den

Norbert Heinlein nie, wirklich niemals wieder hatte betreten wollen.

Fünfundzwanzig

Er löste die Verriegelung und zog den rechten der beiden Türflügel ein Stück auf. Eine Kondenswolke quoll durch den Spalt, Heinlein sammelte sich und versuchte, sich das Innere des Kühlhauses vorzustellen.

Morlok lag rechts, ungefähr auf halber Strecke zur Rückwand. Rottmann, den Heinlein später hastig hineingeschleppt hatte, links daneben, vermutlich auf gleicher Höhe. Hund und Müllsack befanden sich hinten an der Rückwand. Das Ledertäschchen hatte Heinlein mit dem vergessenen Schuh einfach hineingeworfen, es musste irgendwo in der Nähe des Müllsacks sein. Drei, vier Schritte genügten, und wenn er Glück hatte, war die Sache innerhalb weniger Sekunden erledigt, ohne dass er einen Blick auf die Leichen werfen oder gar nochmals mit ihnen in Berührung kommen musste.

Er schaltete die Taschenlampe ein und holte tief Luft. Straffte sich, riss die Tür auf und lief, den Blick aus zusammengekniffenen Augen stur zu Boden gerichtet, eilig in die arktische Kälte. Reif knirschte unter seinen Schuhen wie berstende Glassplitter, er fand, was er suchte, und war in der nächsten Sekunde wieder draußen.

Selbst im Hochsommer war es hier unten zwischen den dicken Mauern kühl und feucht. Beim Betreten des Kellers hatte Heinlein fröstelnd die Schultern hochgezogen, jetzt erschien ihm die Luft tropisch warm. Erleichtert atmete er auf, denn es gab keine traumatischen Bilder, die ihn verfolgen würden – nur Adam Morloks Fuß, der für einen Moment im Lichtkegel der Taschenlampe aufgetaucht war. Der Anblick des großen, durch das Strumpfloch ragenden Zehs war unschön gewesen, aber zu verkraften.

Das Täschchen war von einer Reifschicht überzogen, steifgefroren und so kalt, dass Heinleins Finger unter der Berührung schmerzten. Es kostete mehrere verbissene Anläufe, den Reißverschluss zu öffnen, und als es schließlich geschafft war, schlug seine Erleichterung in blankes Entsetzen um, denn abgesehen von Morloks Portemonnaie war die Tasche leer. Heinlein fand knapp vierzig Euro Bargeld, Fahrerlaubnis und Ausweis, eine Tankquittung und – als solle er verhöhnt werden – über ein Dutzend Parkscheine, die Morlok brav vor dem Laden gelöst und aus unerfindlichen Gründen aufbewahrt hatte.

Jetzt kam der Moment, in dem Norbert Heinlein aufgeben wollte. Sein Mut war verbraucht, die Kraftreserven erschöpft. Der Gedanke, dieses eisige Grab ein weiteres Mal betreten zu müssen, ließ ihn aufschluchzen.

Noch einmal, dachte er, *schaffe ich das nicht.*

Ein Anruf bei der Polizei würde genügen, um diesem Albtraum ein Ende zu bereiten. Am besten bei dem kleinen glatzköpfigen Hauptkommissar. Im Auftragsbuch in der Schublade unter der Registrierkasse stand noch die Handynummer aus dessen Zeit als Gastronom.

Heinlein sehnte sich danach, diesem Mann sein Herz auszuschütten, der nicht nur ebenfalls ein Feinschmecker, sondern auch welterfahren und klug war und sicherlich

Verständnis haben würde. Strafmilderung war nicht zu erwarten, die Strafe war schließlich wohlverdient. O ja, Heinlein würde sie mit Freude antreten, der Gang ins Gefängnis würde eine Befreiung sein. Er war müde, unsagbar müde, wünschte sich nach all diesem Grauen und den schlaflosen Nächten nichts sehnlicher als etwas Ruhe, und mochte die Zelle auch winzig, die Pritsche steinhart sein, er würde schlafen, einfach nur schlafen und ...

Was wird aus Marvin?

Heinlein biss die Zähne zusammen.

Handle niemals aus Egoismus, hatte er Lupita geschrieben. *Tu es, um Deine Lieben zu schützen.*

Der Gedanke an Marvin gab ihm wieder Kraft. Er nahm allen Mut zusammen, riss die Tür erneut auf und stellte sich dem frostigen Hauch, der ihm aus der Finsternis entgegenschlug. Wände und Boden funkelten im Taschenlampenlicht unter einer dicken Raureifschicht, ebenso Morloks Fuß. Heinlein schloss sofort die Augen, ging in die Hocke und tastete die steifgefrorenen Hosenbeine ab. Sein Atem kondensierte in der klirrenden Luft, als er die Beule in der Hosentasche bemerkte, zitterte er bereits am ganzen Leib. Hineingreifen war aussichtslos, also riss er ein Loch in den steinharten Stoff und hielt kurz darauf nicht nur einen, sondern sogar zwei Schlüssel in den schmerzenden Fingern, die allerdings nicht den blauen Mercedes, sondern wohl Eingangs- und Zimmertür in der Pension Keferberg öffneten.

Jeder Atemzug schmerzte wie Nadelstiche in den Lungen. Heinlein hauchte vergeblich in die gefühllosen Finger, tastete mit immer noch fest zusammengekniffenen Augen weiter und spürte etwas Raues, das an Sandpapier erinnerte.

Blinzelnd orientierte er sich, erkannte Morloks kantiges Kinn, zuckte mit einem erstickten Aufschrei zurück und fokussierte seinen Blick auf den massigen Brustkorb.

Er öffnete das Jackett, um an die Innentasche zu gelangen. Es war, als würde er ein dünnes Brett anheben, der Stoff knisterte mit einem Geräusch, das an brechenden Zwieback erinnerte. Heinlein riss vergeblich am Innenfutter, kämpfte schlotternd gegen die aufsteigende Panik, zog, zerrte, lehnte sich verzweifelt zurück und fiel plötzlich nach hinten gegen den Müllsack, als der Jackettstoff mit einem hässlichen Knirschen endlich riss.

Seine Finger schmerzten, als wären sie in Säure getaucht. Er versuchte, die Hände unter den Achseln zu wärmen, spähte durch die halb geschlossenen Wimpern, stieß einen leisen Triumphschrei aus und klaubte die schwarz glänzende Funkfernbedienung mit dem Mercedeslogo vom Boden.

Daneben glitzerte etwas im Strahl der Taschenlampe. Heinlein erkannte ein Pastetenstück, das aus dem umgekippten Müllsack gefallen war. Die Sonnenblume funkelte unter der Reifschicht wie mit Diamantensplittern besetzt und erschien ihm noch schöner, als er sie in Erinnerung hatte. Ohne nachzudenken, hob er das Stück auf und stemmte sich zähneklappernd hoch in dem Bewusstsein, ein weiteres Problem – diesmal durch Tatkraft und Mut – gelöst zu haben.

Er sah zu dem Lichtkeil, der ein paar Meter entfernt schräg durch den Türspalt fiel. Die nackte Glühbirne erschien ihm wie eine tropische Sonne, deren Strahlen den Eingang einer dunklen, verschneiten Höhle erhellten. Die Kälte hatte sich tief in Heinleins Knochen gefressen, doch er musste nur seinen eigenen Spuren folgen, einige wenige Schritte nur, es war so gut wie geschafft.

Auf dem eisglatten Boden rutschte er aus, vollführte einen ungelenken Ausfallschritt, fand torkelnd das Gleichgewicht wieder. Seine Befürchtung, nach Adam Morlok auch mit Niklas Rottmanns Leiche konfrontiert zu werden, bestätigte sich nicht, dieser schien weiter rechts zu liegen als erwartet.

Heinlein, der seine Hände in Gedanken bereits an einer dampfenden Teetasse wärmte, erreichte die Tür und registrierte etwas an der Innenseite.

Spuren. Kratzspuren. *Frische* Kratzspuren, wie er bei näherem Betrachten irritiert feststellte. Nicht nur das, sondern auch blutig und so tief, dass die Isolierwolle unter dem dünnen Blech stellenweise zu sehen war.

Zunächst dachte Heinlein an die Krallen eines Tieres, bemerkte die abgebrochenen Fingernägel am Boden und korrigierte sich. Was er danach tat, sollte er bis zu seinem Lebensende bereuen, denn entgegen seiner festen Vorsätze hob er die Taschenlampe, sah sich um und bekam augenblicklich eine Erklärung, weshalb sich die zweite Leiche nicht an der vermuteten Stelle befand.

Niklas Rottmann war zum Sterben in die Ecke rechts neben der Tür gekrochen. Er lag in Embryonalstellung auf den von einer Eisschicht überzogenen Bodenblechen, die Arme um die angezogenen Beine geschlungen. Der Uniformkragen war hochgeschlagen, die Mütze tief über die Ohren gezogen, er hatte alles versucht, sich vor der Kälte zu schützen.

Herr im Himmel, dachte Heinlein entsetzt. *Der Stromschlag war nicht tödlich.*

Die Uniform und das wächserne Gesicht waren von einer feinen, pudrigen Schneeschicht bedeckt, unzählige Kristalle funkelten im Strahl der Lampe. Rottmanns Blick war direkt auf Heinlein gerichtet, als hätte er ihn erwartet. In den glasigen Augen unter den weißen, von Reif bedeckten Wimpern schien ein Vorwurf zu liegen. Auf der rechten Wange schimmerte die Spur einer gefrorenen Träne.

Er hat noch gelebt, als ...

Ein Fellknäuel lugte zwischen Rottmanns Armen hervor. Er musste zunächst verzweifelt versucht haben, sich zu befreien, ehe ihm irgendwann klarwurde, dass er hier sterben würde – also hatte er seinen toten Hund in die Arme genommen, an den er sich auch jetzt noch klammerte wie ein ängstliches Kind an seinen Teddy.

Das, hoffte Norbert Heinlein, hatte ihn vielleicht getröstet. Ein wenig zumindest, denn am Ende hatte Niklas Rottmann seinen geliebten Bertram schließlich doch noch gefunden.

Noch am selben Abend steuerte Heinlein den Mercedes in die Neustadt.

Immer wieder wanderten seine Gedanken zu Niklas Rottmann, der eines furchtbaren Todes gestorben war. Wie lange sein Martyrium in der eisigen Dunkelheit gedauert hatte, mochte er sich lieber nicht vorstellen. Marvin würde es nie erfahren, es reichte aus, wenn Heinlein sich quälte.

Nach einigem Suchen fand er eine freie Stelle auf einem der Parkplätze zwischen den riesigen Wohnblocks. Er hatte sich bemüht, so wenig wie möglich zu berühren, trug sogar Handschuhe, wischte das Lenkrad ab und nahm sich vor dem Aussteigen Zeit für eine kurze Durchsuchung. Weder unter den akribisch gesaugten Fußmatten noch in den Ablagen war etwas zu entdecken. Im Handschuhfach hatte er nur eine in Leder gebundene Betriebsanleitung sowie die Fahrzeugpapiere gefunden, der Mercedes war gar nicht auf Morlok, sondern auf einen gewissen Udo Zatopek zugelassen. Im Kofferraum war nichts weiter zu finden, einem Impuls folgend tastete Heinlein das Lederkissen in der Heckablage ab, doch auch dies ohne Ergebnis. Persönliche Dinge hatte Adam Morlok in seinem peinlich gepflegten Wagen nicht aufbewahrt.

Als Heinlein den Schlüssel in einen überquellenden Papierkorb vor dem Multiplexkino warf, kam er sich vor wie ein Verbrecher.

Er war nicht so blauäugig, das Problem als *gelöst* zu betrachten. Aber er hatte reagiert und zumindest Zeit gewonnen. Irgendwann würde der Wagen natürlich entdeckt werden, doch es war unklar, ob Adam Morlok überhaupt als vermisst gemeldet worden war. Falls ja, würde die Polizei sich höchstwahrscheinlich im Laden nach ihm erkundigen, aber selbst dann blieb äußerst fraglich, ob jemand auf die Idee kam, das alte Kühlhaus in den Kellerräumen von *Heinlein's Delicatessen- und Spirituosengeschäft* zu durchsuchen, nur weil der Pensionsgast von gegenüber hier ab und an eingekehrt war.

Probleme sind nützlich, hatte Adam Morlok gesagt, *sie bringen uns weiter.* In Bezug auf die Entwicklung der Menschheit mochte das stimmen, doch was Norbert Heinlein persönlich betraf, konnte dieser mittlerweile gern darauf verzichten. Jedes gelöste Problem brachte ein weiteres, meist größeres hervor, es schien, als würde er sich in einem Perpetuum mobile befinden.

Als Heinlein mit der Straßenbahn zurück in die Altstadt fuhr, ahnte er, dass die Erleichterung auch diesmal nicht lange andauern würde. Zu Recht, denn bereits am folgenden Tag sah er sich mit dem nächsten, nicht nur äußerst unschönen, sondern diesmal existenziellen Problem konfrontiert.

Sechsundzwanzig

»Es tut mir leid«, seufzte Herr Peysel. »Aber ich kann Ihnen keine weitere Frist einräumen. So gern ich's auch würde, ich muss mich an die Vorschriften halten.«

»Natürlich«, nickte Heinlein, dem soeben sein Todesurteil verkündet wurde.

Rauchschwaden waberten durch die Küche. Seine Augen brannten, was auf einen höchst unangenehm beißenden Gestank – vermutlich eine Mischung aus heißem Metall und verschmortem Plastik – hindeutete.

»Und wann tritt die ...«, Heinlein schluckte, »Schließung in Kraft?«

»Mit sofortiger Wirkung.«

Marvin stand betreten neben seinem Spind. Dass er mit der Reparatur der Lüftung überfordert gewesen war, konnte ihm niemand zum Vorwurf machen, schließlich war es Heinlein gewesen, der ihm den Auftrag gegeben hatte. Zur Kontrolle hatten sie die Anlage nur kurz unter Volllast laufen lassen, und da die Ventilatoren auch in funktionierendem Zustand einen beträchtlichen Lärm erzeugten, hatte Heinlein Marvin in den höchsten Tönen gelobt und die Anlage wieder auf die übliche, für die morgendliche Zubereitung der Pasteten mehr als ausreichende Stufe heruntergeschaltet.

Anfangs hatte es ausgesehen, als würde die Kontrolle reibungslos verlaufen, auch unter Volllast entsprachen die Werte den Richtlinien. Als Peysel sein Messgerät verpackte, hatte es plötzlich geknallt, Qualm war aus den Lüftungsschächten geströmt, während die Anlage rasselnd und quietschend verstummte.

»Wenn ich Ihnen einen Rat geben darf.« Peysel füllte ein Formular auf seinem Klemmbrett aus. »Sie sollten die Werkstatt in Regress nehmen. Ich habe ernsthafte Zweifel, dass die Reparatur fachmännisch durchgeführt …«

»Nicht doch, das war ein absolut kompetenter Monteur.« Heinlein stand am Abgrund. Doch auch jetzt, im Augenblick höchster Not, versuchte er instinktiv, Marvin zu schützen. »Da gibt es nichts zu bemängeln.« Er hob die Stimme, um sicherzugehen, dass der Junge ihn hörte. »Überhaupt nichts!«

»Eine weitere Reparatur«, sagte Herr Peysel, »dürfte wohl auch kaum möglich sein.«

Selbst dem technisch eher unbedarften Norbert Heinlein war klar, dass sich hinter den Edelstahlverkleidungen nur noch qualmender Metallschrott befand.

»Ich fürchte«, Peysel sah ihn über den Brillenrand an, »eine Neuanschaffung ist unumgänglich. Das ist natürlich eine beachtliche Investition, aber …« Er hob bedauernd die Schultern *(was soll man machen?)* und widmete sich wieder seinem Klemmbrett.

Heinlein schwirrte der Kopf. Es handelte sich um eine Summe, die deutlich im fünfstelligen Bereich lag, womit die

Investition nicht nur beachtlich, sondern unerschwinglich wurde. Woher sollte man so viel Geld …

Seine Gedanken wanderten in den Keller. Kurz nur, denn im nächsten Moment wurde die Idee wieder verworfen. Heinleins Leben lag in Trümmern, eine hundertjährige Tradition stand vor dem Aus, doch nicht umsonst betrachteten sich die Heinleins als *ehrbare* Geschäftsleute. Der rechtmäßige Besitzer der Aluminiumkisten mochte zwar tot sein, doch daraus ergab sich noch lange kein Anspruch. Selbst wenn, die Herkunft war unklar, wahrscheinlich illegal (oder zumindest zweifelhaft) und das Geld somit tabu. Allein der Gedanke, es für die eigenen Zwecke zu nutzen, war beschämend.

»Es ist ja nur für kurze Zeit«, tröstete Herr Peysel. »Ein, vielleicht zwei Monate. Sie könnten die Gelegenheit nutzen, neue Fliesen legen lassen zum Beispiel. Die Gasanschlüsse sollten ebenfalls modernisiert werden.« Er deutete zu den Herden. »Diesmal habe ich's noch durchgehen lassen, aber bei der nächsten Inspektion …« Er sah Heinlein vielsagend an. »Sie verstehen.«

»Natürlich«, murmelte dieser. »Die Vorschriften.«

»Sie sagen es.«

Der Rauch waberte in trägen Schwaden durch die Küche. Marvin, der mit gesenktem Kopf neben seinem Spind stand, war nur schemenhaft zu erkennen. Heinleins Worte hatten ihn nicht getröstet, es war herzerreißend, den Jungen so unglücklich zu sehen.

Norbert Heinlein hatte nicht nur Prinzipien, sondern auch seinen Stolz. Bisher hatte er noch nie in seinem Leben um etwas gebettelt. Jetzt sah er keinen anderen Ausweg, in seiner Verzweiflung war er sogar gezwungen, jemanden anzulügen. Dass dieser *jemand* ein Vertreter der Behörden war, machte die Sache noch schlimmer, doch Heinlein log auch für Marvin, um wenigstens eine Galgenfrist aushandeln zu können.

»Ich habe mich bereits umgehört«, begann er, »und sogar schon ein Angebot bekommen. Die neue Lüftungsanlage könnte in zwei Wochen montiert sein.«

»Das ist doch prima, Herr Heinlein!«

»Die Firma meinte, der laufende Betrieb müsse nicht unterbrochen werden.«

»Prinzipiell richtig«, stimmte Herr Peysel zu, »solange die Richtlinien erfüllt werden. Dazu müsste allerdings die alte Anlage laufen, während die neue montiert wird.« Er sah sich resigniert um. »Aber hier ...«

»Und wie wäre es ... ich meine, der Zeitraum ist ja überschaubar.« Heinlein räusperte sich. »Wie gesagt, der Monteur ist ein kompetenter Fachmann.« Er sah hinüber zu Marvin. »Vielleicht könnte er die Anlage bis dahin wieder in Betrieb ... womöglich mit einem Provisorium?«

Marvin schüttelte unmerklich den Kopf.

»Lieber Herr Heinlein«, seufzte Peysel und strich über den gegelten Scheitel, »um eine ordnungsgemäße Lüftung zu gewährleisten, ist eine funktionierende, ich wiederhole *funktionierende* Anlage unerlässlich.«

»Das ist mir bewusst«, versicherte Heinlein. »Es geht nicht um mich, sondern um das Interesse meiner Kundschaft.«

»Eben.«

»Eine Schließung würde viele Kunden enttäuschen.«

Das, gab Peysel ein wenig ungeduldig zurück, stehe außer Frage. Doch es gehe hier um die Vorschriften, deren

Einhaltung übrigens nicht nur im Interesse von Heinleins Kundschaft, sondern der ganzen Gesellschaft sei.

»Betrachten Sie's als Investition in die Zukunft«, fügte er aufmunternd hinzu. »Neuester Standard, einwandfreie Hygiene. Sie bringen den Laden in Schwung und danach …«, er schwang die Faust durch die Luft, »wieder volle Kraft voraus!«

Aus Peysels Aktentasche ertönte ein Piepsen. Er legte das Klemmbrett auf den Arbeitstisch, holte sein Handy hervor, gab umständlich den Code ein und las eine Nachricht. Seine Frau, teilte er Heinlein mit, wolle wissen, wo er bleibe, in vier Stunden gehe ihr Flug auf die Malediven.

»Ach, sagen Sie, das Konfekt, das ich Vera neulich mitgebracht habe – ist das eventuell noch vorrätig?«

»Aber natürlich.« Ohne sich dessen bewusst zu sein, verfiel Heinlein in den zuvorkommenden Plauderton, den er unten im Laden pflegte. »Die belgischen Mandelpralinen haben Ihrer Gattin offensichtlich gemundet?«

Peysel bejahte und fügte mit vertraulich gesenkter Stimme hinzu, das Mitbringsel werde die Stimmung seiner Frau hoffentlich ein wenig aufhellen. Offensichtlich hing der Haussegen schief – für jemanden, der auf dem Sprung in den Urlaub war, sah Herr Peysel nicht unbedingt glücklich aus.

Er verstaute die Brille in der Brusttasche seines Hemds und wünschte Heinlein viel Glück für den Umbau. Falls dieser tatsächlich bereits in zwei Wochen abgeschlossen sei, müsse sich Heinlein an eine Vertretung wenden, da Peysel erst in einem Monat zurück sein würde. Der Vorgang war noch nicht ins System eingespeist, schließlich war Peysel davon ausgegangen, dass es sich nur um eine Formsache handelte und der Mangel fristgerecht abgestellt und somit obsolet würde.

»Eigentlich«, sagte er mit einem Blick auf die Uhr, »wollte ich direkt nach Hause, aber ich fahre noch kurz im Amt vorbei und instruiere Frau Nowottny.« Er reichte Heinlein eine Visitenkarte. »Hier ist ihre Durchwahl. Ich werde sie bitten, möglichst kurzfristig zur Abnahme herzukommen.«

»Das«, murmelte Heinlein abwesend, »ist wirklich sehr freundlich.«

Vorbei, dachte er. *Alles verloren. Alles.*

Ein Knacken ertönte, eine verzerrte Greisenstimme drohte mit einer saftigen Beschwerde bei der Hoteldirektion, da der Zimmerservice nicht nur das Bett, sondern diesmal auch *den verdammten Bademantel komplett vollgeschissen* habe.

»Mein Vater ...«, erklärte Heinlein auf Peysels fragenden Blick zum Babyphone. Marvin hatte die Küche bereits verlassen und war unterwegs ins Treppenhaus, um nach oben zu gehen. »Sein Zustand ist ...«

»Verstehe«, nickte Peysel mitfühlend und verstaute das Klemmbrett in der Aktentasche. Auf dem Weg zur Schwingtür fiel sein Blick auf den Arbeitstisch und die Pasteten auf den Backblechen, die Heinlein für den nächsten Tag bereits aufgeschnitten hatte. »Ach«, lächelte er, »ich werde Ihre Pasteten wirklich vermissen.«

Nicht so sehr wie ich, dachte Heinlein.

»Eine Mischung aus Kalbfleisch und ...«, Peysel beugte sich schnuppernd über die Bleche, »... frischen Morcheln, nicht wahr?«

Heinlein, dem erstmals in seinem Leben nicht im Geringsten nach einer Fachsimpelei zumute war, nickte nur stumm. Herr Peysel war ein wirklich umgänglicher, sympathischer Mensch, der Heinlein nicht nur äußerlich ähnelte, sondern auch dieselben inneren Werte teilte. Dass er Heinlein gerade einen Dolch ins Herz gebohrt hatte, konnte er nicht ahnen.

»Außerdem Karottensplitter. Das hier sind ...«, Peysel nestelte an der Brusttasche und setzte die Brille wieder auf, »... Paprikastücke, oder?«

»Rote Beete«, korrigierte Heinlein einsilbig.

»Dürfte ich vielleicht ein Stück kosten?«

Heinlein stimmte achselzuckend zu. Das Manöver war leicht zu durchschauen, Peysel würde die Pastete in den höchsten Tönen loben und das Geschäft in dem – leider irrigen – Glauben verlassen, den tödlich getroffenen Heinlein etwas aufgemuntert zu haben.

Während Peysel sich über die Pasteten beugte, sah Heinlein durch die Schwingtür hinab in den Verkaufsraum mit den dunklen Vertäfelungen, den alten Messingbeschlägen an den Schubladen und den liebevoll arrangierten Auslagen in den Vitrinen hinter den geschwungenen Scheiben mit den verspielten, in das Kristallglas geschliffenen Mustern.

»Hervorragend!«, schwärmte Peysel hinter ihm.

Heinlein registrierte es nur am Rande. Dieser Laden, eine Welt, in der die Zeit stillzustehen schien – *seine* Welt –, war im Begriff zu implodieren. Zum ersten Mal wurde ihm klar, warum er so verbissen gekämpft hatte; es ging um mehr als um das Werk seiner Vorfahren, auch nicht nur darum, dass er glücklich gewesen war in diesem kleinen, abgeschotteten Universum. Vor allem hatte er sich sicher gefühlt hinter den Mauern, die zwar bröckelten, aber dick genug gewesen waren, um ihn vor der stürmischen Außenwelt zu schützen.

Während Herr Peysel die Bissfestigkeit und den knackigen roten Pfeffer rühmte, dachte Heinlein an Johann Keferberg. Dieser hatte recht, all das war ein Trugschluss gewesen, Augenwischerei, auch Heinleins Leben stand schon lange auf tönernen Füßen, und es war nur logisch, dass nun alles in sich zusammenstürzte wie ein Kartenhaus, das ...

»... wahrscheinlich, weil sie direkt aus dem Kühlschrank kommt.«

Heinlein wandte sich um. »Wie bitte?«

»Die Konsistenz.« Herr Peysel deutete mit der Gabel auf die Pastetenscheibe auf seinem Teller. »Man schmeckt jede einzelne Komponente. Wahrscheinlich«, wiederholte er kauend, »weil sie direkt ...«

»... aus dem Kühlschrank kommt?«

»Genau«, stimmte Peysel eifrig zu. »Aus dem Tiefkühlfach, oder? Ungewöhnlich, aber gerade deshalb«, er hob die Gabel, »vorzüglich!«

Heinleins Herzschlag setzte aus.

»Mit der Optik haben Sie sich selbst übertroffen«, schmatzte Herr Peysel. »Diese Sonnenblume ...« Er leckte einen Krümel aus dem Mundwinkel. »Kann es sein, dass Sie sich an van Gogh orientiert ...«

Die Worte wurden vom Knall einer zufallenden Tür verschluckt. Heinlein, der durch den Laden davongestürmt war, lehnte kreidebleich an der Wand neben den Briefkästen im Hausflur. Die Bilder des sterbenden Adam Morlok hatten sich tief in sein Gedächtnis gefressen, er versuchte vergeblich, sie aus seinem gemarterten Hirn zu verdrängen, stützte die Hände auf den Oberschenkeln ab und erbrach sich auf die alten Bodenfliesen.

Siebenundzwanzig

Liebe Lupita!
Danke für deinen Brief, über den ich mich wie immer sehr gefreut habe – nicht zu vergessen das Foto. Ich bin erstaunt, wie groß du geworden bist!
Es ist toll, dass der Brunnen endlich repariert ist. Du siehst, nicht nur durch Tatkraft und Mut kann man eine Menge erreichen, wichtig ist auch die nötige Geduld. Selbst in den scheinbar ausweglosesten Momenten sollte man nie die Zuversicht verlieren!
Ich selbst sah mich erst kürzlich in meiner Existenz bedroht. Das, liebe Lupita, ist nicht übertrieben, die Situation schien aussichtslos, und ich gestehe offen, die Hoffnung bereits aufgegeben zu haben. Ob es Zufall war oder Schicksal, vermag ich nicht einzuschätzen, in letzter Sekunde jedenfalls erhielt ich unerwartete Hilfe.
Oft, liebe Lupita, muss man Opfer bringen, um anderen zu helfen. Manchmal passiert dies auch unbewusst, doch das schmälert das Opfer nicht. Im Gegenteil, denn es geschah nicht nur für mich, sondern vor allem für Marvin (der wie immer herzlich grüßen lässt).

Dein Papa Norbert

PS: Dass das Dach deiner Schule vom Einsturz bedroht ist, erfüllt mich, wie du dir denken kannst, mit großer Sorge. Den beigelegten Überweisungsträger werde ich natürlich verwenden, um im Rahmen meiner Möglichkeiten einen kleinen Beitrag zu leisten.

Er überflog die Zeilen noch einmal, faltete den Brief und verstaute ihn im Umschlag. Bisher hatte er keine einzige Sekunde geschlafen, und nun, da der Morgen vor seinem Zimmerfenster graute, würde es auch nicht mehr dazu kommen.

Heinlein reckte sich im Schreibtischstuhl und rieb den verspannten Nacken. Er hatte eine turbulente Nacht hinter sich, in der er nicht nur viele Entscheidungen treffen, sondern diese auch umgehend in die Tat umsetzen hatte müssen. Die schmerzenden Muskeln resultierten allerdings nicht aus den körperlichen Anstrengungen des Vorabends; der unglückselige Herrn Peysel war kaum halb so schwer wie der massige Adam Morlok gewesen, was den Transport mit dem Lastenaufzug in den Keller und weiter zum Kühlhaus deutlich vereinfacht hatte.

Mochte die physische Belastung sich auch in Grenzen gehalten haben, die seelische war dafür umso größer. In dem Brief an sein somalisches Pflegekind hatte Heinlein von *Zufall* oder *Schicksal* geschrieben – beides war denkbar, denn dass der arme Herr Peysel aus einer Auswahl von mehreren Dutzend Pastetenscheiben ausgerechnet zu der vergifteten greifen würde, war – zumindest statistisch betrachtet – äußerst unwahrscheinlich. Auch der zeitliche Ablauf gab Heinlein zu denken. War es Zufall, dass ihm das Pastetenstück nach wochenlanger Unzufriedenheit im Kühlhaus in die Hände gefallen war? War es Schicksal, dass er sich dann spontan entschlossen hatte, das Sonnenblumenmotiv aus mangelnder Inspiration noch einmal als Vorlage für die nächste Pastete zu nutzen? Musste der bedauerliche Herr Peysel genau in dem Moment auftauchen, als die Arbeit beendet war? War das Vorsehung? Und war es vielleicht Fügung, dass Heinlein das todbringende, ästhetisch vorbildhafte Stück noch nicht aus dem Verkehr gezogen und endgültig entsorgt hatte? Das sollte, das *wäre* natürlich geschehen, doch nach den schockierenden Neuigkeiten war er verständlicherweise mit anderen Dingen beschäftigt gewesen.

Ob Zufall, Schicksal, Vorsehung oder Fügung – wahrscheinlich war es etwas von allem. Auf jeden Fall, überlegte Heinlein, deutlich mehr als eine Verkettung unglücklicher Umstände.

Zumindest in einem Punkt musste er sich nach längerem Nachdenken korrigieren. Trotz aller Mühe war es ihm nicht gelungen, die optische Qualität des Originals zu erreichen. Die frischen, genießbaren Pasteten waren an diesem Morgen zwar durchaus ansprechend geraten, doch das Farbenspiel und die Proportionen der Vorlage hatten sie nicht erreicht. Herr Peysel hatte sich einfach nur für das ansprechendste Stück entschieden, wodurch ihm sein künstlerischer Sachverstand zum Verhängnis geworden war.

Er war unrettbar verloren gewesen. Heinleins panische Flucht in den Hausflur war leicht zu erklären, er wusste schließlich, was unweigerlich bevorstand und durch nichts in der Welt zu verhindern war. Adam Morloks Todeskampf hatte ihn bereits bis ins Mark getroffen, ein weiteres Mal hätte er einen solchen Anblick wohl kaum ertragen, ohne seinen ohnehin zerrütteten Verstand endgültig zu verlieren.

Wie hätte er sich dann um Marvin kümmern sollen? Und was war mit seinem Vater, der sich im Nebenzimmer in seinem knarrenden Bett wälzte und im Schlaf nach Fräulein Kuppke rief, um seiner vor vierzig Jahren nach Westberlin geflohenen Sekretärin einen Brief an den Direktor des staatlichen Fleischkombinates zu diktieren?

Herr Peysel war innerhalb weniger Minuten gestorben, doch es dauerte deutlich länger, bis der paralysierte Heinlein imstande gewesen war, sich im Hausflur von der Stelle zu bewegen. Zunächst hatte er den Boden von seinem Mageninhalt gereinigt, danach eine Weile lauschend im Verkaufsraum verbracht. Erst als ihm einfiel, dass Marvin jeden Moment erscheinen konnte, hatte er allen Mut zusammengenommen und war auf weichen Knien in die Küche gewankt.

Aus dem Zimmer seines Vaters drang das Knarren der Bettfedern. Der Alte monierte, die angeblich frischen Kalbsfilets seien überlagert, vier Pfennig zu teuer, höchstens als Hundefutter zu verwenden und würden umgehend mit sozialistischen Grüßen ins Fleischkombinat zurückgeschickt.

Draußen wurde es hell. Heinlein lauschte der zittrigen Stimme seines Vaters und ließ die letzten Stunden noch einmal Revue passieren in der Hoffnung, keinen Fehler begangen zu haben, der womöglich ein neues Problem nach sich zöge.

Achtundzwanzig

Er hatte den bedauernswerten Herrn Peysel zusammengekrümmt unter dem Tisch gefunden, an dem er mit Marvin im Winter die Pausen verbrachte. Auf dem Weg dorthin hatte der schmächtige Mann ungeahnte Kräfte freigesetzt – Marvins Spindtür hing schief in den Angeln, Schubladen und Wandschränke standen offen. Ein Regal war halb aus den Dübeln gerissen, Gewürzgläser, Salatschüsseln und Espressotassen lagen zersplittert zwischen dem Inhalt des umgekippten Mülleimers auf den Fliesen.

Trotz aller Panik war sich Heinlein bewusst gewesen, dass er vorausdenken musste. Ein weiterer Gang in das schreckliche Kühlhaus war unumgänglich, doch was geschähe danach? Von seinen Kollegen würde Herr Peysel frühestens in einem Monat vermisst werden, auch die Tatsache, dass er niemanden mehr im Amt über die Lüftungsanlage hatte informieren können, stellte eine ungeheure Erleichterung dar. Doch was war mit seiner Frau? Heinlein kannte die korpulente Dame nur flüchtig; bei ihren wenigen Besuchen im Laden war Vera Peysel ihm etwas burschikos, fast einschüchternd vorgekommen. Sie wartete gewiss bereits ungeduldig auf ihren Ehemann, es war wohl kaum zu verhindern, dass sie nach ihm suchen würde.

Oder?

Es gab eine Möglichkeit, theoretisch zumindest. Später sollte sich Norbert Heinlein beglückwünschen, gemäß Adam Morloks Rat gehandelt zu haben, denn er tat dies nicht überhastet, sondern nach gründlicher Analyse der Situation und verfrachtete Herrn Peysel erst in das Kühlhaus, nachdem er dessen Aktentasche im Backofen deponiert hatte, und ersparte sich somit einen zweiten Besuch in der schaurigen Gruft.

Als er aus dem Keller zurück in die Küche kam, hatte Marvin bereits die Spindtür repariert und war dabei, die Scherben aufzufegen. Den Rest erledigten sie gemeinsam. Als sie fertig waren, hatten sie kein Wort gewechselt, draußen wurde es dunkel, und erst als gegenüber die Neonbuchstaben von *WURST & MORE* aufflackerten, brach Heinlein das Schweigen.

»Glaubst du, man bekommt die Lüftung wieder hin?«

Er holte die Aktentasche aus dem Backofen, während Marvins Blick skeptisch über die Abzugshaube und die Lüftungsschächte an der Decke wanderte. Der Junge hatte das Gespräch mit Herrn Peysel aufmerksam verfolgt und – Heinlein war sicher – auch verstanden.

»Ein Provisorium würde völlig ausreichen, Marvin.«

Die Lüfter, erklärte der Junge, seien nicht mehr zu retten, die Motoren waren durchgebrannt, müssten ersetzt und neu verkabelt werden. Er holte seinen Werkzeugkasten, um zu prüfen, ob die Schaltungselektronik noch funktionierte. Heinlein ließ derweil die Messingverschlüsse klicken, kramte das Klemmbrett, eine Thermoskanne, das Brillenetui, eine Brieftasche, das Handy und eine Brotbüchse aus gelbem Plastik hervor und stellte alles auf die Arbeitsplatte.

Marvin hantierte bereits mit einem Schraubenzieher an der Verkleidung der Abzugshaube über den Gasherden. Er hatte weder nach der Ursache für das Chaos noch dem Grund für Herrn Peysels Verschwinden gefragt. Dass Heinlein jetzt den Inhalt seiner Aktentasche untersuchte, nahm er ebenfalls wie selbstverständlich hin.

In der Brieftasche fand Heinlein neben einer EC-Karte, etwas Bargeld, diversen Quittungen und einem Streifen Treuepunkte eines Discounters alles, was er brauchte. Danach widmete er sich dem Handy, das erwartungsgemäß gesperrt war. Die Steuerung, teilte Marvin indessen mit, sei auf den ersten Blick in Ordnung, abgesehen von einer durchgeschmorten Platine, die neu gekauft werden müsse.

»Wird das teuer?«, erkundigte sich Heinlein nicht sonderlich interessiert.

»Zehn Euro.«

»Das ist überschaubar«, murmelte Heinlein abwesend und starrte auf das Display, auf dem er aufgefordert wurde, den Code einzugeben. Mit diesem Problem hatte er gerechnet und gehofft, es irgendwie lösen zu können.

»Neun«, sagte Marvin.

Heinlein sah kurz auf. Der Junge stand auf Zehenspitzen vor den Gasherden und werkelte mit einem Phasenprüfer an der komplizierten Elektronik.

»Auch gut«, sagte Heinlein und richtete seine Aufmerksamkeit wieder auf das Handy. »Auf einen Euro mehr oder weniger kommt's nicht ...«

»Neun.«

Sechs Zahlen, überlegte Heinlein. Nur welche?

»Neun«, wiederholte Marvin erneut.

»Ja ja.«

»Sieben«, sagte Marvin hinter ihm. »Acht. Vier.«

»Gib mir bitte mal einen Moment, ja?«

Marvin kramte geräuschvoll in seinem Werkzeugkasten, holte eine Zange hervor und richtete seine Aufmerksamkeit wieder auf die Elektronik. Heinlein warf ihm einen verdrossenen Blick zu und tippte sechs Mal auf die Eins – die erste

Zahlenfolge, die ihm einfiel. Das Handy vibrierte, eine Mitteilung erschien:

Noch zwei Versuche

Heinlein schalt sich für seine Naivität. Das Telefon war wichtig, es gab keine Alternative. Wie hatte er so blauäugig sein können ...

»Neun.«

... einen sechsstelligen Code ...

»Neun.«

»Bitte, Marvin! Ich muss mich ...«

»Neun.«

»... konzentrieren!«

Die Zange landete klappernd im Werkzeugkasten. Marvin kam näher, wischte im Gehen die Hände am Kittel ab und blieb vor Heinlein stehen.

»Sieben.«

»Im Moment interessiert mich nicht, was die Ersatzteile kosten.« Heinlein klang ein wenig unwirsch. »Ich habe wirklich andere Probleme, mit denen ich ...«

»Acht.« Marvin schob die Brille auf der Nase zurecht und sah erst Heinlein, dann das Handy an. »Vier.«

»Ach.« Heinleins Augen weiteten sich.

»Drei Mal die Neun«, sagte Marvin. »Dann die Sieben, die Acht und die Vier.«

Er machte auf dem Absatz kehrt, kramte einen Kreuzschraubenzieher aus seinem Werkzeugkoffer und begann, die Verkleidung der Abzugshaube wieder zu befestigen. Heinlein sah ihm einen Moment verdattert zu, nahm das Handy, klappte den Mund wieder zu und tippte den Code ein.

Es fanden sich sechs Anrufe in Abwesenheit. Alle in den letzten dreißig Minuten, von ein und derselben Nummer, nämlich von Herrn Peysels Gemahlin, die dieser als *Rosenblüte* abgespeichert hatte.

Auch jetzt widerstrebte es Heinlein, in der Privatsphäre anderer Menschen zu schnüffeln, doch es war unumgänglich. Den Anruflisten war zu entnehmen, dass Herr Peysel und seine Frau nur selten telefoniert und meist über Kurznachrichten kommuniziert hatten. Nach langen Ehejahren waren die Mitteilungen sachlich gehalten und bestanden zumeist aus knappen Entschuldigungen *(sitzung dauert länger, komme 30 min später)*, die entweder gar nicht oder mit einer Erinnerung beantwortet wurden *(klopapier nicht vergessen)*.

In den letzten Monaten war die Kommunikation deutlich abgeflaut, auch der Ton hatte sich geändert. Herr Peysel, der sich kaum noch zu Wort meldete, wurde einmal wöchentlich mit Ermahnungen bedacht *(wenn du immer nur schweigst wird es nicht besser!)*, die offensichtlich als Fazit eines Termins bei der Eheberatung zu verstehen waren. Aus weiteren Nachrichten *(dann bleib doch in deinem verdammten hotel)* wurde deutlich, dass die Therapie zunächst wenig Erfolg hatte, der Ton wurde rauer *(hol deine Sachen ab!)*, bis es schließlich doch noch zur Versöhnung gekommen war. Die Nachricht *(kohlrabi mitbringen)* war, zwei Tage bevor Herr Peysel seiner *Rosenblüte* die belgischen Mandelpralinen gekauft hatte, abgeschickt worden.

Heinlein scrollte nach unten. Es kam ihm wie eine Ewigkeit vor, doch seit Herr Peysel die Mitteilung *(du musst noch dein rasierzeug einpacken)* hier in der Küche erhalten hatte, waren kaum fünfundvierzig Minuten vergangen. Erneut hatte Marvin eine äußerst beachtliche Gabe offenbart, denn ungeachtet der dicken Brillengläser hatte er durch die Rauchschwaden beobachtet, wie Herr Peysel den Code eingab und sich diesen – was weit weniger verwunderlich war – auf Anhieb gemerkt.

Als keine Antwort erfolgte, war Vera Peysel zunehmend ungeduldiger geworden, nach einer weiteren Nachricht *(Wo bleibst du?)* folgte eine zweite, *(WO BLEIBST DU?)*, bis sie nach einem dritten Versuch *(??????)* mehrfach angerufen hatte, zuletzt vor zehn Minuten.

Heinleins Finger schwebte unschlüssig über dem Display. Herr Peysel war überfällig, die Zeit drängte. Es war unwahrscheinlich, dass seine Frau (*Witwe*, korrigierte sich Heinlein erbleichend) die Polizei sofort einschalten würde, doch falls sie wusste, dass er an diesem unglückseligen Tag den letzten Termin vor dem Urlaub in *Heinlein's Delicatessen- und Spirituosengeschäft* gehabt hatte, würde sie womöglich hier auftauchen, um nach ihm zu suchen und sich wohl kaum mit belgischen Mandelpralinen abspeisen lassen.

Heinlein hatte eine Idee. Zwei Wochen waren vergangen, doch wer konnte schon ahnen, wozu Marvin fähig war? Er war dabei gewesen, als Herr Peysel die Pralinen bezahlt hatte. Und zwar mit …

»Äh … Marvin?«

Der Junge sah ihn über die Schulter an.

»Ich brauche den Code.« Heinlein hob Peysels EC-Karte hoch. »Kannst du dich vielleicht noch erinnern, als …«

»Sieben, vier, neun, zwei«, gab Marvin zurück und zog die letzte Schraube an.

Heinleins Blick wanderte von der Karte zu Peysels Brillenetui. Er hatte gehofft, ein wenig Zeit zu gewinnen, doch war nicht viel mehr möglich? *Viel* mehr? Wenn er den Personalausweis ...

Das Handy gab einen schrillen Piepton von sich. *Rosenblüte* meldete sich zu Wort: *DAS WIRST DU BEREUEN!!!!*

Kurz entschlossen tippte Heinlein eine Antwort ein und aktivierte den Flugmodus.

Neunundzwanzig

Der Zug nach Berlin hatte zehn Minuten Verspätung.

Als Heinlein nach knapp zweistündiger Fahrt am Hauptbahnhof ausstieg, war es kurz nach halb zehn. Er ging auf die Herrentoilette und machte sich noch einmal zurecht, feuchtete das Haar an und zog den strengen Seitenscheitel nach. Durch die Brille nahm er seine Umwelt ein wenig verschwommen wahr, doch das Gesicht, das ihm im Spiegel entgegensah, erschien ihm durchaus ähnlich mit dem Foto in Herrn Peysels Ausweis. Einer näheren Überprüfung hätte die Verwechslung natürlich nicht standgehalten, auch die Tatsache, dass Norbert Heinlein trotz der flachen Schuhe deutlich größer war, stellte ein Manko dar. Doch für seine Zwecke, hoffte er, würde es genügen.

Er nahm ein Taxi und buchte unter Peysels Namen ein Hotelzimmer, das er, ebenso wie das Zugticket und die folgenden Ausgaben, mit Peysels EC-Karte bezahlte. Das Zimmer bot einen herrlichen Ausblick auf die Spree, doch Heinlein hatte keinen Blick für die flackernden Lichter der Hauptstadt, setzte sich auf das Bett und deaktivierte den

Flugmodus des Handys, das sofort hektisch zu piepsen begann. *Rosenblüte* hatte die letzte Nachricht erhalten (*komme nicht mit,* hatte Heinlein knapp geschrieben) und nicht nur geantwortet, sondern über ein Dutzend Mal angerufen.

Ihre erste Antwort (*spinnst du?*) war noch relativ harmlos ausgefallen. Als keine Reaktion erfolgte, hatte sich ihr Unmut mehr und mehr verstärkt. *WAGE DAS NICHT!,* hatte sie später geschrieben, ihren bedauernswerten Ehemann als *WASCHLAPPEN* bezeichnet und schließlich mitgeteilt, sie werde jetzt in das Taxi zum Flughafen steigen, wo sie ihn in spätestens einer halben Stunde am Schalter erwarte, ansonsten könne er sich *AUF ETWAS GEFASST MACHEN.*

Die letzte Nachricht war vor zwanzig Minuten eingegangen:

checke jetzt ein. BLÖDMANN!!!

Einem Impuls folgend öffnete Heinlein die Schublade des Nachtschränkchens, in der sich tatsächlich eine Bibel befand. Nach kurzem Blättern hatte er eine passende Stelle gefunden, riss das Stück heraus und verstaute es in Peysels Aktentasche. Danach zerwühlte er das Bett, legte die aufgeschlagene Bibel mit dem Rücken nach oben auf das Kopfkissen, als das piepsende Handy eine neue Mitteilung ankündigte.

AUF NIMMERWIEDERSEHEN ARSCHLOCH!!!!

Es schmerzte ungemein, die ungehobelten Beschimpfungen lesen zu müssen. Doch Heinlein hatte nicht nur Zeit gewonnen, sondern auch wertvolle Informationen erhalten. Er hatte nicht damit rechnen können, dass die erboste *Rosenblüte* die Reise tasächlich allein antreten würde, und bekam jetzt nicht nur Gewissheit, sondern wusste auch, dass sie bereits unterwegs war.

Er nahm den Fahrstuhl hinauf ins Hotelrestaurant auf der

Dachterrasse und bestellte Hummer und eine Flasche Champagner. Dem Augenschein nach war das Essen exquisit; den Champagner leerte er unauffällig in einen der Töpfe der riesigen Zimmerpalmen, beglich die Rechnung bargeldlos, gab dem Kellner aber aus seiner eigenen Tasche fünfzig Euro Trinkgeld und bestellte ein Taxi zum Landwehrkanal. Dort angekommen, bedachte er auch den Fahrer mit einem üppigen Trinkgeld, wünschte beim Aussteigen lallend noch ein langes, erfülltes Leben und wankte mit hängenden Schultern Richtung Ufer. Bald hatte er eine passende Stelle gefunden, er warf die Aktentasche ins Wasser und war bereits in Begriff, das Handy folgen zu lassen, als ihm noch etwas einfiel.

Er, Norbert Heinlein, hatte die ahnungslose Frau Peysel nicht nur hinters Licht geführt, er war auch der Auslöser ihrer Wut. Das war furchtbar, doch was blieb ihm schon übrig? Solange sie wütend war, suchte sie nicht nach ihrem Mann.

Heinlein stand im Dickicht am Ufer, das teerfarbene Wasser gluckste zu seinen Füßen. Er kämpfte mit seinem Gewissen und achtete weder auf die Brennnesseln noch auf die Mücken. Das, was nun logisch schien, stand in krassem Gegensatz zu sämtlichen Werten, die ihm jemals etwas bedeutet hatten. Doch er musste Zeit gewinnen. Nicht nur für sich, sondern für die, die ihm am Herzen lagen. Für Marvin. Seinen Vater. Und …

… ja, auch für seine Kundschaft.

Er las die letzte Nachricht noch einmal.

AUF NIMMERWIEDERSEHEN ARSCHLOCH!!!!

Tippte eine Antwort ein.

hoffentlich!

Das war ein Anfang, aber bei weitem nicht ausreichend. Irgendwann würde Frau Peysels Wut verrauchen. Es sei denn, man stachelte sie an. Am besten so weit, bis sie in Hass umschlug, denn wenn man jemanden hasst, sorgt man sich nicht um ihn und meldet ihn somit auch nicht bei der Polizei als vermisst.

Heinleins Finger bewegte sich auf dem Display.

bin froh, dass du endlich weg bist, du dumme

Er ersetzte das letzte Wort durch …

fette

… fügte ein weiteres hinzu, las das Ergebnis …

bin froh, dass du endlich weg bist, du fette Sau

… und löschte es auf der Stelle.

Es gab Grenzen. Grenzen, die auch am Abgrund niemals überschritten werden durften. Heinlein leckte den Schweiß von der Oberlippe, durchforstete seinen Verstand verzweifelt nach einem weniger vulgären, trotzdem ausreichenden Begriff, um Frau Peysel genügend in Wallung zu bringen, und begann von vorn:

bin froh, dass du endlich weg bist, du

Und jetzt?

übergewichtige Kuh

Das schien nicht ganz so schlimm, änderte allerdings nichts an den Tatsachen. Norbert Heinlein konnte sich nicht erinnern, jemals ausfallend geworden zu sein, jetzt tat er's sogar schriftlich. Er fügte drei Ausrufezeichen hinzu, schickte die Nachricht ab und warf zuerst die Brille, danach das Handy in den Kanal, ordnete das Haar und eilte zum Bahnhof.

Den Zug erreichte er buchstäblich in letzter Minute, und als er einstieg, schämte er sich in Grund und Boden.

Draußen war es jetzt hell. Heinlein stemmte sich schwerfällig hoch, öffnete das Fenster und spürte die kühle, erfrischende Morgenluft. Nebenan wälzte sich sein Vater in seinem Bett, im Park schräg gegenüber zwitscherten die ersten Vögel. Die Neonreklame über dem Imbiss war erloschen, die Fensterläden geschlossen. Der übernächtigte Verkäufer fegte lustlos den Unrat zwischen den Stehtischen zusammen.

Die Uhr über dem Kiosk stand auf kurz vor halb fünf. Heinlein lief auf Zehenspitzen ins Bad und wusch unter der Dusche die Pomade aus dem Haar. Danach schlich er aus der Wohnung, begab sich nach unten in die Küche und bereitete eine einfache Lachspastete mit Kerbelsauce zu. Zeit für Experimente nahm er sich nicht, doch das Ergebnis war ansprechend genug, so dass *Heinlein's Delicatessen- und Spirituosengeschäft* gewohnt pünktlich geöffnet werden konnte, um seine Kundschaft wie üblich mit erstklassiger Qualität zu verwöhnen.

Dreißig

»Wirklich, ich rechne dir das hoch an.« Johann Keferberg deutete auf die Plastikkiste, die Heinlein vor der Rezeption auf dem zerschlissenen Teppich abgestellt hatte. »Aber es hat keinen ...«

»Für den Marmorspeck mache ich dir einen Sonderpreis.« Heinlein richtete sich ächzend auf. »Der Schafskäse war im Angebot, und die Konfitüre ...«

»Norbert.«

»…ist zwar nicht unbedingt billig, aber …«

»Hör mir zu.«

»…exzellent. Birne und Rosmarin, Johann.« Heinlein schnippte mit den Fingern. »Deine Gäste werden begeistert sein. Und was die Rechnung betrifft, da …«

»Darf ich jetzt auch was sagen?«

Keferberg, der hinter der Rezeption in einen Ordner mit Rechnungen vertieft gewesen war, nahm die Lesebrille ab und sah Heinlein an.

»Sicher doch«, nickte dieser achselzuckend.

»Sehr freundlich«, bedankte sich Keferberg sarkastisch. Die Sonne schien schräg durch die hohen Fenster, blitzte auf dem Zifferblatt der alten Standuhr, den geschliffenen Blumenvasen und den verglasten Fotos mit historischen Aufnahmen, die sich an den Wänden verteilten. Staubkörnchen trieben träge in den Strahlen umher, wodurch Keferberg – wie immer in weißes Hemd, Wollpullunder und Fliege – umso mehr wie ein anachronistisches Überbleibsel einer längst vergessenen Zeit wirkte.

»Du hast von Gästen gesprochen«, begann er.

»Natürlich, ich …«

»Würdest du mich *bitte* ausreden lassen?«

Heinlein hob entschuldigend und etwas beleidigt die Hände.

»Ich habe keine … *Gäste*«, sagte Keferberg ruhig. »Abgesehen von Herrn Morlok«, fügte er mit einem bitteren Lachen hinzu. »Der ist allerdings verschwunden und hat wohl verabsäumt, die Rechnung zu zahlen. Seine Sachen hat er übrigens auch in seinem Zimmer vergessen, ich …«

»Seine Sachen?« Heinlein straffte sich. »Welche …?«

»*Ich* rede jetzt!«, unterbrach Keferberg, holte tief Luft und sammelte sich einen Moment. »Es ist jedenfalls nicht nur so, dass ich die Rechnung nicht bezahlen kann«, sagte er und wies auf die Kiste. »Es gibt auch niemanden, dem ich etwas davon anbieten könnte.«

Hinter ihm knarrten die Stufen zum Obergeschoss. Eine alte Dame kam, behutsam gestützt von ihrem gebrechlichen Ehemann, gebückt die Treppe herab. Keferberg, ähnlich erfahren wie Heinlein, begrüßte die beiden mit perfekt gespielter guter Laune, geleitete sie fürsorglich zum Frühstücksraum und wünschte, *wohl zu speisen.*

Als er die Tür schloss, erlosch auch sein Lächeln, als würde es mit einem Schwamm aus dem sorgfältig rasierten Gesicht gewischt.

»Ja, ich *habe* noch Gäste«, sagte er, als habe er Heinleins Gedanken gelesen. »Die Pawlaks kommen seit Jahren am Todestag ihrer Tochter, sie ist auf dem Stadtgottesacker begraben. Die beiden sind über neunzig, es dürfte wohl ihr letzter Besuch sein. Abgesehen davon«, sagte er mit einem spöttischen Blick auf Heinleins Kiste, »dürften sie angesichts ihrer dritten Zähne mit dem Marmorspeck eher wenig anfangen können, und weil Frau Pawlak eine Fischallergie hat, schließt sich der Kaviar ebenfalls aus. Mit dem Dattelhonig könnten sie vielleicht ihren Pfefferminztee süßen. Und die Birnenkonfitüre ...« Keferberg kratzte sich in einer übertrieben nachdenklichen Geste an der Stirn. »Ich könnte ihnen anbieten, etwas in ihren Grießbrei zu mischen. Sie werden bestimmt begeistert sein vom ... was war es? Thymian?«

»Rosmarin.«

»Natürlich, Norbert. Sie werden Luftsprünge machen.«

Ihre Blicke trafen sich.

»Entschuldige«, seufzte Keferberg schließlich, »du willst

mir nur helfen. Aber ich muss dich erinnern, dass ich keine Bestellung bei dir aufgegeben habe.«

»Ich dachte ...«

»Wie gesagt, ich rechne dir das hoch an. Aber ...«

Heinlein schluckte. Er ahnte, was folgen würde.

»Es hat keinen Sinn mehr«, sagte Keferberg dann auch. »Ich bin müde, Norbert. Ich mache die Pension dicht.«

»Wann?«

»So schnell wie möglich. Ich hab's viel zu lange vor mir hergeschoben, wahrscheinlich ist es sowieso schon zu spät.«

»Wie meinst du das?«

Die Bank, erklärte Keferberg, habe ihm nicht nur ein weiteres Darlehen verwehrt, sondern auch den Dispokredit gesperrt. »Ich brauchte das Geld. Irgendwie musste ich ja über die Runden kommen. Also hab ich's mir woanders geborgt.«

»Wo?«

»Privat«, wich Keferberg aus. »Ende des Monats ist die Summe fällig. Bis dahin muss ich die Einrichtung verscherbelt haben. Ich hoffe«, er sah sich resigniert um, »der Kram bringt genug ein.«

»Wie viel?«, fragte Heinlein.

»Das ist unwichtig, Norbert. Ich habe mir den Schlamassel selbst eingebrockt, also muss ich's allein ...«

»Johann.«

»Was?«

»*Wie viel?*«

Nachdem Keferberg die Summe genannt hatte, ging Heinlein kommentarlos davon. Als er die Pension wenig später wieder betrat, trug er einen Weinkarton unter dem Arm.

»Wie ... wie viel ist das?«

»Sechzigtausend«, sagte Heinlein. »Ungefähr.«

»So viel?«, stammelte Keferberg, der nur einen flüchtigen Blick in den Karton geworfen hatte. »Das ist wesentlich mehr als ich ...«

»Den Rest steckst du in den laufenden Betrieb.«

»Aber ... wie soll ich dir das jemals ...«

»Gar nicht, Johann. Das ist kein Kredit, sondern ein Geschenk.«

»Ein ... *was?*« Keferbergs Kinnlade klappte herunter. »Nein«, er schüttelte heftig den Kopf, »das kann ich nicht annehmen.«

»Und *wie* du das kannst, Johann.«

Heinleins Stimme klang fest. Noch nie in seinem Leben war er überzeugter gewesen, das Richtige zu tun.

»Und ...« Keferberg musterte die Geldbündel mit einem skeptischen, fast ängstlichen Blick. »Woher hast du ...«

»Es ist ein Geschenk«, wiederholte Heinlein. »Es wäre unhöflich zu fragen, woher es stammt. Ich selbst habe keine Verwendung dafür«, fuhr er wahrheitsgemäß fort, als Keferberg noch immer zweifelte. »Bei dir ist es in guten Händen, und wenn du mehr brauchst ...«

»*Noch* mehr?«, rief Keferberg aus und hob erschrocken die Arme. »Bist du verrückt?«

Heinlein versicherte, Keferberg könne das Geld unbesorgt annehmen, und ging zur Tür. Dort stoppte er, fasste sich an die Schläfe, wandte sich um und hoffte, Keferberg würde ihm das nun folgende Schmierentheater abkaufen.

»Bevor ich's schon wieder vergesse«, sagte er. »Adam Morlok hat angerufen.«

»Ach.«

»Letzte Woche schon, er ...«

»Der feine Herr kann sich auf eine gepfefferte Anzeige gefasst machen.«

»Warst du schon bei der ...«

»*Noch* war ich nicht bei der Polizei. Aber spätestens Ende der Woche ...«

»Das wird nicht nötig sein«, versicherte Heinlein hastig. »Er ist in Dubai, wenn ich richtig verstanden habe, die Verbindung war schlecht. Irgendwie ist er geschäftlich aufgehalten worden. Es ist ihm jedenfalls furchtbar peinlich, er hat nach deiner Bankverbindung gefragt, um die Rechnung ...«

»Warum hast du sie ihm nicht gegeben?«

»Äh ... was?«

»Meine Bankverbindung, die hast du doch.«

Heinlein kam einen Moment aus dem Konzept. Er redete sich erneut mit der angeblich schlechten Verbindung heraus und behauptete, Adam Morlok werde wohl noch eine Weile unterwegs sein und habe ihn gebeten, seine Sachen in Verwahrung zu nehmen.

Wenig später verließ er die Pension mit einem grauen Rollkoffer im Schlepp und dem niederschmetternden Gefühl, seinen einzigen Freund in weniger als einer Minute dreimal belogen zu haben.

Einunddreißig

Übernächtigt und von Gewissensbissen geplagt, hatte er Schwierigkeiten, sich auf seine Arbeit zu konzentrieren. Als

Frau Dahlmeyer erschien, spulte er das übliche Programm mechanisch und etwas lieblos ab, doch die alte Dame nahm seine charmanten Komplimente wie immer erfreut mit einem mädchenhaften Kichern zur Kenntnis. Nachdem sie ihre Pastete verzehrt hatte *(hach, ein GEDICHT, Herr Heinlein!)*, hätte er ihr um ein Haar anstelle des gewohnten japanischen Sencha-Tees einen entkoffeinierten Assam Ceylon serviert; Marvin bemerkte es zum Glück und verhinderte das peinliche Missgeschick in letzter Sekunde.

Den grauen Rollkoffer hatte Heinlein vorläufig unten im Keller deponiert, doch er kam zunächst nicht dazu, den Inhalt zu untersuchen. Als er vor dem Laden eine Lieferung frischer Baguettes entgegennahm, tauchte Frau Rottmann am Fenster auf und zitierte Heinlein nach oben, der umgehend zum Discounter am Opernhaus hetzte, Mineralwasser, Aufbackbrötchen und Erdbeermarmelade *(die für neunundneunzig Cent, direkt neben dem Nutella!)* kaufte, um zum Dank wie gewohnt mit Vorwürfen über die undichten Fenster und das noch immer defekte Telefon konfrontiert zu werden.

Um Letzteres, versicherte er, werde sich bereits gekümmert, und da ihm die Lügen zunehmend leichter von den Lippen gingen, fügte er eine weitere hinzu, dass nämlich Niklas Rottmann bestimmt bald wieder auftauchen werde, und hastete zurück nach unten.

Kaum dort angekommen, meldete sich das Babyphone, er rannte eine Etage höher, wo sein Vater in einem Federmeer auf dem Bett saß und in seinem aufgeschlitzten Kopfkissen nach der Zigarre suchte, die ihm der kubanische Handelsattaché gestern geschenkt hatte. Nachdem Heinlein den Alten etwas beruhigt, gewaschen und vor den Fernseher gesetzt hatte, verbrachte er zwei Stunden damit, das Chaos aufzuräumen, und wartete eine weitere, bis sein Vater wieder eingeschlafen war.

Als Heinlein den Laden wieder betrat, war es bereits später Nachmittag. Marvin stand an der Kasse und zählte das Kleingeld; die beiläufige Frage, ob etwas Besonderes geschehen sei, verneinte er. Am Fenstertisch saß ein kräftiger junger Mann und las in einer Zeitung. Heinlein verfügte über ein gutes Gedächtnis, vor allem, wenn es um seine Kundschaft ging, und so erinnerte er sich, dass der blonde Mann mit dem Kinnbart nicht zum ersten Mal hier war. Am Tag nach Niklas Rottmanns Verschwinden (Heinlein wählte die Bezeichnung bewusst) hatte der Gast seine Pastete nur zur Hälfte verzehrt, diesmal ganz darauf verzichtet und sich von Marvin nur einen Milchkaffee bringen lassen.

Heinlein lobte den Jungen und bekräftigte, wie sehr es ihn freue, Marvin in seiner Abwesenheit beruhigt das Geschäft überlassen zu können, und ging in den Keller.

Zweiunddreißig

Die Tür schwang knarrend nach innen. Er schaltete das Licht ein und sah sich beklommen um. Nein, gern war er nicht hier unten, nicht im Geringsten.

Doch er musste sich regelmäßig vergewissern, ob alles in Ordnung war. Sein Vertrauen in Marvin blieb ungebrochen; mochten andere ihn auch belächeln, nach Heinleins fester Überzeugung war der Junge zwar anders, aber gerade deswegen besonders. Dass kein Gourmet in ihm schlummerte, hatte sich bereits gezeigt, seine handwerklichen Fähigkeiten waren verblüffend, jedoch begrenzt. Der Ausfall der Lüftungsanlage war ihm nicht anzulasten, doch es ließ sich nicht ausschließen, dass auch die Stromversorgung des Kühlhauses wieder versagte.

Heinlein selbst würde es nicht bemerken. Erst, wenn der Geruch durch das Haus zog, würde jemand aufmerksam werden, und die Vorstellung, dass einer der Kunden …

Nicht auszudenken. Er zog fröstelnd die Schultern hoch, lauschte dem eintönigen Brummen der Aggregate und dachte an die Stromrechnung. Die jährliche Ablesung war erst im nächsten Frühjahr fällig, danach war mit einem Vielfachen des bisherigen Abschlags zu rechnen. Nun, bis dahin blieben ein paar Monate Zeit.

Heinlein vermied einen Blick auf die massiven Isoliertüren und ging zum Regal. Der Rollkoffer, ein grauer *Samsonite,* stand neben den beiden Aluminiumkisten am Boden. Er bückte sich, hob ein Bündel Geldscheine auf, das ihm am Morgen in der Eile heruntergefallen war, legte es zurück zu den anderen und schob den aufgebrochenen Deckel wieder zu. Zunächst hatte er das Geld in Briefumschläge packen wollen, die allerdings zu wenig Platz boten, so dass er zu einem leeren Weinkarton gegriffen hatte. Die Aluminiumkiste war noch zu mehr als drei Vierteln gefüllt.

Heinlein war einem Impuls gefolgt, und noch immer zweifelte er nicht an seiner Entscheidung. Johann Keferberg war nicht nur ein guter Freund, er war auch ein guter *Mensch.* Egal, woher das Geld stammen mochte, wie zwielichtig der Ursprung auch war – es half aus einer Notlage und diente einem rechtschaffenen Zweck.

Ein Großteil war noch übrig. Heinlein hätte es gern gespendet – es zerriss ihm das Herz, dass die kleine Lupita in der prallen Wüstensonne unterrichtet wurde, weil das Dach ihrer Schule eingestürzt war. Doch er konnte das Geld nicht in Umlauf bringen, ohne sich selbst – und damit auch Marvin – zu belasten.

Es gab niemanden, dem er sich anvertrauen konnte.

Ein Relais klackte, die Aggregate verstummten. Heinlein sah erschrocken auf. Das Kontrolllicht flimmerte hinten im Halbdunkel, der Strom funktionierte also. Das Thermostat war wohl angesprungen, um die Temperatur zu regeln.

Er unterdrückte ein Gähnen und sah auf die Uhr. In zweiunddreißig Minuten mussten die Läden vor den Schaufenstern geschlossen werden. Wenn er richtig gerechnet hatte, war Frau Peysel vor mehr als sechs Stunden gelandet und hatte die Nachricht längst gelesen. Heinlein mochte sich lieber nicht vorstellen, was in der armen Frau vorging, nachdem sie von ihrem vermeintlich abtrünnigen Ehemann als *übergewichtige Kuh* beschimpft worden war. Nicht genug, dass er, Norbert Heinlein, sie zur Witwe gemacht hatte – musste er sie tatsächlich auch so furchtbar demütigen?

Womöglich hätte es auch andere Wege gegeben, doch Heinlein verfügte zwar über reichhaltige Erfahrungen als Pastetenbäcker, nicht jedoch darin, ein Verbrechen zu vertuschen; die Frage, ob es sich tatsächlich um ein solches handelte, war im Moment nicht wichtig. Verbrechen hin oder her – Heinlein hatte es vertuscht und spätestens damit eine Straftat begangen.

Ob es sinnvoll gewesen war, blieb abzuwarten. Er hatte Spuren gelegt, Spuren, denen man irgendwann auf der Suche nach Herrn Peysel folgen würde. Das hoffte Heinlein zumindest, denn er kannte sich mit polizeilicher Ermittlungsarbeit nicht aus, sein Wissen beschränkte sich auf ein paar Zeitungsartikel und den sonntäglichen *Tatort*, den er früher gemeinsam mit seinem Vater gesehen hatte, als dieser seine Umwelt noch wahrnehmen konnte.

Es lag jedenfalls nahe, dass man dem Weg der EC-Karte und den GPS-Daten des Handys folgen und auch die grobkörnigen Bilder der Überwachungskameras am Bahnhof und in der Hotellobby auswerten würde, um zu guter Letzt den Mann mit dem kurzärmligen weißen Hemd, der Hornbrille, dem streng gescheitelten Haar und der Aktentasche unter dem Arm als den beklagenswerten Herrn Peysel zu identifizieren. Auf der Suche nach Zeugen sollte man auf den Kellner stoßen, dem der einsame Hotelgast durch das üppige Trinkgeld auch nach Wochen in Erinnerung geblieben war, ebenso wie dem Taxifahrer, der den tiefbedrückten, deutlich angetrunkenen Mann später zum Landwehrkanal fuhr. Dort, würde man rekonstruieren, hatte dieser die Abschiedsbotschaft an seine Frau geschickt, und nachdem man mit seiner Aktentasche und dem Handy die letzten Puzzleteile auf dem Grund des Kanals gefunden hatte, würde sich der Kreis schließen – er hatte keinen Ausweg gesehen und seinem Leben ein Ende bereitet.

Das alles klang logisch, doch würde es tatsächlich so ablaufen? Wie zum Beispiel ließ sich erklären, warum die Leiche niemals gefunden wurde? Womöglich mit den Strömungsverhältnissen (nannte man es so?), schließlich würden Wochen, im besten Fall sogar Monate vergangen sein. Heinlein hatte sich bemüht, alle Eventualitäten zu bedenken, manchmal sogar übertrieben, wie etwa mit der Seite, die er aus der Hotelbibel herausgerissen und in die Aktentasche getan hatte. Der Psalmspruch, der seine Geschichte untermauern sollte *(Herr, in deine Hände befehle ich meinen Geist)* würde wohl kaum noch zu entziffern sein. Nun, schaden konnte es jedenfalls nicht. Wichtiger, *viel* wichtiger war, nichts übersehen zu haben. Und das war beileibe nicht auszuschließen – im Gegenteil. Dass er zum Beispiel nicht in Betracht gezogen hatte, Johann Keferberg würde Adam Morlok als Zechpreller anzeigen, war unverzeihlich und ein mehr als eindeutiges Zeichen des Unvermögens. Die Lawine, die dadurch losgetreten worden wäre, hatte Heinlein im letzten Moment zwar verhindern können, doch vor allem hatte er Glück gehabt. Und Glück war ein seltenes Gut, vor allem für jemanden wie Norbert Heinlein, der seit über einem halben Jahrhundert auf Erden wandelte und wenig Grund hatte, auch in Zukunft auf etwas wie *Glück* zu vertrauen.

Erneut ertönte ein metallisches Klicken, die Aggregate sprangen wieder an. Heinlein nahm den Rollkoffer, legte ihn flach auf den Boden, öffnete den Reißverschluss und klappte die obere Schale auf.

Adam Morloks Brieftasche zu durchsuchen war bereits unangenehm genug gewesen. Jetzt, da seine Wäsche durchwühlt werden musste, verkniff Heinlein unbehaglich den Mund und breitete ein halbes Dutzend Hemden, Anzughosen und diverse Krawatten neben dem Koffer aus. Es folgten ein Paar Filzpantoffeln, ein gestreifter Schlafanzug und eine Plastiktüte, die Heinlein nur mit den Fingerspitzen anfasste, nachdem er den Inhalt als eindeutig getragene Unterwäsche identifiziert hatte.

Falls er gehofft hatte, Näheres über die Herkunft der Aluminiumkisten zu erfahren, sah er sich zunächst getäuscht. Er fand einen handgenähten Kulturbeutel aus braunem

Rindsleder, der wie das Etui für den Rasierapparat zum gleichen Set gehörte wie die Handgelenktasche, die Morlok stets bei sich getragen hatte. Auch die Hülle des iPads war aus demselben Material gefertigt. Heinlein, der in technischen Dingen äußerst unbegabt war, fand zumindest die Starttaste an der Seite, wunderte sich allerdings nicht, als das Display dunkel blieb. Der Akku war wohl leer, es war Zeitverschwendung, sich damit aufzuhalten, also verstaute er das Gerät mit den restlichen Sachen wieder im Koffer.

Als er den Deckel hob, glaubte er, etwas klappern zu hören. Zunächst tastete er ergebnislos über das Innenfutter, Knöpfe oder ein Reißverschluss waren nicht zu erkennen. Stirnrunzelnd beugte er sich vor, neigte lauschend den Kopf und schüttelte den Deckel. Ein Messer war nicht zur Hand, also ritzte er mit einem Kugelschreiber ein Loch in das Innenfutter, steckte den Zeigefinger hinein und zog, bis der dünne Stoff schließlich abgerissen war. Die Pappe zwischen Futter und Plastikschale war schnell entfernt und das, was sich dahinter verbarg, klärte zwar nicht alles, aber zumindest einiges.

Heinleins Behauptung, Morlok habe aus Dubai angerufen, war nicht völlig abwegig gewesen, denn unter den Ausweisdokumenten befand sich auch ein jordanischer Reisepass. In einem ihrer ersten Gespräche hatte Morlok erwähnt, *ein wenig herumgekommen* zu sein – eine grobe Untertreibung, wie sich jetzt zeigte, denn den Einreisestempeln zufolge hatte der Mann mit dem Muttermal, der sich später als Adam Morlok vorgestellt hatte, unter den verschiedensten Identitäten die halbe Welt bereist und seine Geschäfte nicht nur als tschechischer, österreichischer oder polnischer Staatsbürger, sondern auch im Auftrag der argentinischen

Botschaft, als zentralafrikanischer Sonderattaché und maltesischer Diplomat geführt.

Heinleins detektivischer Spürsinn wurde mit einem weiteren Fund belohnt. Die Frage, was diesen umtriebigen Weltenbummler ausgerechnet in eine verschlafene Stadt in Mitteldeutschland verschlagen hatte, wurde auch jetzt nicht beantwortet, doch der Verdacht, dass die abgegriffenen Banknoten nicht nur äußerlich schmutzig waren, erhärtete sich.

Als Heinlein sich vorsichtig erkundigt hatte, worin genau Morloks Geschäfte bestanden, hatte dieser ausweichend etwas von Import und Export erzählt und versichert, dass er weder mit Drogen oder gar Waffen handle. Wie genau hatte er sich ausgedrückt?

Es ist eine Frage der kaufmännischen Ehre.

Was Heinlein nun in einem versteckten Seitenfach entdeckte, stand in krassem Widerspruch zu dieser Behauptung.

Laut Prägung handelte es sich um eine Beretta mit einem Kaliber von neun Millimetern. Die Seriennummer war abgefeilt, ob die Pistole geladen war, konnte Heinlein nicht einschätzen. Das Holster war offensichtlich ein Einzelstück, Morlok hatte es aus demselben Leder anfertigen lassen wie die übrigen Accessoires. Die Riemen waren spröde und abgenutzt, er hatte die Waffe wohl oft verdeckt bei sich getragen und sicherlich auch die ein oder andere Pastete mit einer schussbereiten Pistole unter dem Jackett verzehrt.

Dreiunddreißig

»Freut mich, dass es dir schmeckt, Papa. Möchtest du noch ein Stück?«

»Was?«

»Pastete.« Heinlein deutete auf den Teller seines Vaters, der gerade das zweite Stück aufgegessen hatte. »Du sagtest eben, dass es dir schmeckt.«

»Ach.« Der alte Mann beugte sich irritiert über seinen leeren Teller, sah seinen Sohn verständnislos an. »Sagte ich das?«

»Ich habe mich exakt an das Rezept gehalten. Es ist eines der ersten, die Großvater damals ins Buch geschrieben hat. Die Idee, die Kerbelsauce mit Spinat anzureichern, kam später von dir. Du hast dann auch …«

»Ich muss etwas erledigen.«

»Aha. Und … was?«

»Ich …« Heinleins Vater runzelte die Stirn. »Ich weiß es nicht. Es ist wichtig, aber … ich hab's vergessen.«

»Es fällt dir bestimmt wieder ein.« Heinlein nahm eine Leinenserviette, beugte sich über den Tisch und wischte seinem Vater einen Rest Petersilie aus dem Mundwinkel. »Wir sollten dich nachher rasieren, findest du nicht?«

»Ja ja«, wehrte der Alte ab, stemmte sich mühsam aus dem Stuhl und schlurfte zum Fenster. Er faltete die Hände auf dem Rücken, reckte den dünnen Hals und starrte aus trüben Augen in den Regen wie ein großer, zerzauster Vogel. Heinlein gesellte sich zu ihm und sah ebenfalls hinaus.

Als er den Laden abschloss, hatte es zu nieseln begonnen. Jetzt, da die Dämmerung eingesetzt hatte, war der Regen stärker geworden und trieb in dichten Schleiern durch die Lichtkegel der Laternen um den verwaisten Platz. Am Taxistand reihten sich die Wagen, Zigarettenrauch wehte aus den einen Spalt geöffneten Seitenfenstern. Unter dem Vordach des Imbisses lehnte der Verkäufer von *WURST & MORE* ebenfalls rauchend neben der Tür, die Arme fröstelnd vor der weißen Kochjacke verschränkt.

Heinleins Vater murmelte etwas.

»Was sagst du, Papa?«

»Dass ich … etwas erledigen muss.«

»Wie wär's mit einem Spaziergang?«, schlug Heinlein vor. »Ist schon eine Weile her, dass wir draußen waren.«

»Ach.« Sein Vater sah ihn erstaunt an. »Nein«, sagte er nach einer Weile. »Nein, nein.« Er schüttelte den kahlen Kopf. »Das war es nicht. Es war etwas anderes.«

»Aber ein bisschen frische Luft …«

»Herrgott nochmal, ich muss nachdenken!«, blaffte der Alte. »Wie soll man sich konzentrieren, wenn man dauernd unterbrochen wird?« Er zog die Stirn in Falten. »Ich hätte es längst tun müssen. Aber ich vergesse es immer.«

Unter ihnen fiel die Haustür ins Schloss. Eine hagere Gestalt eilte gebückt über die Straße, schlug im Gehen den Mantelkragen hoch, öffnete die Hintertür eines Taxis und schlüpfte hinein.

»Den hab ich ewig nicht gesehen«, sagte der Alte.

»Wen?«

»Umbach.«

Heinlein hob verwundert den Kopf. Es fiel ihm immer schwerer, den Zustand seines Vater einzuschätzen. Hatte dieser soeben nicht mehr gewusst, was er Sekunden vorher gegessen hatte, erinnerte er sich jetzt an einen Mann, den er seit Monaten nicht gesehen hatte.

Herr Umbach lebte in der Wohnung gegenüber der Rottmanns, ein stiller, zurückgezogener Mann, der den Laden nur selten betrat. Doch er hatte gute Manieren; wenn er Heinlein zufällig im Treppenhaus begegnete, grüßte er freundlich und hatte sich – was ebenso wichtig war – noch niemals über eine Betriebskostenabrechnung beschwert oder etwa die längst überfällige Sanierung der Heizung angemahnt.

»Zahlt er pünktlich die Miete, Norbert?«

»Natürlich.«

»Es ist wichtig, dass ... apropos wichtig.«

Der alte Mann starrte nachdenklich auf seine ausgetretenen Pantoffel, machte plötzlich kehrt und lief steifbeinig zum Tisch.

»Ist es dir eingefallen?«, fragte Heinlein über die Schulter.

Sein Vater brummte bejahend und setzte sich wieder auf seinen Stuhl.

»Wie ich gesagt habe«, lächelte Heinlein. »Wenn es wichtig ist, dann erinnerst du dich auch dran.«

Er sah wieder aus dem Fenster. Das Taxi fuhr an, Pfützen spritzten unter den Reifen, der Wagen bog an der Ampel rechts ab und fuhr davon, stadtauswärts an der Häuserzeile auf der gegenüberliegenden Seite des Platzes vorbei. Inmitten der Neubauten wirkte die Pension Keferberg wie ein schiefer, vergilbter Zahn in einem makellos weißen Gebiss. Die Fenster in dem alten Fachwerkhaus mit dem Spitzdach waren dunkel, nur in Keferbergs Wohnung im Erdgeschoss brannte Licht. Heinlein lächelte bei dem Gedanken an seinen alten Freund. Johann war so überrascht gewesen, dass er sich nicht einmal bedankt hatte. Das würde er natürlich noch tun, wenn er …

»Verflixt nochmal!«

Er fuhr herum. Sein Vater saß mit dem Rücken zu ihm über den Tisch gebeugt. Sein linker Arm bewegte sich hektisch hin und her.

»Papa?«

»Es *muss* funktionieren!«

Heinlein eilte näher. Der Alte hatte den rechten Unterarm mit der Handfläche nach oben auf den Tisch gelegt und bearbeitete das Gelenk verbissen mit dem Stiel eines Löffels, als wolle er die Hand abschneiden.

»Ich muss mich beeilen!«, keuchte er. »Bevor ich es wieder vergesse!«

»Schon gut, Papa. Wir sollten erst einmal …«

»Lass mich!«, wehrte Heinleins Vater ab, als dieser behutsam nach seiner Schulter griff. »Ich habe keine Zeit!«

Die Adern an seiner Stirn traten hervor. Er verdoppelte seine Anstrengungen, der Stiel fuhr hektisch über die Pulsader am Handgelenk, um plötzlich abrupt innezuhalten.

»Das ist Ausschuss. Wertloser Schrott«, brummte er missmutig und musterte erst den Löffelstiel in seiner linken Faust, dann die harmlosen Striemen am rechten Handgelenk. »Kein Wunder, dass es nicht funktioniert.«

»Ich verstehe nicht, was du …«

»Ha!«, rief der Alte plötzlich so laut, dass Heinlein erschrocken zusammenzuckte. »Der Wandschrank!«

»Welcher …«

»Unten in der Metzgerei, rechts neben dem Kühlhaus!« Heinleins Vater richtete sich ruckartig auf, seine Finger krallten sich in Heinleins Oberarm. »Da bewahrt Winfried seine Messer auf! Ich brauche das, was ich ihm zur Meisterprüfung geschenkt habe. Du weißt schon«, seine Augen glänzten fiebrig, »mit dem er die Schweineschultern entbeint! Das ist aus Solingen, Qualitätsarbeit also! Etwas anderes als dieser …«, der Löffel flog durch die Luft, landete klirrend auf dem Parkett und verschwand unter dem Büfett, »nutzlose DDR-Schrott!«

»Papa. Jetzt beruhigen wir uns erst mal, und dann …«

»Schnell, Norbert!«, drängte der Alte. Speichel spritzte aus seinem Mund. »Ich darf's nicht schon wieder vergessen!«

Er wandte sich aufgeregt zur Tür. Heinlein fasste ihn an den mageren Schultern und drehte ihn sanft zu sich herum.

»Was«, fragte er ruhig, »hast du vergessen?«

»Was schon?« Der alte Mann sah ihn an, als sei sein Sohn nicht ganz bei Trost. »Dass ich sterben muss!«

»Du musst … *was*?!«

»Natürlich!«, nickte der Alte heftig. »Das ist mein einziger Wunsch! Es ist immer in meinem Kopf! *Immer*, verstehst du? Ich weiß, dass es da ist, aber …«, er tippte sich mit dem Knöchel an die Schläfe, »ich kann's oft nicht benennen. Und wenn's mir dann einfällt, bin ich manchmal zu müde, oder … es ist plötzlich wieder weg. Obwohl es noch … *da* ist.« Er sah seinen Sohn kläglich an. »Ich löse mich auf, Norbert. Ich kann es nicht beeinflussen, aber tatenlos zusehen werde ich nicht. Also muss ich es beenden. Zumindest *das* kann ich noch tun.«

Er hatte diesen Wunsch schon einmal geäußert, damals, nachdem er nackt auf dem Balkon randaliert hatte. Heinlein hatte es als kurzen, verzweifelten Ausbruch betrachtet.

»Bitte, Papa.« Er holte tief Luft. »Du musst nicht sterben.«

»Aber ich *will* es«, lächelte der alte Mann. »Na los«, er

nahm Heinlein am Arm. »Du holst mir jetzt das Messer und ...«

»Das werde ich nicht!«

»Wieso?«, fragte Heinleins Vater verblüfft. »Du bist doch schneller als ich!«

»Das hat damit nichts zu ...«

»Norbert!« Der Alte wedelte ungeduldig mit der Hand. Eine Geste, die Heinlein aus seiner Kindheit kannte, wenn sein Vater sich über seinen begriffsstutzigen Sohn geärgert hatte. »Du musst mir helfen!«

»Das ...« Heinlein schluckte. »Das kannst du nicht von mir verlangen.«

»Aber du bist doch mein Sohn.« Die trüben Augen weiteten sich zweifelnd in einem ängstlichen, kindlich fragenden Ausdruck. »Oder?«

»Selbstverständlich, aber ...«

»Gut«, nickte der Alte erleichtert. »Dann bin ich also dein Vater.«

»Das bist du.«

»Ich habe dich großgezogen.«

»Das hast du.«

»Ich habe dir das Leben geschenkt.«

»Auch das hast du.«

»Im Gegenzug darf ich verlangen, dass du mir hilfst, meines zu beenden.«

Es war dem alten Mann ernst. *Todernst,* im wahrsten Sinne des Wortes. Seine klaren Momente wurden immer seltener, bisher hatte Heinlein jeden einzelnen genossen. Auch dieser würde vorbeigehen, doch zum ersten Mal hoffte er, es würde schnell geschehen. Aber sein Vater tat ihm den Gefallen vorerst nicht.

»Es ist mein Wunsch, Norbert.«

»Niemand hat das Recht, das Leben eines anderen zu beenden.«

»Es sei denn, er wird darum gebeten.«

»Ich werde das nicht tun, ich …«

»Schluss jetzt!«, rief der Alte aus. »Ich bin dein Vater, du hast mir zu gehorchen! Herrgott nochmal, kannst du nicht wenigstens *einmal* tun, was man von dir verlangt?« Seine Stimme überschlug sich, das Gesicht rötete sich unter der pergamentartigen Haut. »Du warst schon immer ein Feigling! Ein Drückeberger! Ich habe versucht, dich zum Mann zu erziehen! Und was ist das Ergebnis? Sieh dich an, Norbert! Eine Memme bist du!« Der knochige Zeigefinger stieß gegen Heinleins gebügelte Hemdbrust. »Ein Hasenfuß!«

»Bitte, Papa. Ich bin kein …«

»Doch, das bist …« Der alte Mann blinzelte. »Nicht?«

»Nein«, gab Heinlein fest zurück. »Bin ich nicht.«

»Ach. Und …« Ein Schleier legte sich über die Augen, der Blick wurde leer. »Wer sind Sie dann?«

»Ich bin's doch. Norbert.«

»Norbert?«

Der Alte nagte an der Unterlippe. Der Name war ihm offensichtlich ebenso wenig vertraut wie der Anblick des hochgewachsenen Mannes mit den hängenden Schultern, dem er auch das markante Kinn und die gebogene Nase vererbt hatte.

»Ruh dich ein bisschen aus«, sagte Heinlein, führte seinen Vater zu seinem Ohrensessel und drückte ihn sanft in die abgewetzten Polster.

»Norbert«, überlegte dieser halblaut, während ihm Heinlein eine Decke über den Schoß breitete. »Ich habe einen Sohn, der so heißt.«

»Ich weiß«, lächelte Heinlein.

»Ach! Sie kennen ihn?«

»Sehr gut sogar.«

»Er ist ein guter Junge, nicht wahr?«

»Das denke ich auch.«

»Ja«, nickte der Alte. »Seine Mutter ist früh gestorben, ich musste ihn allein großziehen. Die Zeiten waren nicht einfach, müssen Sie wissen, ich war oft ziemlich streng. Es ist nicht einfach, die Liebe einer Mutter zu ersetzen, aber ich hab's versucht. Ich konnte es nicht immer zeigen, aber ich habe ihn seit seiner Geburt geliebt.«

»Das weiß er.«

Heinlein blinzelte eine Träne aus dem Auge und stopfte die Decke an den Seiten fest.

»Dabei hatte der Bengel ständig Flausen im Kopf.« Der Alte lächelte versonnen. »Ein Träumer, der nie gelernt hat, Verantwortung zu übernehmen. Er war schon immer zu weich, verstehen Sie? Das heißt aber nicht, dass er ein schlechter Mensch ist. Im Gegenteil, er ist ein guter Junge«, wiederholte er und richtete sich auf. »Oder etwa nicht?«

»Selbstverständlich.«

»Sehen Sie ihn oft?«

»Ja.« Heinlein strich die grobe Wolle über den dürren Beinen seines Vaters glatt. »Sehr oft sogar.«

»Würden Sie ihm etwas ausrichten?«

»Gern.«

Der Alte senkte vertraulich die Stimme. »Er hat sich immer vor Entscheidungen gedrückt. Das muss er noch lernen.«

»Verstehe.«

»Und noch etwas.« Die arthritischen Finger schlossen sich um Heinleins Hand. »Er darf sich nicht alles gefallen lassen. Er muss sich auch wehren.«

»Ich sag's ihm.«

»Er wird Ihnen natürlich zustimmen. Das macht er immer, weil er Konfrontationen meidet.« Der alte Mann sank erschöpft zurück. »Er könnte keiner Fliege etwas zuleide tun. Geschweige denn einem Menschen.«

Heinlein tätschelte die Hand seines Vaters.

Ach, dachte er, *wenn du wüsstest.*

Wenn du nur wüsstest.

Vierunddreißig

Norbert Heinlein war alles andere als ein Held. Er hatte Angst. Um seinen Vater. Angst vor dem, was geschehen war und noch kommen würde. Vor allem aber hatte er Angst vor sich selbst.

Er kann keiner Fliege etwas zuleide tun, hatte sein Vater gesagt, *geschweige denn, einem Menschen.* Doch nun hatte er nicht nur einen, sondern sogar drei Menschen auf dem Gewissen (außerdem einen Hund). Ganz gleich, was ihn dazu getrieben hatte, allein die Tatsache, dass er dazu imstande gewesen war, machte ihm Angst.

Er hatte weder aus Eigennutz noch aus sogenannten niederen Beweggründen gehandelt. Nun ja, als *edel* konnte man seine Motive wohl ebenfalls nicht bezeichnen.

Wie dann?

Eine schwierige Frage. Ein Leben lang hatte er sich streng an die Gesetze gehalten, um sie nun binnen kürzester Frist mehrfach gebrochen zu haben. Niemand, davon war er auch jetzt überzeugt, hatte das Recht, die eigenen Belange über die der Gesellschaft zu stellen. Doch was war mit der Familie? War es denn nicht nur ein Recht, sondern sogar eine *Pflicht*, im Interesse derer zu handeln, die einem nahestanden?

Mit den Konsequenzen musste Heinlein leben. Er hatte nicht nur seinen Geruchssinn verloren, sondern auch seinen Platz als rechtschaffener Teil der Gesellschaft. Gerechtigkeit war ein hohes Gut, er hatte eine Strafe mehr als verdient, doch war er nicht bereits mehr als genug gestraft? Selbst wenn er hinter Gitter käme, wurden diese drei Menschen davon wieder lebendig (nicht zu vergessen der Hund)?

Ein Schritt hatte zwangsläufig einen weiteren ausgelöst wie ein Dominostein, der den nächsten in der Reihe zu Fall bringt. Einer Reihe, die in einem alten Kühlhaus im Keller endete mit dem Ergebnis, dass Heinlein nun vier Lebewesen auf dem Gewissen hatte.

War er deshalb ein ...

Ein furchtbarer, vernichtender Gedanke.

War er ein *Mörder*?

Er hatte nicht im Affekt gehandelt, sondern – wie von Adam Morlok gelernt – die Situation analysiert und entsprechend reagiert. Doch brauchte ein Mörder nicht ein Motiv? Morlok (oder wie immer er auch heißen mochte) war ein guter Kunde gewesen, und dass er mit an Sicherheit grenzender Wahrscheinlichkeit in zwielichtige Geschäfte verstrickt war, hatte Heinlein damals nicht ahnen können. Selbst wenn, wäre das wohl kaum ein Grund gewesen, Adam Morlok zu töten. Abgesehen davon hatte Heinlein die Pastete schließlich nicht mit Absicht vergiftet. Es war ein Unfall gewesen. Ein furchtbarer Unfall, aber kein Mord.

Und Niklas Rottmann?

Ein unangenehmer Zeitgenosse, von dem sich wohl kaum behaupten ließ, er wäre Heinlein sympathisch gewesen. Doch ein Mörder agierte vorsätzlich. Weder das eine (Vorsatz) noch das andere (Handeln) traf zu, Heinlein hatte ihn nicht einmal berührt. Im Gegenteil, sogar gewarnt hatte er ihn, den überfluteten Keller zu betreten, aber Niklas Rottmann nicht abhalten können. Dass er noch gelebt hatte, war unsagbar schlimm, doch auch hier konnte sich Heinlein zugute halten, in absoluter Ahnungslosigkeit gehandelt zu haben.

Blieb noch der arme Herr Peysel.

Der Einzige, durch dessen Tod Heinlein so etwas wie einen Nutzen gezogen hatte. Das hörte sich schauderhaft an, ließ sich jedoch nicht von der Hand weisen. Die Vermutung, Heinlein könnte die vergiftete Pastete absichtlich nicht weggeräumt und Herrn Peysel womöglich sogar angeboten haben, lag nahe, und es würde schwer sein, einen Außenstehenden von der Wahrheit zu überzeugen.

Im Grunde genommen war es nicht wichtig. Ob Mord, Totschlag oder Unfall, im Endeffekt waren es nur Definitionen, die nichts an den Tatsachen änderten und somit auch nichts an der erdrückenden Last auf Heinleins mageren Schultern, denn er war und blieb schuldig.

Schuldig am Tod dreier Menschen.

Nicht zu vergessen der Hund.

Liebe Lupita,
ich hoffe sehr, dass das Dach deiner Schule nun zügig in Ordnung gebracht wird, damit du bei jedem Wetter weiter fleißig lernen kannst.
Vielleicht hast du schon von Johann Wolfgang von Goethe gehört – wenn nicht, werden dich deine Lehrer bestimmt bald mit diesem großen deutschen Dichterfürsten vertraut machen. In seinem wohl bedeutendsten Werk, dem »Faust«, ist von einer Kraft die Rede, die ...

... stets das Böse will
und stets das Gute schafft.

In dunklen Stunden – in einer solchen, liebe Lupita, befinde ich mich nun – frage ich mich, ob es sich in meinem Falle entgegengesetzt verhält.
Ja, ich war und bin der, der stets das Gute will. Aber bin ich nicht auch jener, der doch das Böse schafft?
Doch ich will nicht klagen. Auch du wirst diese Momente des Zweifels durchleben müssen, doch auf die Nacht folgt der Morgen. Verliere also niemals den Mut! So wie auch

dein Papa Norbert

PS: Soeben erhielt ich von Marvin eine sehr erfreuliche Nachricht, die diese Stunde etwas aufhellt!
PPS: Er lässt natürlich wie immer herzlich grüßen.

Fünfunddreißig

»Ich hab's gewusst!«, rief Heinlein aus und legte dem Jungen einen Arm um die Schulter. »Was bist du doch für ein Tausendsassa!«

Marvin drehte verlegen den Kreuzschraubenzieher in den Fingern. Er hatte zwei neue Lüfter eingebaut und eine Platine in der Steuerung gewechselt. Die Lüftung lief wieder, auf der niedrigsten Stufe nur, aber sie funktionierte. Es war eine gute Nachricht, eine Seltenheit also, die Heinlein in vollen Zügen genoss.

»Die Axt im Hause erspart den Zimmermann«, strahlte er und gab Marvin einen Knuff. »So, jetzt räumst du dein Werkzeug zusammen und dann ...« Er stutzte und deutete auf die Brusttasche von Marvins Kittel. »Da ist wohl etwas undicht.«

Der Junge senkte den Kopf, bemerkte den Tintenfleck und wurde blass. Obwohl er sie nie benutzte, achtete er stets penibel darauf, dass die drei Füllfederhalter in gleichem Abstand aus der Kitteltasche ragten.

»Du solltest dich umziehen.« Heinlein schüttelte scheinbar vorwurfsvoll den Kopf. »Was soll denn die Kundschaft sagen?«

Abgesehen von der unverwüstlichen Frau Dahlmeyer hatte bisher weniger als ein halbes Dutzend Menschen den Laden betreten. Nun, am späten Nachmittag, saß nur noch der junge Mann mit dem Kinnbart an einem der Fenstertische.

Marvin streifte den Kittel so hastig ab, als wäre der atomar verseucht, und rannte zu seinem Spind.

»Lass dir Zeit«, beschwichtigte Heinlein schmunzelnd, »es ist nicht so wichtig.«

Der Junge, der bereits einen neuen Kittel vom Bügel nahm, sah ihn irritiert an. In seiner streng mathematisch geprägten Welt war kein Platz für Späße, Ironie oder ähnliche Doppeldeutigkeiten. Ebenso wie jede Zahl eine klar definierte Zuordnung hatte, verhielt es sich auch mit den Worten.

Die Türglocke schellte, der kräftige blonde Mann verließ den Laden. Heinlein ging durch die Schwingtür in den Verkaufsraum, schaffte das Geschirr weg und wischte die runde Marmorplatte ab. Sein neuer, schweigsamer Stammkunde bevorzugte denselben Platz wie früher Adam Morlok. Da er sich mit einem Milchkaffee begnügte, fiel seine Rechnung deutlich niedriger aus, die er jedoch auf die gleiche Art und Weise beglich: indem er einen akkurat gefalteten Geldschein unter dem Salzstreuer hinterließ.

Der Tag war schwül und drückend heiß. Mit einem Kundenansturm war kaum mehr zu rechnen, also überließ Heinlein Marvin das Geschäft und fuhr mit dem Renault in die Neustadt.

Der Wagen hatte seine besten Zeiten hinter sich, die Schweller waren angerostet und der Werbeaufkleber auf der Motorhaube *(HEINLEIN'S DELICATESSEN – TRADITION & GENUSS SEIT 1922)* verblichen. Aber er wurde von Marvin hervorragend gepflegt, der Innenraum war wie immer frisch gesaugt, kein Staubkorn auf den Armaturen zu finden. Die Klimaanlage allerdings funktionierte nicht,

Heinlein fuhr also mit offenen Fenstern, doch als er auf den Parkplatz vor dem Einkaufszentrum einbog, klebte ihm das Hemd trotzdem am Rücken. Er nahm die Rolltreppe zu dem großen Elektromarkt im Obergeschoss und kehrte wenig später mit einem Netzteil für Adam Morloks iPad zurück.

Der Wagen hatte nur kurz in der prallen Sonne gestanden, doch als Heinlein die Plastiktüte auf den Beifahrersitz legte, war es stickig wie in einer Sauna. Trotzdem öffnete er die Fenster nur einen Spalt, denn nass und durchgeschwitzt, wie er war, wollte er sich nach dem Aufenthalt in den klimatisierten Verkaufsräumen nicht auch noch einer weiteren zugigen Fahrt aussetzen – eine Erkältung war das Letzte, was er im Moment brauchen konnte.

Der Verkehr quälte sich zwischen endlosen Wohnblöcken von Ampel zu Ampel, die Hitze flimmerte über dem kochenden Asphalt. Heinlein bog von der Magistrale ab, um über einen Umweg in die Altstadt zu fahren, doch auch die Nebenstraßen waren vom feierabendlichen Stau verstopft. Der alte Renault tuckerte im Schritttempo hinter einer Kehrmaschine dahin, Heinlein klopfte ungeduldig auf das abgegriffene Lenkrad, sah nach rechts und erkannte den Parkplatz, auf dem er kürzlich Adam Morloks S-Klasse abgestellt hatte. Er reckte blinzelnd den Hals, um den Wagen zu entdecken, als plötzlich ein rauer Warnruf ertönte, er trat mit aller Kraft auf die Bremse und starrte im nächsten Moment in das wutentbrannte Gesicht einer jungen Frau mit lilafarbenem Haar, die nur wenige Zentimeter von seiner Stoßstange entfernt auf einem Zebrastreifen stand und mit schriller Stimme wissen wollte, ob Heinlein *seine verfickte Fahrerlaubnis vielleicht im Lotto gewonnen* habe.

Heinlein hob entschuldigend die Hände, wischte den

Schweiß aus den brennenden Augen, schaute noch einmal zum Parkplatz und fuhr ruckelnd wieder an. Er hatte Morloks hellblauen Mercedes unter einer kümmerlichen Pappel direkt neben einem Glascontainer geparkt.

Der Container war noch da. Die Pappel ebenfalls.

Der Wagen war verschwunden.

Sechsunddreißig

Als er auf der Freifläche mit seinen Einkäufen aus dem Renault stieg, war sein Hemd dunkel vom Schweiß, der ihm aus allen Poren rann.

Marvin hatte das Geschäft bereits geschlossen und saß mit seinem Apfelsaftglas vor dem Laden; umsichtig, wie er war, hatte er das Babyphone mitgenommen und neben sich auf die Bank gelegt. Außer Frau Glinski von der Bank gegenüber, die nach Dienstschluss eine Packung griechischen Salbeitee erstanden hatte, war keine weitere Kundschaft erschienen. Heinlein erklärte dies mit der ungewöhnlichen Hitze und schickte Marvin nach Hause.

Seine Gedanken drehten sich um Morloks Mercedes. Dass der Wagen binnen so kurzer Zeit abgeschleppt worden war, erschien ihm äußerst unwahrscheinlich. Blieb also nur eine andere, naheliegende Möglichkeit: Die Limousine war gestohlen worden, womit Heinleins Tun eine weitere Straftat zur Folge hatte. Eine, die ihm sehr entgegenkam, doch da er nicht im Geringsten daran beteiligt gewesen war, musste er sein Gewissen zumindest damit nicht auch noch belasten.

Er trug die Tüte mit dem Netzteil in den Laden. Bevor er Marvin einbezog, würde er selbst versuchen, das iPad in Gang zu bringen, und zunächst den Akku aufladen. Dazu war er zu erschöpft, er sehnte sich nach einer Dusche, doch auch sein Drang, den Rest des Abends in der muffigen Wohnung mit seinem Vater zu verbringen, hielt sich in Grenzen. Also wusch er sich in der Küche kurz das Gesicht, füllte Eiswürfel in ein Glas, öffnete eine Flasche isländisches Gletscherwasser und setzte sich noch einmal vor den Laden.

Die Hitze lag wie eine stickige Glocke über dem Platz. Vor dem Imbiss lehnten drei verschwitzte Arbeiter der Stadtwerke in klobigen Arbeitsschuhen und orangefarbenen Warnwesten im Schatten eines Sonnenschirms an einem Stehtisch und stocherten lustlos in ihren Pommesschalen, aus dem Park weiter rechts drang Musik, ein paar Teenager hatten eine Decke ausgebreitet und scharten sich um einen Bierkasten.

Heinlein hob sein beschlagenes Glas, betrachtete die bereits schmelzenden Eiswürfel, die aufsteigenden Gasperlen, leerte es bis zur Hälfte und lehnte sich erleichtert zurück. Er hätte das Glas ebenso gut aus dem Wasserhahn füllen können, doch das Gefühl, mit einem exotischen, sündhaft teuren Getränk hier zu sitzen und zu beobachten, wie die Menschen auf der anderen Straßenseite überzuckerte Cola aus Pappbechern und lauwarmes Discounterbier tranken, erfüllte ihn mit einer Art kindischem Trotz.

Den Rest trank er in einem Zug und versuchte, sich an den einzigartigen Geschmack zu erinnern, an den natürlichen, frischen Sauerstoff und das Aroma der durch das Vulkangestein gefilterten Mineralien, anhand derer er das Gletscherwasser früher unter hunderten anderen umgehend identifizieren konnte. Selbst einheimische Wasser hatte er wegen winzigster Geschmacksnuancen unterscheiden können.

Und jetzt? Immerhin spürte er noch die erfrischende Kühle. Vor allem aber Trauer und eine geradezu schmerzhafte Sehnsucht nach der Vergangenheit.

Warum, überlegte er, hatte er seine Fähigkeiten nicht mehr zu schätzen gewusst? Diese Gabe, aus einem einfachen Quittengelee durch eine winzige Prise Muskat eine Delikatesse zu formen? Die Klasse eines *Château Margaux* zu erkennen, dieses einmalige Bouquet wahrzunehmen und die feinkörnigen Tannine, das Spektrum der Aromen von fruchtigen Brombeeren bis zu rauchigem Sandelholz nicht nur erfassen, sondern auch genießen zu können? Das Bild, das er damit assoziiert hatte, war noch in seinem Kopf; eine verfallene Burg, hoch auf einem Felsen über einer Flussbiegung thronend, umgeben von Weinbergen und Krähenschwärmen, die unter einem strahlend blauen Himmel über den Zinnen kreisten. Die Fähigkeit, die Düfte und Aromen mit Farben zu verbinden und imaginäre Landschaften, Skulpturen und abstrakte Gemälde entstehen zu lassen, hatte er zwangsläufig ebenfalls verloren. Irgendwann würden auch die Bilder verblassen, und was blieb ihm dann?

Es war wie mit so vielen Dingen im Leben. Man nahm sie als gegeben hin und bemerkte erst, wie wichtig sie waren, wenn man sie nicht mehr besaß.

Er stellte das leere Glas neben sich auf die Bank, die Reste der Eiswürfel klirrten leise. Auf den sonst üblichen Zigarillo verzichtete er seit einer Weile. Es war nicht nur sinnlos und ungesund, sondern auch überflüssig. Warum so tun, als genieße er den würzigen Rauch eines kubanischen Zigarillos?

Die Tür des Copyshops rechts nebenan wurde geöffnet. Frau Lakberg schleppte einen Stapel gefalteter Pappkartons zu ihrem VW-Bus, kehrte hastig zurück und trug einen weiteren Stapel aus dem Laden. Der gelbe Transporter parkte über zwanzig Meter entfernt bergauf am Bordstein. Heinlein war zwar zu Tode erschöpft, doch seinem Naturell entsprechend bot er umgehend Hilfe an. Dies wurde zunächst freundlich abgelehnt, doch Heinlein war nicht nur zuvorkommend, sondern auch hartnäckig, und so trugen sie die restlichen Kartons gemeinsam zu dem gelben Kleintransporter.

»Das nächste Mal«, sagte er, als sie wieder vor dem Copyshop standen, »sagen Sie mir bitte Bescheid, dann parke ich den Renault um.«

»Danke«, wehrte Frau Lakberg ab, »aber ich will Sie nicht …«

»Wir sind Nachbarn«, unterbrach Heinlein. »Nachbarn sollten einander helfen.«

Das blasse Gesicht hellte sich auf, und als sie lächelte, fand Heinlein die junge Frau mit dem kurzgeschnittenen Haar regelrecht attraktiv, selbst das Piercing in der rechten Augenbraue tat dem keinen Abbruch. Obwohl sie sich nur vom Sehen kannten, betrachtete er Frau Lakberg als eine Art Verbündete.

Natürlich hatte er wie Johann Keferberg seinerzeit das Antiquariat zu schätzen gewusst, natürlich ließ sich ein Copyshop nicht mit einem Delikatessengeschäft vergleichen, doch sie betrieb ebenfalls einen Laden. Und es gab noch eine zweite Verbindung, denn auch ihre Kundschaft schien überschaubar zu sein und bestand zu einem Großteil aus Studenten, die vermutlich ihre Magisterarbeiten ausdrucken und binden ließen. Nach Heinleins Schätzung liefen die Geschäfte also eher schleppend (die dritte Verbindung), aber die zarte, zerbrechlich wirkende Frau schien zäh zu sein. Sie führte den Laden allein, öffnete eine Stunde früher als Heinlein und blieb oft bis zum späten Abend, auch nach Geschäftsschluss brannte manchmal noch lange Licht. Womit es eine vierte Verbindung gab, denn sie rieb sich ebenfalls für ihre Kundschaft auf.

»Ich muss wieder rein«, seufzte sie dann auch und rieb mit dem Handrücken den Schweiß von der Stirn. »Danke noch mal. *Herr Nachbar.*«

Sie war nicht nur zäh, stellte Heinlein fest, sondern hatte auch Humor, was definitiv *keine* Gemeinsamkeit war.

»Gern geschehen, Frau Lakberg.«

»Britta.«

»Gern geschehen«, wiederholte Heinlein, »*Britta.*«

Die junge Frau sah ihn fragend an. Heinleins Lächeln wurde immer verlegener, bis er schließlich – nach einer gefühlten Ewigkeit – verstand.

»Norbert«, sagte er. »Ich bin Norbert.«

Sie nickte ihm zu und stemmte sich mit den schmalen Schultern gegen die schwere Eingangstür. Diese schwang knarrend nach innen.

»Frau Lak ... ich meine, Britta?«

»Ja?«

»Haben Sie ... beziehungsweise ... hast *du* schon zu Abend gegessen?«

»Nein, ich ...«

»Bin gleich wieder da.«

Heinlein eilte in seinen Laden und kehrte kurz darauf mit einem Porzellanteller und einem halben Pastetenlaib zurück. Britta Lakberg kam nicht dazu, sich zu bedanken, denn Heinlein hatte etwas vergessen, machte auf dem Absatz kehrt und kam nach wenigen Sekunden wieder. Zu einem guten Essen gehöre natürlich auch ein gutes Getränk, erklärte er der verdutzten jungen Frau und drückte ihr eine Flasche isländisches Gletscherwasser in die Hand.

Siebenunddreißig

Er fand seinen Vater schnarchend in der mit Fäkalien verschmierten Badewanne vor. Nachdem der alte Mann in die Wanne gestiegen war, hatte er wohl vergessen, dass er sich reinigen wollte, und war stattdessen eingeschlafen.

Heinlein polsterte seinen Kopf mit einem Handtuch und öffnete das winzige Fenster über der Toilette, die sein Vater beinahe noch erreicht hatte, wie an den Spuren zu erkennen war. Diese würde Heinlein später beseitigen, um den alten Mann nicht zu wecken. Es eilte nicht, er war froh, etwas Ruhe zu haben und schließlich gegen den bestialischen Gestank gefeit – einer jener seltenen Momente also, in denen sich sein Fluch zum Segen wandelte. Warum die Gelegenheit nicht nutzen?

Da er nicht unter die Dusche konnte, wusch er sich in der Küche mit einem Lappen. Das kalte Wasser brachte nur kurz Erleichterung, bereits auf dem Weg über den Flur in sein Zimmer lief der Schweiß seine Achseln hinab, und als er die Tür öffnete, schlug ihm die Luft wie aus einem Backofen entgegen.

Heinlein riss das Fenster auf. Draußen staute sich die Luft, anstelle eines erfrischenden Windhauchs wehte das Stimmengewirr am Imbiss und der dumpfe Beat einer Bluetooth-Box herein.

Er legte sich in Unterwäsche auf das Bett, verschränkte die Arme hinter dem Kopf und schloss die Augen. Er rechnete nicht damit, etwas Schlaf zu finden – doch als er sie wieder öffnete, umgab ihn statt grauer Abenddämmerung das bleiche, geisterhafte Licht des Vollmondes, der durch das Fenster ins Zimmer schien.

Die phosphorisierenden Zeiger des Weckers auf dem Nachtschränkchen standen auf zwei Uhr morgens, Heinlein hatte über sechs Stunden geschlafen. Erholt fühlte er sich nicht, im Gegenteil, es war, als würde er aus einer Ohnmacht erwachen. An einen Traum konnte er sich nicht erinnern, doch er *musste* geträumt haben, das Laken unter seinem Rücken war klatschnass. Außerdem, stellte Norbert Heinlein verwundert fest, hatte er eine Erektion.

Mit Frau Lakberg (*Britta,* korrigierte er sich) konnte das nichts zu tun haben. Sicherlich, seine Nachbarin war eine äußerst aparte Erscheinung, doch er betrachtete ihr Verhältnis als kollegial, irgendwelche anzügliche Gedanken oder gar sexuelle Avancen wären ihm bei einer Frau, die höchstens halb so alt war wie er selbst, nie in den Sinn gekommen.

Diese Zeiten waren sowieso längst vorbei. Natürlich, auch Norbert Heinlein hatte Erfahrungen gesammelt, wobei von *Sammeln* kaum die Rede sein konnte, denn diese »Erfahrungen« beschränkten sich im Großen und Ganzen auf ein kurzes Techtelmechtel, in das er als argloser Siebzehnjähriger von einer Angestellten seines Vaters verwickelt worden war. Frau Bradke hatte an der Wursttheke ausgeholfen und die

Vierzig bereits deutlich überschritten, eine korpulente Matrone mit einem Faible für obszöne Ausdrücke, die sich von ihrem *kleinen Parzival mit der großen Lanze* bei ihren flüchtigen Begegnungen in der Nische hinter dem Regal mit den Desinfektionsmitteln bevorzugt *als geile Gerlinde* anreden ließ. Wenig später war es zu finanziellen Unregelmäßigkeiten gekommen, und obwohl Gerlinde Bradke unter Tränen beteuerte, keinen einzigen Pfennig aus der Registrierkasse entwendet zu haben, hatte Heinleins Vater sie fristlos entlassen.

Heinlein junior war erleichtert gewesen. Er hätte die eher unerfreulichen Treffen wohl noch lange über sich ergehen lassen und war froh, dass ihm die Entscheidung abgenommen worden war. Seine späteren Kontakte ließen sich an einer Hand abzählen und bestanden aus halbherzigen Annäherungsversuchen, die endeten, bevor sie überhaupt begonnen hatten. Für jemanden, der seine Bestimmung in der Arbeit gefunden hatte, war das nicht tragisch, Heinlein vermisste also nichts. In jüngeren Jahren hatte er sich manchmal nach Wärme oder einer menschlichen Berührung gesehnt, doch auch diese Momente waren immer seltener geworden und gehörten längst der Vergangenheit an.

Draußen plärrte die Hupe eines Mopeds, am Imbiss stritten zwei Betrunkene um eine Zigarette. Der hämmernde Beat war einem alten Schlager von Roland Kaiser gewichen. Heinlein spielte mit dem Gedanken, im Bad nach seinem Vater zu sehen, doch von dem war nichts zu hören. Seine Glieder waren schwer wie Blei, die Temperaturen kaum zurückgegangen. Es war, als würde er durch einen verschmutzten Staubsaugerbeutel atmen.

Die ungewohnte Erektion war abgeklungen. Nein, Heinlein hatte sich nie nach einer Beziehung gesehnt oder gar einsam gefühlt, schließlich hatte er ständig Kontakt zu anderen Menschen und genoss es durchaus, seine weibliche Kundschaft charmant und zuvorkommend zu behandeln. Wenn es die Situation erforderte, war er sogar zu einem – natürlich harmlosen – Flirt in der Lage und ja, auch in diesem Punkt war Norbert Heinlein eine gewisse Begabung nicht abzusprechen, das mädchenhafte Kichern der errötenden Frau Dahlmeyer war ein mehr als eindeutiger Beweis.

Die Augen fielen ihm wieder zu. Vielleicht, überlegte er, war es ja eine Frage des Gleichgewichts, und Gott – so er denn existierte – hatte die Gaben nicht nur unterschiedlich an die Menschen verteilt, sondern glich die eine durch den Verlust einer anderen aus. Mozart hatte seine Genialität mit Trunksucht und einem vorzeitigen Ende im Armengrab bezahlt, van Gogh mit Depressionen, Selbstzweifeln und einem Ohr. Konnte es sein, dass Heinlein seine exorbitant ausgebildeten Geschmacksknospen und die damit verbundenen Fähigkeiten mit einem Verlust des Sexualtriebs hatte begleichen müssen?

Ein absolut angemessener Preis, dachte er im Wegdämmern. Ein Preis, den er freudig bezahlt hätte, schließlich sah es auf den ersten Blick nach einem fairen Handel aus, der sich auf den zweiten allerdings als schnöder Betrug entpuppte, denn schlussendlich hatte ihm Gott – falls dieser, wie gesagt, existierte – nicht nur das eine, sondern auch das andere genommen. Eine üble Rosstäuscherei also, eines ehrbaren Geschäftsmannes absolut unwürdig, und so war es kein Wunder, dass die Kirchen sich mehr und mehr leerten. Bei einem solch dubiosen Geschäftsgebaren durfte sich Gott über das Ausbleiben der Kundschaft wohl kaum beschweren, schließlich …

Draußen zerschellte eine Bierflasche auf dem Asphalt. Hundegebell hallte durch die Nacht, ein barscher Befehl ließ das Tier aufjaulend verstummen. Bei dem Hund, überlegte Heinlein und drehte sich auf dem verschwitzten Laken zur Seite, konnte es sich kaum um … wie hieß er noch? Egal, *dieser* Hund lag in den steifgefrorenen Armen seines Herrchens, und wenn er bellte, wenn denn *tote* Hunde bellten, Herrgott, dann würde es hier oben nicht zu hören sein. Die Isolierwände verschluckten jedes Geräusch, auch die Schreie seines Herrchens, die Schreie von … nun, der Name war unwichtig, *seine* Schreie waren ebenfalls nicht herausgedrungen, und als er mit blutenden Fingernägeln an der Tür kratzte, hatte es niemand mitbekommen. Bertram, richtig, Bertram war der Name seines Hundes, an den er sich trostsuchend klammerte. Bertram, der genauso tot war wie der andere Mann, der mit dem Muttermal, den gefälschten Pässen und dem blaugefrorenen, aus dem löchrigen Strumpf ragenden Zeh. Dann war da noch jemand, der unglückliche Herr …

»… Peysel«, murmelte Heinlein und stöhnte auf. »Er ist viel zu dünn angezogen, der Arme.«

Seine Pupillen bewegten sich hinter den geschlossenen Lidern, während er zusah, wie Herr Peysel in seinem kurzärmligen Hemd mit blutenden Fäusten gegen die Tür hämmerte. Er war noch nicht tot, Heinlein hatte ihn lebendig in dieser eisigen Hölle eingeschlossen, ebenso wie den anderen, den, dem der Hund gehörte, dem, der jetzt mit kehligen Schreien in Peysels verzweifelte Hilferufe einstimmte und sich mit der Schulter von innen gegen die Tür stemmte.

Die Eisschicht auf seinem wachsfarbenen Gesicht überzog sich mit einem Netz feiner Risse und bröckelte ab, Heinlein hörte das Knacken des gefrorenen Uniformstoffes und sah, wie er in einer Wolke aus aufgewirbeltem Raureif Anlauf nahm und sich mit aller Kraft gegen die Tür warf. Die rostigen Angeln knirschten, ein Türflügel löste sich, Peysel stieß einen heiseren Triumphschrei aus, während der Uniformierte erneut Anlauf nahm und ...

Plötzlich saß Heinlein aufrecht im Bett.

Ein Klackern ertönte, es klang wie eine auf Hochtouren laufende Nähmaschine. Er presste die Kiefer aufeinander, das Geräusch verstummte. Es stammte von seinen Zähnen, er schlang, noch immer entsetzlich frierend, die Arme um den Oberkörper, während sein Blick flackernd umherirrte.

Die Gardine bauschte sich vor dem Fenster, draußen hing ein lautloser, silbriger Regenschleier. Die Morgendämmerung war bereits zu erahnen, ein kühler Luftzug wehte herein und trocknete die ölige Schweißschicht auf Heinleins Haut. Horchend reckte er das Kinn, doch abgesehen vom monotonen Schnarchen seines Vaters aus dem Badezimmer und seinem eigenen, keuchenden Atem war nichts zu ...

Doch. Irgendwo unten aus dem Hausflur. Ein weiteres, dumpfes Poltern, das ihn geweckt hatte. Fröstelnd hob er die nackten Schultern, schlich gebückt aus dem Zimmer, öffnete die Wohnungstür einen Spalt und lauschte mit angehaltenem Atem ins Treppenhaus.

Raschelnde Kleidung, ein klirrender Schlüsselbund. Ein Knarren, das eindeutig von der Tür zum Keller stammte. Kein Zweifel, da unten war jemand. Nur wer?

Einer der Mieter? Entweder Frau ... egal, der Name war nebensächlich, die verließ ihre Wohnung jedenfalls nicht, selbst ihre Einkäufe musste Heinlein erledigen, und der andere, den Heinlein seit Wochen nicht zu Gesicht bekommen hatte, kam ebenfalls nicht in Frage, der trug keine Lederstiefel wie die, die unten auf den alten Steinfliesen knarrten.

Auf nackten Sohlen schlich Heinlein zum Geländer. Sonst hatte niemand weiter einen Hausschlüssel – doch, verbesserte er sich, stellte sich auf die Zehenspitzen und beugte sich über den Handlauf, es gab noch jemanden, den Mann mit dem Muttermal, Heinlein hatte ihm die Ersatzschlüssel gegeben, aber …

Das ist unmöglich.

Er steckte die geballte Faust in den Mund und biss so heftig zu, dass er den Schrei im allerletzten Moment noch ersticken konnte. Es war, als hätte ihm jemand einen Eimer eiskaltes Wasser über den Kopf gekippt, sämtliche Namen waren plötzlich präsent, Adam Morlok, wurde ihm blitzartig klar, war das nicht, auch mit seinem Verdacht, es könne sich weder um Frau Rottmann noch um den stillen Herrn Umbach handeln, hatte er richtig gelegen. Der Mann, der gerade den Keller verlassen hatte und jetzt an den Briefkästen vorbei zur Haustür ging, wandte Heinlein den Rücken zu. Sein Gesicht war also nicht zu erkennen, doch er war kein Einbrecher.

An den nassen Abdrücken der schweren Stiefelsohlen ließ sich die Spur bis zur Kellertür genau verfolgen, dort hatte sich eine kleine Pfütze aus Schmelzwasser auf den Steinfliesen gebildet. Die Uniform war aufgetaut, an Stelle der Reifschicht glitzerten winzige Tröpfchen auf dem schwarzen Stoff. Nein, überlegte der paralysierte Heinlein, er war definitiv kein Einbrecher, im Gegenteil.

Er war ein *Aus*brecher.

Zuletzt hatte er die Uniformmütze aus Schutz vor der Kälte tief über die Ohren gezogen, jetzt war sie wie früher keck in den Nacken geschoben. Sein Rücken war leicht nach hinten geneigt, er schien etwas zu tragen. Er schob die Haustür mit dem Stiefel auf und verharrte breitbeinig auf der Schwelle. Als er das Koppel über der Uniformjacke nach oben zog, löste sich ein kleiner, silberner Gegenstand und fiel zu Boden.

Von der Turmuhr am Markt wehte ein entfernter Glockenschlag heran.

Die Tür fiel wieder ins Schloss.

Niklas Rottmann war verschwunden.

Im Nachhinein würde Heinlein nicht konkret sagen können, wann genau sein Traum in die Realität übergegangen war.

Irgendwann war sein Vater mit dem Babyphone in der Hand im Treppenhaus aufgetaucht und hatte sich beschwert, das Radio würde schon wieder nicht funktionieren. Die folgende Stunde war Heinlein wie durch dichten Nebel gelaufen, er wusch den alten Mann, reinigte das Bad, wechselte die Bettlaken, ging selbst unter die Dusche und brachte seinen Vater wieder ins Bett, ohne sich dessen richtig bewusst zu sein.

Als er durch das Treppenhaus hinunter in den Flur ging, war es draußen hell geworden.

Die Fußspuren waren getrocknet. Ein Zeichen, das Heinlein mit großer Erleichterung registrierte, denn es deutete darauf hin, dass sein Albtraum deutlich länger angedauert hatte und erst mit dem Erscheinen seines Vaters beendet gewesen war. Als er die Kellertür öffnete, glaubte er, die Reste der Pfütze auf der Schwelle erkennen zu können, doch die konnten sonst woher stammen, ebenso wie die nassen Fußabdrücke, die auf den abgetretenen Holzstufen der Kellertreppe teilweise noch zu erahnen waren.

Es war naheliegend, einfach unten nachzusehen. Doch was würde Heinlein dort sehen, wenn er den Abdrücken – die kaum noch als solche zu erkennen waren – in den Keller folgte? Würde die Spur am Kühlhaus enden? Und die Türen? Würde einer der dicken Flügel schief in den Angeln hängen wie in seinem Traum? Und dahinter? Waren dort nicht mehr drei, sondern nur noch zwei Tote (nicht zu vergessen der Hund)? Und was war mit dem armen Herrn Peysel? Hatte er sich ebenfalls die Fingernägel blutig gekratzt, um ...

Lächerlich.

Heinlein neigte lauschend den Kopf. Das Aggregat brummte in der Tiefe, alles war also in Ordnung. Er schloss die Kellertür ab. Zweimal. Nicht etwa aus Furcht vor Gespenstern, das war nicht nur lächerlich, sondern hochgradig albern, sondern um sicherzugehen. Vor Einbrechern natürlich.

Es war ein Albtraum gewesen, beängstigend realistisch zwar, doch nicht *real*. Einbildung nur, nichts war zurückgeblieben, ausgenommen die Blutergüsse auf Heinleins Handrücken. Seine Zähne hatten sich tief in die Haut vergraben, doch Wunden verheilten, auch diese Spuren würden verschwinden und dann ...

Heinlein sah zur Haustür. Dort, neben den Briefkästen, hatte das Hirngespinst

Rottmann, es war Rottmann!

gestanden. Breitbeinig, wie zu Lebzeiten, hatte er vor dem Verlassen des Hauses die Mütze in die Stirn geschoben, auch das Koppel hatte er hochgezogen. Dabei war etwas von der Uniformjacke abgerissen. Etwas Kleines, Rundes, Heinlein hatte gesehen, wie es heruntergefallen war. Auch das Klappern auf den Steinfliesen hatte er gehört.

Bitte, flehte er in Gedanken und ging in die Hocke. *Lass es ein Geldstück sein.*

Das war es nicht.

Es war ein Uniformknopf.

Achtunddreißig

Eine kleine Freude war Heinlein immerhin vergönnt, denn als er am Vormittag im Briefkasten nach der Post sah, fand er einen Brief seines somalischen Pflegekindes.

Wie immer bedankte sich Lupitas Mutter in holprigem Englisch für die monatliche Unterstützung und teilte mit, dass die Spendenaktion für das neue Schuldach in den sozialen Netzwerken großen Anklang finde und die Sanierung bald in Angriff genommen werden könne. Ein Foto zeigte das freudestrahlende Mädchen mit seinem neuen, pinkfarbenen Fahrrad, auf der Rückseite hatte die kleine Lupita ein krakeliges Herz für den *liben Papa Norbert* gemalt.

Sosehr Heinlein sich auch freute, kreisten seine Gedanken doch unablässig um die vergangene Nacht. Auch ein neuer Kunde brachte nur kurze Ablenkung, und obwohl sich der erst kürzlich engagierte neue künstlerische Leiter des Opernhauses als äußerst profunder Kenner der Materie erwies, konnte Heinlein das feinsinnige Gespräch über die Vorzüge asiatischen Pankomehls gegenüber geriebenen Semmelbröseln nicht recht genießen. Später überließ er es Marvin, den schweigsamen Mann mit dem Kinnbart zu bedienen, und selbst als Britta Lakberg den Teller und die leere Wasserflasche zurückbrachte, nahm er ihren Dank höflich, doch ungewohnt wortkarg entgegen. Er wünschte abwesend noch einen schönen Tag und bemerkte nicht, dass der junge Mann am Fenstertisch von seiner Zeitung aufblickte und Frau Lakberg einen Moment durch das Schaufenster hinterhersah.

Kurz vor Ladenschluss meldete sich das Babyphone in der Küche, eine verzerrte Altmännerstimme verlangte, umgehend mit der Käseabteilung verbunden zu werden. Heinlein bat Marvin, nach oben zu gehen, während sein Vater in barschem Tonfall erklärte, er habe lange genug in der Warteschleife gehangen und wünsche den Genossen Abteilungsleiter zu sprechen, und zwar *pronto*, er habe hier schließlich nicht eine der üblichen Bonzenfeiern auszurichten, sondern einen Empfang der polnischen Botschaft. Ein weiteres Mal werde man der Firma Heinlein keine drittklassige Ware anbieten können, mit dem Junior könne man vielleicht so umspringen, nicht jedoch mit dem Senior, der nicht so leicht über den Tisch zu ziehen sei wie sein verweichlichter Sprössling, dieser Hansguckindieluft, der sowieso nur ...

Heinlein schaltete das Babyphone heftiger aus als beabsichtigt. Am Morgen hatte er aus seinen Vorräten in der Tiefkühltruhe die Komponenten einer einfachen Rinderfiletpastete aufgetaut und nur den Teig frisch zubereitet, auch mit dem künstlerischen Arrangement hatte er sich nicht weiter aufgehalten. Ein knappes Drittel war noch übrig, also beschloss er, Marvin zum Abendessen einzuladen. Vorher gab es allerdings noch etwas zu tun.

Den Uniformknopf hatte er in seiner Hosentasche verstaut. Jedes Mal, wenn er ihn berührte, musste er um seine geistige Gesundheit fürchten. Dieser Knopf bewies, dass er im Treppenhaus nicht nur wach, sondern *hell*wach gewesen war, woraus zu schließen war, dass er seinen Verstand entweder verloren hatte oder zumindest auf dem besten Wege dazu war.

Es gab noch eine Möglichkeit. War es nicht denkbar, dass der Traum länger, *viel* länger gedauert hatte? Dass Heinlein auch jetzt noch träumte? Eine gute Idee, fand er, warf den Knopf in den Mülleimer und ging in den Hausflur. Dort schloss er die Augen, atmete tief durch und sah sich blinzelnd um, als würde er aus tiefem Schlaf erwachen. Und das, entschied er, war auch der Fall. Die Fußspuren auf den rissigen Steinfliesen waren nicht getrocknet, sondern hatten nie existiert. Ebenso wie der Knopf, der nur ein weiteres Detail eines wirren Traums war.

Tote, die wieder lebendig wurden?

Herrje, dachte sich Heinlein kopfschüttelnd und ging hinauf in die Wohnung, *was für einen Unfug man manchmal so träumt.*

Neununddreißig

»Wir haben einen Gast?«

Heinleins Vater sah Marvin unter hochgezogenen Brauen an. Als Heinlein einen dritten Stuhl an den Tisch geschoben und den Jungen gebeten hatte, Platz zu nehmen, hatte sich dieser widerspruchslos gesetzt. Trotzdem war ihm deutlich anzusehen, wie unwohl er sich fühlte.

»Das ist Marvin, Papa. Du kennst ihn doch. Unser bester Mann«, Heinlein tätschelte Marvins Hand. »Ich wüsste nicht, was ich ohne ihn ...«

»Seit wann sitzen wir mit den Angestellten an einem Tisch?« Der Alte straffte sich. »Wir Heinleins behandeln unsere Leute fair und gerecht, solange sie ihre Pflicht tun jedenfalls. Das bedeutet nicht ...«

»Jetzt«, unterbrach Heinlein betont gutgelaunt, »wird gegessen!« Er beugte sich geschäftig über das Serviertablett und verteilte die kleinen Pasteten auf den Tellern. »Mag jemand Eisbergsalat?«

Marvin nickte achselzuckend. Heinlein reichte ihm die Glasschüssel und sah seinen Vater fragend an. Dieser starrte abwesend auf die flackernden Kerzen auf dem silbernen Ständer in der Tischmitte.

»Feinstes Rinderfilet«, strahlte Heinlein, während sich seine Gabel knirschend in die goldfarbene Kruste grub. »Umhüllt von getrüffelter Portweinjus, geschmortem Lauch und iberischem Schinken.« Er steckte die Gabel in den Mund und schloss genüsslich die Augen, als würde er die Aromen der Wintertrüffel, des Zitronengrases und der in Rotwein geschmorten Champignons auskosten. »Lass es dir schmecken«, nickte er Marvin aufmunternd zu, »es ist genug da.«

Der Junge griff zögernd nach seinem Besteck, während der alte Mann noch immer in den Anblick der Kerzen versunken war.

»Hast du keinen Hunger?«, fragte Heinlein kauend und deutete mit dem Messer auf den Brotkorb. »Soll ich dir lieber ein Baguette schmieren?«

Sein Vater reagierte nicht.

»Papa?«

Der Alte blinzelte. Sein Blick löste sich von den Kerzen, wanderte von Heinlein über den gedeckten Tisch und verharrte auf Marvin.

»Wir haben einen Gast?«

»Das ist Marvin«, sagte Heinlein sacht. »Erinnerst du dich nicht? Er …«

»Ich habe Hunger.« Der Alte entfaltete die Serviette, breitete sie auf dem Schoß aus und beugte sich über seinen Teller.

»Das Rezept ist von dir«, sagte Heinlein. »Der Fond ist mit Madeira eingekocht und mit Rosmarin …«

»Wieso habe ich kein …« Heinleins Vater sah sich suchend um. Er betrachtete stirnrunzelnd das Messer, mit dem Marvin gerade Butter auf ein Stück Baguette schmierte. »Kein …«

»Du meinst ein Messer?«

»Ja. Messer.«

»Du brauchst keins«, sagte Heinlein, der mittlerweile alles, womit sich sein Vater verletzen konnte, außer dessen Reichweite verwahrte.

»Doch«, beharrte der Alte. »Es ist wichtig. Ich … ich habe Durst.«

Heinlein langte hilfsbereit über den Tisch, doch bevor er seinem Vater das Kristallglas mit dem Kirschsaft reichen konnte, hatte dieser ein Porzellanschälchen mit Balsamicoessig geleert und beschwerte sich über den billigen jugoslawischen Dreck, den sich sein unfähiger Sohn wieder einmal hatte andrehen lassen.

»Wie oft muss ich dir noch sagen, dass dieses zusammengepanschte Zeug in unserem Laden nichts zu suchen hat? Ich habe genug von deinen Ausreden!«, herrschte er Heinlein an, als dieser zu einer Erwiderung ansetzte. »Jetzt wird gegessen!«

Er biss in seine Pastete. Ein unangenehmes Schweigen machte sich breit, unterlegt vom Klirren des Bestecks und dem Schmatzen des alten Mannes. »Darf man fragen«, wandte sich dieser unvermittelt an Marvin, »was Sie beruflich machen?«

Der Junge errötete bis unter den Haaransatz.

»Er arbeitet im Laden«, half Heinlein. »Wie gesagt, er …«

»Interessant, *äußerst* interessant«, nickte der Alte kauend und stutzte plötzlich. »Seit wann sitzen wir mit den Angestellten an einem Tisch?«

»Marvin kümmert sich um dich«, wiederholte Heinlein geduldig. »Er war den ganzen Nachmittag bei dir und …«

»Papperlapapp!« Der Alte stopfte den Rest der Pastete in den Mund, die Füllung quoll über seine Lippen und verklebte das Kinn. »Das gibt ihm noch lange nicht das Recht, mit uns an einem …«

Er verstummte und ballte hilflos die Fäuste auf der Suche nach einem Wort, das ihm innerhalb weniger Sekunden entfallen war. Stattdessen erklärte er das Essen für beendet und befahl Marvin, das Geschirr abzuräumen.

»Das wird er nicht«, widersprach Heinlein und zog Marvin, der sofort aufgesprungen war, am Arm auf den Stuhl zurück.

»Er wird dafür bezahlt!«, keifte sein Vater. »Ein Angestellter …«

»Er ist heute Abend mein Gast, Papa. *Unser* Gast.«

»Wirklich? *Dein* Gast vielleicht, ich kenne ihn nämlich nicht, ich …« Das faltige Gesicht verzerrte sich zu einer hämischen Grimasse. »Ach, so ist das also. Er lutscht dir den Schwanz.«

Heinleins Vater war immer ein strenger, keinen Widerspruch duldender Mann gewesen. Die Krankheit hatte sein Wesen verändert, doch diese vulgäre Bosheit stellte eine neue Dimension dar.

»Gib's ruhig zu«, zischte er. »Ich hab's sowieso schon immer gewusst.«

Marvin saß kerzengerade auf dem Stuhl, den Blick hinter den Brillengläsern über den Tisch auf die Wand gerichtet. Jeder andere hätte heftig widersprochen oder wäre zumindest aus dem Zimmer gestürmt, doch da er weder zu dem einen noch zum anderen in der Lage schien, blieb ihm nur die Flucht nach innen, indem er sich in seine eigene Welt zurückzog und die Blüten auf dem verschnörkelten Rankenmuster der verblichenen Tapete zählte.

»Kein Wunder, dass du nie eine Familie gegründet hast«, grinste der Alte. »Weil du eine …«, er senkte die Stimme, »*Schwuchtel* bist.«

»Hör auf.« Heinleins Finger verkrallten sich in der Serviette. »Bitte.«

»Dreiundvierzig«, murmelte Marvin, der wie versteinert zur Wand starrte.

»Du hast ihn von der Straße geholt«, griente Heinleins Vater. »Du bezahlst ihn von *meinem* Geld ...«

»Es reicht.«

»... damit er dir den Schwanz ...«

»Schluss jetzt!«

Heinleins Faust krachte auf den Tisch. Das Porzellan klirrte auf der gestärkten Tischdecke, die gedrechselte Pfeffermühle kippte um. Sein Vater zuckte erschrocken zusammen, auch Marvin erwachte aus seiner Lethargie.

»Du hast kein Recht, so über ihn zu reden!« Heinleins Stimme bebte vor Empörung. »Hast du überhaupt eine Ahnung, was wir Marvin zu verdanken haben? Ohne ihn wäre das Geschäft längst geschlossen! Und nicht nur das, er kümmert sich ständig um dich! Er füttert dich, deckt dich zu und wechselt dir die Windeln, wenn du mal wieder einge–«

Heinlein, der in Begriff gewesen war, sich im Tonfall zu vergreifen, biss sich auf die Lippen. Auch jetzt noch, im Augenblick größter Entrüstung, gab es Grenzen.

»Du solltest ihm dankbar sein! *Dankbar*, verstehst du?«

Er hatte seinem Vater noch nie widersprochen und die kalte Strenge, die oft unverhohlene Verachtung und die Demütigungen klaglos hingenommen. Jetzt wehrte er sich zum ersten Mal in seinem Leben, obwohl er ebenso gut mit der bronzenen Reiterstatue auf der Kommode hätte sprechen können. Er tat es für Marvin, der wissen sollte, dass er wertgeschätzt wurde und das Recht hatte, respektvoll behandelt zu werden.

»Er verdient deine Anerkennung! Stattdessen beschimpfst du ihn, du ... boshafter alter Mann!«

»Nein«, murmelte der Alte und schüttelte den Kopf, »nein, nein, nein. Ich bin nicht boshaft, ich ...« Er stammelte ein paar unzusammenhängende Worte. »*Du*«, fiel ihm plötzlich ein, »*du* bist böse!«

»Ach! Und warum?«

»Weil ...«

Heinleins Vater sah sich ratlos um, als würde er zwischen den goldgerahmten, vom Alter gedunkelten Ölschinken, den schweren Samtvorhängen und den wuchtigen Eichenmöbeln eine Antwort finden. Seine Hilflosigkeit erfüllte Heinlein mit einer grimmigen Befriedigung, für die er sich schämte, obwohl er sie gleichzeitig genoss.

»Du sagst, ich wäre böse«, hakte er nach. »Ich will wissen, warum.«

Die arthritischen Finger strichen ziellos über das Tischtuch. »Weil ...«

»Ja?«

Heinlein sah seinen Vater an. Die Pastetenfüllung trocknete allmählich auf dem Kinn zu einer klebrigen Masse, deren Konsistenz unangenehme Erinnerungen an die verschmierte Badewanne weckte.

»Weil du mir nicht hilfst«, sagte der Alte.

»Wobei?«

Es mochte herzlos erscheinen, den hilflosen Greis so in die Enge zu treiben, doch der würde sich in wenigen Augenblicken nicht mehr daran erinnern. Im Gegensatz zu Marvin, der sein Essen kaum angerührt hatte, mit der Gabel auf seinem Teller herumstocherte und trotzdem – so hoffte Heinlein zumindest – mitbekam, dass er verteidigt und in Schutz genommen wurde.

»Ich sag's dir.« Heinlein lehnte sich in seinem knarrenden Stuhl zurück und verschränkte die Arme vor der weißen Hemdbrust. »Du willst sterben.«

Der Alte hob langsam den Kopf. Sein Gesicht schien hinter den flackernden Kerzen zu schweben wie ein flimmerndes, bleiches Gespenst in einem alten Gruselfilm.

»Ja«, nickte er. »Das will ich.«

»Ich werde dir nicht dabei helfen.«

»Aber ... das ist alles, was ich will. Ich ...«

Die Augen des alten Mannes trübten sich wieder ein. Er sah zu Marvin, stutzte, als bemerke er ihn zum ersten Mal, senkte vertraulich die Stimme und deutete über den Tisch auf seinen Sohn. »Ich habe ihn beim Onanieren erwischt. In der Ecke hinter dem Lastenaufzug. Er hat geglaubt, ich hätte es nicht mitbekommen«, kicherte er, »aber ich hab's genau gesehen.«

Er war krank, schwerkrank. Diese abrupten Persönlichkeitswechsel waren Folge dieser Krankheit, aber jetzt, schoss es Heinlein durch den Kopf, geschah das Gegenteil. Es war keine Wesensänderung, sondern eine Offenbarung. Diese gehässige Fratze zeigte das wahre Gesicht seines Erzeugers.

Jeder Mensch, überlegte er und tupfte sich die Lippen mit der Serviette ab, hatte das Recht, sein Leben selbstbestimmt zu beenden. Er, Norbert Heinlein, hatte drei Menschen (und einen Hund) auf dem Gewissen, warum sollte er seinem Vater nicht helfen?

Weil ich zu weich bin.

Der Alte war bereits wieder in einer anderen Welt, brabbelte leise vor sich hin und betrachtete einen Wollfaden, den er aus dem Ärmel seiner Strickjacke gezupft hatte.

»Ich kann dir nicht helfen«, sagte Heinlein sanft. »Ich wünschte, es wäre anders, denn manchmal glaube ich, du hast es verdient.«

Sein Vater warf ihm einen verständnislosen Blick zu und konzentrierte sich wieder auf den Wollfaden.

»Na, mein Junge?« Heinlein wandte sich an Marvin. »Noch etwas Apfelsaft?«

Vierzig

Er stand in der Kellertür und lauschte in die Tiefe.

Es war halb fünf Uhr morgens, doch Heinlein war gewohnt, in aller Herrgottsfrühe aufzustehen, es machte ihm nichts aus. Er fühlte sich frisch, denn er hatte zum ersten Mal seit langem gut geschlafen, tief und – vor allem – traumlos. Eigentlich hätte er kurz hinuntergehen können, um nach dem Rechten zu sehen, aber warum sollte er das tun? Die vorsintflutlichen Aggregate brummten, die Kühlung funktionierte also. Adam Morloks iPad würde er später aus dem Koffer holen und mit dem Netzteil aufladen. Heinlein hatte seine Arbeit lange genug vernachlässigt und durfte sich nicht weiter ablenken lassen durch irgendwelche Hirngespinste, er war seiner Kundschaft verpflichtet und würde jede Sekunde seiner wertvollen Zeit nutzen, um eine exquisite Seezungenpastete mit Hummer und Lachseinlage zuzubereiten.

Er schloss die Kellertür und machte auf dem Weg zur Küche noch einmal kehrt, um sich zu überzeugen, dass der Schlüssel zweimal herumgedreht war. Die Gänsehaut auf seinen Unterarmen war natürlich nicht etwa mit seiner Angst vor den Gespenstern, die im Keller auf ihn lauerten, zu erklären – das war einfach nur eine logische Folge des feuchten Luftzugs, der ihm aus der kalten Tiefe entgegengeweht war.

Einundvierzig

»Bin gleich bei dir, Johann.«

Heinlein nickte Keferberg kurz zur Begrüßung zu und beugte sich wieder über das Backblech auf der Arbeitsplatte. Er hatte die Pasteten gerade aus dem Ofen geholt – kleine Kunstwerke, die er zunächst streng nach Rezeptbuch gefertigt und dann zu Jakobsmuscheln geformt hatte. Das Ergebnis war mehr als zufriedenstellend, die wellenförmige Maserung der Teigkruste hervorragend gelungen, auch das silbrig schimmernde Meersalz brachte den erhofften Effekt.

»Die Form entspricht dem Inhalt«, murmelte er gedankenverloren und ließ seinen Blick über das Backblech schweifen. »Der Geschmack des Meeres und ein Bild, das man damit assoziiert.« Er wartete einen Moment, um Keferberg Gelegenheit zu einem Kompliment oder zumindest einer Bemerkung zu geben. »Ich habe lange überlegt«, fuhr er fort, als weder das eine noch das andere erfolgte, »ob ich an Stelle der Jakobsmuscheln lieber …«

»Norbert.«

Keferbergs Tonfall ließ ihn aufhorchen. »Ja?«

»Ich …« Keferberg stand mit hinter dem Rücken verschränkten Armen verlegen in der Schwingtür. »Ich wollte mich noch einmal bei dir bedanken. Für das … für dein Geld.«

»Brauchst du noch mehr?«

»Gott bewahre, nein!«

»Dann hast du deine Schul- … deine Verpflichtungen beglichen?«

»Ja.«

»Schön«, nickte Heinlein und beugte sich wieder über seine Pasteten.

»Da wäre noch etwas.« Keferberg räusperte sich. »Ich wollte das nicht am Telefon mit dir besprechen.«

»Geht es um die nächste Lieferung?«

»Nein. Beziehungsweise ja.«

»Johann«, seufzte Heinlein, »würdest du dich bitte etwas präziser ausdrücken? Ich bin spät dran, und wenn ich das Geschäft pünktlich öffnen will, dann …«

»Entschuldige.« Keferberg legte einen prall gefüllten wattierten Umschlag neben das Backblech. »Das ist der Rest. Du hattest mir viel zu viel gegeben.«

»Aber …«

»Ich weiß, du hast gesagt, ich könne es behalten.«

»Das stimmt. Ich brauche es nicht.«

»Und ich«, sagte Keferberg, »*will* es nicht.«

Es war ihm ernst.

»Wie du meinst, Johann.«

Heinlein klang verärgert. Das war er auch, sehr sogar, schließlich hatte er die letzten Stunden unbeschwert wie seit Ewigkeiten nicht mehr verbracht und war nicht nur in seiner konzentrierten Arbeit gestört, sondern auch mit der Realität konfrontiert worden.

»Ich schließe die Pension. Damit«, Keferberg deutete mit

dem Kinn auf den Umschlag, »würde ich es nur ein wenig hinausschieben.«

»Aber ich hätte dir …«

»Ich will das nicht hören!« Keferberg hob abwehrend die Hände. »Ich will nicht wissen, ob du mir *noch mehr* hättest geben können und erst recht nicht, woher das Geld stammt! Ich will nichts mehr damit zu tun haben, Norbert. Du hast mir geholfen, meine … Kreditgeber zu bezahlen. Ich muss ihnen nie wieder begegnen, und allein dafür werde ich dir ewig dankbar sein. Du bist mein Freund, solange ich denken kann. Mit diesem … *Geld*«, er verzog das Gesicht, »würde ich unsere Freundschaft aufs Spiel setzen. Das ist es nicht wert.«

»Du hast recht.« Heinlein nahm Keferberg in den Arm und rief sich den Duft seines pomadisierten, gescheitelten Haares und des altmodischen Rasierwassers in Erinnerung. »Ich bin froh, dich zum Freund zu haben. Möchtest du einen …«

»Nein, keinen Espresso, meine Zeit ist ebenfalls knapp.« Keferberg deutete hinunter zum Schaufenster in Richtung seiner Pension. »Man glaubt gar nicht, was für ein Papierkram bei einer Geschäftsauflösung so anfällt.« Er griff nach der Schwingtür, als ihm noch etwas einfiel. »Seit wann ist er eigentlich wieder da?«

»Wer?«

»Herr Morlok.«

Heinleins Herzschlag setzte einen Moment aus. »Wieso sollte er …«

»Er hat doch offenbar seinen Wagen abgeholt.«

»Ach so.« Heinlein nahm einen Lappen und begann, die bereits blitzblank polierte Herdplatte abzuwischen. »Hat er denn seine Rechnung endlich bezahlt?«

»Nein. Obwohl du ihm meine Bankverbindung gegeben hast.«

Heinlein spielte mit dem Gedanken, Keferberg noch einmal zu vertrösten, zum Beispiel mit einem Zahlendreher in der Kontonummer, was bei der schlechten Telefonverbindung nach Dubai eine logische Erklärung gewesen wäre. Doch er hatte seinen Freund bereits oft genug belogen – abgesehen davon hatte Johann Keferberg Wichtigeres zu tun, als einen Zechpreller anzuzeigen.

»Er hat sich nicht noch einmal bei mir gemeldet«, sagte Heinlein wahrheitsgemäß.

»Tja«, seufzte Keferberg, »so kann man sich in den Menschen täuschen. Ich habe ihn immer für einen ehrlichen Geschäftsmann gehalten.«

»Ich auch«, murmelte Heinlein und verdoppelte seine Anstrengungen auf der Herdplatte.

»Norbert?«

»Ja?«

»Sei vorsichtig«, sagte Keferberg, nachdem er Heinlein einen Moment nachdenklich gemustert hatte. »Wie gesagt, ich will keine Erklärung. Aber in einem bin ich mir sicher. Dieses Geld ist nicht nur äußerlich schmutzig.« Er streifte den Umschlag mit einem angewiderten, gleichzeitig furchtsamen Blick. »Es *ist* schmutzig.«

Als Keferberg gegangen war, vertiefte sich Heinlein wieder in die Arbeit.

Während die Sonne allmählich höher stieg, schob er weitere Backbleche in den Ofen, räumte parallel dazu auf und hatte anderthalb Stunden später nicht nur mehrere Dutzende perfekt geformter Pastetchen, sondern auch eine ebensolche Ordnung in seiner Küche geschaffen. Alles war wieder an seinem Platz – mit Ausnahme des wattierten Umschlages, den er unschlüssig in den Händen hielt, nachdem er ihn von einer Stelle zur anderen geräumt hatte.

Die grünen Lämpchen am Babyphone flackerten auf. Sein Vater schimpfte im Schlaf über seinen einzigen Sohn, für den er sich ein Leben lang aufgeopfert hatte und von dem er nun so schnöde im Stich gelassen wurde. Offenbar betete er, denn er flehte seinen Schöpfer an, von seinen Leiden erlöst zu werden, und wünschte seinen undankbaren Sprössling in die Hölle, wo der Bastard gemeinsam mit seiner Mutter, dieser falschen Hure, bis in alle Ewigkeit schmoren könne. Die Tirade wurde von einem Schluchzen erstickt, ging in ein Schnarchen über und verstummte schließlich.

Heinlein drehte den Umschlag in den Fingern. Sein Unmut über Johann Keferberg war längst verflogen und einem Gefühl von Einsamkeit und Trauer gewichen. Konnte es sein, überlegte er, dass er Keferberg aus Egoismus geholfen hatte? Die kostenlosen Lieferungen, das Geld, der Optimismus, den er verbreitet hatte – war das aus Eigennutz geschehen? Letztendlich, hatte Keferberg gesagt, müsse sich jeder Mensch der Realität stellen, und es stimmte, Heinlein hatte die Wahrheit nicht sehen wollen. Jahrelang hatten sie einander Mut gemacht, sich gegenseitig aufgerichtet – nun blieb Heinlein allein zurück. Trotzdem, entschied er, war sein Handeln nicht von Selbstsucht, sondern Hilfsbereitschaft getrieben gewesen. Es entsprach seiner Natur, ebenso, wie er Frau Lakberg ungefragt beim Kistentragen geholfen hatte, war er seinem einzigen Freund beigesprungen.

Der Umschlag knisterte in seinen Fingern. Auch in diesem Punkt lag Keferberg richtig, seine Abneigung gegenüber dem Geld war mehr als begründet. Heinlein teilte dieses Unbehagen, der Umschlag gehörte zurück in die Aluminiumkiste, doch dazu musste er hinunter in den Keller, und dann ...

Erneut kroch eine Gänsehaut seine Unterarme herauf. Angesichts der überhitzten Küche war es schwer, eine andere Erklärung zu finden, also lenkte sich Heinlein ab, indem er sich umsah und nach einer Alternative suchte. Angefangen vom Regal mit den Putzmitteln über den Spalt unter Marvins Spind bis zur Klappe des Lastenaufzugs kamen viele Verstecke in Frage. Dann wäre das Geld zwar aus den Augen, aber immer noch in der Nähe.

Er öffnete den Umschlag und zog ein paar Scheine hervor. Die Banknoten mussten durch viele Hände gegangen sein, speckig, abgegriffen und teilweise zerrissen, wie sie waren.

Schmutzig.

Johann Keferberg war ein unbescholtener, redlicher Mensch. Beides hatte Norbert Heinlein bis vor kurzem auch von sich behaupten können, doch die Zeiten hatten sich geändert, als *unbescholten* konnte er sich wohl kaum noch bezeichnen. Aber was war mit seinen Absichten? Waren die nicht immer *redlich* gewesen? Doch, entschied er. Egal, was auch geschehen sein mochte. Er, Norbert Heinlein, war ein guter Mensch. Und würde es immer bleiben.

Er holte eine Flasche Absinth aus dem Spirituosenregal im Verkaufsraum, legte den Umschlag in einen großen Wassertopf und stellte beides auf den Herd unter die Abzugshaube. Warum er sein stummes Stoßgebet ausgerechnet an den armen Herrn Peysel richtete, sollte ihm später nicht recht klarwerden, doch seine Bitte um Beistand wurde erhört, denn als er die Lüftung eine Stufe höher schaltete, drang zwar ein beunruhigendes Rumpeln aus den Schächten, aber die Ventilatoren beschleunigten, und die Anlage hielt der Belastung stand.

Heinlein leerte ein Drittel der Absinthflasche in den Topf.

Schmutzig, dachte er.

Und verbrannte das Geld.

Zweiundvierzig

Als er mit Marvin die Gitterläden vor den Schaufenstern hochzog, lag bereits eine bleierne Hitze über dem menschenleeren Platz.

Vor dem Imbiss hingen die Schirme schlaff in der prallen Sonne, der Verkäufer hinter den Fenstern lehnte dösend zwischen Fritteusen und Mikrowellen an der Kochstrecke. Selbst die zerzausten Tauben, die sonst zwischen den Stehtischen nach Abfällen pickten, hatten sich in den Schatten verzogen.

So war es nicht verwunderlich, dass bis zum Mittag kaum Kundschaft zu bedienen war – mit Ausnahme der unverwüstlichen Frau Dahlmeyer natürlich. Diese erschien allerdings eine Viertelstunde später als gewöhnlich und verzehrte ihre Pastete nur zur Hälfte, die, wie sie beteuerte, wie immer höchst deliziös sei, bei diesen Temperaturen allerdings etwas schwer im Magen liege. Heinlein packte ihr nicht nur den Rest, sondern als kleine Aufmerksamkeit des Hauses zwei weitere Pasteten ein und geleitete die alte Dame zur Straßenbahn.

Als er in den Laden zurückkehrte, fühlte er sich, als habe er einen Gewaltmarsch durch die Wüste absolviert. Marvin war draußen auf der Freifläche mit dem Putzen des Renaults beschäftigt, es gab also niemanden, dem Heinlein etwas vortäuschen musste, und so löschte er seinen Durst nicht mit isländischem Gletscherwasser, sondern direkt aus dem Wasserhahn.

Sein Vater hatte einen unruhigen Tag, immer wieder musste Heinlein hoch in die Wohnung. Nachdem er den Alten mit einem Teller Hühnersuppe gefüttert hatte, traf er im Hausflur auf Frau Rottmann, die sich nicht nur damit begnügte, seinen freundlichen Gruß zu ignorieren, sondern sich diesmal auch in wüsten Beschimpfungen wegen des noch immer defekten Telefons erging.

»Ich lasse mich nicht mehr mit Ausreden abspeisen!«, blaffte sie. »Ich kenne meine Rechte!«

»Natürlich«, stimmte Heinlein wider besseres Wissen zu, »niemand würde das bestreiten.«

Dass ein funktionierender Telefonanschluss definitiv nicht zu den Pflichten eines Vermieters gehörte, war ihr offensichtlich nicht bewusst. Heinlein sparte sich den Hinweis, ähnlich wie ihr Sohn war Frau Rottmann Argumenten wenig zugänglich.

»Ich verstehe Ihren Unmut«, beteuerte er. »Ich habe mich bereits an höherer Stelle …«

Er wurde unsanft zur Seite geschoben. Frau Rottmann umfasste den Handlauf, zwängte sich vorbei und tastete sich keuchend eine Stufe hinab. Es war die vierte, wie Heinlein nach einem kurzen Blick hoch zum Absatz vor ihrer

Wohnungstür errechnete. Den Schweißflecken unter den Achseln der fleischfarbenen Bluse und dem purpurrot angelaufenen Gesicht war zu entnehmen, dass sie sich schon vor einer geraumen Weile auf den Weg gemacht hatte.

»Wie gesagt«, wiederholte er, »ich habe mich an höherer Stelle beschwert. Der Schaden wird schnellstens behoben, spätestens bis zum Wochenende wird ein Monteur ...«

»Scheiß auf den Monteur.«

»Ihr Sohn versucht bestimmt ständig, Sie zu erreichen und ...«

»Schwachsinn!« Frau Rottmann verschnaufte auf der nächsten Stufe und rang pfeifend nach Atem. Es hörte sich an, als würde ein löchriger Dudelsack überfahren. »Wer anrufen kann, der kann auch vorbeikommen!«

Eine Logik, der Heinlein wenig entgegenzusetzen hatte.

»Sie müssen sich wirklich nicht persönlich bemühen«, sagte er und kam ihr auf der Treppe entgegen. »Die Telefongesellschaft ...«

»Da will ich gar nicht hin!«

»Ach. Darf man fragen, wo Sie ...«

»Zur Polizei!« Frau Rottmann nahm bereits die nächste Stufe in Angriff. »Meinem Nicki ist was zugestoßen.«

»Aber warum ...«

»Eine Mutter spürt das!«

Nun, *dieser* Logik war erst recht nichts entgegenzusetzen.

»Frau Rottmann«, sagte Heinlein ernst. Jetzt, da er zwei Stufen unter ihr stand, befanden sich ihre Gesichter in etwa auf gleicher Höhe. »Ich muss Ihnen etwas gestehen.«

Sie sah ihn argwöhnisch an.

»Ich wollte Sie damit nicht belasten, Frau Rottmann. Schließlich haben Sie genug Sorgen, und ich war der Meinung, ein wenig Optimismus und Zuversicht würden Sie aufrichten. Das war wohl ein Irrtum, denn ein liebendes Mutterherz lässt sich nicht täuschen. Ich hätte es Ihnen nicht verschweigen dürfen, doch ich wollte Sie …«

»Was soll das Gequatsche?!«

Frau Rottmann forderte Heinlein auf, endlich Klartext zu reden, und bot ihm als Alternative einen Tritt in seinen *parfümierten Hintern* an. Angesichts ihrer körperlichen Verfassung klang das eher nach einer leeren Drohung, doch ein Restrisiko blieb.

»Ich teile Ihre Befürchtung«, begann Heinlein also. »Es muss einen Grund für das Verschwinden Ihres Sohnes geben. Angesichts Ihres innigen Verhältnisses dürfte es sich um einen äußerst ernsthaften Grund handeln, und dass nicht nur Ihr Sohn, sondern auch der gute Berthold …«

»Ber*tram*!«

»Wie gesagt, ich wollte Ihre Befürchtungen nicht noch weiter vertiefen, die Situation ist für eine liebende Mutter schon schwer genug, gerade …«

Der Blick, mit dem er bedacht wurde, ließ ihn nicht nur umgehend verstummen, sondern in einer unbewussten Geste schützend nach dem Gesäß greifen.

»Ums kurz zu machen …«

»Besser ist das.«

»… ich war bei der Polizei.« Er räusperte sich. »Und habe Ihren Sohn als vermisst gemeldet.«

»Wann?«

Heinlein kam einen Moment aus dem Konzept. Vorletzten Donnerstag, sagte er schließlich und verwies auf die furchtbare Hitze, bei der man keinen klaren Gedanken fassen könne. Bisher gebe es noch keine Ergebnisse, doch das sei eine gute Neuigkeit. Er bot an, Frau Rottmann zum Revier zu begleiten, damit sie sich persönlich von der Kompetenz der Ermittlungsbehörden überzeugen könne.

»Die Beamten sind sehr an einem Gespräch mit Ihnen interessiert«, sagte er und wischte sich mit dem Handrücken den Schweiß von der Stirn. »Da Sprechtag ist, werden wir sicherlich ein paar Stunden warten müssen. Man hat allerdings angeboten, dass jemand zu Ihnen kommt. Ich könnte einen Termin vereinbaren. Nächsten Dienstag vielleicht?«

Frau Rottmanns Blick wanderte über die verbleibenden Stufen hinab in den Hausflur und weiter zur Tür, als wolle sie die Entfernung abschätzen.

»Aber nicht vor zehn.«

»Natürlich nicht«, lächelte Heinlein, reichte ihr den Arm und geleitete sie wieder hinauf. »Ich muss nachher noch einkaufen«, fiel ihm ein. »Brauchen Sie etwas? Zigaretten vielleicht?«

Das war natürlich der Fall. Auch das Toastbrot war alle. Sprühsahne und Geschirrspülmittel ebenfalls. Außerdem Rotwein. Und zwar der gute für eins neunundsiebzig und gefälligst nicht die Billigplörre für neunundneunzig Cent.

Mittlerweile hatte sich Heinlein daran gewöhnt, die Unwahrheit zu sagen. Dass er überhaupt dazu fähig war, nahm er nun ebenfalls als gegeben hin. Soeben jedoch hatte er nicht nur schnell, sondern äußerst kreativ reagiert und seine Geschichte so überzeugend dargeboten, dass ihm ein gewisses schauspielerisches Talent wohl kaum abzusprechen war. Nun, stolz war er darauf nicht.

Dass Frau Rottmann ihr Telefon nicht benutzen konnte, war ihm von Anfang an entgegengekommen. Es wäre ein Leichtes gewesen, Marvin zu bitten, sich der Sache anzunehmen. Doch das lag weder in Heinleins noch im Interesse des Jungen, nicht einmal in dem von Frau Rottmann. Denn was nutzte es ihr, wenn sie die furchtbare Wahrheit erfuhr? Ja, auch sie wurde durch Heinleins Lügen geschützt, denn solange er ihr die Wahrheit vorenthielt, blieb ihr die Hoffnung, an die sie sich klammern konnte. Völlig abgeschnitten von der Außenwelt war sie schließlich nicht, sogar das Essen wurde ihr gebracht.

Sie würde sich nicht ewig vertrösten lassen, doch Heinlein hatte immerhin wieder einmal etwas Zeit gewonnen. Dass die Polizei hier erscheinen und mit Frau Rottmann reden würde, war – solange das Telefon defekt war – natürlich absurd, doch früher oder später würde man jemand anderen, nämlich ihn, Norbert Heinlein, zu sprechen wünschen.

Das wünschte die Polizei tatsächlich.

Und zwar früher, *viel* früher als befürchtet.

Als Heinlein den Laden betrat, war sie bereits da.

Dreiundvierzig

Kommissar Schröder kam gerade vom Metzger. Am Abend würde er für seinen Kollegen einen Grillabend ausrichten und war hier, um ein paar Beilagen und Zutaten für den Salat einzukaufen.

»Ich dachte an ein Petersiliendressing«, sagte er und ließ

seinen Blick über die Vitrinen schweifen. »Dazu vielleicht ein Topping aus Honigzwiebeln und karamellisierten Walnüssen.«

»Für die Walnüsse«, schlug Heinlein vor, »würde ich etwas Ahornsirup benutzen. Und für das Dressing ein Fläschchen Erdnussöl?«

»Hervorragend«, lächelte der kleine Kommissar und lockerte den Riemen des Fahrradhelms unter dem Doppelkinn. Trotz seiner Körperfülle schien ihm die brütende Hitze wenig auszumachen. Das runde Gesicht war zwar gerötet, doch unter den Achseln des karierten Hemds waren keine Schweißflecken auszumachen. Sein Rennrad lehnte draußen an einer Laterne, er hatte es nicht angeschlossen – selbst als hauptberuflicher Verbrechensbekämpfer schien er das Vertrauen in die Menschheit noch nicht verloren zu haben.

Heinlein empfahl, das Dressing mit frischem Kerbel und gehacktem Knoblauch *(ein winziger Hauch nur, versteht sich)* zu verfeinern und präsentierte für die Beilagen sein reichhaltiges Angebot an eingelegten Artischockenherzen, gefüllter Kirschpaprika und sonnengetrockneten Tomaten. Hatte er eben noch beim Gespräch mit Frau Rottmann eine Rolle gespielt, musste er sich nun nicht mehr verstellen, denn jetzt, im kulinarischen Diskurs mit einem Gleichgesinnten, war er in seinem Element.

»Den Kartoffelsalat würde ich mit Apfelessig und frischer Minze anrichten. Nicht zu vergessen ein paar Rosinen.« Er langte hinter sich und stellte schwungvoll ein Glas auf den Tresen. »Die sind in Grappa eingelegt.«

Ein guter Vorschlag, fand Kommissar Schröder. »Leider isst mein Kollege keine Rosinen.«

Die Türglocke schellte, Marvin schleppte den Staubsauger herein und rollte das Kabel auf. Er war völlig verschwitzt, nachdem er stundenlang in der prallen Sonne mit dem Putzen des Renaults verbracht hatte und erst zufrieden schien, wenn auch der winzigste Schmutzrest beseitigt war – im Gegensatz zu dem verstaubten Geldtransporter, der schräg gegenüber hinter dem Taxistand halb auf dem Fußweg parkte. Immerhin, die Klimaanlage schien zu funktionieren, die verspiegelten Fenster waren geschlossen. Ob es sich um denselben Wagen handelte, mit dem Niklas Rottmann unterwegs gewesen war, ließ sich nicht sagen, doch Heinlein kam ein wenig aus dem Konzept, als ihm erneut einfiel, dass dieser bestimmt auf Arbeit vermisst wurde. Darüber würde an anderer Stelle nachzudenken sein. *Heinlein's Delicatessen- und Spirituosengeschäft* hatte Kundschaft. Alles andere war nebensächlich.

Er ging zu den Getränken über und schlug einen leicht gekühlten Weißwein vor. »Ich habe da einen hervorragenden Neunundsiebziger Müller Thurgau, der …«

Wieder bedankte sich der kleine Polizist für die Anregung, um sie danach bedauernd abzulehnen. »Ich trinke keinen Alkohol.«

»Und der werte Herr Kollege?«

»Der schon. Er bevorzugt allerdings Bier. *Einfaches* Bier«, fügte Kommissar Schröder hinzu, bevor Heinlein auf sein exquisites Sortiment an irischem Ale, in der Flasche gereiftem Hefeweizen und japanischem Reisbier verweisen konnte.

Während Marvin eine grüne Plastikgießkanne nach draußen trug, setzte Heinlein sein Beratungsgespräch fort: »Zum Abschluss vielleicht eine gute Zigarre? Nicht für Sie«, versicherte er, als der Kommissar fragend die rostfarbenen Brauen hob, »Sie sind natürlich Nichtraucher. Vielleicht für Ihren Gast?«

Nun, erwiderte Kommissar Schröder, sein Kollege sei ein starker, sogar *äußerst* starker Raucher, der sich allerdings auf Zigaretten konzentriere. »Und die«, fügte er mit einem Blick auf die Vitrine mit den Tabakwaren hinzu, »kann er sich selbst kaufen.«

Marvin kam herein, um die Gießkanne in der Küche noch einmal zu füllen.

»Entschuldigen Sie«, sagte Kommissar Schröder, »dürfte ich Ihnen vielleicht einen Rat geben?«

Marvin, der nicht damit gerechnet hatte, angesprochen zu werden, stoppte auf den Stufen vor der Schwingtür, sah sich zögerlich um und hielt die Gießkanne wie schützend vor den Unterleib. Er mochte weder Überraschungen noch Gespräche – erst recht nicht mit Menschen, die ihm fremd waren.

»Ich würde den Baum nicht in der prallen Sonne gießen«, lächelte der Kommissar und deutete durch das Schaufenster auf die junge Kastanie. »Ein Großteil verdunstet, bevor er die Wurzeln erreicht. Es ist nicht schlimm«, beschwichtigte er, als Marvins Augen sich entsetzt hinter der Brille weiteten, »nur etwas ineffektiv. Hauptsache, jemand kümmert sich um den Baum. Er kann jeden Tropfen Wasser gebrauchen.«

»Ja«, stimmte Heinlein seufzend zu, während Marvin unsicher von einem Bein aufs andere trat. »Bei dieser Hitze verziehen sich sogar die Verbrecher in den Schatten.«

»Leider nicht alle«, sagte Kommissar Schröder. »Aber Sie haben recht, die Zeiten sind vergleichsweise ruhig.«

Was, überlegte Heinlein, mochte der kleine Polizist wohl

den ganzen Tag tun? Vor ein paar Monaten hatte er eine spektakuläre Verbrechensserie aufgeklärt. Die Presse war voll gewesen, Heinlein erinnerte sich an einen zerschlagenen Drogenring, den Mord an einem stadtbekannten Neonazi und an einen entführten Jungen, der unter Kommissar Schröders Leitung in letzter Sekunde befreit worden war. Womit, schoss es Heinlein unvermittelt durch den Kopf, beschäftigte er sich jetzt? Mit herrenlosen Luxuslimousinen? Äußerst unwahrscheinlich. Selbst wenn, war es kaum ratsam, Erkundigungen einzuziehen, denn der Frage *(... da fällt mir ein, wurde eigentlich in letzter Zeit in der Neustadt eine hellblaue Mercedes S-Klasse abgeschleppt?)* würde zwangsläufig eine Gegenfrage folgen *(warum wollen Sie das wissen?)*, welche wiederum nur mit einer weiteren Lüge zu beantworten war, denn die Wahrheit *(der Besitzer ist unten im Keller, bedauerlicherweise jedoch nicht ansprechbar)* würde auch diesmal nur Schaden anrichten.

In der Küche knackte das Babyphone. Marvin langte geistesgegenwärtig durch die Schwingtür, schnitt Heinleins Vater das Wort ab und eilte aus dem Laden nach oben, offensichtlich erleichtert, wieder eine Beschäftigung zu haben.

Kommissar Schröder erstand noch eine Flasche Aprikosenketchup, ein Gläschen Feigensenf und frischte seine Gewürzvorräte mit frischem Kardamom und Sternanis auf. Heinlein erinnerte an den gehackten Knoblauch für das Dressing, wünschte einen angenehmen Abend und viel Erfolg bei der Arbeit.

»Wie gesagt«, Kommissar Schröder streifte den Rucksack ab und begann, seine Einkäufe zu verstauen, »momentan ist nicht viel zu tun. Ein paar Laubendiebstähle, eine Vermisstenanzeige und ... womöglich können Sie uns ja weiterhelfen«, fiel ihm ein. »Sie kennen den Mann vielleicht. Er ist beim Gesundheitsamt angestellt und ...«

»*Herr Peysel?*«

Der Schreck, der Heinlein in alle Glieder fuhr, entging Kommissar Schröder nicht. Die stahlblauen Augen verengten sich, doch Heinlein fand schnell eine schlüssige Begründung.

»Wir kennen uns seit Jahren. Unser Verhältnis ist rein beruflich, doch ich darf durchaus behaupten, auch von gegenseitiger Sympathie geprägt.«

Dies entsprach der Wahrheit, also war Heinleins besorgte Nachfrage, was denn genau geschehen sei, plausibel. Viel konnte Kommissar Schröder leider nicht sagen, Herr Peysel hatte einen geplanten Urlaub nicht angetreten und war von seiner Frau als vermisst gemeldet worden. Die Kommunikation gestaltete sich schwierig, denn Frau Peysel hatte nicht vor, ihren wohlverdienten Urlaub vorzeitig abzubrechen, so dass die Informationen vorerst nur telefonisch ausgetauscht werden konnten.

Heinlein äußerte die Hoffnung, dass alles sich zum Guten wenden werde, und ersparte sich so eine weitere Lüge.

»Niemand verschwindet spurlos«, erwiderte Kommissar Schröder. »Früher oder später wird jeder gefunden.«

Heinlein spürte, wie ein eisiger Hauch direkt unter ihm aus dem Kühlhaus aufstieg, durch den Boden in seine Fußsohlen kroch und sich über die Beine nach oben in seinem Körper ausbreitete. Die Kälte war so real, dass er die Kiefer aufeinanderpresste, um nicht mit den Zähnen zu klappern. Zu seiner Erleichterung bückte sich der kleine Polizist, um das Reflektorband über der rechten Wade zu schließen. Als er sich wieder aufrichtete, hatte sich Heinlein unter

Kontrolle und schlug vor, als *hors d'œuvres* ein paar seiner Seezungenpastetchen zu reichen, die er so kurz vor Ladenschluss zu einem Sonderpreis anbieten könne. Auch dieses Angebot wurde bedauernd abgelehnt.

»Lassen Sie mich raten.« Heinleins Schmunzeln wirkte echt, sogar ein verschwörerisches Blinzeln brachte er zustande. »Ihr Kollege verträgt Seezunge nicht?«

»Seine Ernährungsgewohnheiten sind ein wenig eigen. Es gibt viele Dinge, denen er skeptisch gegenübersteht.«

Kommissar Schröder schulterte den prallen Rucksack, zog den Gürtel der Cordhose über dem Kugelbauch stramm und ging zur Tür. Dort wandte er sich noch einmal um.

»Am meisten«, lächelte er resigniert, »verabscheut er Fisch.«

Mit weiterer Kundschaft war kaum zu rechnen, selbst der junge Mann mit dem Kinnbart war heute nicht erschienen. Heinlein hatte bereits die Gitter heruntergelassen, als Frau Glinski auftauchte. Der Filialleiter, erklärte sie händeringend, habe unerwarteten Besuch aus der Zentrale bekommen, unter anderem zwei Mitglieder des Vorstandes, die entsprechend bewirtet werden müssten. Für einen solchen Notfall war *Heinlein's Delicatessen- und Spirituosengeschäft* natürlich der perfekte Anlaufpunkt, und so geschah es, dass bei Ladenschluss seit langer Zeit wieder sämtliche Pasteten verkauft waren.

Nachdem er seinen üblichen Kontrollgang durch die Geschäftsräume beendet hatte, machte sich Heinlein auf, um Marvin abzulösen. Auch die Pasteten, die gewöhnlich für das Abendessen bestimmt waren, hatte er seiner bedrängten Kundin mitgegeben. Marvin legte wenig Wert darauf, Heinlein selbst konnte nur noch den Anblick genießen, und sein Vater verschwand mehr und mehr in einer anderen Welt, einer Welt ohne Genüsse, in der er bittere Verwünschungen ausstieß.

Dieser Hass, überlegte Heinlein im Treppenhaus, diese Abneigung, die jetzt so unverhohlen zutage trat, musste schon immer in ihm geschlummert haben. Selbst im Traum hatte er seinen Schöpfer angefleht, seinen Sohn in der Hölle schmoren zu lassen. Dass der Alte als überzeugter Atheist zum Glauben gefunden hatte, war wohl aus seiner Not zu erklären, als Hilferuf an die letzte verbliebene Instanz. Heinlein selbst stand einer göttlichen Existenz eher skeptisch gegenüber; er war sicher, dass alles Flehen vergeblich war.

Entweder es gab keinen Gott, dann war da auch niemand, der zuhörte. Falls doch, war er womöglich taub. Oder tatsächlich so gerecht, wie in der Bibel behauptet wurde. Warum sollte er Heinleins Vater dann sterben lassen? Warum jemanden belohnen, der eine Strafe verdiente?

Von Gott – falls er existierte – war also keine Hilfe zu erwarten, dachte Heinlein und schloss die Wohnungstür auf. Und wohl auch von niemand anderem.

Das war ein Irrtum.

Vierundvierzig

Marvin saß auf einem Stuhl, den er an das Kopfende des Bettes geschoben hatte. Nachdenklich, fast verträumt sah er zu Heinlein auf, während seine Finger über das Kissen auf seinem Schoß strichen.

»Was hast du gemacht, Marvin?«

Die Frage war überflüssig. Heinleins Vater lag neben dem Jungen im Bett. Seine Augen waren geschlossen, doch er schlief nicht.

»Er ... er hat mich ...«, Marvin suchte nach den richtigen Worten, »... beschimpft. Er hat gesagt, dass ich sch-sch ... schwu ...«

»Ich will das nicht hören!«

Der Junge duckte sich unter Heinleins Ausruf wie unter einem Schlag.

»Marvin«, seufzte Heinlein und senkte die Stimme. »Wut ist ein schlechter Ratgeber. Das habe ich dir oft genug gesagt, oder? Mein Vater hat dich gereizt, aber das ist doch kein Grund, ihn ...«

»Nein.«

»Was ... *nein?*«

»Ich war nicht w-wütend.« Marvin schüttelte den Kopf. »Er ... er wollte es so.«

»Aber er hatte dir nichts zu befehlen! Das hat er zwar behauptet, trotzdem durfte er so etwas nicht verlangen!«

»Ich weiß.«

»Aber ...?«

»Er hat mich darum g-gebeten.«

»Mein Vater war krank! Er wusste nicht, was er sagt!«

»Als er mich beschimpft hat«, nickte der Junge. »Aber dann …«

Marvins Blick streifte durch das Schlafzimmer und verharrte auf dem Boden. Seine Lippen bewegten sich lautlos, offensichtlich begann er, die Rhomben auf dem zerschlissenen Perserteppich vor dem wuchtigen Kleiderschrank zu zählen. Heinlein sah ihm eine Weile geduldig zu.

»Und?«, fragte er schließlich. »Was war dann?«

Marvin hob widerwillig den Kopf. »Er hat sich vor mich hingekniet«, murmelte er und wandte sich unbehaglich auf seinem Stuhl. »Er hat mir die … Füße geküsst. Und g-geweint hat er und gesagt, dass ihm niemand hilft. Er hat mich angefleht und dann …«

»Ja?«

»Er hat sich hingelegt.« Der Junge deutete neben sich auf das Bett. »Dann hat er mir das Kissen gegeben. Ich … ich sollte mich beeilen, bevor er's wieder vergisst.«

»Und dann?«

»Ich habe ihm geholfen. Jetzt ist er zufrieden.«

»Hat er noch etwas gesagt?«

»Ja.«

»Und was?«

»Dass er Sie liebt.«

Heinlein schluckte. Sein Vater lag auf dem Rücken, Marvin hatte ihm die Hände auf dem Bauch gefaltet. Es stimmte, er *sah* zufrieden aus. Mehr noch. Er lächelte.

»Und was«, fragte Heinlein leise, »machen wir jetzt?«

»Wir rufen den Polizisten an.«

»Kommissar Schröder?«

»Ja. Der versteht es.«

Daran bestand kein Zweifel. Der kleine Polizist strahlte

eine schwer zu erklärende Aura aus, die auch den Jungen erreicht hatte. Er hatte nur ein paar unverfängliche Worte an Marvin gerichtet, doch Heinlein war nicht entgangen, dass dieser sogar den Blickkontakt gehalten hatte – etwas, das er sonst nie tat. Er vertraute ihm. Heinlein ging es ähnlich, doch als Marvin aufstehen wollte, hielt er ihn zurück.

»Wir sollten ihn nicht stören. Er hat heute Gäste.«

Marvin zog die Stirn kraus. Auch Heinlein wurde bewusst, dass diese Rücksichtnahme angesichts der Situation wenig einleuchtend war.

»Lass uns noch abwarten«, sagte er. »Ich muss ein wenig nachdenken.«

Draußen dämmerte der Abend. Heinlein brauchte einen Moment für sich allein, also erinnerte er Marvin an die Worte des Kommissars, worauf der Junge umgehend die Wohnung verließ, um die Kastanie zu gießen.

Es stimmte, überlegte Heinlein währenddessen, Kommissar Schröder würde Verständnis haben. Doch was dann? Marvin hatte nichts Böses im Schilde geführt, aber er hatte einen Menschen mit einem Kopfkissen erstickt und würde auch von anderen befragt werden. Würden *die* ihm glauben? Selbst wenn – er hatte den Wunsch eines Kranken erfüllt, eines Dementen, den niemand für zurechnungsfähig hielt. Und überhaupt, war Sterbehilfe nicht strafbar?

Das war nicht alles. Marvin mochte vielleicht nicht ins Gefängnis kommen, doch eine psychologische Untersuchung würde unweigerlich folgen. Was war, wenn man ihn als gefährlich einstufte? Das war lächerlich, aber nicht auszuschließen. In diesem Fall würde er ebenfalls weggesperrt.

Die Wohnungstür wurde geöffnet, der Junge kam zurück.

Heinlein führte ihn in die Küche, schenkte ihm ein Glas Apfelsaft ein und erklärte ihm seine Bedenken.

»Ich werde nicht zulassen, dass du in Gefahr gerätst, Marvin.«

Der Kühlschrank sprang an.

»Wir brauchen eine andere Lösung.«

Es war weit nach Mitternacht, als sie die Leiche ins Treppenhaus schleppten. Was genau Frau Rottmann geweckt hatte, sollte sich nie klären, denn Heinleins Versuche, sie zu beruhigen, schlugen fehl. Schäumend schrie sie Zeter und Mordio und behauptete, Heinlein habe nicht nur den armen Bertram und ihren geliebten Nicki, sondern auch seinen eigenen Vater auf dem Gewissen.

Ungeachtet ihrer Atemprobleme verfügte Frau Rottmann nicht nur über ein beachtliches Organ, sondern auch über ungeahnte Kräfte, und als sie handgreiflich wurde, stellte sich ihr Heinlein in den Weg. Gewalt wandte er nicht an, es ging ihm einzig und allein darum, Marvin vor den Schlägen der wutschnaubenden Frau zu schützen. Dass sie nach hinten stolperte, das Gleichgewicht verlor und über das Geländer in die Tiefe stürzte, war eindeutig ein Unfall.

Und so geschah es, dass in dieser Nacht nicht nur eine, sondern zwei weitere Leichen im Kühlhaus landeten.

Dritter Gang

Hauptgericht

Fünfundvierzig

Liebe Lupita,
ich bin ein wenig in Eile. Es ist bereits nach acht Uhr, bald muss der Laden geöffnet werden, vorher muss ich die Pastete aus dem Ofen holen. Heute biete ich meiner Kundschaft eine getrüffelte Steinpilzterrine an, diese wird im Unterschied zu einer Pâté en Croûte ohne Teigmantel zubereitet. Das klingt, als wäre es einfacher, doch das Gegenteil ist der Fall! Eine gelungene Teigkruste erfreut nicht nur das Auge, auch geschmacklich stellt sie eine ideale Ergänzung der Farce (du erinnerst dich, so bezeichnet man die Füllung) dar und kann – das gebe ich gerne zu – eventuelle Mängel einer weniger gut geratenen Farce geschmacklich überdecken. Bei einer Terrine ist dies nicht möglich, sie wird in kleinen Schüsseln serviert, man muss sich also auf das Wesentliche konzentrieren. Ich habe auf den Fleischwolf verzichtet und das Kalbfleisch mit dem Messer zerkleinert, die Steinpilze müssen nicht nur gewaschen, sondern ebenfalls von Hand in Würfel geschnitten werden. Das erfordert eine Menge Arbeit, Lupita, selbst die winzigste Unachtsamkeit wird bestraft – beim Würzen zum Beispiel ist äußerste

Vorsicht geboten, der toskanische Rohschinken, mit dem die Schüsseln ausgelegt werden, gibt nämlich eine Menge Salz ab. Da das Fleisch recht mager ist, besteht außerdem die Gefahr, dass die Terrine ein wenig trocken gerät. Du siehst, es gibt eine Menge zu bedenken.
Eine gute Pastete ist mehr als eine Mahlzeit, liebe Lupita. Sie vereint viele Künste – nicht nur den Bäcker, den Koch und den Fleischer, sondern auch den Bildhauer und den Maler. Und sie erfordert neben dem Können vor allem Geduld. Es ist also ein langer Weg, doch am Ende zahlen sich Fleiß und Beharrlichkeit immer aus. Erst wenn man eine Pastete aus dem Ofen holt, zeigt sich, ob sie gelungen ist. Oft war die ganze Arbeit umsonst. Auch du wirst Rückschläge erleiden, doch wenn du strauchelst, steh wieder auf! Es liegt in der Natur eines Fehlers, dass man ihn unabsichtlich begeht, und selbst der Edelmütigste kann nicht immer verhindern, dass ein Mitmensch zu Schaden kommt. Das ist furchtbar, aber oftmals geschehen Dinge, die wir nicht wollen. Dann gilt es erst recht, nicht den Mut zu verlieren! Ich spreche aus eigener Erfahrung – einer Erfahrung, die ich erst letzte Nacht machen musste. Manchmal, liebe Lupita, erweist sich das Unglück des anderen als Glücksfall für einen selbst.

Dein Papa Norbert

PS: Danke für das Foto, dein neues Fahrrad gefällt mir sehr gut!
PPS: Marvin lässt wie immer herzlich grüßen.

Heinlein verstaute den Brief in der Schublade unter der Registrierkasse.

Seine Bewegungen waren ein wenig schwerfällig, er hatte sich wohl einen Rückenwirbel geklemmt. Über seiner rechten Augenbraue prangte ein blauer Fleck; er hatte zwar versucht, sein Gesicht mit den Unterarmen zu schützen, zuvor allerdings hatte Frau Rottmann einen deftigen Treffer gelandet. Er lief in die Küche, holte die Pastetenbleche aus dem Ofen, verteilte sie zum Abkühlen auf der Arbeitsplatte und begab sich nach nebenan in den Hausflur, um nach Marvin zu sehen.

Dieser kniete unten im Treppenhaus und schrubbte verbissen die Steinfliesen, auf denen Frau Rottmann aufgeprallt war. Heinlein sah ihm eine Weile schweigend zu. Ob Marvins Bemühungen Erfolg hatten, würde sich erst zeigen, wenn die Fliesen getrocknet waren. Es sah jedenfalls danach aus, wie der rotbraunen Brühe, die im Wischeimer schwappte, zu entnehmen war. Heinlein griff nach dem Eimer, um aus der Küche frisches Wasser zu holen. Als er an der Tür zum Keller vorbeilief, machte er instinktiv einen Bogen und ging in größtmöglichem Abstand vorbei.

Natürlich war das Kühlhaus unversehrt gewesen. Es gab weder aufgebrochene Türen noch im Dunkeln lauernde Gespenster. Trotzdem hatte Heinlein auch diesmal weder beim ersten noch beim zweiten Betreten auch nur einen einzigen Blick ins Innere geworfen. Selbst als sie Frau Rottmann hereinschleppten, Marvin über Adam Morloks Beine stolperte und sich nur mit Mühe unter Frau Rottmanns Gewicht wieder aufrappeln konnte, hatte Heinlein die Augen fest zugekniffen und die Kammer umgehend wieder verlassen. Marvin war etwas länger geblieben; nach den Geräuschen zu schließen hatte er wohl versucht, Heinleins Vater in einer einigermaßen würdevollen Position zu verlassen. Danach hatte die Verriegelung geklemmt; es war ihnen nur unter gemeinsamer Anstrengung gelungen, die Türen zu schließen. Bevor sie gingen, unterzog Marvin den Kasten mit der elektrischen Zuleitung noch einem prüfenden Blick.

Beide hatten kein einziges Wort gewechselt.

Heinlein leerte den Eimer in der Spüle und öffnete den Wasserhahn. Er nahm das Babyphone aus dem Regal und machte Anstalten, es in den Mülleimer zu werfen. Im letzten Moment besann er sich, strich sacht, fast liebevoll über das Gehäuse und verstaute es wieder hinter den Gewürzgläsern. Falls er ernsthaft wütend auf seinen Vater gewesen sein sollte, war diese Wut längst verflogen und einer wehmütigen Trauer gewichen. Und einem anderen Gefühl. Einem Gefühl, das nicht zu verleugnen war. Erleichterung.

Das Plätschern des überlaufenden Eimers riss Heinlein aus seinen Gedanken. Er schloss den Wasserhahn, rieb den schmerzenden Steiß und lehnte sich an die Spüle.

Das Kühlhaus war unangetastet gewesen, doch etwas anderes hatte sich geändert, seit Heinlein den Keller zuletzt betreten hatte. Fast wäre es ihm entgangen, erst im letzten Moment hatte er bemerkt, dass etwas fehlte.

Adam Morloks Rollkoffer war noch da.

Doch die Alu-Kisten waren verschwunden.

Morlok war tot. Marvin war über seine steifgefrorenen Beine gestolpert.

Nein, dachte Heinlein, *es gibt keine Gespenster*.

Er wuchtete den Eimer aus der Spüle, um ihn Marvin zu bringen.

Andererseits ...

Wie war es dann möglich, dass Adam Morlok seine Geschäfte auch nach seinem Tode fortführen konnte?

Sechsundvierzig

Als es auf Mittag zuging, verdunkelte sich der Himmel, ein Gewitter zog auf. Marvin kniete noch immer unverdrossen im Hausflur und schrubbte die Fliesen. Nach menschlichem Ermessen waren sämtliche Rückstände längst beseitigt, doch Marvin legte andere Maßstäbe an, und als Heinlein ihn bat, sich im Laden einem Moment um Frau Dahlmeyer zu kümmern, war ihm der Unmut, seine Tätigkeit unterbrechen zu müssen, deutlich anzumerken. Während er in die Küche ging, um der alten Dame den japanischen Grüntee zuzubereiten, begab sich Heinlein in den Keller.

Das tat er ungern, *sehr* ungern, doch es war an der Zeit, das iPad aus dem Rollkoffer zu holen: Heinlein brauchte Informationen über den Mann mit dem Muttermal, der sich als Adam Morlok vorgestellt hatte – ein Name, der wohl ebenso falsch war wie die anderen, die in den Pässen standen, mit denen er durch die Welt gereist war. Ob er tschechischer, österreichischer oder polnischer Staatsbürger gewesen war, womöglich gar tatsächlich maltesischer Diplomat oder zentralafrikanischer Sonderattaché, ließ sich nicht feststellen. Die Pässe, die Heinlein hinter dem Innenfutter entdeckt hatte, schienen hervorragend gefälscht zu sein – auch als er sie nun genauer betrachtete, wirkten alle echt.

Ebenso wie die Pistole, die er noch einmal aus dem Lederholster zog. Es konnte sich natürlich auch um eine Schreckschusswaffe handeln, doch das war bei einem Menschen wie Adam Morlok auszuschließen. Er war von drei Teenagern mit einem Messer bedroht worden und hatte diese allein durch sein Lächeln in die Flucht gejagt. Wie hatte er sich danach ausgedrückt?

Eine Waffe ist dazu da, um benutzt zu werden.

Nun, *diese* Waffe war also zweifelsfrei echt. Heinlein verzog das Gesicht, schob sie wieder ins Holster und verstaute sie unten im Koffer unter Morloks Hemden. Er hatte nicht vor, die Pistole jemals wieder anzufassen – ein Irrtum, wie sich zu seinem Verdruss recht bald herausstellen sollte.

Er nahm das iPad, schloss den Koffer und schob ihn wieder an die geflieste Wand. Ein Knacken ließ ihn mit einem leisen Aufschrei herumfahren, er taumelte rücklings gegen das Regal und sah sich mit aufgerissenen Augen um.

Da war – natürlich – nichts. Keine mit Raureif bedeckten Untoten, die mit ausgestreckten Armen auf ihn zutorkelten. Eine der alten Bleileitungen hatte geknackt, vielleicht war auch eine Ratte durch den Schacht des Lastenaufzugs gehuscht. Die Farbe an den rostzerfressenen Türflügeln des Kühlhauses mochte bröckeln, doch die Tür war verschlossen, *fest* verschlossen. Tote wandelten nicht umher, auch wenn die nächtliche Erscheinung im Hausflur äußerst realistisch gewesen war – so realistisch, dass Heinlein sich eingebildet hatte, die Gestalt würde etwas aus dem Keller tragen.

Kisten vielleicht? *Aluminium*kisten?

Unfug. Hirngespinste, von denen sich Heinlein nicht ablenken lassen durfte. Die Realität war bedrohlich genug.

Zum Beispiel die Sache mit dem armen Herrn Peysel. Er wurde bereits vermisst – viel eher, als Heinlein gehofft hatte, doch es ließ sich nicht ändern. Es war nur eine Frage der Zeit, bis Kommissar Schröder wieder erscheinen würde. Dann allerdings nicht als Kunde, sondern in seiner Eigenschaft als Polizist, so dass wohl kaum mit einem netten Plausch über in Grappa eingelegte Rosinen zu rechnen war. Nicht nur, dass es Heinlein zutiefst widerstrebte, zu weiteren Lügen gezwungen zu sein und den Ahnungslosen spielen zu müssen – fraglich blieb vor allem, ob sich der Kommissar würde täuschen lassen. *Früher oder später,* hatte er gesagt, *wird jeder gefunden.* Es war davon auszugehen, dass er der Spur zum Landwehrkanal in Berlin folgen würde; ob er dann trotz unauffindbarer Leiche an einen Selbstmord glaubte, stand auf einem anderen Blatt.

Heinlein löschte das Licht und verließ mit dem iPad den Keller. Fernes Donnergrollen hallte ihm auf der Treppe entgegen, er schloss die Kellertür ab (zweimal, versteht sich) und lief nach oben in die Wohnung, um die Tüte mit dem Netzteil zu holen. Auf dem Rückweg verharrte er auf dem Treppenabsatz vor der Wohnung der Rottmanns. Der Fußabtreter *(HAXEN ABKRATZEN)* lag schief, er bückte sich und schob ihn gerade. Etwas knackte in seinem Rücken, er richtete sich mit verzerrtem Gesicht wieder auf und stützte sich ächzend am Handlauf ab. Der Wirbel schien ernsthaft geklemmt zu sein, wahrscheinlich, als er sich weit über das Geländer gestreckt und vergeblich versucht hatte, Frau Rottmanns Sturz im letzten Moment zu verhindern.

Das Donnern verstärkte sich, hinter dem Bleiglasfenster gegenüber in der Wohnungstür von Herrn Umbach war eine Bewegung wahrzunehmen. Heinlein achtete nicht weiter darauf, massierte den stechenden Steiß, und als er gebückt über die abgetretenen Stufen nach unten in den Laden ging, kam er sich vor wie ein Getriebener, mehr noch, wie ein Gefangener, verloren in einem Labyrinth, in dem er orientierungslos dahinstolperte und sich auf der Suche nach einem Ausgang immer weiter verirrte. Je verzweifelter er versuchte, sich zu befreien, desto tiefer wurde er in ein Netz aus Lug und Betrug verstrickt.

Immer mehr Menschen starben (nicht zu vergessen der Hund), und jedes Mal, wenn er glaubte, sich einem Licht zu nähern, fand er sich im nächsten Moment in tiefster Finsternis wieder, düsterer als jemals zuvor, während sich das Kühlhaus mehr und mehr füllte.

Siebenundvierzig

»Aber Frau Dahlmeyer!«, rief Heinlein aus. »Bei diesem Unwetter können Sie unmöglich auf die Straße!«

Als er den Verkaufsraum betrat, hatte das Gewitter begonnen. Blitze zuckten, eine wahre Sintflut ging mittlerweile vor dem Schaufenster nieder.

»Ein bisschen Regen schadet mir nicht«, erklärte Frau Dahlmeyer, die ihr Mahl beendet und bereits bei Marvin bezahlt hatte. »Ich bin zwar alt, aber nicht aus Zucker.«

Heinlein schlug vor, ein wenig zu warten und bot – auf Kosten des Hauses natürlich – ein zweites Glas Senchatee an.

»Das ist sehr freundlich, aber ich muss zum Friseur«, verkündete die alte Dame resolut. »Ich werde diesen Termin nicht versäumen.«

Heinlein verlegte sich auf seinen jahrzehntelang geschulten Charme. Seine Bemerkung, jedes einzelne der blaugrauen Löckchen sitze absolut perfekt, wurde zwar mit einem leichten Erröten quittiert, doch umstimmen ließ sich Frau Dahlmeyer nicht.

»Ich habe noch nie einen Termin verpasst. Verabredungen sind da, um eingehalten zu werden.«

Und Probleme sind da, um gelöst zu werden, dachte Heinlein.

»Man erwartet mich.« Frau Dahlmeyer griff nach ihrer Handtasche. »Die Menschen sollten sich aufeinander verlassen können, finden Sie nicht?«

»Selbstverständlich.«

»Und zwar immer. Auch wenn es draußen ein wenig ungemütlich ist.«

Nun, *ein wenig* war Heinleins bescheidener Meinung nach deutlich untertrieben. Er bat Marvin, einen Schirm aus der Wohnung zu holen, und bestand darauf, Frau Dahlmeyer zu begleiten.

Der Friseur war nur ein paar Dutzend Meter entfernt. Heinlein hakte die alte Dame unter und führte sie am Laden vorbei links um die Ecke über den Fußgängerweg zum Jugendstilhaus. Es gelang ihm, sie mit dem Schirm vor dem peitschenden Regen zu schützen, er selbst war nach wenigen Schritten bis auf die Haut durchnässt.

»Das war nicht nötig«, bedankte sich die alte Frau, als sie ihr Ziel an der Ecke des prunkvollen Gebäudes erreichten, »aber sehr nett.« Sie lächelte, und für einen kurzen Moment sah Heinlein das schöne, nein, *wunder*schöne Mädchen, das sie vor einem halben Jahrhundert gewesen war. »Ich wusste schon immer, dass Sie nicht nur einen exorbitant guten Geschmack haben. Sie sind auch ein exorbitant guter Mensch.«

Heinlein wartete, bis sich die Glastür hinter ihr geschlossen hatte. Der Wind zerrte an seinem Schirm, das Wasser gluckste in den durchweichten Schuhen. Er machte sich eilig auf den Rückweg, hielt sich dabei so dicht wie möglich an die Fassade des Jugendstilhauses und verlangsamte nach wenigen Metern seine Schritte.

Das Geschäft neben dem Friseur stand seit Jahren leer. *NEUERÖFFNUNG* war jetzt auf dem mit Folie beklebten Schaufenster zu lesen, *BENJAMINS FEINKOSTBOUTIQUE – SPEZIALITÄTEN AUS ALLER WELT.*

Heinlein betrachtete das stilisierte Logo eines schnauzbärtigen Kochs, der ihm mit erhobenem Daumen zuzwinkerte. Von rechts näherte sich eine Straßenbahn über die überschwemmte Kreuzung, und während er noch grübelte, was von dem Werbespruch *(Qualität liegt uns im Blut)* unter dem Logo zu halten war, ergoss sich plötzlich eine schlammige Sturzflut über ihn, so dass er zu keinem abschließenden Urteil kam.

Die Bahn verschwand in einer Gischtwolke Richtung Innenstadt und ließ Norbert Heinlein wie den sprichwörtlich begossenen Pudel zurück. Dieser nahm das Geschehen mit stoischer Resignation zur Kenntnis, denn nasser, stellte er in einem seltenen Anflug von Galgenhumor fest, hatte er sowieso nicht werden können. Er bedachte das Schaufenster mit einem letzten prüfenden Blick und setzte seinen Rückweg fort.

Die Mühe, den zahlreichen Pfützen auszuweichen, ersparte er sich.

Achtundvierzig

Er kleidete sich um, föhnte das Haar und ging hinunter zu Marvin, der ihn bereits ungeduldig hinter der Registrierkasse erwartete und schnurstracks nach nebenan in den Hausflur eilte, um seine Arbeit an den Bodenfliesen fortzusetzen.

Heinlein schloss das vollständig entladene iPad an das Netzteil an und startete derweil seinen alten Laptop, um sich im Internet über seinen neuen Mitbewerber zu informieren. Laut Webseite handelte es sich bei *BENJAMINS FEINKOSTBOUTIQUE* um das Tochterunternehmen einer großen Supermarktkette mit mehr als zwanzig Filialen in ganz Deutschland. Auf den Fotos waren strahlende, junge Verkäufer in grünen T-Shirts und farblich passenden Halstüchern hinter perfekt ausgeleuchteten Frischetheken zu sehen; ein Teil des Angebots deckte sich mit Heinleins Sortiment. Das war zu erwarten gewesen, nicht allerdings die Preise. Als Großabnehmer setzte man natürlich andere Mengen um, doch wie war es möglich, eine Büchse bretonischer Sardinen für weniger als sechs Euro anzubieten, während sie bei Heinlein mit (knapp kalkulierten) acht Euro neunzig fast ein Drittel teurer war?

Mit einem frustrierten Schnauben klappte er den Laptop zu und begann, die Konfitüregläser in den Vitrinen abzustauben.

Draußen tobte das Unwetter mit unveränderter Wucht. Über die Porphyrtreppe vor der Pension ergoss sich ein Wasserfall auf den Platz, der sich in einen schäumenden See verwandelt hatte. Der Imbissverkäufer mühte sich verzweifelt, einen der Sonnenschirme zu schließen, wie ein einsamer Seemann im sturmgepeitschten Meer, der das zerfetzte Segel eines sinkenden Schiffes zu reffen versucht.

Als Heinlein sich dem Regal mit den italienischen Obstbränden zuwenden wollte, wurde die Tür aufgerissen. Ein Windstoß fegte einen Regenschwall in den Laden, eine kräftige Gestalt erschien, und noch bevor das Läuten der Türglocke verhallt war, hatte der junge Mann mit dem Kinnbart die durchnässte Regenjacke abgestreift, saß an seinem üblichen Platz und vertiefte sich in sein Handy. Die Jacke hing achtlos neben ihm über der Lehne des freien Stuhls, Wasser tropfte auf die geflochtene Sitzfläche und die hundertjährigen Eichendielen.

Heinlein legte den Staubwedel beiseite, bereitete den Milchkaffee zu und servierte ihn mit gewohntem Schwung auf der Marmorplatte. Der junge Mann hielt es nicht für nötig, sich zu bedanken, auch Heinleins Bemerkung über das Wetter *(bei diesem Regen traut sich ja nicht mal ein Hund auf die Straße)* wurde ignoriert.

Norbert Heinlein, ohnehin nicht bei bester Laune, war brüskiert. Die Pfütze, die sich unter der grauen Regenjacke seines Gastes gebildet hatte, verstärkte seinen Unmut. Natürlich, die Wünsche der Kundschaft hatten absolute Priorität, doch ein Mindestmaß an Höflichkeit konnte man in *Heinlein's Delicatessen- und Spirituosengeschäft* durchaus erwarten.

»Heute haben wir eine getrüffelte Steinpilzterrine im Angebot«, sagte er. »Angerichtet mit Granatapfelkernen und einem Waldbeerengelee, das …«

»Keinen Hunger.«

Nun bequemte sich sein Gast immerhin, kurz den Kopf zu heben, bevor er die wasserblauen Augen wieder auf das

Handy richtete. Regentropfen blitzten in seinem hellen, militärisch kurz geschnittenen Haar, der Kragen des kurzärmligen Poloshirts war durchnässt. Auf dem kräftigen Bizeps prangte eine verblasste, ungelenk gestochene Tätowierung, bei der es sich um einen Tigerkopf, vielleicht auch um eine verwelkte Rose handeln konnte. Es lag Heinlein fern, andere Menschen nach ihrem Äußeren zu beurteilen, doch der wässrige Blick unter weißblonden Brauen ließ nicht unbedingt auf Intelligenz schließen.

Warum kam dieser Mann beinahe täglich her? Für das einzigartige Ambiente hatte er wohl kaum etwas übrig, Heinleins Milchkaffee – zubereitet aus italienischen Manaresibohnen – war (natürlich) exquisit, allerdings kein Grund, bei einem solchen Unwetter in den Laden zu kommen.

Heinlein räusperte sich. »Dürfte ich Sie etwas fragen?«

Widerwillig hob der junge Mann den Kopf. Als Heinlein den Mund öffnete, schien er draußen etwas zu bemerken und sah stirnrunzelnd durch das Schaufenster. Heinlein folgte seinem Blick, erkannte Frau Lakberg, die im strömenden Regen ihren Transporter entlud, und eilte ihr umgehend zu Hilfe.

Nachdem er über ein Dutzend Kisten in ihren Laden geschleppt hatte, schmerzte nicht nur sein Rücken schlimmer als zuvor, er war auch zum zweiten Mal bis auf die Knochen durchgeweicht.

»Danke«, sagte Britta Lakberg, der es nicht anders ergangen war.

Das schwarze, klatschnasse Haar stand ihr ausnehmend gut, fand Heinlein, ebenso wie die kleine Lücke, die ihr Lächeln zwischen den Schneidezähnen entblößte. Doch, alles an ihr gefiel ihm – selbst ihre grün lackierten Fingernägel, die für seinen Geschmack zwar ein wenig auffällig, allerdings perfekt auf ihre Augenfarbe abgestimmt waren.

»Das war wirklich nicht nötig.« Sie hob fröstelnd die Schultern. »Aber sehr nett.«

Exakt diese Worte hatte die alte Frau Dahlmeyer vorhin benutzt. Sie hatte ihm nicht nur einen exorbitant guten Geschmack attestiert, sondern ihn auch einen *guten Menschen* genannt. Sein Geschmackssinn war verloren, doch womöglich hatte er das Recht, sich als *guten Menschen* zu bezeichnen, noch nicht endgültig verwirkt.

Sie standen auf dem Absatz vor der Ladentür des Copyshops. Das kleine Vordach bot kaum Schutz vor dem Regen, der in Rinnsalen von der Kante auf die Betonstufen troff. Der Feierabendverkehr hatte eingesetzt, schäumende Bäche strömten die Rinnsteine entlang, während der Regen auf den Dächern der Autos trommelte, die sich wie üblich vor der Ampel am Jugendstilhaus stauten. Als die junge Frau die Arme um den Oberkörper schlang, bemerkte Heinlein die Gänsehaut auf ihren Unterarmen.

»Haben Sie eine Dusche?«, fragte er und deutete auf ihren Laden.

»*Du*.«

»Verzeihung?«

»Hast *du* eine Dusche.« Britta Lakberg leckte einen Tropfen von der Oberlippe. »Wir duzen uns, schon vergessen?«

»Natürlich nicht«, stammelte Heinlein errötend und massierte unauffällig den Steiß.

»Nein.«

»Äh … nein?«

»Die Antwort auf deine Frage: Ich habe keine Dusche.« Sie wies mit dem Daumen über die Schulter. »Aber ein …«

Das nächste Wort ging in einem Donnerschlag unter. Heinlein glaubte, von ihren Lippen ablesen zu können, dass ein Handtuch gemeint war. Er spielte mit dem Gedanken, der jungen Frau sein Badezimmer anzubieten, verwarf ihn jedoch als unangemessen und lud sie stattdessen für später auf einen wärmenden Kräutertee ein.

»Ich habe einen phantastischen griechischen Bergtee«, sagte er und wechselte instinktiv in den Tonfall, mit dem er seine Kundschaft beriet. »Angereichert mit Fenchel, Apfelminze und einem leichten Vanillearoma, das ...«

Heinlein verstummte, seine Augen waren über Britta Lakbergs Schulter auf die Straße gerichtet. Er reckte den Hals, stierte ungläubig durch den silbrigen Regenschleier und trat unter dem Vordach hervor. Den Wasserfall, der sich von der Kante über ihn ergoss, schien er nicht zu bemerken.

»Norbert?«, fragte Britta Lakberg hinter ihm.

Sein Blick hing wie gebannt auf der Autoschlange. Links von ihnen sprang die Ampel auf Grün. Eine Hupe plärrte, gefolgt von einer weiteren. Die Blechlawine setzte sich ruckelnd in Bewegung.

»Norbert?«

Er löste sich aus der Erstarrung und wandte sich langsam um. »Ja?«

»Alles okay?«

»Ja.«

»Wirklich?« Die junge Frau klang besorgt. »Du siehst aus, als hättest du ein Gespenst gesehen.«

»Ich ... ich muss mich um meinen Kunden kümmern«, murmelte er und lief steifbeinig davon.

Der Kunde war bereits gegangen. Außer den Geldscheinen unter dem Salzstreuer hatte er diesmal auch eine Pfütze auf den gebohnerten Eichendielen hinterlassen. Eine weitere – wesentlich größere – bildete sich schnell um Norbert Heinlein, der mit gesenktem Kopf zwischen seinen Auslagen stand und nachdenklich auf einen Punkt irgendwo hinter der Vitrine mit dem Pastetenangebot sah.

Ein weiterer Donnerschlag ließ das alte Haus erbeben. Die Verbindungstür zum Hausflur öffnete sich, Marvin hatte seine Arbeit beendet und trug den Eimer nach hinten in die Küche. Heinlein, der pitschnass und tropfend ins Leere starrte, registrierte es nur am Rande.

Du siehst aus, als hättest du ein Gespenst gesehen.

Heinlein hatte sich wieder etwas gefangen, doch noch immer erinnerte seine Gesichtsfarbe an den eingelegten Blauschimmelkäse, mit dem er am Morgen die Salatbeilage garniert hatte. Unrecht hatte Britta Lakberg mit ihrer Vermutung nicht, obwohl es sich bei näherer Betrachtung nicht um ein *Gespenst* handelte – jedenfalls nicht im eigentlichen Sinne, denn ein solches war tot. Der Tod wiederum setzte voraus, am Leben gewesen zu sein, was man von einer Maschine nicht behaupten konnte – selbst wenn sie international als absolute Glanzleistung deutscher Ingenieurskunst galt.

Das Nummernschild hatte Heinlein nicht erkannt. Doch die himmelblaue Lackierung und der verchromte Heckspoiler waren nicht zu übersehen gewesen, und falls es noch Zweifel gegeben hätte, überlegte er und spürte ein Kribbeln in der Nase, wurden sie durch das braune Lederkissen in der Heckablage des Mercedes beseitigt.

Heinleins Niesen hallte durch den Laden – längst nicht

so laut wie der vorausgegangene Donner, doch ausreichend, um die Untertassen neben der Espressomaschine klirren zu lassen.

Er wies Marvin an, sich für den Rest des Tages um die Geschäfte zu kümmern. Morloks iPad fiel ihm ein, doch bevor er den Jungen bitten konnte, sich die Sache bei Gelegenheit anzusehen, wurde er von einem zweiten Niesen unterbrochen und eilte nach oben, um ein weiteres Mal die nasse Kleidung zu wechseln. Bevor er den Verkaufsraum verlassen hatte, kniete Marvin bereits mit einem Lappen am Boden und wischte die Dielen trocken.

Heinlein nahm eine heiße Dusche und zog sich um. Die Dämmerung setzte ein und ging in die Nacht über, und als der Regen kurz vor Mitternacht nachließ und schließlich aufhörte, stand Heinlein noch immer am offenen Fenster seines schmalen Zimmers und überlegte, was von alldem zu halten war.

Bisher war er davon ausgegangen, dass Morloks Wagen entweder abgeschleppt oder gestohlen worden war. Ersteres ließ sich nun ausschließen, aber was war mit der zweiten Möglichkeit? Ein solcher Diebstahl war alles andere als einfach; nach allem, was Heinlein wusste, gab es spezialisierte Banden, doch brachten diese ihr Diebesgut nicht umgehend ins Ausland? Und wurden die Luxusgefährte – erst recht, wenn sie eine solch auffallende Farbe hatten – nicht umlackiert?

Gab es womöglich eine weitere, dritte Möglichkeit?

Der Mond erschien zwischen den Wolken, tauchte den Platz um den Imbiss in fahles Licht. Heinlein betrachtete die großen, wie flüssiges Silber schimmernden Pfützen, die tropfenden Baumkronen und versuchte vergeblich, sich den einzigartigen Duft nassen Grases in Erinnerung zu rufen, während der Wasserfall über die breite Porphyrtreppe vor Keferbergs Pension allmählich versiegte. Nirgendwo hinter den Fenstern des kleinen Fachwerkhauses brannte Licht, nur in einem Zimmer im Erdgeschoss flimmerte der bläuliche Widerschein eines Fernsehers, vor dem Johann Keferberg wohl eingeschlafen war.

Heinleins Stirn fühlte sich fiebrig an. Er war zu Tode erschöpft, doch geplagt von einem schmerzenden Rücken, einer verstopften Nase und den ständig um seine mehr und mehr implodierende Welt kreisenden Gedanken war an Schlaf nicht zu denken. Also ersparte er sich die Mühe, seinen gestreiften Schlafanzug anzuziehen, sank in Unterwäsche aufs Bett und dachte über die dritte Möglichkeit nach.

Den Fahrer hatte er hinter den getönten Scheiben nicht erkannt. Wenn der Mercedes weder abgeschleppt noch gestohlen worden war, blieb eigentlich nur der Besitzer.

Tote fuhren keine Autos.

Oder?

Heinlein lauschte dem letzten, fernen Donnergrollen und dem einschläfernden Tröpfeln aus der defekten Dachrinne auf dem Fenstersims, bis ihm irgendwann die Augen zufielen.

Sein letzter Gedanke galt den verschwundenen Geldkisten.

Offensichtlich war Adam Morlok – wie auch immer – in der Lage, seine Geschäfte fortzuführen. Warum sollte er dazu nicht seinen Mercedes benutzen?

Neunundvierzig

Im Morgengrauen war Heinlein wie gewohnt beim ersten Weckerrasseln auf den Beinen, langte jedoch mit einem leisen Aufschrei nach dem Rücken und sank auf sein Bett.

Sein Kopf dröhnte hinter der heißen Stirn, die Mandeln schmerzten im geschwollenen Hals. Die Dusche erfrischte ihn ein wenig, er nahm zwei Aspirin, trank ein Glas Wasser und verließ die Wohnung.

Im Treppenhaus hatte Marvin ganze Arbeit geleistet: Die Steinfliesen an der Absturzstelle waren getrocknet und zeichneten sich nur etwas heller von ihrer Umgebung ab. Am anderen Ende des Flurs hatte sich eine Pfütze vor der abgetretenen Schwelle der Haustür gebildet. Heinlein bemerkte die Stiefelabdrücke, die an den Briefkästen vorbei Richtung Kellertür führten, kniff die verquollenen Augen zusammen und tastete sich an der Wand entlang näher. Auf halbem Wege strichen seine Finger über das rissige Holz der Kellertür, doch anstatt wie mittlerweile üblich in größtmöglichem Abstand vorbeizulaufen, stoppte er abrupt und blieb mit gesenktem Kopf stehen. So verharrte er eine Weile, bis er sich plötzlich aufrichtete.

»Schluss mit dem Unfug!«

Seine krächzende, von Schlaf und Erkältung belegte Stimme hallte zwischen den alten Mauern wider, das Echo verebbte über ihm im Treppenhaus. So hatte sein Vater geklungen, wenn dieser ihn barsch zur Ordnung rief. Er hatte seinen Sohn immer für eine Memme gehalten – es war an der Zeit, das Gegenteil zu beweisen. Nicht ihm, er war schließlich tot *(tot, tot, TOT!)*, sondern sich selbst.

Als Heinlein sich straffte, knackte etwas in seinem Rücken. Er verzog das Gesicht und kramte den Kellerschlüssel aus der Hosentasche. Weder eine Grippe noch ein verklemmter Wirbel sollten ihn davon abhalten, seine Pflicht zu erfüllen. Dazu gehörte nicht nur die tägliche Arbeit, sondern auch, sich den Tatsachen zu stellen. Schluss mit dem Verdrängen. Schluss mit den kindischen Ängsten und den absurden Spekulationen über wiederkehrende Tote!

Er öffnete die Kellertür. Das Profil der Abdrücke auf den beiden oberen Treppenstufen schien identisch mit denen im Hausflur zu sein. Auf dem Weg nach unten waren keine weiteren zu entdecken, auch nicht, nachdem Heinlein den Lichtschalter ertastet hatte und sich im Schein der nackten Glühbirne umsah.

Das Aggregat lief. Unter dem tiefen Brummen lag ein neues Geräusch, das an das Geschirrklappern im Bistro eines fahrenden Zuges erinnerte. Doch die altersschwache Kühlung funktionierte; als Heinlein zur Kontrolle über die Türverriegelung strich, war das rostige Metall unter seinen Fingerspitzen eiskalt.

Er schüttelte seufzend den Kopf. Was hatte er denn erwartet? Selbstverständlich war das Kühlhaus unberührt. Seit er es zuletzt mit Marvin betreten hatte, war niemand ...

Er trat einen Schritt zurück. Es war ihm nur mit Marvins Hilfe gelungen, das Gestänge der Türverriegelung wieder zu schließen. Hatten sie den Querriegel nicht senkrecht nach unten gedrückt? Stand der jetzt nicht in einem anderen Winkel? Und was war mit den Fußspuren? Oben im Hausflur, auf der Treppe und ... war da nicht ebenfalls ein verblasster Abdruck auf den Fliesen? Einen halben Meter neben dem Abfluss in der Mitte des Kellers?

Heinlein wischte mit dem Handrücken über die heiße Stirn und trat näher. Das grobe Profil ließ auf Stiefelsohlen schließen. Uniformstiefel womöglich?

Das war natürlich absurd. Doch es hieß, sich der Realität zu stellen, und dazu gehörte die Nacht, in der Heinlein geglaubt hatte, Rottmann im Hausflur zu sehen. Das war kein Albtraum gewesen, wie Heinlein sich drei Tage lang eingeredet hatte, der Uniformknopf war keine Einbildung, sondern real. Die Fußspuren, die er damals gesehen hatte, waren getrocknet, doch der Abdruck, über den er sich nun schnaufend beugte, war ebenfalls *äußerst* real. Die Spitze wies auf das Kühlhaus, die Spur verlief diesmal also in entgegengesetzter Richtung.

Doch was bedeutete das?

Wenn man diesem Gedanken folgte, sah Heinlein hier die Spuren seiner Rückkehr. Das erklärte auch den geänderten Winkel der Verriegelung – Rottmann hatte die Tür nicht richtig hinter sich geschlossen, nachdem er ... tja, was?

Ein winziger Schatten huschte aus dem Dunkel zwischen Kühlhaus und Lastenaufzug über den gefliesten Boden. Heinlein beobachtete, wie die Spinne unter dem Schwerlastregal verschwand, und als sein Blick an den Metallstreben nach oben wanderte, fand er auch dafür eine Erklärung.

Bei seinem ersten Ausflug schien Rottmann etwas aus dem Haus getragen zu haben – Morloks Aluminiumkisten womöglich. Falls das zutraf, spann Heinleins fiebernder Verstand den Faden weiter, hatte Rottmanns gestriger Ausflug ebenfalls einen Zweck verfolgt, indem er das, was er abgeholt hatte, wieder zurückbrachte.

Die Kisten.

Sie waren wieder da.

Fünfzig

Norbert Heinlein mochte vielleicht nicht sehr mutig sein, doch er war ein Kämpfer. Er schleppte sich nach oben in die Küche, schluckte zwei weitere Aspirin und begann, eine Geflügelpastete zuzubereiten. Wie in Trance holte er die gehackten, in Cognac marinierten Hühnerbrüste aus dem Kühlschrank, zerkleinerte Zwiebeln, briet Geflügelleber und italienischen Bauchspeck an und kam erst zu sich, als das Backblech mit den Pastetenformen scheppernd auf dem Boden landete, nachdem es seinen zitternden Fingern entglitten war.

Als Marvin zur Arbeit erschien, hockte Heinlein, von Schüttelfrost geplagt, in der Küche und versuchte vergeblich, die mit einer Mischung aus rohem Eigelb, Mehl und sizilianischem Olivenöl verklebten Fliesen zu säubern. Seine Mandeln waren auf die Größe von Tischtennisbällen geschwollen, er konnte sich nur noch krächzend artikulieren, ließ sich von Marvin widerstandslos hoch in die Wohnung führen und ins Bett legen. Marvin strich ihm das verklebte Haar aus der glühend heißen Stirn, zog das Laken über seinen verschwitzten Körper und ging in die Küche. Als er mit einem Glas Wasser zurückkehrte, war Heinlein bereits in einen ohnmachtsähnlichen Schlaf gefallen.

Sein fieberndes Hirn allerdings kam nicht zur Ruhe. Albträume suchten ihn heim, in denen er sich gemeinsam mit reifbedeckten, von einer pudrigen Schneeschicht überzogenen Gestalten im Kühlhaus wiederfand. Er sah, wie Adam Morlok auf dem eisigen Boden kniete, die Geldscheine in einer seiner Kisten zählte und Niklas Rottmann, der in seiner Ecke hockte, das steifgefrorene Fell seines toten Hundes kraulte und seine Mutter beobachtete, die – den Kopf auf dem gebrochenen Genick in einem grotesken Winkel geneigt – von Heinleins grinsendem Vater in einem wilden Walzer durch das Kühlhaus gewirbelt wurde. Heinleins überhitzte Synapsen feuerten eine Salve Horrorbilder nach der anderen ab: Herr Peysel stierte ihn aus milchigen, pupillenlosen Augen vorwurfsvoll an und beschwerte sich mit tonloser Stimme über das Kühlhaus, das sämtlichen Hygienevorschriften widerspreche. Eiskristalle knirschten zwischen seinen Zähnen, und während der Beamte bedauernd erklärte, dass er bei allem Verständnis für die angespannte Situation nicht umhin könne, die Amtsleitung umgehend in Kenntnis zu setzen, wedelte Adam Morlok mit einem Bündel Geldscheine in der krallenartigen Hand und zischte, Heinlein habe das Vertrauen eines ehrlichen Geschäftsmannes missbraucht und dürfe sich nicht wundern, nach seinem dreisten Diebstahl nun die Konsequenzen tragen zu müssen.

Lange wälzte sich Heinlein schweißgebadet und wimmernd in seinem schmalen Bett. Irgendwann kam er zur Ruhe, und als er schließlich wieder erwachte, war nicht nur das Laken, sondern auch die Matratze durchnässt, die Sonne schien schräg durch das Fenster, und obwohl nur ein paar Stunden vergangen sein konnten, fühlte er sich wesentlich besser. Geschwächt zwar, doch das Fieber war gesunken, die Mandeln abgeschwollen, auch der Rücken schmerzte kaum noch.

Auf dem Nachtschränkchen standen eine Kristallkaraffe mit frischem Wasser, ein Glas und ein Röhrchen Fiebertabletten. Im Bad hingen ein paar feuchte Handtücher auf dem Trockner, die Marvin wohl für einen Wadenwickel benutzt hatte. Nach einer ausgiebigen Dusche kleidete sich Heinlein gewohnt sorgfältig an und verbrachte einige Zeit vor dem Spiegel, rasierte sich, brachte das Haar in Form und richtete den Schlipsknoten. Als er nach unten lief, wurde ihm auf halber Strecke schwindlig, doch nach einer Verschnaufpause vor der Wohnung der Rottmanns konnte er seinen Weg fortsetzen und erreichte ermattet, aber wohlbehalten den Hausflur, öffnete die Verbindungstür zum Laden und verharrte auf der Schwelle.

Marvin stand hinter dem Tresen und bediente eine Kundin. Frau Glinski von der Bank wandte Heinlein den Rücken zu, auch Marvin bemerkte ihn nicht; er hatte ein halbes Dutzend Gläser aus dem Regal geholt und präsentierte der jungen Frau eine Auswahl des Marmeladenangebots. Dies geschah längst nicht so wortreich und blumig, wie Heinlein es gewöhnlich tat, doch – viel wichtiger – durchaus kompetent. Marvin wartete geduldig, bis sich Frau Glinksi für das spanische Feigengelee entschieden hatte, geleitete sie zur Tür und verabschiedete sich zu Heinleins Freude mit einer knappen Verbeugung.

Heinlein betrachtete den mageren, wortkargen Jungen mit dem schief sitzenden Käppi, dem weißen Kittel und den drei Füllfederhaltern, die stets in derselben Reihenfolge in der Brusttasche steckten.

»Ich weiß nicht, was ich ohne dich machen würde, Marvin.«

Der Junge antwortete nicht, nur seine Mundwinkel hoben sich ein wenig. Es schien, als würde er Heinleins Lächeln erwidern.

Obwohl noch schwach auf den Beinen, begab sich Heinlein zunächst in den Keller. Er war nicht sicher, ob es sich bei Morloks wieder aufgetauchten Kisten nur um Gaukeleien seines delirierenden Verstandes gehandelt hatte, doch diese standen tatsächlich im Regal. Die Vorstellung, der tote Adam Morlok könne neulich seinen Mercedes gesteuert haben, war natürlich paradox, doch im Hinblick auf seine Geschäfte verhielt es sich anders. Zumindest eine der Kisten war ausgetauscht worden. Heinlein hatte einen der Deckel aufgebrochen, diese beiden waren unversehrt.

Der Winkel der Türverriegelung des Kühlhauses schien unverändert, an die winzigen Rostkrümel, die aus dem Gestänge zu Boden gerieselt waren, konnte Heinlein sich nicht erinnern. Doch das hatte nichts zu bedeuten, wahrscheinlich hatte er sie beim letzten Mal einfach nicht bemerkt. Ansonsten fiel ihm nichts weiter auf – nur das Klirren, das unter dem Brummen der Aggregate gelegen hatte, war deutlich intensiver geworden und erinnerte nun an das hektische Rattern einer unter Hochbetrieb laufenden Nähmaschine.

Als er zurück in den Laden kam, ließ Marvin gerade die Gitter vor den Schaufenstern herunter. Bei einem routinierten Blick auf die letzten Kassenbons stellte Heinlein zu seiner Verwunderung fest, dass der Umsatz um ein knappes Drittel höher lag als in letzter Zeit üblich. Doch es gab einen Grund, der auch seine scheinbar rasante Genesung erklärte: Heinlein hatte nicht nur ein paar, sondern fast dreißig Stunden geschlafen und anderthalb Tage im Bett verbracht.

»Ich weiß nicht, wie ich das wiedergutmachen soll«, sagte er, setzte sich mit einem Glas Apfelsaft auf die Bank und klopfte mit der freien Hand einladend neben sich auf die verwitterte Sitzfläche. »Danke, mein Junge«, näselte er und rieb die noch immer verstopfte Nase, während Marvin neben ihm Platz nahm und sich das Glas reichen ließ. »Du hast mich die ganze Zeit gepflegt.«

»Ich habe auf dem S-Sofa geschlafen.« Es klang wie eine Entschuldigung.

Nach zwei Tagen waren die Spuren des Unwetters noch immer zu erkennen. Das Pflaster auf dem Platz gegenüber war mittlerweile getrocknet, doch die Schlange vor *WURST & MORE* bildete einen Bogen um eine der schlammigen Pfützen, die in den Senken verblieben waren. Die Wiese im Park war übersät mit abgebrochenen Zweigen, durchweichten Bockwurstpappen und Kaffeebechern, weiter hinten standen zwei geduckte Gestalten in den orangefarbenen Overalls der Stadtwerke auf der Porphyrtreppe und fegten den herangespülten Schlamm von den Stufen.

Keferbergs Pension wirkte verlassen und verwaist. Die verbeulten Dachrinnen hatten dem Regen nicht standgehalten, hässliche, dunkle Flecken überzogen die Fassade an den Stellen, an denen der strömende Regen das alte Mauerwerk durchnässt hatte.

Heinlein registrierte das vage Flimmern hinter Keferbergs Wohnzimmerfenster und nahm sich vor, seinem alten Freund demnächst einen Besuch abzustatten. Eines seiner Grundprinzipien war, niemals Zeit zu verschwenden. Johann Keferberg teilte diese Überzeugung, es war also äußerst seltsam, dass er um diese Zeit vor dem Fernseher saß. Nachdem er sich früher immer wieder über das ständig sinkende Niveau beklagt hatte (völlig zu Recht, wie Heinlein fand), beschränkte sich sein Konsum seit Jahren auf die Zwanzig-Uhr-Ausgabe der Tagesschau.

Die griechischen Mandelplätzchen, teilte Marvin mit, seien alle und müssten nachbestellt werden. Außerdem hatte er die Mülltonnen auf der Freifläche nach hinten geschoben, den Renault dichter an der Hauswand geparkt und somit Platz für Britta Lakbergs VW-Bus geschaffen. Es war ein wenig eng auf der Parkfläche, befand Heinlein nach einem kurzen Blick, doch Nachbarn mussten einander unterstützen.

»Frau Dahlmeyer war hoffentlich nicht allzu enttäuscht, weil keine frische Pastete im Angebot war?«, fragte er.

Das, erwiderte Marvin, sei nicht der Fall gewesen, die alte Dame sei gestern gar nicht erschienen. »H-heute auch nicht.«

»Das sieht ihr aber gar nicht ähnlich.« Heinlein furchte die Stirn. »Wollen wir hoffen, dass sie wohlauf ist. War sonst noch was?«

»Kommissar Schröder war gestern Nachmittag da.«

Heinlein versteifte sich. »Ach.«

»Er wollte Sie sprechen.«

Marvins Stimme klang monoton und ausdruckslos wie immer. Er musste ebenfalls wissen, dass Herr Schröder dienstlich gekommen war. Gründe dafür gab es mehr als genug. Marvin kannte sie ebenfalls, denn er hatte sie im Kühlhaus gesehen.

Trotzdem hatte er nicht eine einzige Frage gestellt. War es ihm egal? Wohl kaum. Doch zu beunruhigen schien es ihn nicht. Der Junge hatte noch nie eine von Heinleins Entscheidungen in Zweifel gezogen und tat es auch jetzt nicht. Sein Vertrauen war grenzenlos.

Er glaubt an mich, überlegte Heinlein. *Ich darf ihn nicht enttäuschen. Niemals.*

»Hat er angedeutet, worum es geht?«, erkundigte er sich betont beiläufig.

»Er will sich wieder melden.« Marvin nippte an seinem Saftglas. »Und wünscht gute B-Besserung.«

»Ach, wie nett!«

Die Sonne versank hinter dem Dachgiebel des stuckverzierten Bankgebäudes. Nachdem sie eine Weile schweigend nebeneinander gesessen hatten, stand Heinlein auf und lobte Marvin noch einmal für die hervorragende Arbeit.

Zu Recht. Obwohl der Junge in der letzten Nacht kaum geschlafen und vermutlich mehr Zeit am Bett des fiebernden Norbert Heinlein als auf dem unbequemen Sofa verbracht hatte, war der Laden in penibler Ordnung, das Geld in der Registrierkasse stimmte auf den Cent genau, der Bürgersteig war gefegt und die Erde um die junge Kastanie frisch geharkt. Damit nicht genug – nachdem die Küche gewischt war, hatte Marvin sogar noch die Zeit gefunden, Adam Morloks iPad in Gang zu setzen.

Einundfünfzig

»Ich habe keine Ahnung, was das sein soll«, seufzte Heinlein.

»Zahlen«, sagte Marvin, nachdem er einen kurzen Blick auf das Display geworfen hatte.

»Ach!«, schnaubte Heinlein. »Wirklich?«

»Ja«, nickte Marvin, der mit Sarkasmus nichts anfangen konnte, ernst. »Zahlen.«

Die vorinstallierten Programme auf dem iPad waren gelöscht, es gab nur eine einzige App – einen verschlüsselten Messenger, dargestellt durch ein blaues Icon mit einem stilisierten Papierflieger. Auf diesem wiederum befand sich nur ein Chat mit zwei Nachrichten – einer der Absender nannte sich *gruen*, der andere *schwarz* –, deren Inhalte Marvin ebenso knapp wie treffend wiedergegeben hatte:

23070515 und *27070515*

Zahlen eben.

»Ich meinte eigentlich«, hakte Heinlein vorsichtig nach, »erkennst du dahinter einen Sinn?«

Marvins Lippen bewegten sich lautlos, während sich hinter seiner blassen Stirn das Räderwerk einer Mechanik in Gang setzte, deren Funktionsweise sich Heinlein wohl niemals erschließen würde. Auf seine Frage, wie er auf den Entsperrungscode gekommen war (das Kennzeichen von Morloks Mercedes), hatte der Junge nur die Achseln gezuckt. Heinlein hatte es akzeptiert, allerdings nicht verstanden. Als Marvin nun den Mund öffnete, verhielt es sich ähnlich.

»Es sind Zahlen«, verkündete er und wies mit dem Finger auf das obere Fenster im Dialogfeld. »Das hier ist eine Zwei. Das ist eine Drei, eine Null, eine …«

»Danke«, unterbrach Heinlein resigniert und rieb den knurrenden Magen. »Du hast mir sehr geholfen, mein Junge. Und nun ab nach Hause mit dir, du hättest schon längst Feierabend machen sollen.«

Nachdem Marvin gegangen war, tippte Heinlein noch eine Weile wahllos auf verschiedene Symbole, doch es gab weder eine Kontaktliste noch weitere Nachrichten. Als er das iPad schließlich frustriert zurück in das Lederetui schob, knurrte sein Magen erneut mit einem Geräusch, das an das Gurgeln einer brühenden Kaffeemaschine erinnerte.

Heinlein, der seit knapp zwei Tagen nichts gegessen hatte, verspürte urplötzlich einen Bärenhunger. Er langte in die Regale, verteilte Gläser, Fleischkonserven und Kaviardosen auf dem Tresen, lief in die Küche, holte französische Fassbutter, Nusskäse und luftgetrocknete Salami und bereitete sich in Windeseile ein Baguette. Nachdem er die ersten Bissen gierig verschlungen hatte, hielt er abrupt mit vollem Mund inne.

Sein Geschmackssinn musste nicht endgültig verloren sein. Körperlich gab es keine Schäden, es war durchaus möglich, dass seine Fähigkeiten zurückkehrten. Das, hatten die Ärzte gesagt, könne plötzlich geschehen, womöglich auch nach und nach, in einem schleichenden Prozess.

Er schloss die Augen. Schluckte. Spürte den Schmerz in den geschwollenen Mandeln. Mehr nicht. Er lauschte in sich hinein. Biss erneut ab, kaute bedächtig und schob den Bissen im Mund hin und her. Registrierte das Knirschen des Baguettes, das Knacken der gehackten Walnüsse, die körnige Konsistenz des Frischkäses und die Fasern der luftgetrockneten Wurst zwischen den Zähnen. Das einzigartige Aroma der italienischen Fenchelsalami blieb ihm jedoch verborgen, ebenso der leicht bittere Nussgeschmack und die herbe Würze der mit geräuchertem Olivenöl zubereiteten Mayonnaise.

Heinlein stieß geräuschvoll die Luft aus, verteilte die Hälfte des Inhalts einer Tube Meerrettichsenf in einem Anfall kindlichen Trotzes auf dem restlichen Baguette und verschlang es in einem Bissen – seine Augen begannen zu tränen, ansonsten blieb das Resultat gleich. Doch einmal in

Rage, griff er wahllos in die Auslagen, leerte ein Glas mit Sardellen, löffelte Himbeerkonfitüre, Oliven, eingelegte Datteln, verschlang eine Dose Kaviar und beendete sein Mahl mit einem laut vernehmlichen Rülpser.

Hoppla. Wo bleiben denn meine Manieren?

Sein Blick streifte durch den leeren Laden über die Fotografien an der getäfelten Wand hinter der Registrierkasse und verharrte auf einem Bild, das zum fünfzigsten Firmenjubiläum aufgenommen worden war: Sein Vater stand mit verschränkten Armen auf dem Treppenabsatz vor der Ladentür, flankiert von einem Dutzend Angestellter – links breitschultrige Männer in gummierten Schürzen und gestreiften Hemden mit hochgekrempelten Ärmeln, rechts die Frauen, gekleidet in Kittel und weiße Kopftücher.

Heinlein musterte den selbstbewussten Mann mit dem vollen, streng aus der Stirn gegelten Haar. Er kannte dieses kantige Gesicht mit der gebogenen Nase nur zu gut, es glich dem, das er bei der täglichen Rasur im Spiegel sah.

Sein Magen rumorte, erneut musste er aufstoßen. »Bitte vielmals um Entschuldigung, Papa.« Er hielt eine Hand vor den Mund. »Kommt nicht wieder vor. Obwohl ... wie hieß es noch gleich?«, überlegte er laut und pulte ein Stück Fenchelsalami zwischen den Schneidezähnen hervor. »*Warum rulpset und furzet ihr nicht? Hat es euch etwa nicht geschmecket?*«

Heinlein reckte herausfordernd das fettverschmierte Kinn.

»Du hast immer gesagt, ich wäre unfähig. Hast du das wirklich so gemeint? Oder wolltest du mich anspornen? Letztendlich ist es egal, oder? Du hast recht behalten, ich *habe* meine Fähigkeiten verloren. Aber deswegen bin ich noch lange kein Versager. Du hattest deine Beziehungen,

Papa. Du hattest andere, die für dich arbeiten mussten. Ich bin auf mich allein gestellt. Aber sieh mich an«, Heinlein hob die Hände, »ich bin immer noch da. *Wir* sind immer noch da. Und das wird auch so bleiben, ich versprech's dir.«

Er beugte sich vor, bis seine Nasenspitze das alte Foto beinahe berührte. »Du hast dich immer durchgesetzt«, flüsterte er. Die Glasscheibe beschlug unter seinem Atem. »Selbst ganz zum Schluss hast du deinen Willen bekommen. Wo immer du auch bist – ich hoffe, es geht dir gut.«

Es war kurz nach Mitternacht, als Heinleins Kopf ermattet in das karierte Kissen sank, nachdem er das Chaos im Verkaufsraum beseitigt und den Geflügelfond mit den Zutaten für die am nächsten Morgen geplante Kalbfleischpastete eingekocht hatte. Sein Magen brannte über die Speiseröhre bis hinauf in die Kehle, das Glucksen in den Gedärmen kündigte einen unangenehmen Durchfall an, trotzdem fühlte er sich vergleichsweise gut. Das Zwiegespräch mit einem Toten mochte kindisch gewesen sein, doch es hatte Erleichterung gebracht.

Heinlein hatte seinem Vater gesagt, er wäre auf sich allein gestellt – doch das war nicht der Fall, denn Marvin war an seiner Seite. Noch immer war Heinlein fest überzeugt, dass der Junge seine Bestimmung irgendwann finden und sein wahres Talent offenbaren würde. War es vielleicht Intuition? Oder war es viel mehr? Eine Art … übersinnliche Gabe? Warum sonst sollte jemand auf den Gedanken kommen, ein iPad durch die Eingabe eines Autokennzeichens zu entsperren?

Fernes Sirenengeheul näherte sich über den Lärm vor dem Imbiss. Vielleicht, überlegte Heinlein gähnend, war es besser, wenn er nicht auf Kommissar Schröder wartete, sondern sich selbst bei ihm meldete. In welchem konkreten Fall der kleine Polizist ermittelte, ließ sich unmöglich sagen. Dass es um Heinleins Vater ging, war unwahrscheinlich (im Moment jedenfalls). Hatte Herr Schröder womöglich von Frau Peysel erfahren, dass ihr vermisster Gatte kurz vor seinem Verschwinden in *Heinlein's Delicatessen- und Spirituosengeschäft* gewesen war?

Das Jaulen der Sirenen näherte sich rasch, hallte draußen zwischen den Häusern wider und verstummte abrupt. Heinlein drehte sich auf die Seite, klemmte die Decke zwischen die Beine und beobachtete das flackernde Blaulicht, das aus der Dunkelheit über die Wände huschte.

Es war müßig, sich weiter den Kopf zu zerbrechen, Heinlein würde es früh genug erfahren. Die Vergangenheit ließ sich nicht ändern, vier Menschen waren tot, die ...

Vier?

»Fünf«, murmelte Heinlein. »Ich habe Frau Rottmann vergessen.«

Fünf Menschenleben. Alle ausgelöscht durch tragische Missgeschicke, und doch trug Heinlein die Verantwortung. Nicht nur, dass die Vergangenheit nicht zu ändern war – irgendwann würde sie ihn einholen.

»Fünf Menschen«, rief sich Norbert Heinlein halblaut in Erinnerung. »Ich habe fünf Menschen auf dem Gewissen.«

... *und einen Hund*, fügte er in Gedanken hinzu.

Dann schlief er ein.

Zweiundfünfzig

Als er die Augen aufschlug, stand die Sonne hoch am Himmel. Mit einem verärgerten Ausruf sprang er auf, kleidete sich eilig an und hastete nach unten. Auf dem Weg in die Küche bemerkte er bei einem flüchtigen Blick durch das Schaufenster das ungewöhnliche Treiben auf der gegenüberliegenden Seite des Platzes; Schaulustige drängten sich vor einem Absperrband, das in der Morgenbrise vor Keferbergs Pension flatterte, Uniformierte liefen zwischen Streifenwagen umher, am Bordstein parkte ein Kleintransporter mit dem rot-weißen Logo des örtlichen TV-Senders.

Im nächsten Moment eilte Heinlein mit klopfendem Herzen nach draußen. Bei der Porphyrtreppe kam ihm Kommissar Schröder mit sorgenvoller Miene entgegen. Ungeachtet der offenbar ernsten Lage ließ es sich der kleine Polizist nicht nehmen, sich zunächst nach Heinleins Befinden zu erkundigen, und bat höflich, ihn zurück in den Laden begleiten zu dürfen. Nachdem sie an einem der beiden Fenstertische Platz genommen hatten, bestätigte sich Heinleins Ahnung und wurde zur furchtbaren Gewissheit.

»Sie kannten sich gut?«, fragte Kommissar Schröder.

»Er ... war mein Freund.«

Der einzige, fügte Heinlein im Stillen hinzu und musterte die verschlungenen Maserungen auf der Marmorplatte.

»Was ...« Seine Stimme versagte, er setzte noch einmal an: »Was ist passiert?«

Das Erdgeschoss, erklärte der Kommissar, stand zentimetertief unter Wasser, nachdem sämtliche Hähne in der Pension aufgedreht worden waren. »Wahrscheinlich schon vor einigen Tagen. Als das Wasser auf die Straße geflossen ist, hat jemand die Stadtwerke gerufen, die wiederum haben uns alarmiert.«

»Nicht nur das Wasser lief«, murmelte Heinlein. »Sein Fernseher auch.«

Die rötlichen Brauen des kleinen Polizisten hoben sich fragend.

»Ich hab's gesehen.« Heinlein deutete zur Decke. »Oben von meinem Fenster aus. Ich habe mich noch gewundert, weil ... es passte einfach nicht zu ihm. Hat er ... ich meine, hat er sich selbst ... «

»Selbstmord?« Kommissar Schröder beugte sich vor. »Wie kommen Sie darauf?«

»In letzter Zeit wirkte er ... nun ja, niedergeschlagen.«

»Erklären Sie mir das.«

»Johann hatte Probleme.«

»Welche?«

Die Stimme des Polizisten klang unverändert freundlich, doch der scharfe, konzentrierte Unterton war nicht zu überhören.

»Die Geschäfte liefen nicht gut.« Ohne sich dessen bewusst zu werden, nahm Heinlein den Salzstreuer und folgte mit dem Daumennagel dem geschliffenen Rhombenmuster im Kristall. »Er hatte Schulden.«

Draußen wurde die Tür eines Streifenwagens zugeschlagen, knappe Kommandos ausgetauscht. Ein hochgewachsener Mann in Jeans und Lederjacke stand etwas abseits oben rauchend auf der Treppe, sein rechter Arm endete in einem von einer Ledermanschette überzogenen Stumpf. Er strich das strähnige Haar aus der Stirn, zertrat die Zigarette unter dem Stiefelabsatz und entzündete umgehend eine neue.

»Es …«, Heinlein räusperte sich, »es war also kein …?«

»Nein. Kein Selbstmord.«

»Was ist dann …«

»Gibt es sonst noch etwas, das ich wissen sollte?«

Heinlein dachte einen Moment nach. »Johann sagte, er hätte sich … mit den falschen Leuten eingelassen. Ich bin nicht sicher, ob er es genau so formuliert hat, aber …«

»Die falschen Leute«, wiederholte Kommissar Schröder nachdenklich. »Das trifft es sehr gut.«

»Wie meinen Sie das?«

Einzelheiten konnte der Kommissar natürlich nicht verraten, doch allem Anschein nach handelte es sich um eine Racheaktion des organisierten Verbrechens.

»Johann Keferberg ist gefoltert worden«, teilte er dem erbleichenden Heinlein mit. »Und wir haben eine größere Menge Bargeld gefunden. Das Wasser wurde angestellt, um sicherzugehen, dass die Tat öffentlich wird. Es handelt sich also nicht nur um eine Bestrafung, sondern auch um eine Warnung, damit …«

Ein rhythmisches Piepsen ertönte. Kommissar Schröder hob entschuldigend eine Hand und fischte mit der anderen umständlich ein Handy aus der Gesäßtasche seiner Cordhose.

»Nein, Chef«, unterbrach er, nachdem er einen Moment gelauscht hatte. »Ich halte *kein* Mittagsschläfchen, sondern sitze dir direkt gegenüber.«

Heinlein folgte seinem Blick durch das Fenstergitter nach draußen und erkannte den Anrufer – offensichtlich der langhaarige Mann mit der Lederjacke, der drüben telefonierend in der Morgensonne auf der Treppe stand und mit dem Armstumpf im Takt der blechernen Stimme umherfuchtelte, die aus dem Smartphone des kleinen Polizisten plärrte.

»Gibt es Neuigkeiten aus dem Labor?«, fragte dieser in sein Handy.

Heinlein wandte diskret den Kopf ab, doch einige Fetzen der mürrischen Antwort drangen bis zu ihm.

»Das dachte ich mir«, nickte Kommissar Schröder und beendete das Gespräch, nachdem er zugesichert hatte, in wenigen Minuten wieder vor Ort zu sein.

An diese *wenigen Minuten* sollte sich Norbert Heinlein später nur noch bruchstückhaft erinnern. Als der Kommissar auf den Grund seines Besuches vor zwei Tagen zu sprechen kam – es ging um den vermissten Herrn Peysel –, antwortete Heinlein mechanisch, und auch später, während er hinter der Ladentür stand und beobachtete, wie Herr Schröder am Imbiss vorbei zurück zur Pension lief, wirbelten seine Gedanken wie ein außer Kontrolle geratenes Kettenkarussell um ein einziges Wort, während das Bimmeln der Türglocke im Laden verhallte wie Totengeläut.

Ein Wort, das er zwar verzerrt, doch deutlich vernommen hatte. Zwei Silben nur, die sich wie Fausthiebe in seinen Magen gebohrt hatten, denn sie brachten eine neue, niederschmetternde Erkenntnis:

Norbert Heinlein hatte ein weiteres Menschenleben auf dem Gewissen.

Dreiundfünfzig

Liebe Lupita,
es gibt Dinge zwischen Himmel und Erde, die wir nicht steuern können. Dinge, von denen WIR gesteuert werden – Dinge, auf die wir keinen Einfluss haben. Erinnerst du dich, was ich dir kürzlich schrieb?

Mach andere glücklich,
so wirst auch du
zufrieden sein.

Das ist ein Trugschluss, Lupita! Selbst der Edelste ist nicht davor gefeit, Unglück und Leid über seine Lieben zu bringen. Was nutzt es, ein guter Mensch zu sein? Was nutzt es, anderen zu helfen, wenn diese Hilfe unwillentlich in Tod und Verderben endet?
Wir leben in unterschiedlichen Welten, Lupita. Angeblich ist die, in welcher ich lebe – hochtechnisiert und rational –, der deinen weit überlegen. ANGEBLICH, wohlgemerkt, denn ich friste mein Dasein in einer kalten, auf schnöden Profit orientierten Welt. Einer Welt, in der ich mich niemandem anvertrauen kann. Wer würde mir glauben, wenn ich von meinen Zweifeln berichte? Dass der Tod zwar Bestandteil des Lebens ist, aber nicht endgültig zu sein scheint? Dass Tote gleichzeitig lebendig sein können? Dass sie womöglich zurückkehren, um uns mit unserer Vergangenheit zu konfrontieren? Dass sie Dinge zu Ende bringen, die sie zu Lebzeiten nicht erledigen konnten? Jene oben erwähnten DINGE, die wir nicht

steuern können, von denen wir allerdings selbst gesteuert werden? Und zwar so weit, dass andere Menschen sterben, obwohl wir es nicht wollen?
Man würde mich verlachen, für verrückt erklären (was ich womöglich auch

Marvin kam in den Laden und steuerte umgehend auf die Schwingtür zur Küche zu. Heinlein verstaute den Brief in der Schublade unter der Registrierkasse und hielt Marvin zurück. Die Nachricht von Johann Keferbergs Tod nahm der Junge ohne erkennbare Regung zur Kenntnis.

»Wir lassen das Geschäft heute geschlossen, Marvin. Die Kalbfleischpastete mache ich später fertig. Du kannst gern einen freien Tag nehmen, du hast es dir redlich verdient.«

Anstatt zu antworten, lief Marvin nach hinten zu seinem Spind und streifte den Kittel über. Nachdem er vor dem Spiegel den Sitz des Käppis geprüft und die Stifte in der Brusttasche geordnet hatte, nahm er Sprühflasche und Lappen und begann, die Kühlschranktüren zu polieren. Heinlein wandte sich achselzuckend um, setzte sich an einen der Fenstertische, faltete die Hände unter dem Kinn und sah aus dem Fenster. Vor der Pension teilte sich die Menge der Schaulustigen, ein Leichenwagen fuhr gemächlich hinab zur Kreuzung.

Ach Johann, dachte Heinlein. *Hätte ich doch nur geahnt, dass ...*

Nein. Niemand hatte das gekonnt. Ebenso wie Heinlein nicht ahnen konnte, dass Johann Keferberg vor dem flimmernden Fernseher nicht eingeschlafen, sondern längst tot gewesen war.

Ich wollte dir nur helfen.

Das Gegenteil war der Fall, Heinlein hatte seinen Freund ans Messer geliefert. Johanns instinktive Abneigung gegen das Geld war mehr als begründet gewesen. Als er gesagt hatte, es sei nicht nur äußerlich schmutzig, hatte er richtiggelegen. Doch die Geldscheine waren mehr als das. Sie waren nicht echt.

Falschgeld.

Ein zufällig aufgeschnapptes Wort, das alles erklärte. Kommissar Schröder hatte von einer Vergeltungsaktion gesprochen, von Rache und organisiertem Verbrechen. Nichts davon hatte Heinlein verstanden. Erst als der Kommissar mit seinem Kollegen telefonierte, hatte sich alles zusammengefügt. Johann hatte sich nicht nur mit den falschen *Leuten* eingelassen, er hatte seine Schulden auch mit falschen *Scheinen* bezahlt. Man hatte entsprechend reagiert.

Er war gefoltert worden. Heinleins Herz verkrampfte sich, er dachte an mit Kneifzangen ausgerissene Fingernägel, mit Hämmern zertrümmerte Kniescheiben und andere furchtbare Dinge, mit denen betrogene Mafiabosse in amerikanischen Gangsterfilmen Rache nahmen.

Der Leichenwagen bog auf die Kreuzung ein und verschwand nach rechts in Richtung Norden. Heinlein schluckte einen Kloß im Hals herunter.

Mach's gut, mein Freund. Jetzt bin ich allein. Wenigstens endest du nicht wie die anderen unten im Kühlhaus. Ich habe dich trotzdem auf dem Gewissen. Verzeih mir.

Die Sonne schien durch das Fenstergitter und tauchte den Laden in ein rautenförmiges Netz. Der Minutenzeiger auf der alten Uhr über dem Imbiss kam ruckelnd in Bewegung und sprang auf die volle Stunde. Punkt zehn Uhr. Zum ersten Mal in seiner über hundertjährigen Geschichte blieb

Heinlein's Delicatessen- und Spirituosengeschäft geschlossen. Zumindest *das* war Heinlein seinem alten Freund schuldig.

In der Küche rauschte ein Wasserhahn, Marvin schleppte eine Gießkanne zur Ladentür, um draußen seine Kastanie zu gießen.

»Geh ruhig nach Hause«, wiederholte Heinlein müde. »Ich kümmere mich nachher um Frau Dahlmeyer. Sie hat sicherlich Verständnis.«

Marvin erinnerte Heinlein daran, dass die alte Dame die letzten beiden Tage nicht gekommen war, was sie auch heute nicht tun werde. Krank war sie nicht, im Gegenteil, Marvin hatte Frau Dahlmeyer gesehen. Heinlein müsse nur um die Straßenecke gehen, um sich persönlich zu überzeugen.

Das tat Heinlein auch, und als er vor dem Schaufenster von *Benjamins Feinkostboutique* im Erdgeschoss des Jugendstilhauses stand, sah er Marvins Aussage bestätigt. Frau Dahlmeyer saß an einem der perfekt ausgeleuchteten Kaffeehaustische und war nicht nur bei bester Gesundheit, sondern auch ebensolcher Laune und beugte sich entzückt über einen Teller, den ihr ein junger Mann mit Vollbart, grünem T-Shirt und farblich passendem Halstuch schwungvoll servierte. Offensichtlich hatte sie für ihr zweites Frühstück das Tagesgericht gewählt – eine *Paté en croûte apricots, canards, umrahmt von hausgem. Apfel und Zwetschgenmousse* –, wie der holzgerahmten Kreidetafel mit dem Logo des schnauzbärtigen Kochs zu entnehmen war. Natürlich war das Arrangement mit Heinleins anmutigen, fein ziselierten Kompositionen nicht zu vergleichen, doch es wirkte durchaus ansprechend, kostete allerdings ein Drittel weniger als ein vergleichbares Gericht aus Heinleins Angebot. Schmackhaft schien es ebenfalls zu sein – die Augen der alten Dame leuchteten, und obwohl Heinlein sie nicht hörte, konnte er exakt dieselben Worte von ihren grellrot geschminkten Lippen ablesen *(ach, was sind Sie nur für ein ZAUBERER!)*, mit denen sie früher ihre Begeisterung für Heinleins Kochkünste ausgedrückt hatte. Innerhalb kürzester Zeit hatte der junge Mann gelernt, wie er mit Frau Dahlmeyer umzugehen hatte, und reagierte, ähnlich, wie Heinlein es jahrelang getan hatte, mit einem charmanten Kompliment – wahrscheinlich über ihre Frisur, wie aus dem mädchenhaften Kichern und dem verlegenen Griff an die frisch geföhnten, graublauen Locken zu schließen war.

Heinlein wandte sich ab und begab sich bedrückt auf den Rückweg in dem Wissen, nicht nur seinen letzten Freund, sondern auch seine letzte Stammkundin verloren zu haben.

Gänzlich allein war er immerhin nicht, denn als er um die Ecke bog, sah er nicht nur Marvin bei der Kastanie, sondern auch seinen letzten verbliebenen Mieter, den stillen Herrn Umbach, der über dem Laden an seinem Wohnzimmerfenster stand und die Geranien in den Blumenkästen goss.

Vierundfünfzig

Abgesehen vom Verlust seines Geschmackssinns war Norbert Heinlein ein paar Tage später – zumindest körperlich – vollständig wieder hergestellt.

Nachdem er die Situation analysiert hatte (was schnell erledigt war), reagierte er auf seinen neuen Mitbewerber, reduzierte das Angebot an frischen Pasteten um die Hälfte und somit den Materialaufwand. *Qualität,* behaupteten seine Konkurrenten, *liegt uns im Blut.* Nun, in diesem Punkt musste sich Norbert Heinlein vor niemandem auf der Welt verstecken. Trotzdem ließ sich nicht leugnen, dass nicht nur beim Kühlhaus im Keller ein Platzproblem drohte, auch die beiden Tiefkühltruhen im hinteren Teil der Küche füllten sich mehr und mehr mit Heinleins zweifelsfrei künstlerisch wertvoller, doch unverkaufter Ware.

Abends lag er noch lange wach und versuchte vergeblich, die Schuldgefühle, Ängste und Selbstzweifel aus seinen trüben Gedanken zu vertreiben. Wenn er dann endlich einschlief, tat er dies in der Hoffnung, am nächsten Morgen aus einem bösen Traum zu erwachen, um sich beim Schrillen des Weckers in der ernüchternden Realität wiederzufinden.

Zwei Tage nach ihrer Zusammenkunft kam Kommissar Schröder erneut in den Laden. Zum Mord an Johann Keferberg hielt er sich bedeckt, stellte stattdessen noch Fragen nach dem vermissten Herrn Peysel.

Heinlein konnte sich nur vage an das letzte Gespräch erinnern, doch seine Antworten schienen plausibel zu sein. Er hatte nicht abgestritten, dass Herr Peysel kurz vor seinem Verschwinden im Geschäft gewesen war, und war trotz seines Schockzustandes unmittelbar nach der Nachricht über die Ermordung seines einzigen Freundes klug genug gewesen, nicht nachzufragen, woher die Polizei diese Information hatte – ob durch einen Zeugen oder die Aussage von *Rosenblüte* respektive Frau Peysel war letztendlich nebensächlich.

Bisher schienen Heinleins Vorsichtsmaßnahmen zu funktionieren, die Ermittler waren Herrn Peysels EC-Karte und den GPS-Daten seines Handys bis nach Berlin nachgegangen, wo sich seine Spur im Moment verlor. Ob man diese wieder aufnehmen und über das Hotel und die Taxifahrt bis zum Landwehrkanal verfolgen könnte, würde sich zeigen. Wichtig war, dass die Spur nicht bei Heinlein endete, sondern sich von ihm entfernte – was zuzutreffen schien, denn Kommissar Schröder zeigte keine Anzeichen von Misstrauen und erstand noch zwei Scheiben getrüffelte Pfirsich-Entenleberpastete, deren Struktur und Farbgebung er (völlig zu Recht) mit einem Gemälde von Friedensreich Hundertwasser verglich.

Angesichts der anderen Probleme hielt Heinleins Erleichterung nicht lange an. Während seiner flüchtigen Kontrollgänge zum Kühlhaus im Keller streifte er die beiden Kisten mit ihrem todbringenden Inhalt nur mit einem kurzen, angewiderten Blick und verfluchte den Tag, an dem er Adam Morlok die Schlüssel gegeben hatte – seitdem war sein bis dato ruhiges Leben mehr und mehr aus den Fugen geraten und lief nun Gefahr, im Desaster zu enden.

Doch noch war Heinlein weit davon entfernt, sich kampflos in sein Schicksal zu fügen. Es gab auch Lichtblicke wie die Gespräche mit Britta Lakberg, die er mehr und mehr ins Herz schloss, so dass er ihr immer öfter ein Stück *Paté en croûte Richelieu* oder eine *Bouchée à la Reine* brachte, und wenn auch die Tageseinnahmen stetig sanken, kamen noch der ein oder andere Laufkunde oder Frau Glinski, die nicht nur sich selbst, sondern auch ihre Kollegen in der Bank mit erlesenem Mürbegebäck und exotischem Tee versorgte. Auch der schweigsame junge Mann mit dem Kinnbart trank weiterhin regelmäßig seinen Milchkaffee und trug dazu bei, dass das ehrwürdige *Heinlein's Delicatessen- und Spirituosengeschäft* nicht völlig verwaiste.

Sechs Menschen – und ein Hund – waren mittlerweile tot. War das nicht genug?, überlegte er, als er nach Ladenschluss in einer der beiden Tiefkühltruhen kramte, um Platz für die übrig gebliebene Lachsterrine zu schaffen. Konnte, nein, *durfte* man nicht davon ausgehen, dass es nun ein Ende hatte?

Ein nachvollziehbarer Gedanke. Leider nur Wunschdenken, denn zwischen den prall gefülllten Gefrierbeuteln kam etwas zum Vorschein – etwas, das Norbert Heinlein zunächst nicht einordnen konnte, da es sich erst bei näherer Betrachtung als menschlicher Finger entpuppte.

Fünfundfünfzig

»Ich habe alles versucht, Marvin.« Heinlein hockte in dem Spalt zwischen Marvins Spind und dem Regal mit den Putzmitteln am Boden. Er hatte die Knie angezogen und die Arme um seine Schienbeine geschlungen. »Wirklich«, schluchzte er. »Aber ich kann dich nicht mehr schützen. Ich habe keine Kraft mehr, es tut mir leid.«

Der Junge sah schweigend auf ihn herab.

»Da.« Heinlein deutete auf den abgeschnittenen Finger am Boden neben der Kühltruhe. »Die ... die haben mich gefunden.«

Johann Keferberg hatte seine Schulden mit Falschgeld begleichen wollen, er war dafür getötet worden. Sie hatten ihn gefoltert, rief sich Heinlein schaudernd in Erinnerung, nicht nur als Strafe, sondern auch, weil sie wissen wollten, woher das Geld stammte. Vielleicht hatte Johann geschwiegen, wahrscheinlich war das allerdings nicht. Fakt war jedenfalls, dass die Spur des falschen Geldes verfolgt worden war. Diese war nicht sehr lang – nur ein paar Schritte über den Platz –, kein Wunder also, dass man auf ihn, Norbert Heinlein, gestoßen war und nun als vermeintlichen Verursacher des Betruges zur Rechenschaft ziehen würde.

»Es ist eine Botschaft«, murmelte er.

Ähnlich wie der abgetrennte Pferdekopf, den er aus dem Film »Der Pate« kannte. *Ich werde ihm ein Angebot machen, das er nicht ablehnen kann.* Diesmal war die Nachricht eine andere.

Du bist der Nächste.

»Du musst hier verschwinden, Marvin.« Heinleins Blick wanderte ängstlich über die Schwingtür in den Verkaufsraum. »Sie ... sie sind bestimmt bald hier.«

Das war reine Spekulation. Jemand, der sein Erscheinen durch abgetrennte Gliedmaßen ankündigte, würde sich wohl Zeit lassen und erst zuschlagen, wenn er sein Opfer vor Angst in den Wahnsinn getrieben hatte. Nun, was Norbert Heinlein betraf, waren dazu nur ein paar Sekunden nötig gewesen.

»Geh!«, wiederholte er eindringlich.

Marvin rührte sich nicht von der Stelle. Was Heinlein als *Botschaft* identifiziert hatte, schien ihn nicht zu interessieren – der leicht gekrümmte Zeigefinger eines kräftigen, offensichtlich gepflegten Mannes mit kurzgeschnittenem Fingernagel, abgetrennt mit einem äußerst scharfen Messer, wie aus der glatten Schnittstelle zu schließen war.

»Die haben es auf *mich* abgesehen. Du ...« Heinleins Stimme versagte. »Du bist noch jung, du hast dein Leben noch vor dir. Bring dich in Sicherheit. Nimm das Geld aus der Kasse. Es ist nicht viel, aber besser als nichts.«

Das war alles, was er noch tun konnte.

»Diese verfluchten Kisten. Hätte ich doch nur ... was machst du da?«

Der Junge ging in die Hocke, nahm den Finger und warf ihn in den Mülleimer.

»Verstehst du denn nicht?«, rief Heinlein. »Du bist in *Gefahr*! Du musst ...«

Marvin brachte ihn mit einer Handbewegung zum Schweigen, machte auf dem Absatz kehrt und verließ die Küche. Heinlein lauschte seinen Schritten, die aus dem Verkaufsraum hereinklangen, doch an Stelle des Läutens der alten Ladenglocke ertönte das Knarren der Verbindungstür zum Hausflur. Eine halbe Minute darauf kehrte Marvin aus dem Keller zurück, schob die Schwingtür mit der Hüfte auf, stellte eine der beiden Aluminiumkisten auf dem Boden ab, holte ein kleines Brecheisen aus seinem Spind und begann, die Verschlüsse auszuhebeln.

»Marvin! Um Himmels willen, was hast du vor?«

Ein Knacken ertönte, der Deckel sprang auf. Wie die anderen Kisten war auch diese bis zum Rand mit schmutzigen, abgegriffenen Geldbündeln gefüllt. Marvin zog einen Zwanzigeuroschein hervor und hielt ihn gegen das Licht.

»Ich wollte Johann doch nur helfen ...«, seufzte Heinlein.

Marvin nahm einen weiteren Geldschein aus der Kiste, glättete ihn auf dem Knie, rückte die Brille auf der Nase zurecht, hielt die Banknote am ausgestreckten Arm in die Höhe und musterte sie konzentriert im Schein der Neonröhre. Im grellen Licht wirkte sein schmales Gesicht noch bleicher als gewöhnlich.

»Es sieht täuschend echt aus«, sagte Heinlein. »Wie hätte ich ahnen sollen, dass es …«

»… f-falsch ist?«

»Ja.«

Marvin bewegte die Hand vor der Neonröhre und beobachtete, wie das Licht auf dem speckigen Geldschein spielte.

»Das ist es nicht«, sagte er. »Es ist echt.«

Sechsundfünfzig

Meine liebe Lupita,
nach langer Zeit will ich nun endlich wieder von mir hören lassen. Dies ist der zweite Brief, den ich dir schreibe, den ersten habe ich abgebrochen – zum Glück, muss ich im Nachhinein gestehen, denn ich habe eine schwere Zeit durchlebt, und die Zeilen, die ich verfasst habe, waren alles andere, als von Optimismus geprägt (wo es doch meine Aufgabe ist, dich nicht nur finanziell zu unterstützen, sondern auch aufzumuntern!).
Die »schweren Zeiten« sind zwar nicht vorbei, doch ich darf auf Besserung hoffen. HOFFNUNG, Lupita, ist ein Geschenk und gehört zu den wichtigsten Dingen, die uns vom Tier unterscheiden, weshalb wir sie niemals aufgeben dürfen! Ja, ich hatte es bereits getan, nachdem ich mich, unverschuldet immer tiefer in den Wirren eines dunklen Schicksals verstrickt, plötzlich einem Gegner gegenübersah, der umso bedrohlicher war, da er unsichtbar blieb.

Ich hatte den Mut verloren. Doch Marvin (der wie immer herzlich grüßen lässt) gab mir die HOFFNUNG zurück, und damit den Willen, mich aus den Fallstricken zu befreien, in die ich – unverschuldet, wie ich noch einmal betonen will – geraten bin.
Das Leben ist ein Kampf, Lupita. Der Mensch MUSS also kämpfen. Doch er sollte es nicht für sich, sondern für andere tun, für die, die ihm am Herzen liegen – nur dann ist es ein Kampf für eine gute Sache.
Das tut mit neuer Entschlossenheit

dein Papa Norbert

PS: Ich will's zumindest versuchen, denn ich weiß nicht, ob dieser Kampf zu gewinnen ist.
PPS: Du solltest die Hühnerleberpralinen sehen, die ich gerade aus dem Kühlschrank geholt habe! Eine Augenweide, Lupita! Eine AUGENWEIDE!

Das, fand Heinlein und betrachtete die Bleche auf der Arbeitsplatte, ließ sich mit Fug und Recht behaupten. Die Mischung aus gehackten Kürbiskernen, geriebenen Mandeln, Meersalz und rotem Pfeffer, in der er die Fleischmasse gewälzt hatte, funkelte in allen erdenklichen Farben, als wären die kleinen Kugeln mit Diamantensplittern und Edelsteinen bedeckt.

In früheren Zeiten hätte Heinlein mindestens ein halbes Dutzend Bleche gefertigt, diesmal waren es zwei. Trotzdem blieb fraglich, ob alles verkauft werden würde. Doch Aufgeben war keine Option – der Kampf, hatte er seinem somalischen Patenkind geschrieben, ging weiter. Heinlein hatte nicht zum ersten Mal vor der Kapitulation gestanden, und nachdem ihm die Sorge um Marvin immer wieder Kraft gegeben hatte, war es diesmal der Junge selbst, der ihn eines Besseren belehrte.

Wie immer ließ er Marvin kosten, bevor er das Ergebnis seiner Arbeit in der Vitrine verteilte. Es gab keinen Grund, an seinem Urteil zu zweifeln – weder was die Fleischpralinen betraf *(g-gut) noch* den Inhalt der Kisten. Der Junge besaß eine außergewöhnliche Beobachtungsgabe, und wenn er sagte, das Geld sei echt, dann zweifelte Heinlein keine Sekunde – auch wenn es keine Erklärung gab. Dass es vorher falsch gewesen war, stand nämlich ebenfalls außer Frage.

Marvin hatte den aufgebrochenen Deckel notdürftig repariert, danach hatte Heinlein die Kiste zurück in den Keller gebracht und dabei festgestellt, dass sein Sehvermögen ungeachtet des verlorenen Geschmackssinns noch hervorragend funktionierte.

Die Rostspuren, die ihm vorher an der Schwelle zum Kühlhaus aufgefallen waren, waren tatsächlich frisch. Auch in Bezug auf den geänderten Winkel der Türverriegelung hatte Heinlein sich nicht getäuscht. Er hatte richtig beobachtet, doch die falschen Schlüsse gezogen.

Es gab keine nächtlichen Ausflüge, weder von Niklas Rottmann noch von dessen Mutter. Auch der arme Herr Peysel war noch an seinem Platz, ebenso wie Heinleins Vater, Adam Morlok und (nicht zu vergessen) der Hund. Niemand hatte das Kühlhaus verlassen.

Jemand hatte es *betreten*. Kein Gespenst, sondern Marvin.

Der Junge hatte schon mehrmals mit ungeahnten Fähigkeiten verblüfft, und so war Heinlein nur kurz überrascht gewesen, als er Adam Morloks iPad offenbar mühelos in Gang setzte. Dass Marvin auf den Code gekommen war, hatte sich Heinlein nur mit einer Art übersinnlicher Begabung erklären können, doch das Gegenteil war der Fall – seinem Naturell gemäß war der Junge der Logik gefolgt und hatte entsprechend rational gehandelt.

Er hatte den fiebernden Heinlein versorgt und sich um den Laden gekümmert. Abends hatte er gewartet, bis der Minutenzeiger der alten Uhr über dem Imbiss auf die volle Stunde sprang, die eisernen Schaufenstergitter auf die Sekunde genau heruntergelassen und seinen Apfelsaft auf der verwitterten Bank getrunken. Nachdem Verkaufsraum und Küche gewienert waren, hatte er das iPad genommen und den Fingersensor bemerkt. Also war er mit einem von Heinleins japanischen Steakmessern in den Keller gegangen und hatte wenig später auch diesen Auftrag wie alle seine Aufgaben erfüllt – zuverlässig, akribisch und äußerst effizient.

Siebenundfünfzig

All dies musste sich Heinlein zum größten Teil zusammenreimen, denn Marvin sagte wie immer nicht viel. Dass er Morloks Zeigefinger nach dem Entsperren in der Tiefkühltruhe deponiert hatte, war wohl seinem Ordnungssinn zu verdanken. Es war logisch, danach einen Code einzurichten – darüber, weshalb er das Kennzeichen von Morloks Mercedes eingegeben hatte, ließ sich nur spekulieren, denn

Heinleins Frage erwiderte er mit einer knappen Gegenfrage: »W-warum nicht?«

Der Finger war also keine Botschaft gewesen. Das, überlegte Heinlein, als er die leeren Backbleche zurück in die Küche trug, war immerhin eine gute Nachricht. Die Lage hatte sich etwas entspannt, doch es gab keinen Grund zur Entwarnung.

Der Mord an Keferberg hatte natürlich Wellen geschlagen, das *schockierende Blutbad an einem unbescholtenen Bürger* beherrschte die Schlagzeilen der Boulevardzeitungen seit Tagen. Einzelheiten hatte die Polizei offensichtlich nicht an die Presse gegeben, so dass sich die Artikel auf wilde Spekulationen über Clankriminalität, weltweit agierende Banden und illegale Geschäfte *(FÜHRTE JOHANN K. EIN DOPPELLEBEN?)* beschränken mussten.

Heinlein legte die Bleche in die Spüle und öffnete den Wasserhahn. Er lauschte dem Gurgeln des Wassers und sah über die Schwingtür zum Schaufenster am Ende des leeren Verkaufsraums. Wer immer auch Keferbergs Mörder waren, sie konnten jederzeit auftauchen. Beobachteten sie ihn bereits? Hatten ihn schon im Visier? Es gab unzählige Möglichkeiten – hinter jedem Fenster drüben in den Häusern links und rechts neben Keferbergs verwaister Pension konnte ein Heckenschütze lauern, vielleicht auch im Schatten eines der alten Bäume schräg gegenüber im Park. Nicht zu vergessen der Kistenstapel neben dem Eingang zum Imbiss oder der Geldtransporter, der drüben am Bordstein parkte und ebenfalls ausreichend Deckung bot.

Oder gingen sie völlig anders vor? Was war, wenn sie sich gar nicht versteckten, sondern *tarnten*? Die junge Frau auf der Parkbank, die scheinbar in ein zerlesenes Taschenbuch vertieft war und mit dem Fuß einen Kinderwagen hin- und herschob – konnte es nicht sein, dass sie kein Baby beruhigte, sondern nur auf den richtigen Moment wartete, eine versteckte Maschinenpistole zu zücken? Und was war mit den beiden Postboten drüben am Stehtisch? Kauten sie nicht etwas *zu* gelangweilt ihre Bockwürste? Schielte einer der beiden nicht ständig herüber? Unter der Jacke ließ sich problemlos eine Pistole verbergen. Marvin, der an der Registrierkasse das Kleingeld zählte, befand sich genau im Schussfeld, er ...

Das Läuten der Ladenglocke ließ Heinlein erschrocken aufhorchen, doch anstelle eines breitschultrigen Killers mit Nadelstreifenanzug, tief in die Stirn gezogener Hutkrempe und gezückter Waffe erschien der junge Mann mit dem Kinnbart, welcher sich, statt wild um sich zu schießen, gewohnt gleichgültig mit einer Zeitung unter dem Arm an seinen Stammplatz begab. Marvin warf Heinlein über die Schwingtür einen fragenden Blick zu, den dieser mit einem knappen Nicken erwiderte zum Zeichen, dass der Junge die Bedienung ihres Gastes übernehmen dürfe.

Während Marvin den Milchkaffee zubereitete, nahm Heinlein eine Spülbürste und schrubbte die Backbleche. Es war müßig, sich über potenzielle Gefahren den Kopf zu zerbrechen. Mehr noch, es war geradezu fahrlässig, wenn man darüber die realen Probleme vergaß.

Adam Morloks Worten entsprechend war die Situation zunächst zu analysieren, bevor eine Entscheidung getroffen wurde. Doch wie sollte man reagieren, wenn man vor einem Rätsel stand?

Dass Marvin im Kühlhaus gewesen war, erklärte einiges, aber nicht alles. Die Fußspuren, die Heinlein am Morgen nach dem Gewitter bemerkt hatte, stammten nicht von ihm. Es gab also noch jemanden, der dort gewesen war.

Heinlein stellte die Bleche zum Abtropfen in das Spülgitter und ließ das Wasser ab. Er wehrte sich gegen den Gedanken, doch er kam nicht umhin, erneut über die andere Möglichkeit zu spekulieren. Um sich zu vergewissern, musste er das Kühlhaus betreten – dies kam nicht in Frage. Er konnte sich auch an Marvin wenden, doch was sollte er ihm sagen?

Als du Adam Morlok den Finger abgeschnitten hast, ist dir da etwas aufgefallen? Irgendwelche Anzeichen, dass das Kühlhaus von innen geöffnet wurde? Waren alle an ihrem Platz? Ich habe geträumt, mein Vater würde mit Frau Rottmann Walzer tanzen. Das ist natürlich Unsinn, aber es gibt Anzeichen, dass Niklas Rottmann das Kühlhaus verlassen haben könnte. Er hat es versucht, ich habe die Kratzspuren gesehen und seine blutigen Finger. Vielleicht ist es ihm ja später gelungen, was denkst du?

Das Gurgeln des abfließenden Wassers riss Heinlein aus seinen Gedanken. Wie als Antwort ertönte nebenan ein Zischen; Marvin stand an der Espressomaschine und schäumte die Milch für den Kaffee ihres Gastes auf, der seine Lektüre beendet hatte und nun mit seinem Handy beschäftigt war.

Heinlein trocknete sich die Hände ab. Es musste eine andere, sachliche Erklärung geben. Erst wenn diese gefunden war, würde er weitere Antworten bekommen. Doch wo sollte er suchen? Er brauchte einen konkreten Ansatz.

Er nahm Morloks iPad von der Arbeitsplatte und gab den Code ein. Das Display wurde hell, er tippte auf das blaue Icon, um den Messenger zu öffnen. Die beiden Nachrichten mit den unverständlichen Zahlenreihen waren verschwunden. Es hieß, solche Messenger seien nicht nur wegen ihrer Verschlüsselung beliebt, sondern auch wegen der Möglichkeit, dass sich die Nachrichten nach einem bestimmten Zeitraum von selbst löschten, was wohl mit dem gesamten Chatverlauf geschehen war. Bei der Polizei gab es Spezialisten, die gelöschte Daten zumindest teilweise rekonstruieren und den Spuren vielleicht folgen konnten.

Norbert Heinlein konnte das nicht. Von Marvin war keine Hilfe zu erwarten – sosehr er auch von der Einzigartigkeit des Jungen überzeugt war, übersinnliche Fähigkeiten besaß er jedenfalls nicht, und als heimliches Computergenie würde er sich wohl auch nicht entpuppen.

Heinlein war also auf sich allein gestellt. Er konnte nichts tun. Doch, fiel ihm ein, *eine* Sache gab es. Er war zwar nicht fähig, die Spur zu verfolgen, aber konnte er nicht eine neue legen? Eine, die zu *ihm* führte und trotzdem kein Risiko darstellte?

Marvin servierte den Milchkaffee, rückte die Kristallvase mit der Rose zurecht und entfernte sich wieder. Der junge Mann mit dem Kinnbart saß im Licht der Nachmittagssonne am Fenster und reagierte nicht.

Heinlein tippte auf das Display. Am unteren Bildrand öffnete sich ein schmales Fenster: *Nachricht verfassen*

Einen Versuch war es zumindest wert. Nur – was genau sollte er schreiben? Die letzte Mitteilung hatte aus acht Zahlen bestanden, also tippte Heinlein nach kurzem Nachdenken wahllos acht weitere ein. Falls eine Reaktion erfolgte, brachte diese ihn vielleicht weiter. Wenn nichts geschah – nun, dann hatte er's zumindest versucht.

Er stellte sich auf eine längere Wartezeit ein, doch bereits eine halbe Sekunde nachdem er auf *Senden* getippt hatte, erklang im Verkaufsraum der typische Signalton eines Handys bei einer eingehenden Nachricht. Diese schien wichtig zu sein, denn der Gast sprang umgehend auf und verließ eilig das Geschäft, ohne einen einzigen Schluck von seinem Milchkaffee getrunken zu haben.

Exakt zweiunddreißig Minuten nachdem Heinlein die Nachricht abgeschickt hatte, erschien eine Antwort auf Morloks iPad, gesendet von einem Teilnehmer, der sich *pink* nannte. Diese bestand diesmal nicht aus Ziffern, allerdings ebenfalls aus acht Zeichen, die Heinleins Gemütszustand perfekt widerspiegelten: *????????*

In diesem Punkt kam er nicht weiter, doch es gab einen weiteren. Dass das Handy des jungen Mannes reagiert hatte, konnte natürlich Zufall sein. Doch dieser Mensch mit seinen geschmacklosen Tätowierungen und der nachlässigen Kleidung (nicht zu vergessen die schlechten Manieren) war Heinlein von Beginn an suspekt gewesen:

Da er am nächsten Tag nicht erschien, wiederholte Heinlein das Experiment am übernächsten – diesmal erfolglos, eine Antwort traf ebenfalls nicht ein. Als Beweis für einen Irrtum betrachtete Heinlein das nicht, denn das Handy des jungen Mannes lag nicht auf der runden Marmorplatte; es konnte stummgeschaltet in einer der Hosentaschen seiner Jeans verstaut sein, womöglich hatte er es auch nicht bei sich.

Heinlein beschloss, ihn im Auge zu behalten. Als der junge Mann weitere drei Tage später das Geschäft verließ und sich nicht wie gewöhnlich nach links, sondern nach rechts Richtung Opernhaus wandte, folgte ihm Heinlein unauffällig ins Freie und beobachtete, wie er nebenan den Copyshop von Britta Lakberg betrat.

Heinleins detektivischer Spürsinn war geweckt. Als der Absender namens *gruen* eine weitere Ziffernfolge – *29 080 400* – an Morloks iPad schickte, versuchte er gar nicht erst, hinter den Sinn zu kommen.

Es gab eine andere Spur, der er folgen konnte.

Achtundfünfzig

»Feinstes Wildlachsfilet«, rief Heinlein, um das Rattern der Drucker zu übertönen, balancierte dabei den Porzellanteller gekonnt auf den Fingerspitzen der rechten Hand und stellte ihn schwungvoll auf Britta Lakbergs Verkaufstresen. »Mit Parmesankruste und frischer …«

»Darf ich mal kurz …?« Sie drängte sich schnaufend mit einem Stapel Kopierpapier vorbei, der mit einem dumpfen Knall neben einem Kopierer auf dem Boden landete.

»… Meerrettich-Johannisbeercreme«, endete Heinlein und reichte ihr das in eine Serviette eingewickelte Besteck. »Das Rezept ist von meinem Großvater.«

»Sieht wundervoll aus.« Britta Lakberg wickelte das Besteck aus, spießte ein Stück Pastete auf und steckte die Gabel in den Mund. »Schmeckt auch so«, sagte sie kauend. »Danke.«

»*Ich* habe zu danken.«

Das entsprach der Wahrheit. So, wie Heinlein Marvin

schon lange als seinen Sohn betrachtete, war sie für ihn zu einer Tochter geworden. Er mochte nicht nur ihre Gesellschaft, sondern genoss es auch, ihr beim Essen zuzusehen. Er beobachtete, wie sie kaute, schluckte und versuchte, sich bei jedem genießerischen Schließen ihrer Augen das Zusammenspiel der bis ins kleinste Detail abgestimmten Aromen vorzustellen. Mehr war ihm nicht geblieben. So war es auch jetzt, doch er hatte Britta Lakberg aus einem anderen Grund aufgesucht.

Die Luft war stickig und heiß in dem beengten Raum, der bis auf den letzten Zentimeter mit Kopierern in allen erdenklichen Größen vollgestellt war, zwischen denen sich Kartons, Pappen und Papierrollen teilweise bis unter die Decke stapelten. Die wenigen freien Stellen an den Wänden waren verdeckt von Plakaten *(Wir bedrucken JEDES Shirt!)*, Hinweisen *(50% Studentenrabatt – nur gg. Ausweis)* und Warnungen *(KEINE SELBSTBEDIENUNG AM FARBDRUCKER!!!)*.

»Du scheinst ordentlich zu tun zu haben«, begann Heinlein, um nicht mit der Tür ins Haus zu fallen. »Machst du wieder Überstunden?«

Eine Dissertation, erklärte Britta zwischen zwei Bissen, die morgen früh abgeholt werde. »Zehn Exemplare mit knapp zweihundert Seiten. Ich habe eine Spiralbindung vorgeschlagen.« Sie blies eine Haarsträhne aus dem Gesicht – eine Angewohnheit, die Heinlein mittlerweile besonders mochte. »Aber nein, es muss unbedingt eine Klebebindung sein.«

»Der Kunde bestimmt, was er will.« Heinlein war sich seines schulmeisterlichen Tons bewusst, der ihm – in gewissen Grenzen natürlich – angesichts des Altersunterschiedes und seiner langjährigen Erfahrung durchaus zustand. »Unsere Aufgabe ist es, Qualität zu liefern.«

»Qualität?«, schnaubte sie. »Es geht um den *Preis*, Norbert! Im Netz gibt es Tausende Läden, bei denen man so was online abwickeln kann. Die sind nicht nur schneller, sondern auch billiger. Ich kann froh sein, dass überhaupt jemand kommt.«

»Weil du persönliche Beratung bietest, Britta. Das wird sich langfristig auszahlen. Neben der Qualität ist der direkte Kontakt zum Kunden das wichtigste ...«

»Bei dir vielleicht.«

»Auch bei dir«, beharrte Heinlein, vor dessen innerem Auge das Logo seines neuen Mitbewerbers mit dem schnauzbärtigen Koch erschien. »Konkurrenz belebt das Geschäft«, sagte er, während das Lächeln des imaginären Kochs einem hämischen Grinsen wich.

»Wie auch immer.« Britta kratzte die letzten Krümel vom Teller und leckte sie von der Gabel. »Danke noch mal. Ich muss dann jetzt weitermachen.« Resigniert hob sie die Arme und sah ihn mit müdem Lächeln an.

»Pass auf, dass du dich nicht überarbeitest«, mahnte Heinlein und kam nun zum eigentlichen Grund seines Besuches. Er hatte zwei Stunden Zeit gehabt, sich seine Geschichte zurechtzulegen, die zwangsläufig auf einigen harmlosen Lügen basierte. Das war verzeihlich, denn wenn er Britta ins Vertrauen zog, brachte er sie nur in Gefahr.

Er berichtete in lockerem Plauderton von einem Kunden, der seine Brieftasche vergessen hatte (die erste Lüge). Heinlein war ihm auf die Straße gefolgt (Wahrheit), um ihm die Brieftasche hinterherzubringen (Lüge) und hatte beobachtet, wie der Kunde Brittas Laden betrat (Wahrheit). Da neue

Kundschaft erschien (Lüge), hatte Heinlein sein Geschäft nicht verlassen können (Lüge) und war erst nach Ladenschluss dazu gekommen, sich weiter um die Angelegenheit zu kümmern (Wahrheit – zumindest teilweise).

»Ich schätze ihn auf Mitte zwanzig. Buntes Hemd, Jeans und weiße Turnschuhe.«

Britta sah ihn verständnislos an. Irrte sich Heinlein, oder flackerten ihre Augen? War sie nicht mehr und mehr erblasst?

»Kurzes blondes Haar und hier«, er strich mit dem Zeigefinger über sein Kinn, »ein kleiner Bart.«

Doch, erinnerte sich die junge Frau, nachdem sie einen Moment nachgedacht hatte, vor zwei Stunden sei jemand hier gewesen, auf den diese Beschreibung passte. Auch die Antwort auf Heinleins Frage, was denn der Grund dieses Besuches gewesen sei (Visitenkarten), ließ etwas auf sich warten.

»Fein!«, freute sich Heinlein. »Dann haben wir nicht nur einen Namen, sondern sogar eine Adresse, an die ich die Brieftasche schicken kann!«

»Er hat sich nur erkundigt. Hat einen Katalog genommen und ist gegangen.«

Jetzt war es Britta, die Heinlein Lügen auftischte. Sie mied seinen Blick, nestelte mit einer fahrigen Bewegung am Kragen ihres T-Shirts, während sich die Finger der anderen Hand in die Serviette krallten.

»Da kann man nichts machen«, seufzte Heinlein. »Aber er kommt bestimmt wieder.«

»Bestimmt«, flüsterte sie.

Etwas dämmerte Heinlein, nahm Konturen an und wurde zur Gewissheit.

»Hat er dich bedroht?«

»Bedroht? Quatsch.«

»Wovor hast du Angst, Britta?«

Sie senkte den Kopf und gab vor, nicht zu verstehen, was gemeint sei.

»Du kannst mir vertrauen.« Heinlein langte über den Tresen nach ihrer Hand und bemerkte den blassen Striemen um ihr Gelenk. »Wenn dich also etwas bedrückt, dann ...«

Er sah sie abwartend an. Das Rattern der Kopiergeräte war verstummt, nur der große Standventilator rauschte neben der Ladentür. Das Gerät lief auf höchster Stufe, erfrischte allerdings kaum und konnte gegen den stechenden Farbgeruch, den Heinlein noch sehr gut in Erinnerung hatte, wohl kaum etwas ausrichten.

Britta bedankte sich für das Angebot und versicherte, abgesehen von etwas Ruhe würde ihr nichts fehlen.

»Wie du meinst.« Heinlein wies in Richtung der Freifläche, auf der Marvin gerade den Kies um die Mülltonnen harkte. »Falls etwas sein sollte ... ich bin immer in der Nähe.«

»Das weiß ich, Norbert.«

»Probleme sind da, um gelöst zu werden«, erwiderte Heinlein und lächelte ihr zum Abschied aufmunternd zu.

Was seine eigenen Probleme betraf, war er keinen Schritt vorangekommen. Das fiel nicht weiter ins Gewicht, denn nun, da Britta in Schwierigkeiten steckte, wurde ihm bewusst, wie wichtig sie ihm war – längst nicht so wichtig wie Marvin, doch sie war in Begriff, ebenfalls Teil seiner imaginären Familie zu werden. Dass die beiden nichts miteinander verband – sie hatten noch nie miteinander gesprochen –, war unwichtig, in Heinleins Träumen taten sie es, und auch die kleine Lupita lebte nicht am anderen Ende der Welt, sondern war Teil dieser kleinen Familie, deren Oberhaupt er war – geliebt, geachtet und respektiert.

Das waren natürlich Hirngespinste, doch hatte nicht jeder das Recht, der deprimierenden Realität für den ein oder anderen Moment zu entfliehen? Diese Familie mochte zwar nur in der Einbildung eines naiven Träumers bestehen, doch die Kräfte, die Heinlein wie jeder Familienvater aus Sorge um seine Schutzbefohlenen mobilisierte, waren real und offenbarten verborgene Charaktereigenschaften wie Mut, Entschlossenheit und Kampfeswillen, von deren Existenz er nicht den Hauch einer Ahnung gehabt hatte. Mit der Sorge um Britta lastete eine weitere Aufgabe auf seinen Schultern, doch Heinlein betrachtete sie nicht als Bürde, sondern als Ansporn.

Über die schauspielerische Begabung, die er kürzlich an sich selbst entdeckt hatte, verfügte Britta jedenfalls nicht. Sie hatte versucht, ihre Gefühle zu verbergen, doch Heinlein ließ sich nicht täuschen. Auch in Bezug auf den jungen Mann mit dem Kinnbart sah er seinen Verdacht nun bestätigt – wenn auch in einer gänzlich unerwarteten Richtung. Viele Fragen standen noch offen, eine war jetzt immerhin beantwortet.

Heinlein glaubte jetzt zu wissen, warum der junge Mann ständig zu Gast gewesen war, ausgerechnet an dem Platz, an dem früher Adam Morlok gesessen hatte. Auch dies war kein Zufall, denn von dort hatte er den Copyshop ständig im Blick. Er begnügte sich offensichtlich nicht mehr damit, Britta zu beobachten, sondern verfolgte sie bis in ihren Laden.

Dass sie Angst hatte, war mehr als verständlich. Was hatte diese zierliche Person einem solchen Kerl schon entgegenzusetzen? Nun, da er darüber nachdachte, glaubte Heinlein, hinter den gleichgültigen Augen eine diffus lauernde Aggressivität wahrgenommen zu haben, die sich jederzeit in einem Gewaltausbruch entladen konnte. War dies womöglich bereits geschehen, und der blasse Striemen, den Heinlein um Brittas Handgelenk bemerkt hatte, war ein Bluterguss?

Womöglich handelte es sich um einen ehemaligen Partner, der nach einer Beziehung die Trennung nicht akzeptierte. Da Heinlein große Schwierigkeiten hatte, sich die beiden als Paar vorzustellen, fand er es naheliegender, dass Britta von einem verschmähten Liebhaber bedrängt wurde.

Die Wahrheit würde er erst erfahren, wenn Britta ihn ins Vertrauen zog. Es war also müßig, sich weiter den Kopf zu zerbrechen, entschied Heinlein, während er den Flur betrat und sich die klapprige Haustür hinter ihm schloss. Als er an der Tür zum Keller vorbeilief, dachte er an seine eigenen Probleme, die dort unten noch immer auf eine Lösung warteten.

All diesen Rätseln um verschwundene und wieder aufgetauchte Aluminiumkisten, Falschgeld, das plötzlich echt war, geheimnisvolle Fußspuren, verschlüsselte Messengerdienste mit kruden Zahlenreihen auf dem iPad eines Toten und wie aus dem Nichts erscheinenden Luxuslimousinen würde er sich zu gegebener Zeit widmen. Einige Dinge waren sowieso nicht zu ändern, zum Beispiel die geschäftlichen Probleme (erneut erschien der schnauzbärtige, grinsende Koch vor seinem inneren Auge), auch auf den potenziellen Angriff eines rachsüchtigen Killerkommandos hatte er keinen Einfluss. Im Falle eines Falles suchte man so lange, bis man ihn fand, es ergab also keinen Sinn, sich wie ein verängstigtes Kaninchen im Bau zu verkriechen.

Solange die Elektrik im Kühlhaus funktionierte, bestand in diesem Punkt keine unmittelbare Gefahr. Nur eine Sache blieb noch zu tun. Zwar sträubte sich jede einzelne Faser, doch die Tatsachen mussten akzeptiert werden, und das beinhaltete auch, dass Heinlein seinen Widersachern – wer immer sie auch sein mochten – gewappnet gegenüberzutreten hatte. Ähnlich wie weiland Niklas Rottmann würden sich diese wohl kaum mit Argumenten überzeugen lassen, und obwohl Heinlein Gewalt nach wie vor aus tiefster Seele verabscheute, durfte er immerhin hoffen, sich einen gewissen Respekt verschaffen zu können.

Seine Erleichterung war groß, nachdem er Adam Morloks Pistole unten aus dem Rollkoffer geholt hatte und die Kellertür wieder schloss. Er strich mit den Fingerspitzen über das rissige Holz und genoss das Gefühl, diese Tür vorerst nicht wieder öffnen zu müssen.

Er schloss sorgfältig ab. Es stimmte, in der nächsten Zeit würde er die Tür tatsächlich nicht öffnen. Dass er sich trotzdem wenig später im Keller wiederfinden sollte, konnte er natürlich nicht ahnen.

Neunundfünfzig

Als Kommissar Schröder am nächsten Vormittag anrief und um ein kurzfristiges Gespräch im Präsidium bat, stimmte Heinlein sofort zu.

Den iberischen Schinken, den er als Gastgeschenk mitbrachte, lehnte der Kommissar bedauernd ab, da es sich zwar nicht um eine Vernehmung, trotzdem aber um ein dienstliches Treffen handelte. Sein einhändiger Kollege sah das zunächst anders, doch nachdem er den Schinken ausgiebig beschnüffelt hatte, kam auch er zu dem Schluss, Heinleins Mitbringsel könne von kleingeistigen Gemütern durchaus als Bestechungsversuch aufgefasst werden. Er versprach, sich persönlich um die Entsorgung des *Corpus delicti* zu kümmern, verstaute den Schinken in einer Schublade seines Schreibtischs und verließ das Büro, um, wie er sagte, in einer anderen, äußerst wichtigen Angelegenheit zu ermitteln.

Nachdem er das Büro verlassen hatte, bedankte sich Kommissar Schröder noch einmal für Heinleins Erscheinen und bat ihn, Platz zu nehmen. Heinlein gehorchte, schlug auf dem Besucherstuhl vor Schröders Schreibtisch die Beine übereinander und sah den Kommissar erwartungsvoll an.

»Was kann ich für Sie tun?«

Seine Miene drückte höfliches, entspanntes Interesse aus. Falls der kleine Mann hinter dem Schreibtisch den erhöhten Herzschlag an der pulsierenden Ader über dem weißen Hemdkragen bemerkte, würde er es wohl auf die spätsommerliche Hitze und die Treppenstufen hinauf in die dritte Etage des Präsidiums zurückführen, die Heinlein eilig erklommen hatte, um den Ermittlungsbehörden schnellstmöglich zur Verfügung zu stehen.

»Es geht um den Vermisstenfall«, begann Kommissar Schröder.

»Herrn Peysel? Es gibt also Neuigkeiten?«

Heinleins Neugier war ungeheuchelt. Im Geiste war er

das folgende Gespräch immer und immer wieder durchgegangen, auf das er sich nun mit äußerster Kraft konzentrierte.

Die Kollegen in Berlin, teilte Kommissar Schröder indessen mit, waren der Spur bis zur Aktentasche am Ufer des Landwehrkanals gefolgt, hatten Zeugen befragt und die Nachrichten, die von Herrn Peysels Handy an dessen Frau geschickt worden waren, ausgewertet. Alles deutete auf einen Suizid.

»Er hat sich ... umgebracht?« Heinlein, dessen Plan aufzugehen schien, schüttelte bekümmert den Kopf.

»Es gibt allerdings noch Fragen.«

Damit war zu rechnen gewesen. Die erste – es gab keine Leiche – beantwortete Kommissar Schröder zu Heinleins allergrößter Erleichterung selbst mit der Erwähnung der komplizierten Strömungsverhältnisse. Eine weitere, deutlich wichtigere Frage stellte sich durch die Aussagen Frau Peysels. *Rosenblüte* war aus dem Urlaub zurückgekehrt und äußerte massive Zweifel an einem Selbstmord.

»Es gab Probleme in der Ehe«, sagte Kommissar Schröder. »Doch man hatte sich ausgesöhnt, der Urlaub war als eine Art zweite Hochzeitsreise gedacht. Laut Frau Peysel freute sich ihr Mann auf den Urlaub und war guter Stimmung. Er neigte auch nicht zu Depressionen.«

Heinlein, der auch diesen Einwurf erwartet hatte, hob scheinbar ratlos die Arme. »Ich kannte Herrn Peysel nur oberflächlich. Ich bin kein Psychologe, Herr Kommissar, ich ...«

»Sie sind einer der Letzten, die ihn gesprochen haben.«

»Das stimmt«, nickte Heinlein betrübt. »Hätte ich nur geahnt, dass ...«

»Wirkte er wie jemand, der sein Leben beenden will?«

Heinlein strich über die Bügelfalte seiner Anzughose und zerrieb eine nicht vorhandene Fussel zwischen Daumen und Zeigefinger. Die nachdenkliche Pause war wohlkalkuliert, ebenso wie die Antwort, die er sich schon lange zurechtgelegt hatte.

»Herr Peysel schien mir ein wenig wortkarg. Aber ... *lebensmüde?*« Er schüttelte den Kopf. »Nein. Aber mein persönlicher Eindruck hat nicht viel zu bedeuten. Wir hatten ein durchaus freundschaftliches Verhältnis, doch unsere Gespräche waren entweder dienstlich oder auf kulinarische Themen beschränkt. Ich glaube kaum, dass Herr Peysel mir sein Herz ausgeschüttet hätte.«

»Das ist einleuchtend«, nickte Kommissar Schröder. »Ich frage mich nur ...«, er kratzte sich an der kahlen Schläfe, »was er bei Ihnen gewollt hat. Jemand, der entschlossen ist, sein Leben zu beenden, müsste doch eigentlich Orte aufsuchen, die ihm wichtig sind, die ihn geprägt haben – vielleicht, um sich zu verabschieden. Warum ausgerechnet ein Feinkostladen? Aus welchen Gründen sollte jemand ...«

»*Delikatessen.*«

»Bitte?«

»Es handelt sich um ein Delikatessengeschäft«, korrigierte Heinlein kühl. »Ein Familienunternehmen in dritter Generation, Herr Kommissar. Und was die Gründe betrifft, kann ich Ihnen einige aufzählen. Stil zum Beispiel. Ambiente. Ein exklusives Sortiment, verbunden mit fachkundiger Beratung. Ich dachte eigentlich«, seine Augen verengten sich, »dass auch Sie aus den genannten Gründen zu meinen Kunden zählen.«

Heinleins Empörung war echt. Er hatte geglaubt, auf

alle Eventualitäten vorbereitet zu sein, mit einem solchen Affront, den er nur als persönlichen Angriff auffassen konnte, hatte er jedoch nicht gerechnet. Doch er durfte sich nicht von Emotionen leiten lassen, sonst würde das Gespräch aus dem Ruder laufen.

»Ich habe mich wohl missverständlich ausgedrückt.« Kommissar Schröder hob die kurzen Arme. »Ich wollte Ihnen nicht zu nahe treten.«

»Nicht doch«, wehrte Heinlein, der sich wieder unter Kontrolle hatte, ab. »*Ich* habe mich zu entschuldigen. Ich bin ein wenig angespannt«, erklärte er mit brüchiger Stimme, »schließlich hatte ich gehofft, dass sich noch alles zum Guten wendet. Der arme Herr Peysel, ich hätte niemals damit gerechnet, dass er …«

Niedergeschlagen senkte er den Blick und rief sich seinen Plan in Erinnerung. Seine Geschichte war kompliziert und erforderte höchste Konzentration, wenn er bei den komplexen Verästelungen die Übersicht behalten wollte. Dass diese Geschichte aus einem Geflecht aus Lüge, Betrug und Täuschung bestand, durfte ihn im Moment nicht ablenken. Schuldgefühle plagten ihn bereits mehr als genug, doch jetzt galt es, mutig und entschlossen zu sein.

»Frau Peysel hat ein weiteres Argument vorgebracht«, sagte Kommissar Schröder. »Bezüglich der Nachrichten, die sie von ihrem Mann erhalten hat. Diese würden absolut nicht seinem Wesen entsprechen, das betrifft sowohl die Beschimpfungen als auch die vulgäre Wortwahl. Frau Peysel war so freundlich, uns ihr Handy auswerten zu lassen, und nach einem Vergleich mit älteren Chatverläufen kommen unsere Spezialisten zu einem ähnlichen Ergebnis.«

»Und das heißt?«

»Die letzten Nachrichten vor seinem Tod könnten von einer anderen Person verfasst worden sein. Es ist zumindest nicht auszuschließen.«

Heinleins Befürchtung, in der Aufregung den Bogen überspannt zu haben, bestätigte sich nun. Dass er die arme *Rosenblüte* als übergewichtige Kuh beschimpft hatte, war unverzeihlich, doch nicht mehr zu ändern. Ein Fehler, den er nun korrigieren musste.

»Eine andere Person?«, überlegte er laut, runzelte die Stirn und ließ eine weitere Pause verstreichen, in der sich seine Miene in einer wohldosierten Mischung aus Zweifel und Erkenntnis allmählich erhellte. »Der Rum«, murmelte er. »Ich weiß nicht, ob es eine Erklärung ist, aber …«

»Der Rum?«

»Kubanischer Rum«, nickte Heinlein. »Herr Peysel hat eine Flasche bei mir erstanden. Einen *Santiago de Cuba*, ein absolutes Premiumprodukt, fünfundzwanzig Jahre in Eichenfässern gereift. Das Bouquet ist unglaublich, Herr Kommissar.« Sein Blick wanderte schwärmerisch ins Leere. »Samtweich und gleichzeitig intensiv. Wunderbare Noten von Birne und Kokosnuss. Ein leichter, aber klar definierter Hauch Vanille, dazu Nuancen von Bitterschokolade, Sandelholz und …« Er kam blinzelnd ins Stocken. »Entschuldigung, ich sollte nicht abschweifen. Jedenfalls …«, er räusperte sich kurz, »hat ein solches Spitzenprodukt einen entsprechenden Alkoholgehalt und sollte natürlich in Maßen genossen werden. Ich bin davon ausgegangen, es handele sich um ein Präsent für Herrn Peysels Gemahlin, doch als ich die Flasche einpacken wollte, meinte er, das sei nicht nötig.«

»Sie glauben, dass er sich betrunken hat?«

Heinlein hielt dem Blick der eisblauen Augen stand. »Ich teile Ihnen nur meine Beobachtung mit.«

»Die Berliner Kollegen haben ein Überwachungsvideo geschickt.« Die Finger des Kommissars flitzten über die Tastatur seines Computers. »Vom Hauptbahnhof.«

Er drehte den Monitor in Heinleins Richtung. Ein Fenster öffnete sich, Heinlein beugte sich mit ungeheucheltem Interesse vor und betrachtete die ruckelnden Schwarzweißbilder, auf denen ein paar verschwommene Gestalten an einem Bahnsteig zu sehen waren.

»Die Kollegen haben den Ablauf rekonstruiert«, erläuterte Kommissar Schröder. »Datum und Uhrzeit passen.«

Heinlein musterte die flimmernde Zahlenreihe am oberen Bildrand. Ein Gedanke formte sich in seinem Kopf, doch er brachte ihn nicht zu Ende, ordnete stattdessen in einer instinktiven Geste den akkurat gezogenen Scheitel, als er sich plötzlich selbst erscheinen sah – eine hagere, schemenhafte Gestalt in weißem Hemd und schwarzer Hose, die mit einer Aktentasche unter dem Arm diagonal über den Bahnsteig lief und rechts in der Menschenmenge verschwand.

»Betrunken«, kam er dem Kommissar zuvor, »erscheint er mir nicht.«

»*Noch* nicht. Die Flasche könnte in der Aktentasche sein.«

»Meinen Sie?«

Heinlein neigte skeptisch den Kopf, während sich seine linke Hand hinter der Stuhllehne zu einer triumphierenden Faust ballte.

»Das würde jedenfalls einiges erklären«, überlegte Kommissar Schröder und zog eine Akte aus einem Stapel neben seiner Tastatur. »Das Hotelpersonal hat nichts in dieser Richtung ausgesagt«, murmelte er, öffnete die Akte und überflog ein eng beschriebenes Formular. »Im Restaurant allerdings hat er eine Flasche Champagner bestellt, und der Taxifahrer beschreibt ihn als angetrunken.«

»Dieser verfluchte Alkohol«, murmelte Heinlein verbittert und knetete die Finger im Schoß. »Die einen treibt er in den Ruin, die anderen ...«, er schluckte, »in den Tod. Ich hätte Herrn Peysel den Rum niemals verkaufen dürfen, ich ...«

»Wenn es so war, hatte er den Entschluss bereits gefasst. Der Alkohol diente nur dazu, ihm die Angst zu nehmen.«

»Trotzdem. Ich werde mir für den Rest meines Lebens Vorwürfe machen.«

Heinlein sah den Kommissar unglücklich an. Er kämpfte an vielen Fronten, und dass er auch diesen rundlichen, glatzköpfigen Mann mit dem freundlichen Gesicht als Gegner betrachten musste, war furchtbar. Doch es lag Heinlein fern, ihm Schaden zuzufügen, es ging einzig und allein darum, ihm die Wahrheit vorzuenthalten. Eine Wahrheit, die niemandem nutzte, und nun, da der Plan aufzugehen schien, würde Kommissar Schröder den Fall abschließen und sich anderen, wichtigeren Aufgaben widmen – den *wahren* Verbrechern, zu denen sich Norbert Heinlein ungeachtet aller Selbstvorwürfe nicht zählte.

Der Kommissar bemerkte seinen unauffälligen Blick auf die Uhr, erhob sich und dankte noch einmal für das prompte Erscheinen, worauf Heinlein bekräftigte, er werde sich weiterhin jederzeit zur Verfügung halten. Als er ebenfalls aufstand, fiel sein Blick durch das Fenster auf Kommissar Schröders langhaarigen Kollegen, der draußen etwas abseits im Schatten einer Kastanie auf einer Parkbank saß und mit der *äußerst dringlichen Angelegenheit* wohl seine Zigaretten gemeint hatte, von denen er soeben eine weitere entzündete.

Der Händedruck des kleinen Polizisten, den Heinlein um eine knappe Kopflänge überragte, war erstaunlich fest.

»Alles Gute, Herr Heinlein.«

Nach über einer Dreiviertelstunde war das Gespräch nun beendet. Mehr als fünfundvierzig Minuten, in denen Norbert Heinlein nicht ein einziges aufrichtiges Wort von sich gegeben hatte.

»Das wünsche ich Ihnen auch, Herr Schröder«, sagte er.

Diese Worte meinte er ehrlich. Aus tiefstem Herzen.

Sechzig

Nachdem Heinlein aus dem Präsidium zurückgekehrt war, kontrollierte er zunächst das iPad. Eine neue Nachricht war nicht eingegangen, doch die letzte hatte sich noch nicht gelöscht. Heinlein betrachtete die Ziffern und erinnerte sich an die flimmernde Zahlenreihe auf dem Überwachungsvideo und an die Worte des kleinen Polizisten, die etwas in ihm ausgelöst hatten.

Datum und Uhrzeit

Als er den Gedanken nun zu Ende führte, glaubte er, das Klicken, mit dem etwas in seinem Verstand einrastete, deutlich zu hören.

»Es ist äußerst wichtig«, wiederholte er eindringlich. »Bist du dir auch wirklich ...«

Er beendete die Frage nicht. Natürlich war Marvin *sicher* – es ging schließlich um Zahlen. Die beiden Ziffernfolgen, die er in seiner typisch monotonen Ausdrucksweise aufgezählt hatte, waren selbstverständlich korrekt. Heinlein hatte anfangs nicht wissen können, dass die Nachrichten auf Morloks iPad nach kurzer Zeit gelöscht wurden, und sich den Inhalt der beiden ersten nicht gemerkt. Marvin hatte sie damals nur kurz gesehen, doch sofort abgespeichert – wahrscheinlich wie alles, was er durch seine dicken Brillengläser wahrnahm.

Heinlein öffnete das Wandschränkchen neben dem Gewürzregal, holte das alte Rezeptbuch hervor und blätterte durch die vergilbten Seiten, ohne auf die gestochenen Sütterlinbuchstaben seines Großvaters, die strenge Schrift seines Vaters und die Skizzen und Anmerkungen aus längst vergangenen Zeiten zu achten. Die letzten Seiten waren leer, und da Norbert Heinlein wohl kaum jemals noch ein neues Rezept hinzufügen würde, konnte er den Platz für wichtigere Dinge nutzen. Er ließ sich die Zahlenfolgen von Marvin noch einmal diktieren und schrieb sie auf: *23 070 515*, darunter *27 070 130*.

»Datum und Uhrzeit«, murmelte er.

Marvin überzeugte sich, dass die Ziffern korrekt notiert waren – mögliche Zusammenhänge interessierten ihn nicht –, nahm eine Flasche Scheuermilch und einen Schwamm aus dem Regal mit den Putzmitteln und lief zur Spüle.

»Der dreiundzwanzigste Juli«, überlegte Heinlein weiter und tippte mit dem Finger auf die obere Reihe. »Fünf Uhr fünfzehn. Das ist fast anderthalb Monate her.«

»Dreiundvierzig Tage«, konkretisierte Marvin, der begonnen hatte, das ohnehin blitzblanke Edelstahl unter dem Abtropfgitter zu wienern, »einundzwanzig Stunden und fünfundvierzig Minuten.«

Heinlein rieb sich versonnen das Kinn, während Marvin erklärte, an diesem Tag sei in *Heinlein's Delicatessen- und Spirituosengeschäft* eine Rinderfiletpastete in Portweinjus mit geschmortem Lauch im Angebot gewesen.

Die Pastete, erinnerte sich Heinlein, hatte er seinem Vater und Marvin zum Abendessen serviert. Der Alte hatte den Jungen obszön beschimpft, später auch seinen Sohn, da dieser sich weigerte, ihm beim Sterben zu helfen. Nun, Marvin hatte ihm diesen Wunsch später erfüllt, doch das war jetzt nebensächlich. Wichtig war, dass Heinlein an diesem Abend ungewöhnlich gereizt reagierte, er war übermüdet gewesen, in der Nacht zuvor hatte er kaum geschlafen – von Albträumen geplagt, war ihm eine Gestalt im Treppenhaus erschienen. Niklas Rottmann, der mit einer Aluminiumkiste aus dem Keller kam.

Bei Tagesanbruch, ungefähr fünf Uhr morgens also. Es ließ sich allerdings auf die Minute genau sagen, denn Heinlein hatte die Glocke der Turmuhr am Markt gehört. Einen einzelnen Schlag, fünfzehn Minuten nach der vollen Stunde. Fünf Uhr fünfzehn.

Über die zweite Zahlenreihe – *27070130* – musste Heinlein nicht lange nachdenken. Es handelte sich um jene Nacht, in der er mit einer anklingenden Erkältung im Bett gelegen hatte, nachdem er Britta Lakberg im strömenden Regen beim Entladen ihres Transportes behilflich gewesen war. Was sich konkret um halb zwei Uhr morgens im Hausflur abspielte, hatte er also nicht mitbekommen, doch am nächsten Morgen die Spuren bemerkt – Stiefelabdrücke desjenigen, der die verschwundenen Kisten durch zwei neue ersetzt hatte.

Er las die jüngste Nachricht vom iPad ab und notierte die Zahlenreihe ebenfalls. Nachdem er eine Weile grübelnd vor sich hingestarrt hatte, kramte er das Babyphone hinter den Gewürzgläsern hervor und erkundigte sich bei Marvin, ob dieser nach Ladenschluss eine kurzfristige Zusatzschicht einlegen könne.

»Ich weiß nicht genau, womit wir zu rechnen haben«, sagte er, als Marvin erwartungsgemäß einwilligte. »Aber ich fürchte, es wird eine turbulente Nacht.«

Vierter Gang

Die Rechnung

(Mit den besten Empfehlungen des Hauses)

Einundsechzig

In der Küche war Marvin am sichersten, also wies ihn Heinlein kurz nach Mitternacht an, dort seine Stellung zu beziehen.

Er überzeugte sich noch einmal, dass das Babyphone funktionierte, schärfte dem Jungen ein, ihn beim geringsten Geräusch zu alarmieren und vor allem seine Deckung ja nicht zu verlassen *(unter KEINEN Umständen, Marvin!)*, und begab sich hoch in die Wohnung, um von seinem Zimmerfenster aus als zweiter Posten das Geschehen vor dem Haus zu überwachen.

Die Zeit verging, Sekunden reihten sich zu Minuten, in denen Heinlein reglos in seinem dunklen Zimmer stand und konzentriert durch einen Gardinenspalt nach draußen sah. Sein Blickfeld war etwas eingeschränkt, doch wenn jemand das Haus betrat, würde ihm das nicht entgehen.

Was immer auch dann passierte, den letzten Ziffern der jüngsten Nachricht zufolge würde es vier Uhr morgens geschehen. Bis dahin waren noch einige Stunden Zeit, doch Heinlein verspürte nicht die geringste Müdigkeit. Angst oder gar Panik ebenfalls nicht, eher eine kribbelnde, angespannte Nervosität, die ihn hellwach halten würde.

Um sein eigenes Wohl war er also weniger besorgt, anders verhielt es sich mit Marvin. Solange der Junge sich an die Anweisungen hielt, drohte ihm wohl keine unmittelbare Gefahr, trotzdem hatte ihn Heinlein zusätzlich abgesichert und auf Adam Morloks Pistole in der Schublade unter der Registrierkasse verwiesen, mit der er sich notfalls verteidigen konnte.

Die Nacht war kühl und feucht, im Park schräg gegenüber lösten sich die ersten Blätter von den Bäumen und torkelten zu Boden. Heinlein lauschte dem lärmenden Treiben vor dem Imbiss und dem Grölen der Betrunkenen, die nach und nach taumelnd in der Dunkelheit verschwanden, sah, wie die Fensterscheibe unter seinem Atem beschlug, und dachte wehmütig an den rauchig-würzigen Duft des nahenden Herbstes nach feuchtem Torf und moderndem Holz, den er früher besonders geliebt hatte.

Stille legte sich über den leeren Platz. Die Leuchtreklame über dem Imbiss erlosch, die Rollläden ratterten herunter, und Heinlein sah, wie der Verkäufer mit hängenden Schultern in der Dunkelheit verschwand. Was er *nicht* sah – von seinem Standort aus nicht sehen *konnte* –, war die Gestalt am Fenster eine Etage schräg unter ihm. Er hatte mit vielen Überraschungen rechnen müssen, dass außer ihm ein zweiter Beobachter das Geschehen überwachen würde, war ihm jedoch nicht in den Sinn gekommen. Doch das war nur der Anfang.

Die alte Uhr über dem Imbiss stand erst auf halb vier, als Heinlein ein verdächtiges Geräusch vernahm. Er beugte sich aus dem Fenster, sah nach rechts und bemerkte zunächst den fahlen Lichtschein auf der Freifläche und danach die zwanzig Meter entfernt in Richtung Opernhaus am Bordstein parkende Limousine, die bisher ebenfalls außerhalb seines Blickfelds gewesen war. Die Farbe der schweren S-Klasse wurde durch das schweflige Laternenlicht verfälscht, doch Heinlein, der sich nicht täuschen ließ, ermahnte Marvin über das Babyphone zu allerhöchster Wachsamkeit und hastete aus der Wohnung hinab ins Freie.

Das Licht fiel durch eines der hinteren Seitenfenster des Copyshops auf die Freifläche. Hinter der Milchglasscheibe zeichneten sich nur die Umrisse der beiden Personen ab, doch deutlich genug, um einen weiteren Trugschluss zu offenbaren – es war nicht Heinleins verdächtiger Stammgast, der Britta Lakberg bedrohte, sondern der verstorbene Niklas Rottmann, dessen Profil unter der Uniformmütze deutlich zu erkennen war.

Heinlein, der Britta umgehend zu Hilfe eilte, riss keuchend die Ladentür des Copyshops auf und sah sich sofort gezwungen, seine Einschätzung nach wenigen Sekunden zu revidieren; die stämmige Gestalt in der schwarzen Uniform und den schweren Stiefeln jedenfalls wirkte äußerst lebendig. Das Gesicht unter der Uniformmütze war zwar bleich, doch nicht von einer schimmernden Reifschicht bedeckt, die Augen wässrig, aber nicht blicklos, auch die glänzenden Speicheltropfen auf dem blonden Kinnbart waren nicht gefroren.

Als der junge Mann den schockierten Heinlein grob zur Seite stieß und hastig die Flucht ergriff, wurde klar, dass er Britta Lakberg nicht gefährlich gewesen war – im Gegenteil, er entpuppte sich als Hasenfuß. Nicht Britta war die

Bedrohte, sondern Norbert Heinlein, der über einen Karton mit Packpapier gestolpert war und, als er sich aufrappelte, entgeistert in die Mündung einer schallgedämpften Pistole starrte.

Dass er sich in der jungen Frau so getäuscht hatte, war besonders schmerzlich. Britta Lakberg erwies sich nicht nur als äußerst kaltblütig, auch von Argumenten war sie nicht zu überzeugen, denn so sehr Heinlein auch beteuerte, er werde die große Druckmaschine in dem versteckten Hinterraum niemals in der Öffentlichkeit erwähnen, war sie doch fest entschlossen, die Waffe zu benutzen.

Heinleins letztes Stündlein schien geschlagen, doch er wurde erneut überrascht. Er hatte immer geglaubt, Marvin schützen zu müssen, doch auch diese Konstellation hatte er falsch eingeschätzt. Morloks Waffe war für den Notfall zu Marvins Verteidigung gedacht – nun, da er den Notfall erkannte, zögerte er nicht, sie zu benutzen. Dass er nicht sich, sondern Norbert Heinlein verteidigte, machte für ihn keinen Unterschied.

All diese Ereignisse fanden innerhalb kürzester Zeit statt. Nach und nach kamen die Zusammenhänge ans Licht, das Gesamtbild blieb allerdings im Dunkel. Als Marvin kurz vor Morgengrauen den zweiten Zugang zum Kühlhaus entdeckte, löste sich ein anderes Rätsel, so dass wandelnde Tote und ähnliche Spukgestalten nun endgültig ausgeschlossen werden konnten. Eine wichtige Erkenntnis, für die Norbert Heinlein einen angemessenen Preis zahlte.

Das neue Mitglied, das er erst kürzlich in seine imaginäre Familie aufgenommen hatte, lag nun mit einer äußerst realen Schusswunde unter dem linken Jochbein zwischen zwei Farbkopierern in einer Blutlache am Boden. Der alte Kellergang, der den Copyshop unter der Freifläche mit Heinleins Keller verband, war zwar etwas niedrig, erleichterte das Transportproblem jedoch ungemein. Heinlein stieß sich heftig die Stirn, und als sie ihr Ziel erreichten, fühlte er sich schwindlig und musste sich am Kühlhaus abstützen. Da Britta Lakberg auch im Tod eine zierliche Person war, konnte Marvin den Rest allein erledigen, womit Heinlein ein Blick ins Innere erspart blieb. Während er wartete, tropfte etwas Blut aus der Platzwunde auf seiner Stirn. Er genoss das Brennen und die pochenden Schmerzen, die mehr als verdient waren.

Nachdem sie die Türflügel zugeschoben und die rostigen Riegel mit vereinten Kräften wieder geschlossen hatten, erkundigte sich Heinlein bemüht beiläufig, ob drinnen alles in Ordnung sei.

Marvin bejahte. Platz sei jedenfalls noch mehr als genug, fügte er hinzu und hauchte in die frostgeröteten Hände. Zumindest in diesem Punkt war demnächst nicht mit Problemen zu rechnen.

Zweiundsechzig

»Und du willst dich wirklich nicht ein bisschen ausruhen?« Heinlein streckte sich auf der Bank und deutete an der Fassade hinter sich nach oben. »Es war schließlich eine anstrengende Nacht.«

Er hatte Marvin das Sofa im Wohnzimmer angeboten, doch auch jetzt lehnte der Junge mit einem knappen Kopfschütteln ab. Sie waren noch eine Weile beschäftigt gewesen, und als sie im Copyshop endlich Ordnung geschaffen hatten, ging über den Baumkronen im Park die Sonne auf. Viel Zeit in der Küche konnte Heinlein nicht mehr verbringen, also hatte er eine getrüffelte Wildpastete aus der Tiefkühlung genommen und zum Auftauen auf Blechen verteilt. Danach hatte er Morloks iPad kontrolliert und die neue Nachricht bemerkt, war kurz unter die Dusche gegangen, hatte die Platzwunde notdürftig mit einem Pflaster verarztet und harrte nun auf der Bank vor dem Laden der Dinge, die in einigen Minuten eintreten würden.

»Herrje«, ächzte er und breitete die Arme auf der Lehne aus. »Wer hätte das gedacht?«

Einige Fäden waren entwirrt, doch längst nicht alle verknüpft: Britta Lakberg war während ihrer Nachtschichten keineswegs mit spiralgebundenen Dissertationen beschäftigt gewesen, sondern hatte an der versteckten Maschine im Hinterraum Falschgeld gedruckt. Durch den Verbindungsgang hatte sie die Kisten von der Außenwelt unbemerkt in Heinleins Keller transportiert. Aber was war dann geschehen?

Heinlein schirmte die Augen mit der Hand gegen die tiefstehende Sonne ab und schaute zur Uhr über dem Imbiss. Die Zeiger standen auf Viertel vor neun. Der Absender der Nachricht auf dem iPad nannte sich *pink,* laut Zahlenfolge – *29 080 900* – würde in fünfzehn Minuten etwas geschehen.

Ein Geldtransporter näherte sich von rechts und fuhr langsam vorbei. In Heinleins Augen sahen solche Gefährte alle gleich aus, doch er war ziemlich sicher, dass es sich um den Wagen handelte, mit dem Niklas Rottmann zu Lebzeiten ab und zu abgeholt worden war. Auch jetzt war der Fahrer hinter den getönten Scheiben nicht zu erkennen – dass er bereits damals einen blonden Kinnbart getragen hatte, stand außer Zweifel.

Er war es auch gewesen, den Heinlein in der albtraumhaften Nacht im Hausflur gesehen hatte. Seine Statur glich der von Niklas Rottmann, bei den Wassertropfen auf dem schwarzen Uniformstoff hatte es sich keineswegs um tauenden Rauhreif, sondern nächtlichen Nieselregen gehandelt, auch die Stiefelabdrücke stammten von den Pfützen auf dem Bürgersteig und nicht von Schmelzwasser.

Die Bremslichter des gepanzerten Transporters leuchteten auf, der Wagen stoppte vor der Ampel am Jugendstilhaus. Britta Lakberg hatte also das Falschgeld in die Kisten verpackt und im Keller deponiert, überlegte Heinlein. Ihr Komplize (anders war der junge Mann mit dem Kinnbart wohl kaum zu bezeichnen) hatte die Kisten erst abtransportiert und wenige Tage darauf zwei neue in den Keller gebracht – allerdings nicht mit falschem, sondern echtem Geld.

Die Ampel sprang auf Grün. Der Geldtransporter überquerte die Straßenbahnschienen, fuhr am Bankgebäude vorbei, blinkte und schien zu wenden, holperte allerdings rückwärts über den Bordstein und stoppte mit dem Heck voraus an einer Rampe vor einem Seiteneingang der Bank. Als der Minutenzeiger der Uhr über dem Imbiss ruckelnd auf die volle Stunde sprang, öffnete sich an der Bank eine schwere Seitentür, und während Frau Glinski auf der Rampe erschien, konnte sich Heinlein ein anerkennendes Nicken nicht verkneifen. Was immer auch hier vorging, der Zeitplan wurde minutiös eingehalten.

Die gepanzerte Fahrertür öffnete sich. Der Wachmann auf dem Beifahrersitz ließ dösend den Kopf in die Nackenstütze sinken, während der Fahrer den Wagen verließ. Kein Wunder, dass Norbert Heinlein seinen ehemaligen Stammgast für Niklas Rottmann gehalten hatte, nicht nur die Staturen ähnelten sich, auch die Art, wie er das Koppel hochzog, die Uniformmütze in die Stirn schob und breitbeinig zum Heck des Transporters stolzierte, war nahezu identisch. Der eingestickte Namenszug über der rechten Brusttasche war aus dieser Entfernung natürlich nicht zu entziffern, doch Heinlein hatte ihn gesehen, als der junge Mann dicht an ihm vorbei aus dem Copyshop gestürmt war: *U. ZATOPEK* wobei das *U* wohl für *Udo* stand – den Namen, auf den Morloks Mercedes zugelassen war.

Frau Glinski stand blinzelnd in der Morgensonne und zündete sich eine Zigarette an, während Udo Zatopek erst eine, danach eine weitere Aluminiumkiste auf die Rampe bugsierte. Auch die attraktive Bankangestellte mit dem dunkelblauen Kostüm, der weißen Bluse und dem rosafarbenen Halstuch war eine besondere Kundin gewesen, die bei ihren Besuchen wohl mehr im Sinn gehabt hatte, als nur ihre Teevorräte aufzufrischen.

Nur was?

Heinlein rieb sich die stoppelige Wange (auf die tägliche Rasur hatte er aus Zeitgründen verzichten müssen). Zatopek war erschienen, um nicht nur Britta Lakberg, sondern vor allem die geheime Druckerei zu überwachen. Dass dies unregelmäßig erfolgte, lag an seinem Dienstplan, als Angestellter einer Wachschutzfirma hatte er nur an seinen freien Tagen auftauchen können. Klar war nun auch, warum er denselben Tisch wie Adam Morlok gewählt hatte: Als Nachfolger hatte er buchstäblich dessen Platz eingenommen.

Die Aluminiumkisten blitzten in der Sonne. Sie glichen

den anderen aufs Haar, offensichtlich handelte es sich um bei Geldtransporten übliche Standardbehälter. Die beiden Kisten in Heinleins Keller standen noch im Regal, zwei weitere befanden sich in dem Raum mit der Druckmaschine, eine vollständig, die andere zu zwei Dritteln mit falschen Geldscheinen gefüllt. Weiter war Britta Lakberg nach Heinleins plötzlichem Auftauchen nicht mehr gekommen, auch nicht dazu, sie gegen die Kisten im Keller auszutauschen, wo der junge Mann mit dem Kinnbart – Udo Zatopek also – das Falschgeld übernehmen sollte. Dass dieser stattdessen Hals über Kopf flüchtete, machte zwar Heinleins radikale Fehleinschätzung seines Charakters deutlich, die Hintergründe erklärten sich jedoch nicht.

Frau Glinski zertrat ihre Zigarette und hielt die Tür auf. Als Zatopek die Kisten an ihr vorbei in die Bank schleppte, zischte sie ihm etwas zu, bevor sie ihm folgte. Sie schien wütend zu sein. Heinleins Schlussfolgerung bestätigte sich, der ursprüngliche Plan war gestört.

Er runzelte die Stirn und riss das juckende Pflaster über der Platzwunde ab. Eigentlich, dachte er und zerknüllte das Pflaster zu einer Kugel, sollten die Kisten mit gefälschten Banknoten gefüllt sein. Doch wer trug Falschgeld ausgerechnet in eine Bank? Um es in Umlauf zu bringen? Das war absurd, gerade dort wurde jeder Geldschein sorgfältig geprüft.

Es ergab keinen Sinn. Abgesehen davon war Heinlein immerhin deutlich weitergekommen, auch in Bezug auf den verschlüsselten Messenger. Britta Lakberg hatte mit ihrer Nachricht signalisiert, zu welchem Zeitpunkt das Falschgeld zum Abtransport bereitstand. Dass sie sich *gruen* nannte, hatte womöglich mit der Farbe ihrer Fingernägel zu tun.

Heinlein unterdrückte ein Gähnen, streckte die Arme und ließ die Gelenke knacken.

»In zwanzig Minuten müssen wir öffnen. Kontrollierst du noch das Wechselgeld in der Kasse? Und schau doch bitte noch nach dem Regal mit den Obstbränden. Ich glaube«, er gab Marvin einen aufmunternden Stups, »die Flaschen könnten einen Staubwedel vertragen. Ich sehe derweil nach der Post.«

Während Marvin im Laden verschwand, öffnete sich schräg gegenüber die Seitentür der Bank, Frau Glinski trat in die Sonne, zog den Zopfgummi straff und ordnete die Zipfel des rosafarbenen Tuchs über der Bluse. Zatopek trat hinter ihr aus dem Schatten, etwas gebückt unter der Last der beiden Aluminiumkisten, die er links und rechts in den Händen trug und mit einem dumpfen Knall auf der Rampe abstellte. Es war tatsächlich kein Zufall, dass sein Handy so prompt auf Heinleins Nachricht reagiert hatte. Er hatte mitgeteilt, wann er die Kisten abzuholen gedachte, und sich der Farbe seiner Uniform entsprechend *schwarz* genannt.

Heinlein stemmte sich schwerfällig hoch. Aus welchen Gründen sich die Pseudonyme an der Farbpalette orientierten, konnte er nicht einmal vermuten. Auch nicht, was den Absender der jüngsten Nachricht bewogen hatte, sich *pink* zu nennen.

Eventuell, überlegte er und sah hinüber zu Frau Glinski, die mit wippendem Zopf zurück in die Bank stöckelte, war es ja die Farbe des Halstuchs.

Dreiundsechzig

»Lupita hat geschrieben!«

Heinlein erschien aufgeregt im Laden, riss den Umschlag im Gehen auf, entfaltete den Brief und beugte sich am Tresen über die krakeligen Zeilen.

»Sie hat einen neuen Religionslehrer«, teilte er Marvin mit, der mit seinem Staubwedel die akkurat aufgereihten Likörflaschen bearbeitete. »Die neue Schule ist endlich fertig, jetzt plant man sogar einen Anbau, um eine Bibliothek einzurichten. Dafür müssen natürlich weitere Spenden gesammelt …«

Heinlein sah auf.

»Das Geld wäre da«, überlegte er halblaut. »Mehr als genug, es ist im Keller. Man müsste nur einen Weg finden …«

Ein Bild erschien vor seinem geistigen Auge. Er sah einen schmucken, weiß gekalkten Bau in der Wüstensonne, hellblau gerahmte Fenster und eine farblich passende Tür. *NORBERT HEINLEIN BIBLIOTHEK* war daneben in eine Messingtafel graviert (nicht zu groß, sonst wirkte es protzig), darunter stand: *Ewiger Dank unserem edlen Spender.*

Vielleicht, sinnierte Heinlein, fände sich auch eine sachlichere Formulierung. Er nahm das beigelegte Foto und betrachtete schmunzelnd das wie üblich ungelenk auf die Rückseite gekritzelte Herz für *den liben Papa Norbert.*

»Sieh doch nur, wie groß sie geworden ist!«, schwärmte er. »Und Blockflöte lernt sie jetzt auch!«

Marvin kam zum Tresen.

»Die ist nicht echt«, stellte er nach einem kurzen Blick fest.

Heinlein hob den Kopf. »Wie meinst du das?«

»Photoshop.« Marvin tippte auf die Flöte in der Hand des lachenden Mädchens, das in Lackschuhen, weißen Kniestrümpfen und einer Schuluniform vor einer Backsteinmauer stand. »Außerdem ist die Narbe weg.« Sein Finger wanderte zum Kinn des Mädchens. »Narben verschwinden nicht.«

Lupita!

Habe ich dich nicht nach Kräften unterstützt? Habe ich nicht alles versucht, dir Tugenden wie Anstand, Wahrhaftigkeit und Ehrgefühl zu vermitteln? Ich habe nie einen Dank erwartet, Lupita, doch hätte ich ahnen können, Opfer eines solch kaltblütigen Betrugs zu werden? Du bist eine CHIMÄRE! Ausgeburt einer verbrecherischen Phantasie, um das gute Herz eines Wohlmeinenden skrupellos zu schröpfen! Wie konnte ich nur so naiv sein? Ich habe immer an die Menschheit geglaubt, doch die Welt wird beherrscht von LUG UND BETRUG! Überall VERRAT, jeder Mensch

Heinlein zerknüllte den Brief, warf ihn in eine Ecke und betrachtete die auf dem Tresen aufgereihten Fotos. Die halbmondförmige Narbe war nicht auf allen Aufnahmen zu erkennen, stattdessen hatte Marvin auf anderen weitere Unterschiede wie einen Leberfleck über dem Mundwinkel oder ein verblasstes Muttermal am Hals entdeckt. Die Mädchen ähnelten einander, doch es gab nicht nur eine, sondern mindestens drei Lupitas – ein Zuwachs, der absurderweise zur Folge hatte, dass Heinleins imaginäre Familie nach dem

Verlust von Britta Lakberg nun um ein weiteres Mitglied schrumpfte.

Britta hatte seine Hilfsbereitschaft nicht minder schamlos ausgenutzt. Er hatte sie mit seinen Pasteten versorgt, ihr wichtige Ratschläge erteilt und in seiner Ahnungslosigkeit sogar die Druckplatten und Papierbögen für die falschen Banknoten in ihren Laden getragen. Und was war der Dank? Betrug und Arglist (nicht zu vergessen eine schwere Erkältung). Heinlein kam allerdings auch nicht umhin, ihrem schauspielerischen Talent Respekt zu zollen, das er – wie vieles andere – völlig falsch eingeschätzt hatte. Als er ihr die Wildlachspastete brachte, hatte er ihren Argwohn als Angst interpretiert und geglaubt, sie vor Udo Zatopek schützen zu müssen. Stattdessen war er selbst in Gefahr gewesen, denn ihre Nervosität entsprang der Befürchtung, Heinlein könne ihr auf die Schliche kommen, und als dies wenig später geschah, war sie fest entschlossen gewesen, ihn als unliebsamen Zeugen zu beseitigen.

Ein Rattern dröhnte durch den Laden. Marvin zog die Gitterläden vor dem Schaufenster hoch – Marvin, der Heinlein nicht nur einmal das Leben gerettet hatte und nun der letzte verbliebene Teil seiner Familie war.

Heinlein ließ seinen Blick noch einmal wehmütig über die Fotos schweifen und schob sie zu einem Stapel zusammen. Einige der Aufnahmen hatte Marvin auf der Webseite einer dubiosen Spendenorganisation entdeckt. Auf einer hielt das Mädchen anstelle der Blockflöte einen Plüschteddy in der Hand, weitere zeigten einen anderen Hintergrund. Laut Marvins Urteil waren die Fälschungen eher plump, trotzdem hatte sich Heinlein – wie wahrscheinlich viele weitere wohlmeinende Menschen – täuschen lassen. Es handelte sich um unbestreitbar reizende kleine Wesen, doch war es nicht so, dass Heinlein außer für Britta Lakberg nicht auch für Adam Morlok ein leichtes Opfer gewesen war? Morlok, der vorgaukelte, Heinleins Pasteten zu schätzen, sein Vertrauen besonders perfide erschlich und damit den Stein ins Rollen brachte? Einen Stein, der zu einem Erdrutsch wuchs und nicht nur einen Hund, sondern auch (Johann Keferberg eingerechnet) sieben Menschen unter sich begraben sollte?

Ein Unglück hatte das andere ergeben. Bisher hatte Heinlein sich eingeredet, zumindest unmittelbar keine Verantwortung zu tragen. Auch nicht am Tod Britta Lakbergs, weder er noch Marvin mussten sich Vorwürfe machen, der Junge war in Notwehr gezwungen gewesen, Heinlein und sich zu verteidigen.

Doch nun, da er darüber nachdachte, kamen ihm Zweifel. Wäre all dies nicht zu verhindern gewesen? Alles hatte begonnen, als Adam Morlok das Geschäft erstmals betrat. Heinlein hatte ihm einen Gefallen getan, er hatte helfen wollen und sich in seiner Gutgläubigkeit hinters Licht führen lassen. Trug er nicht deshalb die Schuld?

Eine schmerzhafte, aber logische Analyse.

Die Vergangenheit ließ sich nicht ändern, doch die Zukunft war zu beeinflussen. Um besser nachdenken zu können, nahm Heinlein eine Cohiba aus dem klimatisierten Humidor, verbrachte die folgende halbe Stunde rauchend draußen auf der Bank und ging im Geist seine Optionen durch. Der Geschmack des kubanischen Tabaks blieb ihm verwehrt, doch er inhalierte den Rauch tief, genoss das Brennen in der Lunge und das Kratzen im Hals, während in seinem Kopf ein Plan reifte. Als er zu Ende geraucht hatte, stand sein Entschluss fest.

Erstmals in seinem Leben machte Heinlein sich nicht die Mühe, einen Aschenbecher zu holen. Er zertrat den Stummel im Kies und bat Marvin, die Läden wieder herunterzulassen, denn *Heinlein's Delicatessen- und Spirituosengeschäft* blieb heute wegen Inventur geschlossen. Da diese in anderen Räumlichkeiten stattfinden würde, holte er den Kellerschlüssel und begab sich mit Marvin durch den Verbindungstunnel in den Copyshop, um dort gemeinsam über eine Geschäftserweiterung nachzudenken.

Vierundsechzig

Die Inventur nahm die kommenden vier Wochen in Anspruch. Die Tage wurden kühler, in den Morgenstunden trieben die ersten Nebelschwaden durch den kleinen Park gegenüber. Als sich die ehrwürdigen Pforten von *Heinlein's Delicatessen- und Spirituosengeschäft*wieder der Kundschaft öffneten, verkündete das Röhren der Laubbläser über dem Platz, dass der Herbst endgültig angebrochen war.

Die Zeit war auch für dringend erforderliche Reparaturmaßnahmen genutzt worden. Der blätternde Anstrich des gedrechselten Schaufensterrahmens war erneuert, die alten Rollgitter ersetzt, die schiefen Eingangstüren aufgearbeitet und mit Sicherheitsschlössern ausgerüstet. Auch der Eingang des Copyshops war mit einer massiven Stahltür und einem Schild versehen worden, auf dem *Wegen Geschäftsaufgabe leider geschlossen* zu lesen war.

Erneut hatte sich das Angebot verkleinert, ebenso das

Personal, denn Norbert Heinlein führte die Geschäfte nun allein. Angesichts der immer spärlicheren Kundschaft ein nachvollziehbarer Schritt, denn nachdem zunächst die alte Frau Dahlmeyer sich umorientiert hatte, erschien seit geraumer Zeit auch der junge Mann mit dem Kinnbart nicht mehr, und Frau Glinski hatte wohl eine andere Bezugsquelle für ihren Tee entdeckt.

Norbert Heinlein schien dies nicht anzufechten. Er trug das Haar im Nacken etwas länger und hatte sich einen kurzen Schnauzbart wachsen lassen, was seinem distinguierten Erscheinungsbild keinen Abbruch tat, sondern eine neue, zeitgemäße Facette hinzufügte. Wie seit Jahrzehnten gewohnt, öffnete er das Geschäft auf die Minute genau und entspannte sich nach Ladenschluss mit einer kubanischen Zigarre, die er offensichtlich ebenso genoss wie das Gläschen andalusischen Sherry, das er sich ab und zu nach getaner Arbeit gönnte.

So verging ein weiterer, ruhiger Monat. Die junge Kastanie vor dem Geschäft verlor die letzten Blätter, drüben im Park versammelten sich die ersten Krähen. Eines Morgens Anfang November, als sich auf den Pfützen vor dem Imbiss dünne Eisschichten gebildet hatten, ging Norbert Heinlein in die Küche und öffnete den verschlüsselten Messenger.

Dort waren seit Wochen keinen Nachrichten mehr ausgetauscht worden. Nach dem Ableben von *gruen* waren neben Heinlein nur noch die Teilnehmer *pink* und *schwarz* verblieben, denen er nun keine Zahlenfolge, sondern eine förmliche Einladung schickte.

Hiermit darf ich mir erlauben, zwecks Klärung einer geschäftlichen Angelegenheit ein Gespräch in vertraulicher Runde anzuregen. Als Treffpunkt schlage ich die Räumlichkeiten von Heinlein's Delicatessen- und Spirituosengeschäft vor und bitte deshalb höflichst um eine dem Ambiente entsprechende Kleidung. Für das leibliche Wohl ist selbstverständlich gesorgt.

Fünfundsechzig

Er servierte seinen Gästen eine Rebhuhnpastete mit frischen Steinpilzen an einem milden Kartoffel-Selleriepüree, passend dazu einen leicht gekühlten *Château Carbonnieux*.

Dem Anlass gemäß hatte Heinlein eine festliche, gleichzeitig intime Atmosphäre geschaffen, indem er das Licht gedimmt, Kerzenständer verteilt und die beiden Tische vom Fenster in die Mitte geschoben hatte. Das Licht der Wachskerzen schimmerte warm auf den dunklen Holzvertäfelungen, spiegelte sich in den Messingbeschlägen und flackerte über die in den Regalen gereihten Glasflaschen und Kristallkaraffen.

Das Essen wurde größtenteils schweigend verzehrt, nur ab und an lockerte Heinlein die Anspannung mit einer Bemerkung über das Rezept oder einem Kompliment für Frau Glinskis Garderobe auf – ein schlichtes schwarzes Abendkleid mit dünnen Trägern, das ihre Figur hervorragend zur Geltung brachte. Auch Udo Zatopek hatte den dezenten Hinweis verstanden und ein braunes Cordsakko über sein Polohemd gestreift.

Auch zum Nachtisch gelang es Heinlein nicht, ein Gespräch in Gang zu bringen. Also wartete er geduldig, bis zunächst Frau Glinski, später auch Udo Zatopek (Letzterer etwas widerwillig, wie es schien) ihr geeistes Champagnersüppchen mit Mango-Bergamotte-Sorbet verzehrt hatten. Als Heinlein das Geschirr abräumte und Zatopek ein Bier anbot, stimmte dieser mit unverhohlener Erleichterung zu. Heinlein brachte das Gewünschte, fegte routiniert ein paar Krümel von der gestärkten Tischdecke, verteilte Schälchen mit Oliven und Parmesan-Rosmarin-Crackern und nahm wieder Platz.

Das Geschehene stand deutlich im Raum, doch es oblag Heinlein, zum Thema zu kommen. Dies geschah zunächst indirekt, indem er *gewisse Dinge* erwähnte, in deren Besitz er zufällig und ohne unlautere Absichten gekommen sei. Es liege ihm fern, den rechtmäßigen Eigentümern etwas vorzuenthalten, doch nach den turbulenten Ereignissen sei er gezwungen gewesen, diese *Dinge* vor unbefugtem Zugriff zu schützen und an einem sicheren Ort zu verwahren.

»Wie gesagt«, versicherte er, »ich habe nicht vor, dem Besitzer, beziehungsweise ... *den* Besitzern etwas zu verwehren.«

Seine Gäste wechselten einen Blick über das gestärkte Tischtuch.

Da dies nun geklärt war, bat Heinlein, ein Angebot unterbreiten zu dürfen. Nachdem Frau Glinski mit einem knappen Nicken zugestimmt hatte, begann er mit einem Vortrag über Geschäftsmodelle, Marktbeobachtung und Produktionsketten, Verkleinerung, Expansion, marktübergreifende Kooperationen und zielorientierte Gewinnoptimierung. Udo Zatopek nippte an seinem Bier und gab sich keine Mühe, sein Desinteresse zu verhehlen. Frau Glinski hingegen sah Heinlein unter sorgfältig gezupften Brauen misstrauisch an. Dieser ließ sich Zeit, sprach – teilweise Adam Morlok wortwörtlich zitierend – über Qualitätsmanagent, Produktionsmittel und die Schwierigkeiten, gutes Personal zu finden.

»Die Produktionsmittel sind vorhanden«, sagte er und wurde von einem Moment auf den anderen konkret. »Material ebenfalls. Mir scheint allerdings, Sie haben ein Personalproblem. Nun, da Britta Lakberg bedauerlicherweise ...«, er senkte die Stimme, »nicht mehr zur Verfügung steht.«

Erneut wechselten die beiden einen Blick. Zatopek zuckte unmerklich die Achseln – er hatte nicht die geringste Ahnung, worauf das Gespräch hinauslief (was Heinlein nicht weiter verwunderte).

»In diesem Punkt scheint es nicht nur schwer, sondern nahezu unmöglich, entsprechend qualifizierten Ersatz zu finden«, fuhr Heinlein fort. »Es ist also nachvollziehbar, dass Sie mit Ihrem Geschäft abgeschlossen haben.«

Er sah seine Vermutung bestätigt, denn Zatopek nestelte verlegen an seinem Jackettkragen, während Frau Glinskis tiefrot lackierter Fingernagel einer Bügelfalte in der Tischdecke folgte.

Schweigen machte sich breit. Zatopek wurde nervös und rutschte auf seinem Stuhl hin und her, doch erst als Frau Glinski Anstalten zu einer ungeduldigen Nachfrage machte, kam Heinlein auf den Punkt.

Er bat um Verständnis, seine Gäste einen Moment allein lassen zu müssen, und kehrte wenig später in Begleitung von Marvin zurück, um das Angebot mit einer kleinen Präsentation zu untermauern.

»Er hat die Farbwalzen nachjustiert«, erläuterte Heinlein. »Außerdem wurde der Herstellungsablauf modifiziert, sowohl in der Reihenfolge der Farbaufträge als auch in der Anzahl. Das bedeutet natürlich wesentlich mehr Aufwand, aber Sie sehen ja das Ergebnis.«

Zatopek und Frau Glinski drehten die Banknoten im Kerzenlicht in der Tischmitte, während Heinlein über Farbviskosität, Pigmentkörper und Bindemittel referierte. »Durch die Verwendung einer anderen Grundierung erhalten wir deutlich mehr Tiefe.«

Zatopek hielt den Schein schräg ins Licht, rieb mit dem Daumen über das Hologramm und schob anerkennend die Unterlippe vor.

»Marvin schlägt vor, die Zusammenarbeit mit dem Papierlieferanten zu überdenken«, fuhr Heinlein fort. »Die Struktur der Baumwollfasern ist etwas grob.«

Frau Glinski drehte den Geldschein mit unbewegter Miene in den manikürten Fingern. Bisher hatte sie kaum ein Wort von sich gegeben, trotzdem hatte sie eindeutig mehr zu sagen als ihr vierschrötiges Gegenüber.

Heinlein deutete auf Marvin, der sich hinter dem Tresen ins Halbdunkel zurückgezogen hatte. »Sie kennen ihn nur flüchtig. Ich kann Ihnen versichern, dass er absolut zuverlässig ist. Von seinen erstklassigen Fähigkeiten haben Sie sich gerade selbst überzeugt.«

Marvin wand sich unbehaglich unter Frau Glinskis Blick.

»Es handelt sich hier nicht nur um einen außergewöhnlich befähigten Spezialisten.« Heinlein, der ihre Skepsis bemerkte, klang leicht pikiert. »Sondern auch um jemanden, bei dem ein ... *Firmengeheimnis* vollkommen sicher aufgehoben ist.«

Frau Glinski musterte Marvin unverwandt von Kopf bis Fuß, bis dieser schließlich etwas von den Gegendruckzylindern murmelte und hastig davonlief, um die Einstellungen zu überprüfen. Im Hausflur klappte die Kellertür, und während Marvin durch den Verbindungsgang zurück an seine Arbeit eilte, lehnte Heinlein sich zurück, verschränkte die Arme vor der Brust und sah seine Gäste abwartend an.

»Ist das alles?«, fragte Frau Glinski schließlich.

»Natürlich nicht«, schmunzelte Heinlein.

»Und?«

Heinlein, der nicht nur Ersatz, sondern ein immens verbessertes Produkt anbieten konnte, brachte nun mit der Bedeutung eines funktionierenden Managements einen weiteren, nicht minder existenziellen Punkt auf die Tagesordnung. Adam Morlok hatte das Unternehmen unbestreitbar mit straffer Hand erfolgreich geführt, nach seinem Ausscheiden waren die Probleme wohl jedem im Raum bewusst.

»Sie haben sich redlich bemüht.« Heinlein wandte sich an Zatopek. »Doch Sie scheinen mir ... nun, zumindest ein wenig überfordert, wenn die Bemerkung gestattet ist. Ganz zu schweigen von Ihrer überstürzten Flucht, die nicht nur das Produkt, sondern auch das komplette Unternehmen gefährdet hat.«

Frau Glinski war offensichtlich ähnlicher Meinung, Zatopek errötete unter ihrem giftigen Blick bis unter den blonden Haaransatz.

»Wo wir einmal dabei sind«, sagte Heinlein, dem immer klarer wurde, dass Zatopek nicht viel mehr als ein Handlanger war. »Es ist natürlich Ihr gutes Recht, Herrn Morloks Wagen zu steuern, schließlich ist er auf Sie zugelassen. Ich nehme an, er selbst wollte im Hintergrund bleiben. Nachdem der Wagen sichergestellt wurde, haben sich die Behörden bei Ihnen gemeldet. Da Sie den Zweitschlüssel haben und der offizielle Besitzer sind, kann Ihnen niemand verwehren, das Fahrzeug zu nutzen, aber in Anbetracht Ihres speziellen Arbeitsumfeldes halte ich es für angebracht, ein ... nun ja, unauffälligeres Gefährt zu nutzen.«

Zatopek starrte mit mühsam unterdrückter Wut in die flackernde Kerze, Frau Glinski sah Heinlein unter fragend erhobenen Augenbrauen an.

Das Unternehmen, fasste dieser zusammen, habe zwei freie Stellen zu vergeben. Nachdem für die erste ein Ersatz angeboten war, geschah dies nun für die zweite.

»Wir kommen also zu einem Bewerbungsgespräch«, lächelte Heinlein. »Zu meinen Referenzen muss ich wohl nicht viel sagen. Als Inhaber eines in dritter Generation geführten Familienbetriebes habe ich allerdings neben langjähriger Erfahrung, Führungskraft und Visionen auch eine funktionierende Infrastruktur anzubieten, schließlich bringe ich nicht nur die Räumlichkeiten, sondern auch die Produktionsmittel ... Herrgott!« Heinleins Augen weiteten sich entsetzt. »Ich habe Ihnen ja gar keinen Espresso angeboten!«

Nachdem sowohl Zatopek als auch Frau Glinski erwartungsgemäß abgelehnt hatten, setzte er das ausgesprochen einseitige Vorstellungsgespräch fort und kam noch einmal auf seinen potenziellen Vorgänger zurück. Es würde eine gewisse Zeit dauern, sich in die von Adam Morlok äußerst professionell entwickelten Arbeitsabläufe einzuarbeiten. Ein Nachteil, gewiss, doch Heinlein konnte auch materielle Werte einbringen wie zum Beispiel die italienische High-

End-Druckmaschine, deren Marktwert wohl bei mehreren hunderttausend Euro lag – nicht eingerechnet die Tiefdruckpresse und das weitere Equipment. Er bekräftigte nochmals, wie fern es ihm liege, anderen Menschen ihr Hab und Gut vorzuenthalten, doch da der Besitz solcher Geräte einige Fragen aufwerfen würde, sei es eher unwahrscheinlich, dass der rechtmäßige Besitzer Anspruch erheben würde.

»Betrachten Sie mich als jemanden, der die technische Ausrüstung im Dienst der Firma verwaltet.«

Zatopek starrte abwesend in die Kerzenflamme und spielte mit dem heißen Wachs. Selbst unter dem dicken Cordstoff zeichneten sich seine kräftigen Oberarme ab, doch er flößte Heinlein keine Angst ein. Frau Glinski war deutlich gefährlicher, aber im Gegensatz zu Zatopek oder Niklas Rottmann – Gott hab ihn selig – eine kühl kalkulierende Person, die Argumenten zugänglich war. Von denen Heinlein ein weiteres in petto hatte.

»Glücklicherweise verfüge ich über weitreichende Beziehungen. Schon mein Vater war mit dem Besitzer des Nachbargebäudes eng befreundet. Ich selbst habe mit seinem Sohn das Abitur gemacht. Er war sehr enttäuscht, dass Frau Lakberg so überstürzt ihr Geschäft aufgegeben und die Stadt verlassen hat, doch als verantwortungsvoller Erbe muss er pragmatisch denken. Als ich ihm anbot, die Räumlichkeiten inklusive ...«, Heinlein strich mit dem Zeigefinger über den noch etwas ungewohnten Bart, »*Inventar* zu übernehmen, hat er freudig zugestimmt. Ich kann Ihnen also mitteilen, einen langfristigen Mietvertrag abgeschlossen zu haben.«

Weder der Verbleib Adam Morloks noch der von Britta Lakberg waren bisher zur Sprache gekommen. Es war besser, wenn es so blieb, denn zumindest in Bezug auf Letztere mussten Heinleins zukünftige Partner davon ausgehen, mit einem kaltblütigen Mörder zu verhandeln. Er hatte vor, sie in dem Glauben zu lassen.

»Was die finanziellen Konditionen betrifft, stehe ich Ihren Vorschlägen unvoreingenommen und aufgeschlossen …«

»Später.« Frau Glinski wedelte die Banknote zwischen Daumen und Zeigefinger hin und her. »Aber die hier müssen dreckiger sein.«

»*Viel* dreckiger«, nickte Zatopek.

Heinlein legte Widerspruch ein. Besonders in die Schlussbehandlung hatte Marvin größte Sorgfalt investiert und die Scheine in den Wäschetrommeln und Trocknern unterschiedlichsten Temperaturen ausgesetzt. Auch mit der Mischung hatte er ausgiebig experimentiert und das Verhältnis aus Pflanzenfett, Altöl, Blumenerde und diversen anderen Ingredienzen genau abgestimmt, wodurch die Patina perfekt war. Längst nicht so kräftig wie beim Vorprodukt, doch das war auch nicht nötig, schließlich gab es deutlich weniger Mängel zu kaschieren.

In diesem Punkt stimmte Frau Glinski zu. Allerdings kannte Heinlein nur einen Teil der Lieferkette, und nachdem man ihn vollständig informiert hatte, willigte er ein, das Produkt zu modifizieren, worauf die vertraglichen Modalitäten in Angriff genommen werden konnten.

Die Verhandlungen erwiesen sich als zäh. Letztendlich wurde man sich einig, worauf die Abmachung wie unter Geschäftsleuten üblich per Handschlag besiegelt werden konnte. Heinlein wünschte dem frischgebackenen Unternehmen feierlich eine gedeihliche Zukunft, geleitete seine neuen Partner zur Tür und bedachte jeden zum Abschied mit einem kleinen Präsent, indem er zunächst Frau Glinski eine Büchse japanischen Grüntee mit Gurke und Minze überreichte, um danach dem verdutzten Zatopek eine Geschenkbox mit italienischem Honiglaktritz in die Hand zu drücken.

Auf Kosten des Hauses natürlich.

Sechsundsechzig

Der nächste Termin ergab sich zwei Wochen später. Als Heinlein ein paar Minuten vor neun aus dem Laden kam, kondensierte sein Atem in feinen Wölkchen, und bevor er Platz nehmen konnte, musste er die Bank vom nächtlichen Tau trocknen.

Die Morgenluft strich durch die groben Maschen seiner grauen Strickjacke, doch obwohl ihn fröstelte, verblieb er auf seinem Posten. In den letzten vierzehn Tagen war er gemeinsam mit den Beteiligten die Details immer wieder durchgegangen, hatte Stellschrauben justiert und nun, da es so weit war, konnte er nur noch zusehen.

Der Geldtansporter erschien pünktlich, überquerte die Kreuzung, scherte nach links aus und näherte sich mit dem Heck voraus dem Seiteneingang der Bank. Als die Handbremse angezogen wurde, öffnete sich die schwere Tür, und Frau Glinski erschien. Zum Schutz vor der Novemberkälte hatte sie ein Jackett übergestreift, Heinlein bemerkte ihre flachen Schuhe und lächelte still in sich hinein. Als er auf die Sturzgefahr hingewiesen hatte – es war schließlich nicht auszuschließen, dass sich die Absätze ihrer hochhackigen

Pumps in den eloxierten Bodengittern der Rampe verhakten –, hatte sie stirnrunzelnd den Kopf geschüttelt, doch im Endeffekt seinen Rat beherzigt.

Zatopek sprang aus dem Transporter, öffnete die Heckklappen und hievte die Kisten auf die Rampe, sein Kollege auf dem Beifahrersitz öffnete eine Brotbüchse und biss in ein Wurstbrot. Ebenso wie weiland Niklas Rottmann hatte er nicht die geringste Ahnung, was vor sich ging. Wie von Heinlein angeregt, verzichtete Frau Glinski als gutsituierte Bankangestellte darauf, im Beisein eines schnöden Wachmannes zu rauchen, erwiderte Zatopeks Gruß etwas von oben herab und verschwand mit ihm in der Bank.

Heinlein wippte nervös mit dem Fuß auf und ab. Was sich in den nächsten Minuten hinter den dicken Mauern abspielte, bildete das Kernstück, die Basis des Unternehmens. Man hatte sich geeinigt, die Anteile gleichmäßig und gerecht durch vier zu teilen. Heinleins und Marvins Bedeutung lagen auf der Hand, doch Zatopeks und Frau Glinskis Aufgaben waren nicht minder wichtig.

Sie arbeitete seit über zehn Jahren bei der Bank, hatte dort ihre Lehre absolviert und war danach übernommen worden. Wie in anderen Geldhäusern wurden auch hier regelmäßig gebrauchte und abgenutzte Banknoten aussortiert, um aus dem Verkehr gezogen und durch neue ersetzt zu werden. Das geschah natürlich unter penibelster Einhaltung der Vorschriften, die Scheine wurden auf Echtheit geprüft, mehrfach gezählt, gebündelt, in graue Plastikkisten gestapelt und auf einem Rollwagen für den Abtransport bereitgestellt. All dies spielte sich innerhalb des Sicherheitsbereiches ab, und so passierte Udo Zatopek mehrere Schleusen, selbst Frau Glinski musste die Prozedur über sich ergehen lassen, bevor beide in einen fensterlosen Raum gingen, um das Geld auf dem Rollwagen in den Transportkisten zu verpacken. Niemand rechnete damit, dass diese nicht leer, sondern voll waren. Die Qualität des Inhalts hatte sich durch Marvins Einsatz deutlich verbessert, einer näheren Prüfung in der Bank hätten die Geldscheine selbstverständlich nicht standgehalten. Das war auch nicht nötig, denn die gefälschten Banknoten verblieben in den Kisten, die von Frau Glinski nur ordnungsgemäß verplombt und versiegelt wurden, während das echte Geld auf dem Rollwagen unangetastet blieb.

Heinleins Blick richtete sich auf die Uhr über dem Imbiss. Wenn alles nach Plan lief, hatten seine Geschäftspartner den Raum bereits verlassen, die üblichen Formulare ausgefüllt und befanden sich auf dem Rückweg, der erneut durch mehrere Sicherheitsschleusen führte. Das war tatsächlich der Fall, denn kurz darauf öffnete Frau Glinski die Seitentür, und Zatopek folgte mit den beiden Kisten, deren Inhalt unverändert geblieben war – doch das Geld war nun offiziell echt, und der fensterlose Raum hinter den Sicherheitsschleusen ebenso offiziell leer.

Ein Müllwagen bremste mit zischender Hydraulik am Bordstein und verdeckte Heinlein die Sicht. Dieser widerstand dem Impuls, den Hals zu recken, wärmte die Hände unter den Achseln und sah hinauf in den verhangenen Novemberhimmel, während ein Krachen über den Platz wehte, mit dem die gepanzerten Hecktüren des Geldtransporters sich schlossen.

Die hochtechnisierten Sicherheitsvorkehrungen der Bank waren darauf ausgerichtet, Diebstahl und unbefugtes Eindringen zu verhindern. Weder das eine noch das andere war geschehen, im Gegenteil – kein vernunftbegabter Mensch konnte damit rechnen, dass das Geld noch immer in der Bank war.

Der Müllwagen rumpelte vorbei. Heinlein sah unauffällig nach links, wo Zatopek gerade in den Transporter stieg, während Frau Glinski wieder an ihre Arbeit ging.

Was nicht mehr da ist, wird auch nicht vermisst – wenn sie nun also durch die Schleusen in den fensterlosen Raum lief und kurz darauf den Rollwagen aus dem Sicherheitsbereich über den langen Flur zurück in die Lagerräume schob, würde niemand auf die Pakete mit Druckerpapier achten, die in den vermeintlich leeren grauen Kisten über den Geldscheinen lagen und diese vor den Blicken verbargen.

Als langjährige und verantwortungsbewusste Arbeitnehmerin handelte Frau Glinski effektiv und nutzte die Gelegenheit, unterwegs die Papiervorräte in einem der Kopierräume aufzustocken. Der Raum wurde zwar kaum noch genutzt, doch wenn sie den Rollwagen wieder in den Flur schob, hatte sich der Stapel an der vergilbten Wand zwischen zwei vorsintflutlichen Kopierern um ein paar weitere unscheinbare Pakete vergrößert, während die Kisten im Rollwagen nun tatsächlich leer sein würden.

Als Zatopek den Motor anließ, waren exakt zweiunddreißig Minuten vergangen. Es war nicht nötig, Frau Glinski auf die Bedeutung ihrer Aufgabe zu verweisen, doch Zatopek war eher schlichteren Gemüts, weshalb Heinlein ihm mehrfach eingeschärft hatte, sich auf Arbeit unter keinen Umständen etwas zuschulden kommen zu lassen, eine Kündigung bedeutete schließlich das Aus für das Unternehmen. Erst am Abend zuvor hatte Heinlein einen Fettfleck auf seinem Schlips angemahnt, nun war davon auszugehen, dass sich zumindest Zatopeks Uniform in ordnungsgemäßem Zustand befand.

Der Geldtransporter hustete eine Dieselwolke aus, ordnete sich in den Verkehr ein und verschwand stadtauswärts.

Zatopek hatte eine lange Fahrt vor sich, laut Vorschrift durfte auf dem Weg zur Bundesbank kein Zwischenstopp eingelegt werden. Die Thermoskanne mit kolumbianischem Kaffee hatte Heinlein Zatopek regelrecht aufdrängen müssen. Auf ein Essenspaket hatte er verzichtet, Udo Zatopek bevorzugte anstatt einer exquisiten Pastete fettige Burger, die er auf dem Rückweg an einer Autobahnraststätte mit einer überzuckerten Cola hinunterspülen würde, wenn alles ordnungsgemäß erledigt wäre.

Und davon war auszugehen. Auch in Frankfurt galten strenge Vorschriften, die Plomben und Siegel wurden sorgfältig auf Unversehrtheit geprüft, ebenso die Papiere. Der Inhalt der Kisten wurde noch einmal gezählt, doch die Echtheitskontrolle erfolgte nur oberflächlich. Wer kam schon auf die Idee, Falschgeld vernichten zu lassen?

Heinlein erhob sich, faltete die Hände auf dem Rücken und schlenderte zum Bordstein. Die Sonne brach kurz durch die Wolken, tauchte das imposante Bankgebäude in gleißendes Licht und verschwand wieder.

Da Frau Glinski das Geld nur in kleinen Mengen fortschaffen konnte, zog sich der Abtransport über mehrere Wochen. Das Risiko hielt sich in Grenzen, denn die Geschäftsführung vertraute ihren Angestellten – zu Recht, schließlich fehlte kein einziger Cent, auch die Bücher waren nicht manipuliert.

Das, was Frau Glinski nach und nach unter ihrer Kleidung aus der Bank schmuggelte, war offiziell längst vernichtet.

Siebenundsechzig

Norbert Heinlein konnte also mit sich zufrieden sein. Er hatte sich als umsichtiger Geschäftsmann erwiesen, indem er den Markt beobachtet, seine Chance erkannt und sein Unternehmen neu positioniert hatte. Somit hatte er nicht nur Adam Morloks Posten, sondern auch dessen nahezu perfekt ausgeklügelte Geschäftsidee übernommen. Es gab noch einiges zu verbessern, doch Heinlein fühlte sich dieser Aufgabe gewachsen und war fest entschlossen, das neue Geschäftsfeld zu perfektionieren. Dass ihm der direkte Kundenkontakt verwehrt blieb, stellte einen Wermutstropfen dar, doch umso mehr würde sich sein Hauptaugenmerk auf eine weitere Herzensangelegenheit richten: ein erstklassiges Produkt.

Dass dieses Produkt zur Vernichtung bestimmt war, war Marvin nur schwer zu vermitteln gewesen. Noch weniger leuchtete ihm ein weiterer Widerspruch ein: je minderwertiger das Äußere, desto höher die Qualität. Verständlich, denn selbst in Heinleins Ohren klang das absurd und verdeutlichte die Genialität von Morloks Idee. Eine Idee, die einem zweifellos kriminellen Hirn entsprungen war, doch in dieser Hinsicht hatte Norbert Heinlein kaum Bedenken.

Zwei Kisten wurden in eine Bank geschafft, mit Plomben versehen und wieder hinausgetragen. Nichts wurde entwendet. Es gab keine Beschädigungen. Niemand hatte einen Nachteil. Kein Mensch kam zu Schaden.

Im Gegenteil, Marvin zum Beispiel blühte regelrecht auf. Heinlein hatte ihm in den hinteren Räumen des ehemaligen Copyshops eine kleine, aber gemütliche Wohnung eingerichtet, die meiste Zeit verbrachte er jedoch zwischen den komplizierten Maschinen, experimentierte mit Farbmischungen und Trockenzeiten und perfektionierte die Arbeitsabläufe in den Waschmaschinen und Trocknern. Finanzielle Dinge interessierten ihn nicht, Heinlein würde seinen Anteil verwalten und das, was ihm selbst zustand, in die Sanierung des Hauses und somit in das gemeinsame neue Unternehmen investieren.

Und falls Johann Keferbergs Mörder ihn aufsuchten, war er nun in der Lage, ihre Forderungen zu begleichen. Auch den skrupellosesten Verbrechern ging es letztendlich um das Geschäft.

Längst nicht alle Probleme waren gelöst, doch als Heinlein am Abend auf der Bank seine Zigarre rauchte, glaubte er, der Zukunft ein wenig entspannter entgegensehen zu dürfen. Auf den Anruf Kommisar Schröders reagierte er entsprechend gelassen und nahm die Nachricht, sein Nachbar und Mieter Niklas Rottmann werde vermisst, mit angemessener Empörung auf.

»Ich vermisse ihn ebenfalls, Herr Kommissar. Übrigens nicht nur Herrn Rottmann, sondern auch seine Mutter.«

Er nahm einen Zug von der Cohiba und bat um schnellstmögliche Information, falls das betrügerische Pärchen aufgegriffen würde, das mehrere Monatsmieten zu überweisen versäumt und nicht nur einen Berg Schulden, sondern auch einen Haufen schrottreifer Möbel hinterlassen habe. Wann genau sich die Rottmanns klammheimlich aus dem Staub gemacht hatten, konnte Heinlein nicht sagen, womöglich hatten sie die Gelegenheit genutzt, als er im Sommer fiebernd ans Bett gefesselt war.

»Mehr weiß ich leider nicht.« Er tupfte die Asche ab und ließ eine nachdenkliche Pause verstreichen, bis ihm noch etwas einfiel. »Ich habe niemanden belauscht«, beteuerte er zunächst. »Das Haus ist alt, die Wände hellhörig, ich bin also unfreiwilliger Zeuge diverser Gespräche geworden. Die Privatsphäre meiner Mieter ist ein unantastbares Gut, ich würde niemals ...«

»Würden Sie bitte auf den Punkt kommen?«

Im Hintergrund war das Klappern einer Tastatur zu hören.

»Da war von von einer Übersiedelung die Rede, von Verwandten in Tschechien«, erklärte Heinlein. »Es ging um einen Schwager Frau Rottmanns. Wenn ich mich recht erinnere, hatte er ihrem Sohn eine Anstellung in Aussicht gestellt.«

»Tschechien?« Kommissar Schröder klang skeptisch.

»Ich gebe nur weiter, was ich gehört habe«, erwiderte Heinlein ein wenig beleidigt. »Beziehungsweise *glaube*, gehört zu haben. Ich dachte, dies wäre der Grund Ihres Anrufs. Falls diese Information nutzlos ist, tut es mir leid, ich ...«

»Danke, Herr Heinlein. Wir werden dem Hinweis nachgehen.«

Es hatte sich so ergeben, dass sich Heinlein auch gute Menschen in den Weg stellten. Ein Fakt, der sachlich und aus professioneller Sicht betrachtet werden musste, denn nun, da er nicht nur für Marvins Wohlergehen, sondern auch für das Schicksal eines komplexen Unternehmens Verantwortung trug, war seine persönliche Zuneigung für den sympathischen Polizisten erst recht fehl am Platz.

Da Kommissar Schröder keine weiteren Fragen hatte, hielt es Heinlein für angebracht, sich vorsichtig nach dem Mord an Johann Keferberg zu erkundigen. Der Tonfall des kleinen Polizisten änderte sich nur um eine Nuance. Er klang etwas gereizt, als er erwiderte, er sei nur noch am Rande involviert, nachdem die Vorkommnisse in der Pension Keferberg in Verbindung mit anderen Straftaten gebracht worden waren, in denen die Kollegen vom Bundeskriminalamt seit Jahren mit großem Aufwand ermittelten und deswegen auch diesen Fall übernommen hätten.

»Es gibt also keine Fortschritte?«, hakte Heinlein mit bestens dosierter Entrüstung nach. »Johann war mein einziger Freund, und seine Mörder sind noch immer auf freiem Fuß?«

Die Ermittlungen, gab der Kommissar zurück, seien bei den Kollegen vom BKA in guten Händen, einem Team erfahrener Spezialisten und verdeckter Ermittler, das nicht nur personell, sondern auch technisch hervorragend aufgestellt war.

Heinlein brannte darauf, Einzelheiten zu erfahren, doch weitere Fragen würden nur Kommissar Schröders Misstrauen wecken, also erkundigte er sich stattdessen besorgt nach dem verschwundenen Herrn Peysel, von dem es erwartungsgemäß keine Neuigkeiten zu berichten gab. Heinlein lehnte sich beruhigt zurück, ließ Frau Peysel sein tiefempfundenes Mitgefühl ausrichten und verabschiedete sich, nachdem er wie mittlerweile üblich versichert hatte, bei weiteren Fragen zu jeder Tageszeit zur Verfügung zu stehen.

Danach rauchte er die Zigarre in aller Ruhe zu Ende, lauschte den Krähenschwärmen in den kahlen Baumkronen und beobachtete den stetigen Strom der vorbeiziehenden Autos und die Schlange, die sich wie immer am frühen Abend vor dem Imbiss bildete.

Über ihm wurde ein Fenster geöffnet, der stille Herr Umbach erschien und machte sich an den Blumenkästen zu schaffen, um seine Geranien vor dem Winter in die Wohnung zu bringen. Er wünschte seinem Vermieter einen angenehmen Abend, dieser grüßte entsprechend höflich zurück und ging lächelnd ins Haus, froh darüber, die letzte vermietete Wohnung in der Obhut eines solch zuverlässigen und unkomplizierten Menschen zu wissen.

Als Herr Umbach zwei Stunden später zum ersten Mal seit seinem Einzug an Heinleins Wohnungstür klingelte, rechnete dieser mit einem freundlichen Hinweis auf einen Mangel oder der Bitte um eine Reparatur. Doch Herr Umbach hatte weder ein undichtes Fenster noch eine schimmelnde Wand im Sinn, und als er sein Anliegen vorbrachte, wurde Norbert Heinlein, der Marvin gerade das Abendessen gebracht hatte, ein weiterer, äußerst schwerer Irrtum bewusst.

Herrn Umbachs Zurückhaltung hatte gute Gründe. Unauffälligkeit gehörte zu den wichtigsten Voraussetzungen einer Tätigkeit, die größtenteils im Verborgenen stattfand – einer Tätigkeit, auf die sich Heinleins letzter verbliebener Mieter hervorragend verstand.

Achtundsechzig

Herr Umbach gab sich auch weiterhin ausgesprochen konziliant.

Er präsentierte Heinlein die überall im Gebäude verteilten Wanzen und Kameras, durch die er nicht nur über den Verbindungsgang, sondern auch über das Kühlhaus bestens informiert war. Heinlein war nicht der Einzige, der ahnungslos geblieben war, selbst Adam Morlok hatte nicht bemerkt, dass er monatelang von einem verdeckten Ermittler überwacht wurde. Das war nur ein schwacher Trost, denn Heinlein sah sich mit einer letzten, fundamentalen Fehleinschätzung konfrontiert – diesmal bezüglich seiner selbst.

Nächtelang hatte er sich, von Selbstvorwürfen geplagt, schlaflos in seinem schmalen Bett gewälzt. Er hatte sich die Schuld am Tod all dieser Menschen gegeben, doch schlussendlich seine naive Gutmütigkeit (auch für das tragische Ableben des Hundes) verantwortlich gemacht – er selbst hatte schließlich nicht aktiv dazu beigetragen. Nun allerdings wurde er mit Gegenargumenten konfrontiert.

In der Nacht, in der Frau Rottmann starb, hatte Heinlein eine Bewegung hinter Herrn Umbachs Wohnungstür bemerkt. Dieser war tatsächlich Zeuge gewesen, als Heinlein mit Marvins Hilfe die Leiche seines Vaters in den Keller trug, und hatte durch einen Gardinenspalt verfolgt, wie sie von Frau Rottmann im Treppenhaus überrascht wurden. Er bestätigte, dass Heinlein sich schützend vor Marvin gestellt hatte, und hatte ebenfalls gesehen, wie Frau Rottmann nach rückwärts stolperte – allerdings nicht *über*, sondern *gegen* das Geländer.

Heinleins Rückenprobleme stammten also nicht von dem verzweifelten Mühen, ihren Sturz zu verhindern. Der Stoß, mit dem er sie in die Tiefe beförderte, hatte eine erhebliche Kraftanstrengung erfordert, dass er sich dabei einen Muskel gezerrt hatte, war nicht weiter verwunderlich.

Natürlich widersprach Heinlein vehement. Herr Umbach beließ es dabei und präsentierte, höflich wie eh und je, auf seinem Laptop einen Videomitschnitt vom letzten Besuch des armen Herrn Peysel.

Die Kamera war in einem Spalt zwischen zwei Lüftungsschächten versteckt und zeigte den vorderen Küchenbereich bis ins letzte Detail. Der Ton war stummgeschaltet, doch Heinlein konnte dem Gespräch trotzdem folgen: Peysels bekümmertes, aber entschiedenes Kopfschütteln, als Heinlein händeringend um Aufschub bat, sein tröstendes Lächeln, mit dem er erklärte, eine neue Lüftungsanlage sei eine Investition in die Zukunft. Danach wich das Geschehen allerdings erheblich von Heinleins Erinnerung ab, wonach er die vergiftete Pastete erst bemerkt hatte, als es zu spät war. Auf den Videobildern stand er nicht mit dem Rücken zu Herrn Peysel, sondern direkt vor ihm und hätte nur den Arm heben müssen, um ihm den Teller aus der Hand zu nehmen. Als Peysel die Gabel zum Mund führte, machte Heinlein tatsächlich Anstalten, doch er entschied sich dagegen und wandte sich erst ab, als der Teller geleert war, um den folgenden Anblick nicht ertragen zu müssen.

Über dieselbe Kamera war auch Adam Morloks schmerzhaftes Ableben aufgezeichnet worden. Herr Umbach teilte Heinleins Meinung, dass es sich hier um ein tragisches Versehen handelte.

Doch wie verhielt es sich mit dem, was darauf folgte? Was

war mit dem Hund? Hatte Heinlein nicht Befriedigung empfunden? War diese Strafe nicht *verdient* gewesen, nach all den Verunreinigungen im Hausflur, dem nächtlichen Bellen und der Angst, die das Tier dem armen Marvin eingejagt hatte?

Und hatte Heinlein wenig später über Niklas Rottmann nicht ähnlich gedacht? Ein klares Wort der Warnung hätte genügt, doch er hatte oben an der Kellertreppe gewartet und Rottmann in sein Verderben gehen lassen. Der hatte noch gelebt, als sie ihn ins Kühlhaus brachten, hatte sich bei seinen verzweifelten Befreiungsversuchen die Fingernägel blutig gekratzt. Als Heinlein mit Marvin die Überschwemmung beseitigte, war er von Rottmanns Tod überzeugt gewesen.

Stimmte das? Sie hatten ihn abgedeckt, die Uniformstiefel und eine verkrümmte Hand lugten unter der Decke hervor. Hatten die Finger nicht mehrmals gezuckt?

Wenigstens beim Tod seines Vaters traf Heinlein keine direkte Schuld. Doch hatte er auch hier nicht nur Genugtuung, sondern sogar Erleichterung empfunden?

Dass alles zu Marvins Schutz erfolgte, änderte nichts an den Tatsachen. Norbert Heinlein war ein Verbrecher, die Liste seiner Straftaten reichte aus, um zwanzig weitere Menschen bis an ihr Lebensende hinter Gitter zu sperren. Und der stille Herr Umbach wusste nicht nur Bescheid, er hatte auch die Beweise.

So war die Situation, eine umfassendere Analyse erübrigte sich. Heinleins Lage schien aussichtslos, doch war er nicht ein Geschäftsmann? Nachdem er mit seinem Unternehmen expandiert hatte, konnte er es wieder verkleinern, sich von seinen frischgebackenen Partnern trennen und somit – im wahrsten Sinne des Wortes – gesundschrumpfen. Wenn er

Zatopek und Frau Glinski ans Messer lieferte, fügte er ihnen keinen Schaden zu. Die beiden waren ebenfalls so gut wie im Gefängnis, sie wussten es nur noch nicht.

Als er Herrn Umbach einen Handel vorschlug, zeigte dieser durchaus Interesse.

Zunächst forderte er Straffreiheit für Marvin.

Das sei nicht unwahrscheinlich, gab Herr Umbach zurück, da Marvin wohl nicht aus eigenem Antrieb gehandelt habe, sondern ausgenutzt worden sei.

Heinlein stimmte zu. Der Junge war unselbständig und brauchte jemanden, der sich um ihn kümmerte. So war auch verständlich, dass er als zweite Bedingung für seine eigene Person ebenfalls Straffreiheit oder zumindest eine Bewährungsstrafe forderte. Nicht etwa aus Egoismus – er wollte nur Marvin nicht sich selbst überlassen.

Das, erwiderte Herr Umbach, sei abhängig vom Wert der Informationen.

Äußerst wertvoll, bekräftigte Heinlein.

Herr Umbach musste mit einem Vorgesetzten telefonieren.

Heinlein wartete.

Der Vorgesetzte war nicht abgeneigt.

Heinlein bat um Garantien.

Was selbstverständlich unmöglich war.

Natürlich vertraute Norbert Heinlein den staatlichen Ermittlungsbehörden, angesichts der außergewöhnlichen Sachlage jedoch waren gewisse Sicherheiten leider unumgänglich.

Herr Umbach griff noch einmal zum Telefon.

Heinlein wartete.

Der Vorgesetzte war nicht erreichbar.

Das fand Norbert Heinlein bedauerlich.

Herr Umbach ebenfalls, denn er war nun gezwungen, ein weiteres Telefonat zu führen. Jetzt, da Heinlein die Umstände kannte, bestand akute Fluchtgefahr. Da Herr Umbach die Verhaftung nicht vornehmen durfte, musste er Kollegen vor Ort informieren, die in wenigen Minuten erscheinen würden.

Heinlein bat um etwas Geduld und bot schließlich an, einen Teil der Informationen preiszugeben. Weitere Einzelheiten würden folgen, sobald Herr Umbach seinen Vorgesetzten erreicht hätte.

Herr Umbach willigte ein.

Die Informationen waren nicht nur neu, sondern auch wertvoll. Herr Umbach verhehlte sein Erstaunen nicht, denn das Geschehen innerhalb der Bank war dem verdeckten Ermittler verborgen geblieben.

Heinlein schlug vor, die Kriminellen bei der nächsten Aktion auf frischer Tat dingfest zu machen. Adam Morlok und Britta Lakberg waren zwar tot, konnten allerdings offiziell noch als Teil der Bande gelten, so dass Marvin und Heinlein selbst gar nicht erst in Verdacht gerieten – was auch den bürokratischen Aufwand erheblich verringerte.

Ein logischer Gedanke, dem auch Herr Umbach einiges abgewinnen konnte. Als er Heinleins Angebot trotzdem ausschlug, sah dieser sein Schicksal besiegelt und streckte die Arme, um sich die Handschellen anlegen zu lassen. Herr Umbach allerdings machte stattdessen seinerseits ein Angebot, das Norbert Heinlein nicht ablehnen konnte.

Neunundsechzig

Und so ergab es sich, dass in den ehrwürdigen Räumlichkeiten von *Heinlein's Delicatessen- und Spirituosengeschäft* ein weiteres Arbeitsessen ausgerichtet wurde, um die Gründungsmitglieder mit ihrem neuen Teilhaber bekanntzumachen.

Udo Zatopek wollte zunächst nicht einsehen, aus welchem Grund das Unternehmen einen – wie er's bezeichnete – *kriminellen Bullen* aufnehmen sollte. Da der stille Herr Umbach zu höflich war, war es an Frau Glinski, klare Worte zu finden, indem sie Zatopek bewusst machte, dass Herr Umbach alle Versammelten mit einem Fingerschnipsen lebenslang ins Gefängnis befördern konnte, und als Zatopek noch immer nicht begriff, benutzte sie dessen eigene Worte *(Der hat dich an den Eiern, Udo!)*, welche er umgehend verstand.

Obwohl die Anteile radikal umgeschichtet werden mussten, verlief der finanzielle Teil der Verhandlung zügig und war abgeschlossen, bevor die bretonische Fasanenterrine verzehrt war.

Da der neue Teilhaber die Hälfte der Einnahmen beanspruchte, würden sich die Einkünfte der Gründungsmitglieder halbieren, doch Herr Umbach gewährte ihnen nicht nur die Freiheit (*vorläufig*, wie er beiläufig erwähnte), sondern erklärte sich zusätzlich bereit, neben seinem Fachwissen auch diverse hochtechnisierte Geräte einzubringen, die das Unternehmen zukünftig vor unerwünschtem Abhören schützen und die interne Kommunikation optimieren würden. Ein weiterer, nicht minder wertvoller Bonus bestand in seinen erstklassigen Verbindungen. Bisher hatten Herr

Umbach und seine Kollegen vom BKA im Mordfall an Johann Keferberg noch keine heiße Spur, Heinlein würde jedoch ständig auf dem Laufenden sein und frühzeitig gewarnt werden, falls ihm Gefahr drohte.

Als Nachtisch servierte Heinlein ein Holunderblüten-Parfait mit marinierten Pfirsichen, das Herr Umbach unter Verweis auf eine leichte Laktoseintoleranz bedauernd ablehnen musste. Er bedankte sich für das Vertrauen, ließ Marvin (der noch immer mit den Einstellungen der Gegendruckzylinder beschäftigt war) Grüße ausrichten, verabschiedete sich per Handschlag und bedachte selbst den verblüfften Udo Zatopek mit einer leichten Verbeugung.

Bevor er sich in seine Wohnung begab, wandte er sich noch einmal an Heinlein und verwies etwas schüchtern auf ein vermutlich defektes Thermostat an einem der Heizkörper im Schlafzimmer. Es war ihm sichtlich unangenehm, seinen Vermieter mit solcherlei Nebensächlichkeiten zu belästigen, denn er versicherte mehrfach, wie wohl er sich in seinem – trotz kleinerer Mängel – behaglichen Zuhause fühle.

Er würde Norbert Heinlein also noch sehr, sehr lange Zeit erhalten bleiben. Still, zurückhaltend und nahezu unsichtbar.

Doch immer in seiner Nähe.

Siebzig

Lupita,
ich hege keinerlei Groll mehr gegen dich und kann versichern, ich schreibe dir bei klarem Verstand. Mir ist also bewusst, dass du nie existiert hast. Warum ich diese Zeilen trotzdem zu Papier bringe? Ich denke, sie sind – wie alle vorangegangenen auch – an mich selbst gerichtet.
du hast mich betrogen und schamlos benutzt, doch du hast mich auch vieles gelehrt und somit zum Umdenken gebracht.
Überall auf der Welt, egal, auf welchem Kontinent, ist der Mensch zunächst auf den eigenen Vorteil bedacht. Ich selbst scheine sehr lange die einzige Ausnahme gewesen zu sein – was dazu führte, dass ich schlussendlich vor den Trümmern meiner Existenz stand.
Du hast mir die Augen geöffnet, Lupita. Über Jahrtausende hinweg hat der Mensch um das eigene Überleben gekämpft, es ist Teil seiner Natur und ein Fakt, den ich nun akzeptiert habe, obwohl ich dadurch zum Mörder wurde.
Ja, ich bin ein Mörder. Sieben Menschen sind tot, darunter mein eigener Vater (und ein Hund, den ich eigenhändig vergiftet habe). Trotzdem habe ich den Glauben an das Gute im Menschen nicht verloren, denn es ist ebenfalls Teil seiner Natur. Doch wer an andere denkt, muss zunächst an sich selbst denken, denn das eigene Wohl ist Voraussetzung dafür, Gutes zu tun. Bevor man anderen hilft, muss man also sich selbst helfen, oder anders ausgedrückt:

Wer einen Gebrechlichen stützt,
braucht einen sicheren Stand.
Sonst
kommen beide zu Fall.

Wie gesagt, zu diesen Erkenntnissen bin ich durch dich gelangt, Lupita. Leider etwas zu spät, denn nach langem, kräftezehrendem Ringen befinde ich mich jetzt in der Hand eines Erpressers und muss von nun an Tag und Nacht mit meinem Untergang rechnen.
Es handelt sich um einen korrupten Polizisten mit tadellosem Benehmen. Ich darf also davon ausgehen, dass er mir den tödlichen Messerstich – wann auch immer er sich dazu entscheidet – mit ausgesprochener Höflichkeit in die Brust rammen wird.
Das, finde ich, ist zumindest ein kleiner Trost.

PS: Marvin lässt herzlich grüßen.
PPS: Er hat nun endlich seine Bestimmung gefunden.

Wir informieren Sie über diese und weitere spannende Neuerscheinungen mit

unserem kostenlosen Newsletter.

Hier können Sie sich anmelden:

fischerverlage.de/newsletter